HELMUT VORNDRAN

Das Alabastergrab

GOLDMANN
Lesen erleben

Buch

Im oberfränkischen Bamberg nutzt Kriminalhauptkommissar Franz Haderlein die sommerliche Verbrechensflaute, um bei dem einen oder anderen Bier zu entspannen. Doch mit der Ruhe ist es schnell wieder vorbei: Erst sorgt eine rätselhafte Flutwelle am Main für Chaos und Stromausfall – sogar auf dem CSU-Parteitag gehen die Lichter aus. Und dann wird die Leiche eines Fischers entdeckt, festgebunden an einen Pegelpfeiler im Fluss. Mit seinem jungen Kollegen Lagerfeld, der stilvoll in jedes Fettnäpfchen tritt, und Haustier Riemenschneider, seinem aufgeweckten Ferkelchen, macht Haderlein sich daran, den merkwürdigen Geschehnissen auf den Grund zu gehen. Wie sich herausstellt, war der Tote ein erbitterter Gegner des Bootsverkehrs und ein besonders streitlustiger Mensch. Haderlein und Lagerfeld bekommen es mit aufgebrachten Anglern, feindseligen Paddelboot-Lobbyisten, einem gewieften Politiker und sogar einem skrupellosen Auftragsmörder zu tun. Als schließlich weitere Leichen auftauchen, ist klar: In diesem Fall geht es um weitaus mehr als um die Vorherrschaft in heimischen Gewässern …

Autor

Helmut Vorndran wurde 1961 im fränkischen Bad Neustadt an der Saale geboren. Er machte eine Lehre zum Schreiner und studierte Sozialpädagogik, bevor er sich ganz auf seine Arbeit als Kabarettist verlegte. Darüber hinaus schreibt er Kolumnen für verschiedene Zeitungen und arbeitet als Autor unter anderem für Antenne Bayern und das Bayerische Fernsehen. Mit seinen Franken-Krimis um den Kommissar Franz Haderlein hat er sich eine treue Leserschaft erobert. Helmut Vorndran lebt in einer restaurierten Mühle in der Nähe von Bamberg. Weitere Informationen zum Autor unter: www.helmutvorndran.de

Mehr von Helmut Vorndran:
Blutfeuer. Franken-Krimi

Helmut Vorndran

Das Alabastergrab

Franken-Krimi

GOLDMANN

Der Verlag weist ausdrücklich darauf hin, dass im Text enthaltene externe Links vom Verlag nur bis zum Zeitpunkt der Buchveröffentlichung eingesehen werden konnten. Auf spätere Veränderungen hat der Verlag keinerlei Einfluss. Eine Haftung des Verlags ist daher ausgeschlossen.

MIX
Papier aus verantwortungsvollen Quellen
FSC® C014496

Verlagsgruppe Random House FSC® N001967

2. Auflage
Taschenbuchausgabe Oktober 2015
Wilhelm Goldmann Verlag, München,
in der Verlagsgruppe Random House GmbH,
Neumarkter Straße 28, 81673 München
Lizenzausgabe mit Genehmigung
des Hermann-Josef Emons Verlag, Köln

Vom Autor überarbeitete Ausgabe des gleichnamigen Romans
Umschlaggestaltung: UNO Werbeagentur, München
Umschlagmotiv: FinePic®, München
KS · Herstellung: Str.
Druck und Bindung: GGP Media GmbH, Pößneck
Printed in Germany
ISBN: 978-3-442-48273-3
www.goldmann-verlag.de

Besuchen Sie den Goldmann Verlag im Netz

Prolog

Während im Hintergrund eine männliche Stimme Dinge erklärte, die ihm schon längst bekannt waren, machte er sich daran, das Buch in das speckige Papier einzuwickeln, sodass von dem hellen Ledereinband nichts mehr zu sehen war.

Hastig knotete er das kleine Paket kreuzförmig mit einer Schnur zusammen, die er in weiser Vorahnung mitgenommen hatte.

Er blickte sich vorsichtig um.

Die anderen waren schon ein ganzes Stück vorausgegangen und konnten ihn nicht mehr sehen. Ihm blutete das Herz bei dem Gedanken, sein Buch aus der Hand zu geben, aber es musste sein. Schließlich war es seine Lebensversicherung. Dann begann er zu klettern …

Fisherman's End

Edwin Rast war zufrieden – nein, er war mehr als das: Er war erfüllt von einem einzigartigen, finalen Gefühl des sicheren Triumphs. Die schier endlose Zeit des zähen Kampfes sollte nun bald ein Ende finden. Und zwar das gerechte Ende einer gerechten Sache. Seiner Sache. Das Ziel war fast erreicht. Die letzten Stunden vor dem Showdown wollte er mit seiner Lieblingsbeschäftigung verbringen, dem Angeln. Denn dabei, bei der Ausübung seines alles umfassenden Lebensinhaltes, konnte er sich am besten der Wollust des sicheren Siegens hingeben. Sein Blick fiel auf den ruhigen Strom des Mains und die federnde Angelrutenspitze. Das war die Grundlage allen Denkens und Handelns in seinem Leben. An seinem Angelplatz hatte er sämtliche wichtigen Entscheidungen getroffen, er war die Brutstätte seines Masterplans fürs Leben, der nun kurz vor seiner Vollendung stand. Edwin Rast erschauerte. Wenn er angelte, vergaß er die Welt um sich herum. Dann gab es nur noch ihn und den Fluss und den Fisch.

Obwohl sein Ableben noch in ferner Zukunft zu liegen schien, war Edwin Rast bereits ein Mythos. Mit seinen fünfundvierzig Jahren eilte ihm bereits der Ruf der Übersinnlichkeit voraus. Es hieß, er könne denken wie ein Fisch. Neben ihm zu angeln hatte keinen Sinn, so die allgemeine Überzeugung. Wer nahe Edwin Rast geruhte, seinen Wurm zu baden, wurde nur milde belächelt, da der gemeine Fisch, gleich welcher Art oder Herkunft, im übertragenen Sinn bereits an der Edwin'schen Angel Schlange stand, um von ihm – und nur von ihm – erbeutet zu werden. Jede verdammte Fischgattung, die es am Oberen Main gab, hatte er schon mit Weltrekordgewicht auf seiner Trophäenliste stehen. Sogar einen Wels. Nur einer fehlte ihm noch: der Zander.

Ausgerechnet sein Lieblingsfisch. Ausgerechnet beim Zander war er nur auf Platz zwei! Eine Hobbyanglerin aus Nedensdorf, einem lächerlichen Kaff ein paar Kilometer flussaufwärts, hatte einen Neunzig-Zentimeter-Zander mit sechs Komma acht Kilo Lebendgewicht im letzten Jahr beim Dorffest aus dem Wasser gezogen. Unglaublich. Aber auch das würde bald nur noch Fischereigeschichte sein. Denn ganz in seiner Nähe schwamm bereits der Königsfisch herum, das Meisterstück. Der Ottfried Fischer unter den Schuppenträgern. Zwei Mal schon hatte er ihn springen sehen. Ein Zander wie aus dem Bilderbuch, wie für einen Ewigkeitsrekord zusammengebastelt. Allerdings schien er ziemlich alt zu sein und verhielt sich dementsprechend gerissen und extrem vorsichtig. Als Mensch hätte dem Vieh wahrscheinlich noch eine große politische Karriere bevorgestanden, doch seine Laufbahn als Fisch würde heute abrupt beendet werden. Denn heute war Edwin Rasts Tag, heute würden sich für ihn gleich zwei Masterpläne erfüllen. Mit einem breiten, siegessicheren Lächeln warf er in einem kurzen Bogen den Blinker der Abendsonne entgegen.

*

http://www.rast-los.com
User-id: xxxx User online: 3

Glühwurm: Also ich glaube es is höchste Eisenbahn. Wir können nicht mehr länger warten. Was meint ihr?

Peter 69: Ich hab auch ein ganz blödes Gefühl. Da is was im

Busch. Das läuft bald aus dem Ruder.

Rosenstolz: Und was soll das jetzt heißen?

Peter 69: Dass wir handeln sollten bevor es zu spät ist. Der Drecksack is jetzt fällig.

Glühwurm: Ganz deiner Meinung. Wir haben schon viel zu lange gewartet. Ist das okay für dich Rosenstolz?

Rosenstolz: Ich hab ja keine Wahl oder?

Glühwurm: Man hat immer eine Wahl. Aber entweder oder! Wenn du aussteigen willst dann tu es jetzt gleich.

Peter 69: Also was is jetzt? Wir haben keine Zeit mehr Herrschaften!!!

Rosenstolz: Okay. Bin dabei. Muss wohl sein verdammte Scheiße.

Glühwurm: Dann isses beschlossen und verkündet. Peter 69 du kannst loslegen. Aber sei bloß vorsichtig.

Peter 69: (Logout)

Rosenstolz: (Logout)

Glühwurm: (Logout)

*

Das Hausener Wehr war das letzte Stauwerk am Obermain. Von hier aus schlängelte sich der Lauf die restlichen vierzig Kilometer bis zu seiner Mündung in den Main-Donau-Kanal bei Bamberg. Inzwischen wurde fleißig an der Strecke herumnaturiert, um dem Obermain wieder etwas von seiner verlorenen Ursprünglichkeit zurückzugeben. Immerhin waren im Lauf der letzten hundert Jahre fast zwanzig Prozent der Mainschleifen weggekürzt worden. Hauptsächlich waren die Flussstücke der Flößerei zum Opfer gefallen, die um die Jahrhundertwende noch den Stellenwert eines wichtigen Arbeitgebers besaß und das Holz aus dem Fichtelgebirge und dem Frankenwald auf dem schnellsten Weg nach Holland transportiert hatte.

Doch davon war natürlich mittlerweile keine Rede mehr.

Im Gegenteil: Inzwischen stand eine größere Anzahl an thüringischen Wohnwagen inklusive Bewohnern am Mainufer herum, als jemals fränkische Holzstämme den Main heruntergeschwommen waren. Aber, dachte sich der Wehrbeauftragte Fritz Lohneis, dafür lassen sie immerhin auch viele Euro in fränkischen Wirtschaften.

Wie auch immer, gleich hatte Lohneis Feierabend. Die Sonne ging bald unter, und er musste nur noch ein letztes Mal die Anlage überprüfen. Danach konnte er heim in sein kleines Reundorfer Fachwerkhäuschen gehen, das er mit Frau und seinem Berner Sennenhund bewohnte. Er warf einen letzten Blick hinauf auf den Banzberg, wo das gleichnamige Kloster bald wie jeden Abend den Nachthimmel erleuchten würde, und auf die massiven Schützentore des Hausener Wehres. Der Main hatte für die Jahreszeit einen niedrigen, aber gleichmäßigen Wasserstand, und auf Kloster Banz war wie so häufig die CSU am Konferieren. Im Obermaintal war also alles, wie es sein sollte. Jetzt musste Lohneis nur noch kurz die Anzeigen im Inneren des Schleusenhauses kontrollieren, für einen Moment dem beruhigenden Summen der Generatoren lauschen, abschließen und den Heimweg mit seinem Hund antreten, dann war seine Arbeitswoche zu Ende.

Der gestandene Franke mit ebensolchem Stammbaum ging zurück ins Schleusenhaus. Kurz, knapp, aber präzise streifte sein Blick die Instrumentenanzeige. Er stutzte. Etwas irritierte ihn. Irgendetwas war falsch. Der Ton stimmte nicht. Aus der Geräuschkulisse seiner Wehranlage war ein kleiner, doch signifikanter Missklang herauszuhören. Pro Jahr führte der Wehrbeauftragte bestimmt mehrere hundert Besucher durch die Betriebsräume der Wehranlage, darunter Ingenieure, Architekten, Professoren und – natürlich – viele Thüringer, aber keiner der Besucher, und zwar egal welcher

Spezies, hätte in diesem Moment eine akustische Veränderung bemerkt. Es war einfach zu laut. Aber nicht etwa laut im Sinne von Air-Force-One- oder Presslufthammerlärm. Nein, es war das intensive Summen und Brummen der riesigen Generatoren, Wasserturbinen und sonstigen Aggregate, das sich mit dem alternierenden Klackediklack von Ketten und Hebewerken der stählernen Schützen mischte. Trotzdem hatte jeder Ton, jedes Geräusch, jeder noch so kleine akustische Effekt seinen Platz und seinen Moment. Doch die seit Jahren ehern bestehende Ordnung hatte nun einen Fehler bekommen. Beinahe unmerklich und dennoch im sensiblen Mittelohr von Fritz Lohneis durchaus deutlich fand hier gerade eine Rebellion statt. Den Kopf wie eine Radaranlage schwenkend bewegte er sich langsam so lange in die Tiefen seiner Maschinerie hinab, bis sich in seinem Ortungssystem ein feines, schleifendes Geräusch herauskristallisierte. Aus der Kakophonie von Turbinengeräuschen versuchte Lohneis nun zielgerichtet den Ursprung der akustischen Anomalie auszumachen.

Und dann sah er es. Die Antriebseinheit des rechten Schützentores. Ganz langsam, fast unheimlich bewegte sie sich. Aber das war doch unmöglich! Die Schützensteuerung konnte nur er allein über die Hebel und Knöpfe oben im Haus bedienen. Konnte es sein, dass ein dreifach gesichertes System von alleine loslief?

Über sich hörte er neues Ungemach. Der Hund schlug an. Was zum Teufel war da los? Lohneis hastete die Leitern wieder nach oben und sprang mit einem großen Schritt nach draußen. Links war der Steg über den Main in den Schatten des Banzberges getaucht. Obwohl keine Menschenseele zu sehen war, zerrte Murat, der Berner Sennenhund, wütend an seiner Kette und bellte, als würde er eine Herde Gämsen verfolgen wollen.

Dann hörte Lohneis das Rauschen. Die Schützen des rechten Wehrtores hatten in ihrer Abwärtsbewegung die Wasserlinie des Überlaufs erreicht und senkten sich noch weiter ab. Der Main begann sich in sein Bett zu ergießen, und die Wassermassen verwirbelten sich dampfend am unteren Ende des betonierten Auslaufs.

Mit wenigen Schritten stand Lohneis wieder vor seinen Anzeigen. Die Schützen fuhren unaufhaltsam nach unten. War es ein technischer Defekt, oder lag eine ernst zu nehmende Fehlschaltung in den Tiefen der elektronischen Bauteile vor? Er überlegte nur kurz, dann zertrümmerte er entschlossen den ferrariroten Schutzdeckel des Notschalters und legte den schmiedeeisernen Nothebel mit der großen, fetten Aufschrift »notaus« um. Zum ersten Mal in seinem Leben.

Doch nichts passierte. Die Ketten ächzten zwar hörbar unter dem gewaltigen Wasserdruck, doch sie verrichteten unverdrossen und konsequent ihre ihnen zugedachte Arbeit weiter. Das Rauschen mutierte langsam in ein tosendes Brüllen. Fritz Lohneis war verzweifelt. Das durfte doch wohl nicht wahr sein! Siebenundzwanzig Jahre lang passierte hier überhaupt nichts, kein Blitzschlag, kein Kamikazeflieger, nicht mal ein Tourist, der die Treppe hinuntergestürzt wäre, und nun das. Darauf war er 1980 nicht vorbereitet worden, als er seinen Dienst angetreten hatte.

Dann fiel sein Blick auf die Axt an der Wand. Eigentlich war sie dazu gedacht, Schwemmgut, das sich im Wehr verhakt hatte, zu zerteilen und zu entfernen. Sie war schön und schwer, ihr blanker Eschenholzstiel glänzte. Das letzte Mal hatte er sie vor einundzwanzig Jahren benutzt, als die alte Weide vom gegenüberliegenden Ufer auf ein Auto gefallen war. Obwohl er den Baum in kürzester Zeit zerteilt hatte, war dem Landtagsabgeordneten der CSU und seiner Gespielin damit freilich nur wenig geholfen gewesen. Die beiden hatten sich einfach entschieden, zur falschen Zeit unter dem falschen Baum einem Techtelmechtel nachzugehen, das kein gutes Ende nehmen sollte. Um die Weide hatte es ihm damals wirklich leidgetan.

Jetzt nahm er mit einer flüssigen Handbewegung die Axt von der Wand und stürmte zum grauen Verteilerkasten am Ende des Steges. Hastig fingerte er den Hauptschlüssel aus seinem umfangreichen Schlüsselbund heraus und öffnete zum ersten Mal in seinem Arbeitsleben den Verteilerkasten des Überlandwerks. Schon die zweite Premiere an diesem Abend! Zwar konnte er vier armdicke Kabelstränge ausmachen, die sich aus dem Boden des Kastens nach oben schlängelten, um dann in großen keramischen Verbindungseinheiten zu verschwinden, zuordnen konnte er sie jedoch nicht. Es gab weder typische Farben noch aufschlussreiche Beschriftung – nichts. Lohneis war mit seinem Handwerkerlatein am Ende.

Hinter ihm verschwand der Wehrsteg bereits in der aufgewirbelten Gischt. Es half alles nichts. Er hob die Axt hoch über seinen Kopf, und mit einem »Leckt mich doch alle am Arsch!« rammte er das Lieblingsgerät aller Holzfäller mitten in die undefinierte Kabelansammlung hinein. Ein blauer Blitz zuckte, ein Funkenregen sprühte, dann sprang ihm die Axt aus den Händen.

Schlagartig wurde es ruhiger im Turbinenhaus. Der gleichmäßig hohe Ton der Generatoren wurde tiefer, die großen Maschinen begannen auszulaufen und würden in ein paar Momenten stillstehen. Die Reißleine war gezogen.

Lohneis atmete erleichtert auf. Wenigstens das hatte funktioniert. Er sah sich um. Nicht nur die Stegbeleuchtung war erloschen, auch Kloster Banz lag im Dunkeln, genauso wie Reundorf und das nahe Hausen. Soweit er sehen konnte, war die gesamte Zivilisationsbeleuchtung im Obermaintal nicht mehr existent. »Leckt mich doch alle am Arsch!«, wiederholte er noch einmal leise, bevor er zitternd auf die Knie sank. Sogleich gesellte sich sein Hund zu ihm und leckte ihm aufmunternd übers Gesicht.

»Ach, Murat, ich glaube, wir haben gerade ganz Oberfranken stillgelegt«, seufzte Lohneis, während sich hinter ihm der befreite Main hemmungslos in sein enges Bett ergoss.

*

Edwin Rast fühlte sich wie ein Feldherr, dem eine siegreiche Schlacht bevorstand. Einerseits würde heute Nacht der letzte Rekord fallen, andererseits würde er morgen den totalen Triumph, den Endsieg feiern können. Aber bis dahin waren es noch vierundzwanzig Stunden, jetzt hatte er noch eine letzte Etappe zu gewinnen, eine Lücke im Puzzle zu schließen. Seinen ganz persönlichen Missing Link. Ein orgastischer Moment stand ihm bevor. Langsam und gefühlvoll kurbelte er den Blinker zu sich heran. Er konnte den Zander schon regelrecht spüren. Er zog ihn an wie ein Magnet. Es war, als besäße er hypnotische Kräfte, die jeder Anakonda zur Ehre gereicht hätten. Gleich war es so weit …

Plötzlich hörte er hinter sich ein Geräusch. Er ignorierte es, nein, er musste es ignorieren. Selbst wenn sich hinter ihm in diesem Moment ein Grizzly aufgebaut hätte, um Geschlechtsverkehr mit und von ihm einzufordern, hätte er ihn nicht beachtet. Er war Angler, und vor ihm schwamm der wichtigste Fang seines Lebens. In diesem Moment hätte er alles riskiert. Scheidung, Aktienverluste, sogar den Diebstahl seines Wagens. Er hatte den Tunnelblick aufgesetzt, außer dem Fisch war jetzt nichts mehr wichtig. Es ruckelte an der Rute.

Jetzt!, dachte er voller Vorfreude.

»Petri Heil, Edwin!«, tönte es von hinten.

»Moment!«, konnte er noch rufen, dann verschwanden die Rute, der Fisch und auch der letzte Rest der Abendsonne. Edwin Rast spürte dem kurzen, heftigen Schmerz in seinem Kopf noch einen Moment lang nach – dann wurde es dunkel um ihn herum.

*

Kommissar Haderlein saß allein im Biergarten, in Bamberg nicht selten auch Keller genannt, da der gemeine Bamberger Bierkonsument sein flüssiges Brot bei, in oder auf durchbohrten Erdhügeln einzunehmen pflegt, welche in grauer Vorzeit als Bierlagerstätten genutzt wurden. Auf diese natürlichen Bierlagerstätten hatte man kurzerhand ein paar Tische mit Ausschank gebaut, und fertig war das Zentrum des oberfränkischen Seins. Im Laufe der Jahrzehnte waren in Bamberg und Umgebung so viele Menschen auf diese schlaue Idee des alkoholischen Unternehmertums gekommen, dass die Stadt mit ihrem Umland mittlerweile als brauerei- und biergartenreichste Gegend der Welt galt. Heute unternahm Franz Haderlein jedenfalls alles, um dem Ruhm der fränkischen Bierstadt einen weiteren Stein in sein Fundament zu fügen. Drei Seidla waren schon erledigt, und nun hatte er beschlossen, den Abend mit einem Schnitt abzurunden, der im Prinzip nichts weiter als ein drei viertel volles Seidla zum halben Preis ist. Allerdings darf im Fränkischen ein Schnitt nur ein einziges Mal am Abend bestellt werden, ansonsten droht Ärger. Fränkische Wirte können rechnen – jedenfalls die erfolgreichen.

Kommissar Haderlein zumindest würde dieser Schnitt für heute reichen. Schließlich war August, es herrschten laue siebenundzwanzig Grad, und Bamberg bierduselte seit Wochen ohne größere kriminelle Vorfälle vor sich hin. Fast hätte man meinen können, der gemeine fränkische Verbrecher würde im Sommer eine Bierpause einlegen. Ein bierbedingter Waffenstillstand, sozusagen der Ramadan der fränkischen Welt. Franz Haderlein hob seinen Krug, grüßte im Stillen die Silhouette der Altenburg, die sich vor dem Nachthimmel abzeichnete, und begab sich dann auf den langen Weg zum Boden des Kollegen Seidla.

*

Edwin Rast erwachte. Langsam, aber stetig kam er wieder zu seinem verblüfften, aber auch zunehmend verärgerten Anglerbewusstsein. Wo war der Fisch geblieben? Wieso hatte er geschlafen? Hatte er den Zander gefangen? Vor ihm leuchtete der Mond in seiner ganzen Pracht, und Edwin Rast quälte das dringende Bedürfnis, seine Blase zu entleeren.

Beim Angeln gab es eine eiserne Regel: Wenn nichts mehr ging, wenn die Fische schmollten und lieber unter ihresgleichen bleiben wollten, hieß es, erst einmal einen Strahl in die Ecke zu stellen. Das half immer. Deswegen konnten Frauen auch so schlecht angeln, wurde in Anglerkreisen gerne gemunkelt, schließlich würde ihnen dieser alles entscheidende Moment der Meditation und des Neuanfangs auf immer und ewig versagt bleiben. Festzementierte Anglerwahrheit.

Wo war bloß das nächste Gebüsch? Edwin Rast drehte seinen Kopf und spürte sogleich harten Beton an seiner Backe. Merkwürdig, dachte er. Aber vielleicht konnte man sich ja auch gleich an Ort und Stelle erleichtern? Während er die Möglichkeit noch reichlich benommen überdachte, schaute er nach unten. Prompt berührte seine Nase das Wasser. Verblüfft schreckte er wieder hoch. Wieso Wasser? Er stand doch. Er versuchte den Arm zu heben. Ging nicht. Das Bein? Fehlanzeige. Außerdem war alles an ihm nass und ihm arschkalt. Edwin Rast konzentrierte sich. Langsam, aber sicher vermutete er eine fremdbestimmte Einschränkung seiner momentanen Lebensqualität. Die Schlussfolgerung lag vor allem deshalb nahe, weil sein Kinn das Wasser berührte, Arme wie Beine gefesselt waren und sein Schädel dröhnte, als hätte ein islamistischer Selbstmordattentäter in seinem Kleinhirn einen Sprengstoffgürtel gezündet. Schräg gegenüber konnte er das andere Ufer, die Brückenpfeiler und die Sandsteinumrandung einer Friedhofsmauer erkennen. Schlagartig war er hellwach. Er wusste, wo er war.

*

In den letzten Jahren waren am Obermain immer häufiger Kajak- und Kanufahrer gesichtet worden. Genauso wie Angler und sonstige Ufertouristen. Als der eine oder andere dann auch noch auf die Idee gekommen war, Boote gewerblich zu vermieten, gab es die ersten Reibereien mit der angelnden Zunft und den Naturschützern. Die einen zauberten den vom Aussterben bedrohten grau karierten Quastenflosser aus dem besagten Hut, die anderen wollten Biber und Flussregenpfeifer wieder ansiedeln. Da der gleiche Konflikt an diversen anderen deutschen Flüssen nicht selten mit größeren Differenzen vor Gericht oder sonst wo zu enden drohte, beschloss man am Main, einen runden Tisch einzuberufen, um mit sämtlichen beteiligten Interessengruppen eine freiwillige Selbstvereinbarung zu entwerfen. Diese sah letztendlich vor, das Befahren durch Boote zeitlich einzuschränken und auch einen Mindestpegel des Wasserstandes festzulegen, damit bei Niedrigwasser nicht mehr eingebootet werden durfte. Zu diesem Zweck wurden große, runde Betonpfeiler an den Einstiegsstellen in den Main gerammt, die oben grün und unten rot gestrichen waren. Tauchte die rote Farbe am Pfeiler auf, hatte jedem Bootsfahrer klar zu sein, dass das Ende der Saison gekommen war. Zumindest bis zum nächsten Niederschlag. So stand es nun schwarz auf weiß geschrieben, und jedem einzelnen Punkt waren harte Verhandlungen der versammelten Outdoor-Lobbyisten vorangegangen. Aber die Vereinbarung war ausgearbeitet und wurde auch tatsächlich mit mehr oder weniger Überzeugung von den jeweiligen Vertretern in einem freiwilligen Akt unterzeichnet. Selbst der bayerische Umweltminister ließ sich schließlich zu einer werbeträchtigen Bootsfahrt auf dem neu geschaffenen Bootswanderweg auf dem Obermain hinreißen.

Trotzdem gab es in den Hinterzimmern noch immer Reibereien mit den Extremisten der jeweiligen Interessenverbände. Die militanten Verfechter absoluter Standpunkte, die durch nichts von ihren am Stammtisch generierten Meinungen abzubringen waren, diskutierten lauthals weiter. Doch Edwin Rast war kein Stammtisch-Gebildeter, er war der Agitator. Er hatte keine Meinung, er machte sie. An den Anglertischen, an denen er auftauchte, waren seine Worte für die meisten Gesetz. Unverrückbare Dogmen. Edwin Rast hatte das Abkommen bis aufs Blut bekämpft. Bootsfahrer waren für ihn das Ungeziefer der Gewässer, eine vom Antlitz der Erde zu tilgende Fehlentwicklung der Natur. Jeder Kompromiss war ihm in der Angelegenheit zuwider. Er war so lange von Pontius zu Pilatus, von Behörde zu Anwalt und Landrat gerannt, bis er bei jedem maßgeblichen Entscheidungsträger Hausverbot erhalten hatte. Aber trotz aller Steine, die ihm in den Weg gelegt wurden, gab Edwin Rast nicht auf und bohrte weiter im subversiven Angleruntergrund. Nur in letzter Zeit war es etwas stiller um ihn geworden.

*

http://www.rast-los.com
User-id: xxxx User online: 2

Peter 69: Okay. Is alles gelaufen wie geschmiert. Sind im Plan. Wie siehts bei euch aus?

Rosenstolz: Das mach ich einmal und nie wieder. Nur damit das gleich klar ist!!!!!!!!!

Peter 69: Was is mit Glühwurm?

Rosenstolz: Keine Ahnung. Aber du weißt ja dass er lieber alles 1000prozentig macht. Ich versuch jetzt zu schlafen. Kann nicht mehr.

Rosenstolz: (Logout)

Peter 69: Glühwurm bist du da? Hallo?

Peter 69: (Logout)

*

Edwin Rast war fassungslos. Sie hatten es tatsächlich gewagt und Hand an ihn gelegt. An ihn, den allmächtigen dunklen Fürsten des Anglerimperiums. Sie hatten ihn, Edwin Rast, an den nagelneuen Pegelpfeiler unter der Kemmerner Brücke gebunden. Weit weg von seinem Angelplatz in der Ebinger Flur. Sein Kopf war genau auf Höhe der rot-grünen Markierung angesiedelt, das Wasser reichte ihm bis zur Brust, und ihm war vollkommen klar, was sie mit ihm vorhatten. Über ihm thronte die Kemmerner Mainbrücke, die zu zwei der beliebtesten Biergärten im Landkreis führte, die heute, an einem lauen Sommerabend, mit Sicherheit mit Biertrinkern und Brotzeitessern nur so vollgestopft waren, welche wiederum permanent über die Brücke heimwärts torkelten. Er bräuchte also nur zu rufen, und irgendjemand käme zu ihm herunter, würde nachfragen, was hier los sei, und ihn befreien. Aber erstens wäre das kein leichtes Unterfangen, da der Pfeiler mitten im Wasser stand, und zweitens würde er mit einem Hilferuf seiner eigenen Blamage nur Vorschub leisten. Binnen kürzester Zeit würde eine Volksversammlung im Gange sein, Scheinwerfer würden ihn ins rechte Licht setzen, Zeitungsfritzen ihn interviewen, irgendein Schlaumeier würde kurzfristig einen Bratwurststand eröffnen, er wäre der König der Idioten und würde übermorgen die Titelseite der Bamberger Zeitung zieren. Oh nein. Damit würde ihn der gesamte Landkreis nicht mehr ernst nehmen. Überall, wo er später dann auftauchte, würde man ihm ein Badetuch reichen und sich vor Lachen wiehernd am Boden wälzen. Sein Mythos als Anglergott wäre vernichtet, sein imagetechnisches Lebenswerk zerstört. So nicht, Brüder der Sonne! Er musste die Zähne zusammenbeißen und noch ein, zwei Stunden durchhalten. Dann erst würde er sich bemerkbar machen, und ein später, mitleidiger Biergartenheimgänger könnte – klammheimlich und ohne großes Aufsehen zu erregen – die Nachbarn oder die Frau rufen. Alles halb so wild. Nach vollbrachter Rettung würde er dem Mann großzügig für den nächsten Kelleraufenthalt zwanzig Euro in die Hand drücken und Schwamm drüber. Nur noch ein paar Stunden. Auch wenn der Main sommerlich angewärmt war, kroch ihm die Kälte nun doch unter seine gummierte Anglerausrüstung und in die Knochen. Aber er würde durchhalten. Nicht mit mir, Kameraden! Er musste nur seine brodelnde Wut aufrechterhalten, und keine Wasserkälte der Welt würde ihm irgendetwas anhaben können. Zum Glück tat sich Edwin Rast mit dem Wütendsein sehr leicht.

Aber irgendetwas an seinem wohldurchdachten Zeitplan schien nicht ganz zu stimmen. Bis jetzt hatte er noch keinen einzigen Kellergänger gehört, und das war mehr als merkwürdig. Normalerweise machten die Heimkehrer immer Lärm. Und wenn sie schon nicht zu hören waren, dann doch wenigstens zu riechen. Aber auch das ferne, unbestimmte Gelächter und Parkplatzgetue der Biergärten war nicht zu vernehmen. Sollte es schon so spät sein? Aber er war doch relativ früh am Abend, um neunzehn Uhr, an seinem Angelplatz gewesen. Verdammt, war es vielleicht doch schon weit nach Mitternacht? Die wärmende Wut verließ ihn. An ihrer statt machte sich ein kaltes Gefühl der Angst in seiner Magengegend breit. »Hilfe!«, schrie er jetzt, ohne nachzudenken. »Hilfe, ich bin hier unten! Hört mich denn keiner?« Aber seine Rufe verhallten ungehört in der Nacht. Nichts rührte sich. Edwin Rast wurde panisch. Zwar war er es als Angler gewohnt, stundenlang stur auf das Wasser zu starren, aber a) konnte er dann bestimmen, wann er das Gehirn wieder hochfuhr, und b) war normalerweise ein Fisch an dem Ende der Nahrungskette, an dem er sich gerade befand.

Edwin, bleib cool, ermahnte er sich und versuchte, seine aufgewühlten Gedanken etwas zu beruhigen. Denk nach, denk verdammt noch mal nach! Gerade hatten sich seine Gefühle wieder einigermaßen im grünen Bereich eingependelt, da hörte er ein Geräusch. Ganz eindeutig. Es näherte sich von links auf dem Fluss. Sofort erkannte er, was es damit auf sich hatte. Auf der ganzen Welt würde er diesen Lärm erkennen, den es eigentlich auf diesem Planeten auszurotten galt. Nie hätte er gedacht, dass er ihm eines Tages hochwillkommen sein würde. Monotone und gleichmäßige Paddelschläge durchbrachen die Stille. Ganz eindeutig näherte sich ihm ein Kanu, seine Rettung. Ha, unverhofft kam also doch oft. Schon öffnete er seinen Mund zum finalen Hilfeschrei, doch dann durchfuhr es den Großmeister der Anglerschaft wie ein Blitz, und er klappte ihn stumm wieder zu. Das Boot fuhr außerhalb der genehmigten Zeit! Nach achtzehn Uhr war das Kanufahren auf dem Main definitiv verboten. Und außerdem, er zwang den Kopf so weit nach rechts unten, dass er mit letzter Anstrengung den Pegel an seinem Pfeiler im Mondlicht erkennen konnte, außerdem stand der mindestens sieben Zentimeter im roten Bereich. Das Kanufahren war gefälligst einzustellen. Diese Arschlöcher waren illegal unterwegs! Das Adrenalin pumpte sofort und ohne Voranmeldung durch seinen Körper. Statt dem angedachten »Hilfe!« entrang sich ein »Ihr verdammten illegalen Verbrecher!« seiner unterkühlten Kehle. »Wenn ich euch erwische, bohr ich euch ein Loch in euren Dreckskahn!«, krächzte er den Paddlern entgegen. Doch die Fahrer schienen mitnichten beeindruckt zu sein, sondern steuerten direkt auf ihn zu.

*

Im Wasserwirtschaftsamt Kronach begann ein Lichtlein zu blinken: die Hochwasserwarnleuchte der Pegelstelle Ebensfeld. Der diensthabende Flussmeister hob den Blick von seinem Taschenbuch und starrte die Lampe entgeistert an. Hochwasser am Pegel Ebensfeld? Aber der Main konnte doch kein Hochwasser führen! Seit über zwei Monaten hatte es quasi keinen Tropfen mehr geregnet. Der Fluss war schon längst im Niedrigwasserbereich. Was sollte also der Quatsch? Vielleicht war es ja nur wieder ein blöder Witz seiner Kollegen. An seinem ersten Arbeitstag hatten sie die wahnsinnig witzige Idee gehabt, ihn zu einem Hochwasseralarm an den Leiterbach zu schicken. Dort hatte er dann ein Bier und viele belustigte Kollegen vorgefunden. Flussmeister Goppert lachte zwar sehr gerne und auch über sich selbst, aber Mitternacht, kurz vor Schichtwechsel, war wirklich nicht der richtige Zeitpunkt für solch einen Scherz. Er checkte das Programm, aber alles war in Ordnung. Er prüfte die Webcam, auf der um die Uhrzeit logischerweise nichts zu sehen war. Nur das Mikrofon rauschte auffällig. Das sollte man auch mal erneuern, dachte er beiläufig.

Was sollte schon groß passiert sein? Morgen würde er mit einem Techniker zum Pegelhäuschen marschieren und sich den Pseudoalarm aus der Nähe anschauen. Erneut betrachtete er die grafische Darstellung des Computers: zwei Meter über Normalstand, Tendenz steigend. Das wäre ja Meldestufe vier und damit extremes Hochwasser! Aber das war ja absolut lächerlich. Flussmeister Goppert hängte seinen linken Schuh über die blinkende Warnlampe und entschied selbstverantwortlich, die Angelegenheit auf den nächsten Tag zu verlegen. Verarschen konnte er sich schließlich auch selber. Leise schimpfend setzte er sich wieder bequem auf seinen Stuhl und suchte in seinem spannenden Kriminalroman nach der Seite, auf der ihn das blinkende Licht unterbrochen hatte.

*

Nur den einen Williams noch, und dann ist aber wirklich Schluss, mahnte sich Franz Haderlein in einem Anflug von Selbstdisziplin. Sprach's, ließ langsam, aber konsequent die Aromen und den Alkohol seine Geschmacksnerven beglücken und erhob sich. »Komm, Riemenschneider, wir gehen«, sagte er zu dem kleinen Ferkel, das neben seiner Bank vor sich hin gedöst hatte. »Es wird Zeit.«

Riemenschneider grunzte verschlafen etwas Unverständliches vor sich hin und erhob sich unbeholfen. Haderlein nahm die Leine und verließ leicht schwankend, aber im Geiste zielstrebig den Greifenklau-Keller, seines Zeichens Biergarten seines Vertrauens. Als er noch studiert hatte, war er um diese Zeit erst richtig zu Hochform aufgelaufen, aber damit war es nun vorbei. Aus dem Hasardeur von damals war ein Genussmensch geworden, und außerdem musste Riemenschneider allmählich ins Bett. Schließlich war sie noch minderjährig. Bis zu seiner Wohnstatt in der Judenstraße waren es nur noch wenige Schritte. Ein perfekter Abend näherte sich seinem Ende. Auch Riemenschneider machte einen durchaus zufriedenen Eindruck, der sicher auch daher rührte, dass für sie wie meistens bei solchen Gelegenheiten eine Tasse voll Rauchbier abgefallen war. So ein Schwein ist schließlich ein Allesfresser, dachte Haderlein jedes Mal, und

Riemenschneider war mit den Schlüssen, die er daraus zog, durchaus einverstanden.

Als die Haustür ins Schloss gefallen war, rollte sich Riemenschneider im Eingang auf ihrem Teppich zusammen, und der Hauptkommissar strich ihr kurz über die rosa Ohren.

»Gute Nacht, Große«, murmelte er noch, bevor er selbst sein Bett aufsuchte. Was für ein wunderbarer Tag war das gewesen. Wenn's nach ihm ginge, könnte der Sommer so bleiben. Mit einem Lächeln auf den Lippen schlief die Belegschaft der Judenstraße 4 ein.

*

Das Boot kam näher, und Edwin Rasts Wut war noch nicht verraucht. »Kommt nur her, wenn ihr den Mut habt. Ich hab's ja immer gewusst, dass man euch nicht trauen kann, ihr Paddelpack!«, belferte er dem herannahenden Bug entgegen.

Das Boot stoppte direkt vor seinem Gesicht und ging längsseits. Der sich auf Rasts Dreiviertelglatze spiegelnde Mond warf Lichtvariationen auf die kleine Wasserfläche zwischen Boot und Pegelpfeiler. Der Frontmann des Kanus beugte sich vorwärts und schaute Rast ausdruckslos an.

»Du? Was … Was soll das?« Rasts Verblüffung war unbeschreiblich. »Was macht ihr hier? Binde mich sofort los, verdammt!«

Aber das Gesicht grinste nur breit. »Keine Panik, Fischerkönig. Wir hatten nur was vergessen.« Und damit kleisterte der Mann dem völlig verdatterten Guru der Anglerzunft einen silbernen Klebestreifen über den offenen Mund.

»Das war's. Und jetzt nix wie weg«, kam die ruhige Anweisung aus dem hinteren Teil des Bootes. Wenige Sekunden später verschwand das Kanu lautlos in der Dunkelheit.

Verzweifelt stierte Edwin Rast dem letzten Eindruck des Bootes noch mehrere Minuten hinterher. Er konnte es einfach nicht glauben. Er hatte ja mit vielem gerechnet, aber damit nicht. Außerdem beschlich ihn langsam das Gefühl, den Pfeiler hinunterzurutschen. Oder aber das Wasser stieg, doch das war eigentlich unmöglich, schließlich führte der Main Niedrigwasser, und es hatte seit zwei Monaten keinen Niederschlag mehr gegeben.

*

Das Notfalltelefon unterbrach seinen Lesefluss. Goppert hob den Blick aus seinem Buch und betrachtete es skeptisch. Dann die Decke, dann seine Fingernägel. Entweder würde er jetzt rangehen und somit das Spiel mitspielen, oder er hätte zu beschließen, nicht da zu sein. In zwanzig Minuten wäre er sowieso weg. Aber dann hatten sie ihn am Haken.

Na gut. Wie die Herren Kollegen es wünschten. Er biss die Zähne zusammen und klappte das Buch zu. Dann nahm er seinen Schuh von der Warnlampe, die immer noch blinkte, und sah spaßeshalber nochmals auf den Pegelstand. Er musste lachen: drei Meter zehn über Normalstand. Jetzt übertrieben sie es aber! Schmunzelnd hob er endlich ab. »Wasserwirtschaftsamt Kronach, Flussmeister Goppert«, säuselte er so korrekt wie möglich in den Hörer. »Was kann ich für Sie tun?«

»Ja, hier is Demmel aus Nedensdorf. Sach amal, was treibt ihr da obe in Kronich eichentlich? Ich wollt bloß Bescheid stoßen, dass mir aufm Dachboden stehn, weil der Maa neis Wohnzimmer geloffen is. Könnt ihr des vielleicht amal a weng unterbinden, uns gehen nämlich die ganzen Möbel verreckt.«

Flussmeister Goppert war nur einen kurzen Moment lang verunsichert, fasste sich dann aber sofort und stellte grimmig die Gegenfrage, ob sie denn keine Eimer, Becher und Lappen im Hause hätten, um das selbst zu erledigen. Außerdem sollten sie sich mal nicht so anstellen.

Was dann kam, war ein einziger, großer Anschiss aus tiefstem Herzen, der sich gewaschen hatte und mit den Worten endete: »Fick dich nei die Knie, du unfähiger Beamtenarsch!«

Verdattert ließ Goppert den Hörer fallen, als wäre er eine heiße Kartoffel. Das war mit Sicherheit keiner seiner Kollegen gewesen. Dann klingelte es.

Froh, sich vom Telefon wegzubewegen, eilte er zur Tür, öffnete und starrte verdutzt in das wutverzerrte Gesicht des Katastrophenbeauftragten des Bezirks Oberfranken. Noch ehe er etwas sagen konnte, packte der ihn am Kragen und brüllte aus vollem Hals: »Was zum Teufel treibt ihr hier eigentlich, ihr Penner? Wir haben Hochwasser!«

*

Im weißen Dämmerlicht des Mondscheins blickte Edwin Rast einem so großen und schäumenden Wellenberg entgegen, wie er ihn noch nie zuvor gesehen hatte. Das war doch alles nicht wahr, das war ja ein Tsunami! »Wo kommt denn das Wasser her? Verdammt!«, schrie er innerlich den näher kommenden Wellen entgegen. Er fühlte sich wie in einem schlechten Traum. Die Antwort auf diese Frage blieb ihm schlussendlich leider für immer versagt. Der Main erhob sich und verschluckte binnen Sekunden nicht nur ihn, sondern auch das gesamte Ufer bis hinauf zur Friedhofsmauer. Edwin Rast hielt noch instinktiv und panisch die Luft an, was aber nicht wirklich seinen Aufenthalt unter den Lebenden verlängerte. Verzweifelt versuchte sein Gehirn zu verstehen, was gerade geschah. Mithin – vergeblich. Als er die verbrauchte Atemluft schließlich langsam aus der schmerzenden Lunge entleeren musste, schwamm plötzlich ein Zander an ihm vorbei. Mindestens einen Meter lang und locker zehn Kilo schwer. Fast hatte es den Eindruck, als würde der Fisch ihm kurz zulächeln, bevor er mit zwei schnellen Schlägen seiner

Flosse in den Tiefen des Tsunamis verschwand. Das wäre der Rekord gewesen, dachte er noch völlig verblüfft, dann atmete er ein letztes Mal ein. Drei Minuten später war Edwin Rast der größte unter den Fischen im Main.

*

http://www.rast-los.com
User-id: xxxx User online: 1

Glühwurm: Das wars.

Glühwurm: (Logout)

*

Umweltminister Schleycher stand auf und ging gemessenen Schrittes zum Rednerpult. Äußerlich ruhig und gefasst, innerlich aber mit einer nicht unerheblichen Spannung. Immerhin war das eine der wichtigsten Reden in seiner noch jungen Amtszeit, die er dem CSU-Vorstand präsentieren wollte. Auf Kloster Banz war er zwar schon oft gewesen, bislang aber immer nur in der zweiten Reihe als Staatssekretär, obwohl, das musste er zugeben, selbst dieser Posten bereits mit einem gewissen Grad an Entscheidungsbefugnis gesegnet gewesen war.

Eigentlich war er gelernter Dorfpfarrer einer kleinen Gemeinde in der bayerischen Rhön gewesen, doch dann hatte er sich bald durch die Kommunalpolitik einen Namen in der CSU gemacht. Kurz darauf folgte der Aufstieg in mittlere und auch höhere Parteiämter, und das, ohne groß aufzufallen, was in der CSU keine leichte Übung darstellte. Neider gab es natürlich trotzdem. Aber wie wollte man einem ehemaligen Geistlichen, der noch dazu eine geradezu seelsorgerische und einnehmende Öffentlichkeitsarbeit hinlegte, am Lack kratzen? Kaum im Amt des Ministers eingeschworen war Kolonat Schleycher schon der beliebteste Minister beim

Volk. Ein »Everybody's Darling«, der nach Wahlstimmen geradezu stank. Da musste man schon auf einen gewaltigen Skandal hoffen, um so jemanden noch vom Sockel zu stoßen. Kolonat Schleycher wusste um die Haifische, die ihn von der Basis her treuherzig und falsch anlächelten. Er hatte seine Pfründe zu sichern und Unbill in der Öffentlichkeitsarbeit zu vermeiden. Und deswegen war er hier.

Er atmete noch ein letztes Mal tief durch und begann seine erste Rede in Banz. »Probleme sind da, um bewältigt zu werden!«, rief er ins Auditorium. »Die CSU kann und will es nicht jedem recht machen, besonders nicht in der Umweltpolitik. Liebe Kolleginnen und Kollegen, ich stehe hier, um Ihnen unbequeme und unpopuläre Entscheidungen vorzulegen. Entscheidungen, die …«

In diesem Moment fiel das Licht aus. Dann versagte die Tonanlage. Nach einem kurzen Moment des Erschreckens machte sich verunsichertes Kichern im Raum breit.

»Der Herr selbst hat dir wohl den Saft abgedreht, was?«, rief ein potenzieller Missgünstling aus den hinteren Reihen, und damit war der Bann gebrochen. Die CSU-Fraktion lachte sich tot. Es wurde entschieden, eine Sitzungspause einzulegen, und Kolonat Schleycher hoffte, dass dieser Stromausfall nicht ein böses Omen für seine Amtszeit war.

*

In Nedensdorf war Volksfeststimmung. Kanu- und Kajakfahrer aus ganz Bayern hatten sich zur finalen Großkundgebung an der Einstiegsstelle versammelt, um gegen die angeblichen üblen Machenschaften der Fischerei zu demonstrieren. Am morgigen Sonntag wollte man im Zuge eines »Widerstandspaddelns« auf dem Main bei der Öffentlichkeit und vor allem bei der Regierung auf dem Banzberg für mehr Aufmerksamkeit sorgen. Die Auseinandersetzungen zwischen Anglern und Bootsfahrern hatten im letzten halben Jahr dramatisch an Schärfe zugenommen. Geschichten von Prügeleien auf Kiesbänken, angebohrten Booten bis hin zu vergifteten Fischen waren im Umlauf.

Das Fass zum letztendlichen Überlaufen aber hatte der Fischereibevollmächtigte Rast gebracht. Der hatte sich vergangenen Juli groß für die Lokalzeitung ablichten lassen und verkündet, dass das Paddeln auf dem Main ja quasi schon erledigt war und diese bootfahrenden Umweltverbrecher im Prinzip bereits Flussgeschichte darstellten. Die Fischerei und seine Person im Speziellen hätten dafür schon alle erforderlichen Mehrheiten beisammen et cetera. Das Interview hatte mit dem unglücklichen Vergleich geendet, dass ein Bootsfahrer für den Main auch nicht besser sei als eine Heuschreckenplage für Äthiopien.

Daraufhin war ein kollektiver Aufschrei durch die fränkische Paddlergemeinschaft gegangen. Der Deutsche Kanuverband schrieb eine offizielle Protestnote an das Bayerische Umweltministerium, in der oberen Fischereifachbehörde in Bayreuth stapelten sich die Anträge auf Gutachten, und beim Bamberger Landrat gaben sich die entsprechenden Parteifunktionäre der Kampfhähne die Klinke in die Hand. Schließlich hörte man in der Szene das Gerücht, dass der neue Umweltminister in einer seiner ersten großen Amtshandlungen den ganzen Streit unterbinden wolle und eine Verordnung erlassen werde. Ob diese zugunsten der Bootsfahrer oder der Anglerschaft ausfallen werde, war aus seinen Äußerungen jedoch nicht ersichtlich. Da hielt sich das Umweltministerium ziemlich bedeckt. Kolonat Schleycher ging offensichtlich wesentlich bedachter vor als sein Amtsvorgänger, dem man eine natürliche Affinität mit der Paddlerei angemerkt hatte. Aber es lag etwas in der Luft, das spürte jeder, der in diesen Zank involviert war. Deshalb war für den morgigen Sonntag auch die erste Paddlergroßkundgebung und -demonstration in der Geschichte des Bayerischen Kanuverbands geplant. Die Beteiligung war immens, die Stimmung war gut und ausgelassen. Mehrere hundert Paddler aller Couleur hatten in Nedensdorf und am gegenüberliegenden Ufer ihre Lager aufgeschlagen. Bis zum Wasser standen die Zelte dicht an dicht. Die ersten Feuer brannten bereits, die eine oder andere Gitarre konnte man auch schon hören, und etliche Wassersportler waren noch auf dem Fluss unterwegs, um das Spektakel von dort aus zu betrachten.

Im einzigen Gasthof von Nedensdorf hatten sich die oberen Zehntausend der Protestbewegung zum konspirativen Treff versammelt. Der Reblitz lag einhundert Meter den Berg hinauf mitten im Ort, den ansonsten ein eher beschauliches Treiben mit Einheimischen und ein paar Sommergästen auszeichnete. Jetzt aber war hier der Teufel los. Die Gaststube platzte fast aus allen Nähten, wer keinen Stuhl mehr ergattert hatte, musste stehen – und das taten die meisten. Der Gang zur Toilette erinnerte stark an eine Nahkampfübung der Bundeswehr, und das Bier floss in Strömen, und zwar nicht nur in der Wirtschaft.

Auch draußen auf dem Hof drängelten sich die Menschen bis zur Einstiegsstelle hinunter und verlangten nach flüssigem Brot. Der Wirt war bereits dazu übergegangen, das Bier fässerweise zu verkaufen, um der Lage einigermaßen Herr zu werden. Die Bierfässer mussten dann über Kopf zum Flussufer geschleppt werden, weil an ein Durchkommen auf eine andere Art nicht einmal zu denken war. Das größte Bamberger Volksfest, die Sandkerwa, war ein Dreck dagegen. Ganz Nedensdorf ähnelte einem Piratentreffen auf einer Karibikinsel. Die Stimmung musste damals ähnlich gewesen sein.

Im Reblitz saßen die Rädelsführer derweil in trauter Runde beisammen, um sich auf den morgigen Tag einzustimmen. Beflügelt von der Woodstockatmosphäre draußen war man drinnen fleißig am Mut- und Überzeugungantrinken.

Fritz Helmreich, Bootsverleiher aus Kemmern, hielt gerade eine Rede zur Lage der Paddlernation. Schon leicht beduselt beendete er unter begeistertem Beifall seinen Vortrag gegen die dunklen Mächte der Fischerei um den finsteren Rast und gab anschließend den Abend zur freien Gestaltung frei. Was nichts weiter hieß, als dass der Bierkonsum sich noch etwas beschleunigte, sofern dies überhaupt noch möglich war. Der Zapfhahn des Wirtes glühte genauso wie die Augen des Brauereibesitzers. Der Reblitz machte in einer Nacht so viel Umsatz wie sonst im ganzen Sommer.

»Du, Fritz, sach amal«, wurde Helmreich von der rechten Seite angesprochen. »Du, Fritz, sach amal: Maanst du, die wollen des Bootfahrn aufm obera Maa echt verbieten? Jetzt, wo mer doch alle Aastiegsstelln gemacht ham? Bloß wecha dem Rast sei Spinnerei.«

»Naaa. Jetzt mach dir amal kaan Stress«, beruhigte ihn der Bootsverleiher.

»Wenn die morchen sehn, was aufm Maa los is, dann wern die sich des gleich zwaamol überlechen, was se da machen. Und der Rast tut, glaab ich, schlimmer, als wie er is. Des is a großer Dampfplauderer vorm Herrn. Prost, und jetzt trinke mer noch a Seidla!«

Helmreich war sich sicher, dass die ganze Geschichte in ihrem Sinne ausgehen würde. Als ortsansässiger Bootsverleiher hatte ihn das Schicksal in die Gegenspielerrolle der Angler hineinmanövriert. Trotzdem hatte er immer wieder versucht, beschwichtigend auf seine Partei einzuwirken, was jedoch einfacher gesagt als getan war. Die Fischerei war ein straff durchorganisierter Verband, der sich bis hinunter in den kleinsten Angelverein erstreckte. Da herrschten noch deutsche Zucht und Detailkenntnis. Die Bootsfahrer hingegen glichen einem chaotischen Hühnerhaufen. Als junge Sportart waren sie dementsprechend schlecht organisiert und, was Lobbyarbeit anbelangte, völlig unbedarft. Das musste man erst lernen, aber Helmreich war auf einem guten Weg. Immerhin war sein Vater Bürgermeister von Kemmern gewesen, und als Heranwachsender hatte er mit großem Interesse die Klüngel und Abmachungen in der Heimlichkeit des Helmreich'schen Wohnzimmers mitverfolgt. Nach dem Willen seines Vaters hätte er Lehrer werden und in der Politik mitarbeiten sollen. Dafür wäre jedoch der CSU-Beitritt unausweichlich gewesen, und so weit ging die Vaterliebe dann doch nicht. Dann eben keine Politikerkarriere. Denn in Franken war man seit jeher entweder in der CSU oder in der Opposition. Entweder man arrangierte sich und akzeptierte die faktische Monarchie im größten Bundesland, oder man verdingte sich mit ehrlicher Arbeit. Fritz Helmreich entschied sich für Letzteres.

Er hob seinen Krug, um auf dessen fatale Leere aufmerksam zu machen, als von draußen hektische Rufe zu ihm hereindrangen. Wahrscheinlich war bei denen das Bier auch alle. Er schwenkte weiter sein Seidla mit dringendem Wunsch nach erneuter Befüllung, doch die Stimmen von draußen wurden immer lauter.

Plötzlich stürzte der Vertreter des Deutschen Kanuverbands aus München in den Gastraum und rief mit panisch weit aufgerissenen Augen: »Fritz, Fritz, komm sofort! Da ist was mit dem Main. Ich glaube, wir kriegen Hochwasser. Und zwar schnell!«

Helmreich glaubte, sich verhört zu haben. Hochwasser? Völlig unmöglich. Die Pegelstände wurden von ihm jeden Tag abgefragt, und eigentlich war das Wasser schon seit drei Tagen so niedrig, dass gar nicht mehr Kanu gefahren werden durfte. Hochwasser war so was von unrealistisch, vor allem bei der andauernden Trockenheit. Verwirrt ging er mit nach draußen.

»Da, schau dir die Schweinerei an!«, rief ihm der Vorsitzende vom Faltboot-Club Bamberg zu. »Die schrecken vor nichts zurück! Egal wie se des gemacht ham, aber sie hams gemacht. Jetzt musste was unternehma, Fritz! Es langt!«

Ungläubig betrachtete Helmreich die Szenerie. Er traute seinen Augen nicht.

Das Ufer war verschwunden. Und mit ihm Zelte, Boote und Bootsfahrer. Wer konnte, hatte sein Boot noch schnell den Hang hinauf Richtung Ortsmitte gezerrt. Die meisten allerdings hatten nur noch sich selbst retten können und standen nun wie alle anderen wortlos aneinandergedrängt am neuen Ufer, der Dorfstraße. Der Main hatte die Einstiegsstelle gefressen, die Zelte waren weg, die meisten Boote verschwunden und die bierselige Piratenstimmung auch. Fassungslosigkeit machte sich breit. Wie konnte das passieren? Hochwasser ohne Regen? Wie auch immer, der Main hatte die größte Paddlerdemo, die Franken je zu sehen bekommen hätte, ohne Wenn und Aber aufgelöst.

*

Der Gewehrlauf schwebte nur etwa zehn Zentimeter vor ihr in der Luft. Noch nie in ihrem erst kurzen Leben hatte sie so panische Angst gehabt. Beethovens Neunte tönte laut durch den gefliesten Kerker, und der Mann schien wild entschlossen zu sein. Er zielte kurz und drückte, ohne zu zögern, ab. Es gab einen dumpfen Knall, Pulverdampf quoll in Zeitlupe aus dem Lauf – und Riemenschneider wachte quiekend auf.

Sie war nicht tot. Ein Glück, alles war nur ein schweinischer Alptraum gewesen. Riemenschneider grunzte erleichtert und legte den verschwitzten rosa Kopf wieder auf ihre ausgestreckten Vorderfüße. Mit einem Mal ertönte eine laute Melodie. Beethovens Neunte. War alles vielleicht doch kein Traum gewesen?

Behände sprang sie auf und drückte sich bebend gegen die eichene Eingangstür. Das kleine Herz klopfte ihr bis zum Hals. Verdammt. Hastig warf sie Blicke in sämtliche Ecken des Flurs, aber nirgendwo war ein Mann mit Flinte zu entdecken. Doch wo kam dann die Musik her? Sie nahm ihren ganzen Mut zusammen und schlich mit kurzen Trippelschritten der Quelle der Sinfonie entgegen. Vorsichtig lugte sie ins Wohnzimmer und grunzte. Gott sei Dank. Es war nur das Telefon. Der Kommissar hatte offensichtlich mal wieder den Rufton geändert. So eine Schweinerei. Seit er einen Computer und Internet besaß, machte er sich an langen Sommerabenden anscheinend einen Spaß daraus, Klingeltöne runterzuladen. An sich eine Vorliebe von verpickelten Teenagern, aber wenn man ein gelangweilter Single war …

Einerseits war Riemenschneider ob dieser Entdeckung wieder beruhigt, andererseits bemächtigte sich des Schweins plötzlich ein ziemlich unangenehmer Druck auf die kleine, aber wohlgefüllte Blase. Das Greifenklau-Bier verlangte unaufschiebbar nach Ausgang. Vorsichtig nahm sie das neue Handy zwischen die spitzen Zähne und kletterte die Stufen zum kommissarischen Schlafzimmer hinauf. Dort legte sie das Telefon neben das Nachtkästchen in der Hoffnung auf den Boden, dass die inzwischen sehr laut abgesonderte neunte Sinfonie zum Erwachen des Herrn und Meisters führen würde. Aber nichts da. Kommissar Haderlein schlief den Schlaf des Gerechten und harrte konsequent des natürlichen Erwachens. Die Melodie hatte aufgehört und Beethoven versagt.

Riemenschneider griff zum letzten ihr bekannten Mittel,

stellte die kurzen Vorderfüße auf die Oberkante des original japanischen Futonbetts und zerrte langsam, aber beharrlich die leichte Sommerdecke auf den Boden. Sie hatte das in einem dieser alten Schwarz-Weiß-Filme im Fernsehen gesehen, die ihr Kommissar so liebte. Da hatte es einen Hund namens Lassie gegeben, der das andauernd gemacht hatte. Sie war ziemlich beeindruckt gewesen, und da Riemenschneider schließlich weitaus intelligenter als so ein blöder Hund war, stellte das Nachahmen für sie kein Problem dar.

Sie wartete. Alles Weitere lag nun nicht mehr in ihrer Hand, allerdings bald in Form einer gelblichen Pfütze auf dem gedielten Schlafzimmerboden, wenn nicht schnell etwas passieren würde. Bellen wäre jetzt nicht schlecht, überlegte sie, aber da! Es tat sich etwas. Ein Fuß bewegte sich.

*

Kommissar Haderlein fiel die plötzliche Kühle unangenehm auf. Außerdem hatte anscheinend jemand das Radio angedreht, denn Beethoven dudelte in Endlosschleife durch sein Gehör. Ziemlich nervig, das Ganze. Er fingerte verzweifelt nach der Decke, um die Temperatur wieder zu erhöhen. Weg. Was sollte das? So konnte er jedenfalls nicht weiterschlafen. Es war doch Sonntag, Sommer, und er hatte dienstfrei. Aber so würde er nie weiterträumen. Es war zu laut und zu kalt. Kommissar Haderlein beschloss notgedrungen aufzuwachen.

*

»So, hier machen wir Pause«, bestimmte ihr Vater, der Expeditionsleiter, kurz entschlossen. Er hatte von der ganzen Hektik dieses Urlaubs bereits die Nase gestrichen voll. Seit sie vor drei Tagen aus dem Zelt gekrochen waren, ging irgendwie alles schief. Der Main führte nun endgültig Niedrigwasser, der Pegel leuchtete rot und deutlich, und damit durften sie mit dem Boot nicht weiterfahren und saßen auf dem Campingplatz in Ebensfeld fest.

Seine dreizehnjährige Tochter fand das alles natürlich gar nicht lustig. Schon im Vorhinein hatte sie keine wirkliche Lust auf Bootfahren gehabt, doch jetzt wollte sie nur noch heim. Eigentlich am liebsten in einen Ferienclub auf die Kanaren so wie ihre beste Freundin und deren Eltern. Denn so ein Boot hatte kein Internet, es gab keine Disco in der Nähe, und zu guter Letzt hatte ihr ihr Vater auch noch das Handy verboten. Super!

»Wir verbringen eine Woche in der Natur. Ganz ohne diese verdammte Zivilisation«, hatte er verkündet.

Mama hatte auch gewollt, dass sie mal aus dem Haus verschwanden, und fand die Idee mit der Bootstour ziemlich gut. Keine Unterstützung in der ganzen Familie. Schrecklich.

Sanft glitt das Boot auf die neu angelegte Kiesbank neben der Brücke. Alles war noch feucht und rutschig. Der Main musste in der Nacht tatsächlich wesentlich mehr Wasser geführt haben. Auch jetzt befand sich der Wasserstand noch rapide im Fallen. Amelie sprang sofort aus dem Boot und wollte Richtung Dorf laufen.

»Halt, erst mal wird das Kanu gesichert, und das Geld muss ich dir auch noch raussuchen!«, rief ihr Vater ihr zu. Der wasserdichte kleine Beutel, in dem sich ihr Ferienvermögen befand, war irgendwo tief unten im Equipment vergraben. Das konnte dauern.

Amelie setzte sich neben das Boot auf einen dicken, quer liegenden Baumstamm, betrachtete erst ungeduldig die Suchaktion ihres Vaters und richtete ihren Blick dann abwartend auf den schmutzig braunen Main. Nach ein paar Minuten begann sie das Treibgut auf dem Wasser zu zählen.

So etliches kam da angeschwommen. Gerade trieb eine Gitarre vorbei.

Ihr Vater hatte inzwischen seinen halben Oberkörper in einem wasserdichten Sack vergraben. Wo zum Teufel hatte er bloß das Geld verstaut? Hoffentlich war das nicht zusammen mit der Karte auf dem Campingplatz geblieben. Das würde jetzt gerade noch fehlen. Ohne Geld gab es kein Essen, dafür aber mit Sicherheit eine ausgerastete Tochter. Er war genervt.

»Papa«, hörte er Amelies Stimme von irgendwo links durch den Sack dringen.

»Ja, mein Engel?«, flötete er leicht abwesend zurück.

»Papa, wie lange kann man eigentlich die Luft unter Wasser anhalten?«

Was? Wollte seine Tochter jetzt auch noch baden? »Keine Ahnung, vielleicht fünf Minuten, wenn man gut ist. Du springst mir jetzt aber nicht in den Fluss. Das ist viel zu gefährlich, und das Wasser ist ziemlich schmutzig. Und nass zu frühstücken, das kommt gar nicht in die Tüte.« Im unpassendsten Moment kam seine Tochter aber auch wirklich auf die blödesten Ideen. »Warum willst du das überhaupt wissen?«, erkundigte er sich.

»Och, nur so. Fünf Minuten meinst du also? Dann muss der Mann da drüben aber reichlich lange trainiert haben. Der hält jetzt schon die Luft an, seit wir hier sind. Und auf meiner Uhr ist das schon mehr als das Vierfache.«

*

Kommissar Haderlein öffnete die Augen und sah an die Decke. Kein Zweifel. Er war zu Hause, und jemand dudelte Beethoven neben seinem Bett. Zudem war seine Decke verschwunden. Beethoven? Verdammt, das war doch sein Handy! Blitzschnell rollte er sich auf die Seite und tastete den Boden nach dem Telefon ab. Aus den Augenwinkeln sah er sein kleines Ferkel am Fußende des Bettes neben der Decke sitzen. Er zögerte nur einen Moment ob der etwas unwirklichen Situation, aber dieser Moment war einer zu viel, denn Beethoven verstummte, und das Handy wollte nichts mehr mit ihm zu tun haben.

»Was soll denn der Blödsinn, Riemenschneider?«, rief er seinem Hausschwein zu. »Es ist Sonntag, und ich habe das Recht auszuschlafen. Wenn ich mich überhaupt am Tag des Herrn aus dem Bett erhebe, dann nur, um die Toilette aufzusuchen, ist das klar?«

Aber Riemenschneider rührte sich nicht, sondern schaute ihn weiterhin unverwandt und starr an.

Haderleins Blick fiel auf die Uhr. Halb acht. Mitten in der Nacht wurde man also von seinem Schwein und einem Handy aus dem Schlaf gerissen. Er seufzte. Da hatte er sich und seinem Leben eine Frau und Kinder sozusagen erspart, aber dafür offensichtlich gegen ein Ferkel und Handy eingetauscht. Tolle Alternative.

»Riemenschneider, ich geh jetzt aufs Klo, und dann sehen wir weiter«, stellte er das kleine Schwein vor vollendete Tatsachen und trollte sich Richtung Bad davon. Er ließ sich auf der Schüssel nieder, gähnte und durchdachte seine momentane häusliche Situation. Das mit Riemenschneider konnte so nicht weitergehen. Aber wohin mit ihr? Im Tierheim wollte man sie nicht nehmen, und bei einem Bauern würde sie bloß als Spanferkel enden. Das konnte er ihr nun auch nicht antun.

Er stöhnte laut auf. Vorletzte Woche hatten seine Kollegen ihm das Ferkel als Geschenk zum fünfundzwanzigjährigen Dienstjubiläum überreicht. Damit er weiterhin so viel Schwein mit seinen Fällen habe, stand auf der Glückwunschkarte, die sie der armen Riemenschneiderin um den

Hals gebunden hatten. Inzwischen hatte er herausgefunden, dass das Ferkel bei irgendeinem mysteriösen Einsatz übrig geblieben war, während er Urlaub gehabt hatte. Den Rest des feuchtfröhlichen Jubiläumsabends hatte er dann in seiner Wohnung mit der Diskussion darüber verbracht, wie das Ferkel heißen sollte. Kommissar Lagerfeld, sein Kollege, war auf die glorreiche Idee gekommen, im »Deutschen Buch der Vornamen« nachzuschlagen, das bei Haderlein im Schrank stand. Allerdings war besagter Kollege schon so benebelt, dass er danebengriff und stattdessen die »Enzyklopädie der deutschen Kunstgeschichte« in seinen Händen hielt. Einer rief: »Los!«, Haderlein rief: »Stopp!«, und Lagerfeld tippte blind in die Mitte des Buchs auf den Kunstschnitzer Tilman Riemenschneider. Und da niemand mehr Lust verspürte, noch länger über den Taufnamen eines weiblichen Ferkels zu brüten, wurde es beschlossen und verkündet. Das Schwein wurde in einem feierlichen Akt mit Bier getauft, und Haderlein wurde eine Taufurkunde überreicht. Am nächsten Tag, als der Hauptkommissar mit schwerem Kopf erwachte, hatte er eine neue Mitbewohnerin namens Riemenschneider am Bein, die grunzte und von nun an jeden Morgen Gassi geführt werden musste. Das war vor gut zwei Wochen gewesen.

Gassi! Ihm fiel es wie Schuppen von den Augen. Deswegen saß Riemenschneider vor dem Bett! Nun gut. Haderlein würde sich die Morgentoilette schenken und erst mal mit dem Schwein um die Ecke gehen, bevor noch Schlimmeres passieren konnte. Er warf sich seinen Bademantel über, schlüpfte in die Hausschuhe, schnappte sich Riemenschneiders Leine, ging zur Haustür und öffnete sie.

Draußen stand Kommissarkollege Lagerfeld, die Hand erhoben, um die Klingel zu betätigen.

»Guden Morchen, Chef. Gud, dass Sie scho wach sin.

Aber wieso gehn denn Sie net ans Handy? Ich hab fei ewich klingeln gelassd.«

Lagerfeld also. Lagerfeld bedeutete Unheil. Haderlein sah seinen heiligen Sonntag in weite Ferne rücken. Er musste das drohende Unheil unbedingt abwenden.

»Was wollen Sie, Lagerfeld? Es ist Sonntag, und ich habe eigentlich frei.« Ihm schwante Übles. Aus purer Freundlichkeit kam Lagerfeld bestimmt nicht vorbei.

»Mir ham an Fall, Chef. Wie geht's denn der Riemenschneiderin?« Grinsend tätschelte er das kleine Schwein.

Das durfte doch alles nicht wahr sein. Ein Fall? Heute am heiligen Sonntag? Bitte nicht. Wahrscheinlich hatte wieder eine Katze eine andere vergewaltigt, und der Besitzer stellte Strafanzeige. Das war bis jetzt das Kriminellste gewesen, was dieser August zu bieten gehabt hatte. »Um was geht's denn, Lagerfeld, können Sie das denn nicht alleine?«, stöhnte er.

»Naa, Chef. Mir ham a dode Leiche im Maa mit unnadürlicher Dodesfolge. Des is Chefsache, Chef.«

Manchmal nervte ihn das breite Fränkisch seines jungen Kollegen unsäglich. Aber Lagerfeld war auch durch bisheriges Bitten nicht zu bewegen gewesen, sich kontinuierlich dem hochdeutschen Idiom zuzuwenden. Wenigstens im Dienst. »Woher wollen Sie denn wissen, dass die Person umgebracht wurde, Lagerfeld? Sie dürfen nicht immer so vorschnell urteilen.«

Lagerfeld blätterte kurz in seinem Notizblock und las dann vor: »Na ja, die Berson is männlich und ziemlich dod. Außerdem is das arme Schwein«, hier horchte die Riemenschneiderin interessiert auf, »under Wasser festgebunden worn, und des wird der ja wohl kaum selber gemacht ham. Dann war ihm die Goschn mit am Glebeband zugebabbd. Des macht mer aa net selber, wenn mer fesd aagebunden is, Chef. Außerdem gab's an Sabodaschefall am Wehr in Hausen und dadurch ausgelöst so a Ard Dsunami den Ma nunner mit haufenweise Sachschaden. Wenn Sie mich frachen, Chef, dann is da am Maa grad irchendwie der Deufel los.«

Riemenschneider beschloss, die weitere Entwicklung der Ausführungen nicht länger abzuwarten, und entleerte sich an der Wand des Haderlein'schen Anwesens. Resigniert betrachtete der Hauptkommissar erst sein Ferkel, dann Lagerfeld, bevor er sich entschied, sich seinem Schicksal zu ergeben und sich besser mal was anzuziehen.

Leich-Zeit

http://www.rast-los.com
User-id: xxxx User online: 2

Glühwurm: Herrschaften da is irgendwas ziemlich schiefgelaufen!!!

Peter 69: Wir sitzen richtig in der Scheiße!

Glühwurm: Was denn für Scheiße?

Peter 69: ganz grosse scheisse!!!

*

Kolonat Schleycher startete seinen zweiten Versuch. Nachdem gestern Abend das Licht und der Ton ausgefallen waren und er sich erst mal zum Affen der Partei gemacht hatte, würde heute hoffentlich nichts mehr schiefgehen. Mit dem Manuskript seiner Rede fest in der Hand schritt er zum Rednerpult. Die Fraktion war noch immer ziemlich erheitert, und er hatte heute Morgen beim Frühstück mehr als genügend dumme Sprüche zum Thema »Herrgott und die plötzliche Dunkelheit« über sich ergehen lassen müssen. Aber er ertrug sie mit Fassung. Schließlich war er jetzt Minister und mit einer gewissen Gelassenheit gesegnet. Zumindest erwartete man das von ihm, und er hatte nicht vor, sich von einem lächerlichen Stromausfall aus der Fassung bringen zu lassen. Dass es mit seinem Nervenkostüm im Moment nicht zum Besten stand, brauchte ja keiner zu wissen.

Am Rednerpult klopfte er lieber noch mal gegen das

Mikrofon, was sofortiges allgemeines Gelächter auslöste. Schleycher konzentrierte sich. Der Boden war bereitet, nun konnte er mit dem Säen beginnen. Das biblische Bild gefiel ihm gut, und mit ihm kehrten die Ruhe und das Selbstbewusstsein wieder in ihn zurück.

»Liebe Kollegen, liebe Kolleginnen der Fraktion. Ich hoffe, dass mit Gottes Hilfe diese Rede ohne Energieausfälle gehalten werden kann.« Wieder Lacher. Die Fraktion war wirklich ein Kindergarten. »Ich möchte deswegen auch ohne weitere Umschweife mit dem Kern und wichtigsten Punkt meiner Legislaturperiode beginnen. Wie ich gestern schon kurz erwähnte, ist es oft nicht möglich, in der Politik allen Bedürfnissen der Menschen gerecht zu werden und ihre Wünsche zu befriedigen.«

An der rückwärtigen Seite des Saals hatte sich die Tür geöffnet, und die Staatssekretärin aus dem Umweltministerium huschte herein. So unauffällig wie möglich drückte sie sich an der Seite der aufgestellten Stuhlreihen vorbei. Schleycher bemerkte, dass sie ziemlich blass aussah. Trotzdem fuhr er unbeirrt fort: »Deswegen, liebe Freunde, werde ich heute etwas vorstellen, das ...«

Doch dann hatte Gabriele Haier das Rednerpult erreicht. Ihr Blick verriet eine Angelegenheit von außerordentlicher Dringlichkeit. Sein erster Auftritt vor der Fraktion in Banz schien wirklich unter keinem guten Stern zu stehen. Wehe, drohte Schleycher der Staatssekretärin in Gedanken, wehe, das ist nicht wichtig.

»Entschuldigung, ich glaube, ich muss eine kurze Pause einlegen ...«, unterbrach er seine Rede und drehte das Mikro von sich weg. Dann zischte er sie an: »Ich hoffe wirklich, du hast einen guten Grund, mich hier zu unterbrechen, Gabi.«

»Ja, den hab ich allerdings«, flüsterte sie zurück.

Die weitere Unterhaltung stellte sich für die versammelte

CSU-Fraktion so dar, dass der Umweltminister die Botschaft seiner Staatssekretärin wortlos zur Kenntnis nahm und anschließend ohne äußerliche Regung bekannt gab, dass er seine Rede leider erneut vertagen müsse. Es sei etwas Persönliches geschehen, das keinen Aufschub dulde. Er bat nochmals um Entschuldigung und verließ so gemessen wie möglich den Raum. Gabi Haier folgte ihm eilig. Nur ein wirklich enger Vertrauter hätte bemerkt, dass in Umweltminister Schleycher ein Chaos wütete.

*

Als Kommissar Haderlein am Tatort in Kemmern eintraf, hatte die Bamberger Landpolizei bereits alles aufgeboten, was ihr zur Verfügung stand. Die Einstiegsstelle der Bootsfahrer war weit um die Kemmerner Brücke herum abgesperrt, und die Beamten hatten bereits mit etlichen Schaulustigen zu kämpfen, die sich das Spektakel nicht entgehen lassen wollten. Auch sein »Lieblingsreporter« von der lokalen Presse war natürlich schon anwesend und schoss ganze Bilderserien vom Tatort, so er ihn einsehen konnte. Unten an der Brücke durchkämmten die Herren der Spurensicherung das Gelände, und auf dem Main patrouillierte ein Boot der Wasserwacht. Aber wo zum Teufel blieb Lagerfeld? Er war doch vor ihm losgefahren.

Haderlein parkte seinen Fiat auf einer Wiese am nahe gelegenen Sportgelände und befahl Riemenschneider, ruhig auf der Rückbank sitzen zu bleiben. Das Ferkel ergab sich sang- und klanglos seinem Schicksal, und der Kommissar schritt den Abhang zum Pegelpfeiler hinunter. Dabei entdeckte er auch Lagerfeld, der mit einer Flasche Sekt und ein paar Gläsern in der Hand recht lässig am Brückensockel lehnte. Der Kriminalhauptkommissar schüttelte verständnislos den Kopf. Zwei Meter weiter sah er eine männliche Leiche, die mit dem Kopf im Wasser hängend am Pegelpfahl festgebunden war. Er wühlte sich durch die kontinuierlich anwachsende Menschenmenge und näherte sich seinem Kollegen. Als Lagerfeld ihn erblickte, kam er strahlend mit der Sektflasche und den Gläsern auf ihn zu.

»Was soll das denn werden, Lagerfeld?«, erkundigte sich Haderlein schroff. »Ist das hier die versteckte Kamera oder so was Ähnliches? Wenn ja, werde ich Sie gleich neben dieser Attrappe da im Main versenken. Lagerfeld?«

Doch der junge Kommissar ließ sich nicht beirren und strahlte weiterhin ausgesprochen gute Laune aus. »Kaa Sorche, Chef, die Leiche is echt. Und zwar Ihre fünfzigste. Herzlichen Glückwunsch, Chef. Des is a runda Sach. Ich hab mer gedachd, da könnerd ich mit Ihnen amal a weng anstoßen. Wechen dem Jubiläum.« Und mit der Erklärung ließ er den bereits vorsorglich gelockerten Korken mit lautem Knall in den Main fliegen. Das Publikum fuhr erschrocken auf, der Sekt quoll über, und Lagerfeld begann eifrig, die Gläser zu füllen.

Die Augen von Kommissar Haderlein bohrten sich wie glühende Lanzen in die seines untergebenen Kollegen. »Lagerfeld, hören Sie sofort mit dem Blödsinn auf!«, herrschte er ihn an. »Wenn Sie dieses absonderliche Fest schon unbedingt mit mir feiern möchten, dann nicht in aller Öffentlichkeit. Haben Sie mich verstanden?« Nebenan wurden von der Presse bereits die ersten Fotos des Sektempfanges geschossen.

»Wie Sie wolln, Chef. Ich hab's ja bloß gud gemaant«, maulte Lagerfeld und verkroch sich beleidigt mit der Flasche zur Spusi unter die Brücke, doch auch die Spurensicherer lehnten dankend seinen Sekt ab. Frustriert rauchte er erst mal eine Zigarette. Sollten diese Miesepeter doch sehen, wie sie ohne ihn klarkämen.

Der Hauptkommissar begab sich zum Pegelpfeiler. Sein

Kollege trieb ihn noch in den Wahnsinn. Bei dem Gedanken, dass Lagerfeld irgendwann seinen Job bei der Bamberger Dienstelle übernehmen würde, schauderte es ihn manchmal. Eigentlich hieß der junge Kommissar gar nicht so, sondern hatte einen ganz banalen Namen: Bernd Schmitt. Aber weil er seine dünnen Haare hinten zu einem idiotischen Zopf zusammenzubinden und vorne eine dicke, dunkle Sonnenbrille zu tragen pflegte, wurde er schon immer wie der große Modeschöpfer genannt. Haderlein fand die Erscheinung absolut lächerlich, aber sein Kollege stand drauf. Das Outfit hatte sogar schon eine Dienstaufsichtsbeschwerde nach sich gezogen – allerdings ohne Konsequenz. Weder die Form der Haartracht noch die Gestaltung von Sonnenbrillen im Dienst war klar geregelt. Also war Lagerfeld eben Lagerfeld geblieben. Man konnte von ihm halten, was man wollte, im Grunde seines Herzens war er eine Seele von Mensch und ein Tollpatsch. Auch wenn ein Fettnapf nur zu ahnen war, Lagerfeld, so viel war sicher, würde ihn finden und darin versinken. Er fand sogar dort Fettnäpfe, wo für Normalmenschen keine waren. Lagerfeld war der typische Mann fürs Grobe, und wenn's um fränkische Spezifikationen ging, geradezu unersetzlich. Eigentlich war er ein wirklich guter und engagierter Kriminalbeamter, aber eben manchmal etwas sehr direkt und vor allem sehr fränkisch.

»Dürfte ich mal die Erkenntnisse der Spusi vermelden, wenn's recht wäre?«, holte eine Stimme Haderlein aus seinen Gedanken zurück.

»Ja, natürlich, schießen Sie los«, gab er schleunigst zurück. Vor ihm stand der diensthabende Beamte Ruckdeschl der Abteilung »Big Brother«, wie sie im internen Jargon genannt wurde. Heute war er etwas undezent in Neopren gekleidet, als Accessoires fungierten die typischen Tauchgeräte. Während er die Aluminiumflasche ablegte, wanderte sein ungemütlicher Blick hektisch zwischen ihm und Lagerfeld hin und her. Haderlein vermutete, dass die Spurensicherung die Idee mit dem Sekt nicht gutgeheißen hatte.

»Also, unsere wertvollen Erkenntnisse sind eigentlich ziemlich schnell erzählt, wenn nicht wieder kleinere Festivitäten den Ablauf stören«, krähte er Haderlein angriffslustig entgegen, zog ihn unauffällig, aber bestimmt auf die Seite und bedeutete ihm, direkt am Ufer stehen zu bleiben. »Also«, wiederholte Ruckdeschl seinen schwergewichtigen Satzanfang und fuchtelte mit dem rechten Arm unbestimmt in Richtung Pegelpfeilerleiche, während seine Augen unruhig über die Notizen flogen, die eine knappe DIN-A4-Seite bedeckten. »Also, die Leiche ist männlich und irgendwas um die fünfundvierzig Jahre alt, würde ich sagen. Todeszeitpunkt würde ich mal auf Mitternacht plus/minus zwei Stunden festlegen. Ohne der Autopsie vorgreifen zu wollen, tippe ich mal zu neunundneunzig Prozent auf Ertrinken.«

»Sakrament, ist der aber schwer!«, wurde er zwischenzeitlich von den restlichen Mannen der Spusi unterbrochen, die mit tatkräftiger Hilfe Lagerfelds die Leiche ins Trockene zogen und sie vorsichtig ins Ufergras betteten.

»Schauen wir uns den Gegenstand Ihrer Untersuchungen doch mal genauer an«, beschloss Haderlein und machte dem Spurensicherer ein Zeichen, ihm zu folgen. Widerwillig schleppte Ruckdeschl sich und seine Tauchausrüstung zwölf Meter weiter, ohne seine wertvollen Notizen wegzustecken. Wohin auch?

»Die Leiche scheint im Prinzip völlig unversehrt zu sein.« Haderlein musterte den leblosen Körper und beugte sich interessiert über den Hinterkopf. »Aber hier ist eine Riesenbeule«, bemerkte er.

»Genau. Von einem stumpfen, runden Gegenstand.« Ruckdeschl setzte einen triumphierenden Blick auf.

»Lagerfeld, kommen Sie doch mal her!«, schnauzte Haderlein jetzt unwirsch seinen jungen Kollegen an, der gerade im Begriff war, sich den letzten Rest der Sektflasche zu Gemüte zu führen. Theatralisch seufzend stellte Lagerfeld die Flasche auf einen Stein zurück und folgte der Aufforderung seines Chefs.

»Also, Lagerfeld, Sie werden sich jetzt weiteren Alkohol im Dienst verkneifen, den Leichnam nachher mit in die Anatomie nach Erlangen begleiten und unserem Lieblingspathologen, Herrn Siebenstädter, bei der Autopsie beiwohnen. Anschließend werden Sie mir einen lückenlosen Bericht über diese Person liefern.« Er deutete mit einem Kopfnicken auf den Toten. »Wie er heißt, wo er wohnt, seine Lieblingsbonbons und wie oft er wo am Tag auf die Toilette ging. Und diese Informationen habe ich komplett – ich wiederhole: komplett – morgen früh um neun Uhr auf meinem Schreibtisch liegen. Haben Sie mich verstanden, Lagerfeld?«

Ernst Ruckdeschl grinste erst Haderlein und dann Lagerfeld hochzufrieden an, der mit offenem Mund dastand, als hätte ihm gerade jemand erklärt, der Weihnachtsmann sei leider nur erfunden.

»Aber heute ist doch Sonntag!« Lagerfeld schaute seinen Chef flehend an, aber Haderlein verharrte in unverminderter Strenge und bewegungslos an seinem Platz und blickte ihn nur unmissverständlich an. »Und wieso der Autopsie beiwohnen, Chef? Ich will mir des net anschauen, wenn der aufgeschnitten wird. Wahrscheinlich werden die da sowieso nix finden. Der is ersoffen, des is doch offensichtlich«, bettelte er verzweifelt weiter, während sein Blick hilfesuchend zu Big Brother Ruckdeschl schweifte.

»Wer weiß, Lagerfeld«, unterbrach ihn jetzt Haderlein, »vielleicht findet sich im Magen dieses armen Sacks ja nicht nur Mainwasser und Fisch, sondern auch zum Beispiel

Sekt, was auf einen Unfall durch Alkoholismus hindeuten könnte …« Der Angesprochene starrte ihn verständnislos an. »So«, wandte der Ermittler sich zum Schluss seiner Rede wieder Ruckdeschl zu, »und jetzt nehmen Sie meinen jungen Kollegen hier mal mit und zeigen ihm, was eine richtige Tatortsicherung ist.« Haderlein war zufrieden mit sich.

»Aber Chef … Siebenstädter kann mich doch eh schon net leiden«, wimmerte Lagerfeld erbarmungswürdig.

»Schluss jetzt mit dem Gejammer. Sie machen gefälligst, was ich Ihnen sage«, herrschte ihn der Ältere an und ließ ihn einfach stehen.

Dann kniete Haderlein sich neben die Leiche und begann die Kleidung des Mannes zu durchsuchen. Alles tropfte, und der Parka des dicklichen Mannes war von der aufgesogenen Feuchtigkeit elend schwer. Der Tote trug grüne Gummistiefel, Amiparka und einen ebenfalls grasgrünen Pullunder über einem braunen Hemd: Er sah schwer nach Angler aus. In den Taschen war für Haderlein jedenfalls nichts zu finden. Kein Taschentuch, Handy oder zumindest ein Notizbuch. In billigen Kriminalromanen wurde so etwas prinzipiell bei allen Leichen gefunden, um den beschleunigten Fortgang der Geschichte zu ermöglichen. Einfach lächerlich! Haderlein schnaubte verächtlich. Diese sogenannten Kriminalautoren hatten von der Wirklichkeit nicht die geringste Ahnung. Im Zeitalter von gentechnischen Nachweisen würde man als Verbrecher nicht weit kommen, wenn man solche Anfängerfehler beging, wie es die fiktionalen Protagonisten ständig taten. Hier sah jedenfalls nichts nach Anfängerei aus. Entweder hatte der Mann nichts dabei – was äußerst unwahrscheinlich war –, oder wer auch immer hatte ihm die Taschen vor seinem Tod gründlich leer geräumt – was schon eher in Betracht kam.

Haderlein erhob sich. Erst mal ging es hier nicht weiter.

Sollte doch Lagerfeld während seiner Sonntagsarbeit schauen, ob er etwas rausbekam.

Er wandte sich gerade zum Gehen um, als ein Mitarbeiter der Spusi sich daranmachte, der Leiche die monströsen Gummistiefel auszuziehen.

»Halt!«, rief Haderlein barsch. »Finger weg!«

Erschrocken ließ der Mann das Bein, das er gerade auf Hüfthöhe gehoben hatte, samt Stiefel wieder fallen.

»Hab ich was falsch gemacht?« Er war hörbar verunsichert. »Ich gehe hier doch nur nach …«

»Nein, nein«, beruhigte ihn Haderlein schnell, »es ist nicht wegen Ihnen. Schauen Sie mal lieber hier.« Er kniete sich erneut neben die Leiche, um den rechten Stiefel etwas genauer inspizieren zu können. Irgendetwas befand sich im Schaft und beulte diesen nach außen hin aus. Der Kommissar tastete an der Innenseite des Gummis knapp oberhalb des Knöchels herum. Tatsächlich, er hatte sich nicht geirrt. Da war eine Art Tasche. Klein, aber fein. Ein triumphierendes Lächeln huschte über sein Gesicht. Mit den Fingern der rechten Hand fühlte er am oberen Rand des gummierten Täschchens entlang. Es schien mit einem Klettverschluss gesichert zu sein, der aber nicht aufzubekommen war. Alles war viel zu eng und glitschig. Bei aller beruflichen Neugier, und davon besaß er viel, hatte Haderlein keine Lust, weiter an diesem fürchterlichen Käsefuß herumzumachen. »Jetzt ziehn Sie ihm doch endlich diese Stiefel aus!«, maulte er ungeduldig den eingeschüchterten Spurensicherer an.

Der wollte spontan den Mund zum Protest öffnen, besann sich dann aber eines Besseren. Er wusste, was passieren konnte, wenn man einem ungeduldigen Haderlein widersprach. Er war der fähigste Kriminalbeamte, den die Bamberger Polizei jemals gehabt hatte, lieferte die beste Aufklärungsquote in ganz Bayern und besaß einen so messerscharfen Verstand, dass sein manchmal strenges Sozialverhalten den Kollegen gegenüber notgedrungen toleriert werden musste. Vielleicht hatte das auch nur etwas mit seiner oberbayerischen Herkunft zu tun. Sein Heimatort Aschau im Chiemgau lag in der allertiefsten bayerischen Provinz. So was prägte eben. Wahrscheinlich verfiel er deshalb unter Stress immer leicht der Grantelei. Wie auch immer, wenn sein Gehirn auf Hochtouren lief und er Kollegen anraunzte, war es jedenfalls besser, ihm nicht zu widersprechen. Ansonsten drohten ellenlange Diskussionen, und letztendlich meinte er es ja auch nicht so.

Der Spurensicherer zog also ein Mal kräftig an dem Stiefel, dem ein unangenehmer Geruch nach Buttersäure entwich, und befreite ihn von dem Fuß. Kommissar Haderlein kümmerte der Gestank indes wenig. Er griff nach dem Schuh, suchte sich einen Angriffspunkt für seine Finger und versuchte, den Klettverschluss aufzuhebeln. Nachdem sich eine Ladung Mainwasser über seine unteren Extremitäten ergossen hatte, bekam er das Ende der Lasche schließlich zu fassen. Ein kurzer Ruck, der Stiefel entglitt seinen rutschigen Fingern, und der Inhalt der geheimen Tasche kullerte auf den Kies vor seine Füße.

»Ham Sie was gefunden, Chef?«, rief Lagerfeld freudig erregt und näherte sich joggend. Vielleicht ergaben sich mit dem Fund ja neue Erkenntnisse, und er kam doch noch um die Strafautopsie herum?

Haderlein hob sich bückend zwei Teile vom Boden auf. »Lagerfeld, das werden Sie nicht glauben. Das ist ja wie im Fernsehen!«

In der rechten Hand des Kommissars lag ein Handy, in der linken ein kleines grünes Notizbuch.

*

http://www.rast-los.com
User-id: xxxx User online: 7

Glühwurm: Nachricht an alle.

Die Adresse auf diesem Server wird in einer Stunde gelöscht. Im Anhang meiner Mail werdet ihr ein Schredderprogramm finden. Damit werdet ihr alles auf eurem Computer eliminieren, was auch nur im Entferntesten mit der Angelegenheit zu tun hat. Das Gleiche gilt für schriftliche Aufzeichnungen aller Art. Danach werdet ihr euch ruhig verhalten und genauso weiterleben wie bisher. Dann wird auch niemandem was am Zeug geflickt. Was passiert ist, ist passiert und nicht mehr rückgängig zu machen. Bleibt einfach ruhig. Besonders du, Peter 69.

Dies ist meine letzte Meldung.

Ende der Durchsage.

*

Umweltminister Schleycher zerrte seine Staatssekretärin in den nächstbesten Besprechungsraum und drückte sie auf einen Stuhl. »Und? Was machen wir jetzt?« Mit seinem hilfesuchenden Blick ähnelte er stark einem kleinen Bären, dem die Mama weggenommen worden war.

»Erst mal gar nichts«, entgegnete sie. Im Gegensatz zum Minister wirkte sie erstaunlich cool.

»Was?«, entgegnete er völlig entsetzt. »Die Polizei wird doch Nachforschungen anstellen und ganz schnell herausfinden, dass …«

»Ganz ruhig. Die Polizei wird gar nichts herausfinden. Es gibt keine Verbindung. Wie denn auch?«

»Aber wie kannst du dir da nur so sicher sein?«, herrschte er sie nervös an und drückte seine Fingerkuppen gegeneinander. Mittlerweile hatten sie eine schneeweiße Farbe angenommen, und auf seiner Stirn glitzerten Schweißperlen.

»Lass mich nur machen. Du solltest am besten die Fraktion vertrösten. Das kannst du doch gut«, versuchte sie ihn zu beruhigen. »Aber ganz ehrlich: Ich persönlich sehe jetzt keinen Grund mehr, die Rede in ihrer jetzigen Form noch zu halten – wenn Sie verstehen, was ich meine, Herr Minister.« Sie zwinkerte ihm vielsagend zu.

Es dauerte einen Moment, bis Kolonat Schleycher begriff. Natürlich, damit wäre ja alles in bester Ordnung. Daran hatte er noch gar nicht gedacht. Er vergegenwärtigte sich die positiven Seiten der Entwicklung, und schlagartig machte sich Erleichterung in ihm breit. Er musste seine Rede nicht mehr halten. Mit den Geschehnissen war die Kuh vom Eis. Er seufzte erleichtert, sammelte sich und war binnen Sekunden wieder der kühle, besonnene Umweltminister Schleycher. Aber was sollte er nur seiner Fraktion erzählen? Jetzt, da er epochale Umwälzungen angekündigt hatte? Seine Stirn legte sich in Falten.

»Jetzt mach dir mal keine Sorgen.« Gabriele Haier hatte seine Gedanken erraten. »Ich bin mir ganz sicher, dass sich über Nacht ein neues Thema für eine neue Rede finden wird. Ich kümmere mich drum. Es wird eh nicht mehr viel passieren, solange die Bundeskanzlerin noch da ist.«

Auch das hatte er verdrängt. Schleycher schaute die Staatssekretärin an, die sich ihm entgegenbeugte – allerdings ein ganzes Stück tiefer. Gabriele Haier war nur eins vierundfünfzig groß, aber was würde er ohne sie nur machen? Jetzt wusste er, was er zu tun hatte. Wohlüberlegt nahm er sie in den Arm. Die Geste war die beste Absicherung, um morgen früh eine wasserdichte Rede über was auch immer auf dem Tisch zu haben. Da war er sich sicher. Zufrieden rückte er seine Krawatte zurecht, setzte seine jovialste Miene auf, lächelte ihr schnell zu und öffnete die Tür zum Sitzungssaal.

*

Die Krisensitzung im Reblitz, die bereits um acht Uhr früh einberufen worden war, ging in die vierte Stunde. Inzwischen hatte sich auch Fritz Helmreich von der aufgebrachten Stimmung mitreißen lassen und überlegte mit seinen Paddlerkollegen, wie welche Gegenmaßnahmen auf welchen Ebenen durchgeführt werden sollten. Schäden in Höhe von mehreren tausend Euro an Booten und sonstigem Equipment konnte er sich nicht gefallen lassen. Vom Imageverlust für die gerechte Sache gar nicht zu reden. Die Polizei hatte man schon vor längerer Zeit verständigt, aber die war offensichtlich mit anderen Dingen beschäftigt. Die Herren der Bamberger Landpolizei hatten jedenfalls den Weg nach Nedensdorf noch nicht gefunden.

Helmreich war ratlos. Noch wusste niemand, was eigentlich genau los gewesen war. An einen dummen Zufall wollte hier jedenfalls niemand glauben. Trotzdem hatte sich der Bootsverleiher dafür ausgesprochen, erst einmal nicht überstürzt zu handeln, wild in der Gegend herumzuspekulieren und wahllos potenzielle Attentäter auszumachen. Die Polizei sollte erst mal herausfinden, was passiert war, alles andere würde man später sehen. Die meisten seiner Paddlerkollegen vertraten leider eine weniger tolerante Auffassung über das weitere Prozedere.

Josef »Joe« Scheidmantel, ein großer, breitschultriger Bootsverleiher aus Lichtenfels, war außer sich vor Wut. Seit Beginn der Sitzung konnte er nicht an sich halten und fiel so ziemlich jedem Diskutanten ins Wort. Helmreich war schon versucht, ihn des Saals zu verweisen, brachte es aber nicht übers Herz. Schließlich war Joe ein wirklich guter Freund – auch wenn er seine Emotionen manchmal nicht im Griff hatte.

»Des ist doch völlig klar, wer des Hochwasser verbrochen hat!«, brüllte er jetzt schon zum wiederholten Mal quer über den Tisch. »Des war der Rast, des blöde Anglerarschloch!« Seine Freundin Doris, die neben ihm saß, versuchte ihn verzweifelt und vergeblich zu beruhigen. Joe Scheidmantel kam erst so richtig in Fahrt. »Mir sollten alle zu dem hie und dem amal zeigen, wo der Bardel sein Most holt, jawoll. Dem gehört scho lang enne aufs Maul. Und wenn er blöd fracht, warum – gleich noch amal. Dieses drecks Anglerpack muss doch ausgeräuchert und verschwadd werdn. Der Rast, wenn mir noch einmal unter die Augen kommt, den bring ich um. Und dann kann der mich von mir aus verklagen, solang er will.«

Keiner traute sich, über Joes logischen Patzer zu lachen. Doch der Grund für das betretene Schweigen seiner Tischgenossen war nicht ihre Angst vor körperlicher Züchtigung, sondern die beiden Polizeibeamten, die unbemerkt von Joe Scheidmantel den Raum betreten und sich mit wachsendem Interesse seinen Vortrag angehört hatten.

»Dürften wir Sie in Ihrer großartigen Rede mal kurz stören, Herr Scheidmantel?«, unterbrach ihn der ältere Polizist, der zufälligerweise auch damals die Joe'sche Schlägerei aufgenommen hatte. »Könnten Sie noch einmal wiederholen, warum Sie den lieben Herrn Rast umbringen wollen?« Seine übertrieben liebenswürdige Stimme füllte den ganzen Raum aus, in dem es nun mucksmäuschenstill geworden war. Scheidmantels Joe hingegen schien als Einziger von dem Auftauchen der Beamten unbeeindruckt.

»Weil der Rast a Arschloch is! Deshalb!«, brüllte er dem Polizisten in unverminderter Lautstärke entgegen. »Im Wilden Westen hätt ich den Vollidioten scho längst vom Pferd gschossen!«, deklamierte er weiter. »So Arschlöcher wie der hätten vor hunnert Jahr scho des Zeitliche gsegnet. Da hätt mer net auf die Polizei gewart, da hättn mir des selber nei die Hand genommen!« Hochrot und trotzig, das Kinn energisch und entschlossen nach vorne gereckt, blickte er dem Polizeibeamten ins Gesicht.

Die Spannung war kaum noch zu ertragen. Nicht wenige der Anwesenden hatten bei Joes Antwort erschrocken die Luft angehalten.

Fritz Helmreich war bereits im Begriff, sich zu erheben. »Joe, jetzt hör mal …«, versuchte er seinen Freund vor dem drohenden Unheil zu bewahren. Aber es war zu spät.

»Soso, Herr Scheidmantel, was Sie also nicht sagen«, kommentierte der Polizeibeamte in aller Ruhe seinen Ausbruch. »Das würden Sie also wirklich tun?«

»Ja, allerdings würde ich des – und zwar mit ausgesprochener Leidenschaft«, beantwortete Joe dem Polizisten völlig unbeeindruckt seine Frage, die im Raum gestanden hatte.

»Nun«, bemerkte der Beamte, der inzwischen breitbeinig vor ihm stand, »nun, Herr Scheidmantel, ich muss Ihnen leider sagen, dass Sie sich diese Mühe sparen können.«

Plötzlich war es kalt in der Gaststube, und selbst in Scheidmantels Gehirn regte sich so etwas wie Unsicherheit, die er aber gleich im Entstehen niederbügelte. Alle Augenpaare starrten wie elektrisiert auf einen Punkt: den Mund des Gesetzeshüters, der auch sogleich den Rest der brisanten Wahrheit verkündete. »Edwin Rast ist heute Morgen tot in Kemmern aufgefunden worden, Herr Scheidmantel. Und so, wie es aussieht, kann man nicht davon ausgehen, dass er friedlich in seinem Bett entschlafen ist.«

Der Kopf von Fritz Helmreich flog herum. »Tot?«, fragte er mit brüchiger Stimme.

»Wie? Tot?«, ließ nun auch Scheidmantel reichlich verunsichert vernehmen. Alle Souveränität und alle Kampfeslust waren aus seiner Haltung gewichen.

»Nun, so tot, wie man eben nur tot sein kann«, erwiderte der Polizeibeamte kalt. »Und so, wie sich die Lage hier für mich darstellt, werden wir jetzt mal die Personalien von Ihnen aufnehmen, meine Damen und Herren. Und ganz besonders die von Ihnen, Herr Scheidmantel«, fügte er nach einer kurzen Pause und nicht ohne drohenden Unterton hinzu. Joe Scheidmantel musste sich setzen. Alle Kraft war aus seinen Beinen gewichen.

*

»Legen Sie beide Beweisstücke sofort wieder hin!« Lagerfeld drehte sich entgeistert um und sah Ernst Ruckdeschl mit hochrotem Kopf auf ihn zustürzen. »Das sind womöglich wichtige Spuren, die Sie da gerade vernichten.«

»Spuren? Aber des lag doch alles schon stundenlang im Main? Da wollen Sie noch Spuren finden? Jetzt wern Sie mal net albern, Ruckdeschl«, fuhr Lagerfeld den Spurensicherer autoritär an.

Ruckdeschl war kurz davor zu platzen. Nicht nur, dass diese Leiche ihm gerade seinen Sonntag versaute, nein, hinzu kam, dass dieser ungehobelte, manierenlose, klugscheißerische Neukommissar ernsthaft versuchte, ihm seinen Job zu erklären. Ihm, Ernst Ruckdeschl. Neunzehn Dienstjahre und damit fast so lange dabei wie Haderlein. Lächerlich. »Sie«, er betonte die Anrede, »würden auf diesen Beweisstücken natürlich nichts finden, Sie aufgeblasener Modezar.« Sein hoch erhobener Zeigefinger schwankte drohend in Lagerfelds Blickfeld hin und her. »Aber vielleicht wird Ihnen irgendwann einer, dem Sie netterweise Ihren Glauben schenken, erklären, dass durch Wasser verschwundene Fingerabdrücke durchaus wiederherzustellen sind. Vielleicht, und nur vielleicht, werden Sie das dann begreifen, Lagerfeld. Das Einzige, was Sie bisher zur Ermittlung beigetragen haben, sind Konfusion, Chaos, Alkohol und verstörte Mitmenschen. Von mir aus machen Sie mit meinen Beweisstücken doch, was Sie wollen, Lagerfeld. Aber kommen Sie in diesem Leben nie wieder, ich wiederhole, nie wieder mit der Bitte ›Können Sie mir mal einen Gefallen tun, Ruckdeschl?‹ angekrochen!« Damit entschwand er Richtung Absperrung.

Kommissar Haderlein musste wohl oder übel grinsen. Der Tag könnte für den armen Lagerfeld fürwahr besser laufen. Trotzdem hatte er in diesem Fall nicht unrecht. Selbst wenn auf dem Handy noch Fingerabdrücke gewesen wären, hätte er sie höchstselbst beim Herausfingern zerstört. Zudem war er sich ziemlich sicher, dass der fürchterliche Käsefuß des Toten alle eventuellen Spuren auf dem Gerät weggeätzt hatte. Aber Spekulationen konnte er jetzt nicht brauchen, es wartete harte Ermittlungsarbeit auf ihn.

Zuerst versuchte Kommissar Haderlein, das Handy zum Leben zu erwecken. Vergeblich. Als er den Deckel für den Akku öffnete, lief ihm sogleich das Wasser entgegen. Damit wusste er nun auch, warum das Sony Ericsson tot war. »Wäre auch zu schön gewesen«, murmelte er, dann sagte er laut: »Na gut, Lagerfeld, äußern Sie sich mal dazu. Sie sind doch fürs Technische zuständig. Das hier ist Ihre große Chance, der Obduktion zu entgehen. Bringen Sie das Ding wieder zum Laufen, und es gibt drei Extrapunkte vom Chef.«

Lagerfeld war froh, endlich eine Beschäftigung serviert zu bekommen, und nahm ihm schnell das Telefon aus der Hand. Er betrachtete es von allen Seiten. »Also, des is a pda, Chef, nicht nur a gewöhnliches Handy. Und zwar von der allerneuesten Sodde. Damit kann mer net blos nur telefonieren, sondern auch sei Notizbuch ersetzen, Musik hören und neis Internet. Sogar E-Mails verschicken kann mer, wenn mer moch. So a Art Kompaktbüro, wenn Se verstehen, was ich mein, Chef.«

Aber Haderlein verstand bestenfalls nur die Hälfte. Das Technikzeug konnte ihm gestohlen bleiben. Virtuelle

Spurensicherung und Cyberspace waren das Spezialgebiet Lagerfelds und anderer jüngerer Kollegen. Seine Welt bestand noch aus guten alten Fußspuren, Kleiderfasern und Fingerabdrücken. Außerdem war es sehr mühselig, Lagerfelds Fränkisch ins hochdeutsche Idiom zu transformieren, obwohl es ihm nach jahrzehntelangem Aufenthalt in Bamberg inzwischen leichter fiel.

»Außerdem is da jetzt Wasser drin in dem Teil, und der Akku is im Arsch, weil's ziemlich sicher 'nen Kurzen gegeben hat«, fuhr Lagerfeld fort. »Durch des Wasser hat der interne Speicher bestimmt auch an Schlach wech, und den Flash-Memory-Stick könne mer todsicher auch vergessn. Also, wenn Se mich fragn, Chef, wird des a weng eng mit dena Dateien auf dem Ding da.«

Haderlein stand da, den Kopf schief gelegt, die Augen konzentriert zusammengekniffen, und trotzdem konnte er nicht begreifen, was sein junger Kollege ihm gerade sagen wollte. Flash, Memory …? Was war aus dieser Welt nur geworden. »Okay, Lagerfeld«, sagte er resigniert und hob beide Hände über seinen Kopf. »Eine Frage: Kriegen Sie das Handy jetzt wieder zum Laufen oder nicht?«

»Eher nicht, Chef«, stellte Lagerfeld trocken fest. »Des muss nach Nürnberch zu die Spezialisten. Wenn überhaupt, finna nur die noch was.«

Gut, immerhin hatte er damit eine aussagekräftige Antwort erhalten. Während er das kleine grüne Notizbuch aufschlug, schaute Lagerfeld ihm über die Schulter. Von Wohlfühldistanz hatte der wohl auch noch nie etwas gehört.

»Viel aufschlussreicher is des fei a net, Chef. Des is ja genauso patschert nass wie des Handy.« Haderlein fuhr von Lagerfelds Kommentar völlig ungerührt fort, das Notizbuch langsam und konsequent Seite für Seite durchzublättern. Aber wo Lagerfeld recht hatte, hatte er recht. Jede Seite war eine impressionistische Krakelei in Weiß und Blau. In Gauß'scher Normalverteilung hatte das Wasser den Kugelschreiber über das Papier verschmiert. Noch mal Pech. Plötzlich nahm Lagerfeld ihm das Notizbuch aus der Hand.

»Wardens amal, Chef«, er fingerte vorsichtig an der letzten Seite herum, »da pappt was zam.« Tatsächlich. Die letzte Seite war gar nicht die letzte Seite, sondern war nur am Einband festgeklebt gewesen. Mit überraschendem Fingerspitzengefühl löste Lagerfeld die Seite ab. Ein Aufkleber mit der Adresse »Edwin Rast, 96079 Bamberg, Concordiastr. 17« kam zum Vorschein. Darunter verbarg sich eine ziemlich schlicht in edlem Schwarz gehaltene Visitenkarte, die ebenfalls noch gut lesbar war: »Franziskanerkloster Kreuzberg, Diözese Würzburg, Einkehr, Übernachtungen, Brauerei«. Es folgten noch eine Telefonnummer und eine Notiz mit Bleistift, Letztere war allerdings wie die anderen bis zur Unkenntlichkeit zerflossen.

Väterlich legte Haderlein seinem jungen Kollegen die Hand auf die Schulter. »Gut gemacht, Lagerfeld, gut gemacht. Da haben wir ja was, mit dem wir arbeiten können.« Dann stutzte er. Concordiastraße? Das war doch gleich um die Ecke von ihm. Er drehte sich zur Leiche um und betrachtete nochmals das Gesicht. Na klar, den kannte er doch vom Sehen! Schau mal einer an, das war ja einer seiner Nachbarn, der nur ein Stück weiter die Regnitz runter wohnte.

Sichtlich selbstzufrieden klappte Lagerfeld das Notizbuch zu. »Danke, Chef. Un was bedeutet des jetzt für meinen weideren Tagesablauf, ich mein, wechen meiner Abkommandierung zur Baddologie ...?« Leider verdeckte die Sonnenbrille seinen Dackelblick, sonst hätte sein steinerweichender Blick dem Hauptkommissar sicher das Kriminalistenherz geschmolzen. So war der mildernde Effekt nur marginal.

»Will mal so sagen, lieber Kollege«, entgegnete Haderlein,

noch immer väterlich. »Wir machen uns jetzt zusammen auf und klären vor Ort die merkwürdigen Vorkommnisse dieses Tages am Main.« Er begann beiläufig in den Berichten der Landpolizei zu blättern. »Aber zuallererst werden wir einer ahnungslosen Witwe in Bamberg eine traurige Nachricht überbringen müssen.«

»Alles klar, Chef, da bin ich aber erleichtert.«

»Und nachdem wir das erledigt haben, werden Sie der Autopsie der Leiche beiwohnen«, vollendete Haderlein emotionslos. »Ich werde Herrn Siebenstädter natürlich Bescheid geben, dass er auf Sie warten soll.«

Lagerfeld sah aus, als hätte ihn der Blitz getroffen. Haderlein grinste.

»Verstehen Sie's nicht als Maßregelung, sondern als Fortbildung, mein lieber junge Kollege. Sie werden es schon überleben. Und jetzt ran an die Arbeit. Riemenschneider wartet bestimmt schon ungeduldig.«

*

Die Concordiastraße in Bamberg war eine Sackgasse. Schmal und mit kleinen Steinen gepflastert zwängte sie sich zwischen alten und schiefen Fischerhäusern hinunter zum Regnitzufer, um dann unvermittelt an der Villa Concordia zu enden, einem Wasserschloss, das inzwischen zu einer Eliteeinrichtung für heranreifende europäische Musikbegabte umfunktioniert worden war. Ein Talentsilo der bayerischen Staatsregierung, dachte Haderlein bei sich, als er mit Lagerfeld in Sichtweite des Treppenaufganges zur Villa parkte.

Nummer 17 war ein altes, schmales Fachwerkhaus, dessen Rückseite zur Regnitz zeigte. Offensichtlich war es frisch renoviert worden, allerdings mit dem Habitus einer deutschen Einbauküche, Typ »Eiche rustikal«. Am Türstock war auf Schulterhöhe ein schmiedeeisernes Schildchen angebracht, auf dem man in kleinen, aufrecht stehenden Lettern den Namen »Rast« lesen konnte. Haderlein suchte vergebens nach einer Klingel und betätigte schließlich in Ermangelung dieser den Türklopfer.

Zuallererst passierte überhaupt nichts. Die Mittagssonne warf einen Schatten vom Nachbarhaus der gegenüberliegenden Straßenseite auf die zwei kleinen Fenster, und Lagerfeld versuchte, durch eines der beiden irgendetwas zu erkennen. Haderlein betätigte die Klopfer erneut und hatte diesmal Erfolg. Hinter der Tür war ein Geräusch zu vernehmen.

»Lagerfeld, kommen Sie her, es ist jemand zu Hause.« Der Kollege zertrat seine Zigarette und kam gerade noch rechtzeitig, um sich neben Haderlein zu gesellen, als sich die Tür knarrend öffnete.

Vor ihnen stand eine Frau mittleren Alters mit rötlich getönten Haaren. Ihr Blick war entweder streng oder beherrscht, so genau konnte man das nicht sagen. Sie gab eine schlanke, gut aussehende Erscheinung ab, registrierte Lagerfeld positiv überrascht. Die roten Locken fielen ungeordnet ins Gesicht und verliehen ihr etwas Mädchenhaftes. Sie mussten sie aus dem Bad oder dem Bett geholt haben, denn sie war barfuß und trug nur einen Bademantel. Auf jeden Fall wusste sie noch nichts vom Ableben ihres Mannes.

Sowohl Haderlein als auch Lagerfeld hatten schon mehrmals solche Nachrichten überbringen müssen. Das war so ziemlich der unangenehmste Teil ihres Berufsbildes. Den Ausdruck der ahnungslosen Erwartung einer Witwe, die erst von ihrem neuen Familienstand in Kenntnis gesetzt werden musste, konnte man so schnell nicht vergessen.

Lagerfeld überließ die Prozedur zumeist gerne seinem Chef. Er selber war nicht dafür geboren, in solchen Momenten die richtigen Worte zu finden. Auch dafür war es gut, einen älteren, erfahrenen Vorgesetzten zu haben. Zudem war Haderlein ja auch Hauptkommissar, er hingegen nur ein einfacher. Am Anfang war die Kripo nicht so sein Metier gewesen. Er war bei der Sitte eingestiegen. Hatte mit Zuhältern, Nutten und ähnlichen Zeitgenossen zu tun gehabt. Mit denen konnte er umgehen, keine Frage. Da war alles gefragt, nur kein feinfühliger Umgangston. Im Nachhinein war es gar kein so schlechter Job gewesen.

Vor einem halben Jahr hatte ihn dann Hauptkommissar Haderlein gefragt, ob er nicht in die Abteilung Tötungsdelikte wechseln wolle. Haderlein war der beste Kommissar in Bayern. Sein Name war wie ein Donnerhall in der Kriminologenszene. Nachdem er seine ersten Dienstjahre bei der Kripo in München verbracht und gleich mehrere Abteilungen absolviert hatte, lernte er bei einem Einsatz in Bamberg seine spätere Frau Eva Haderlein kennen. Die Liebe musste plötzlich und heftig über ihn gekommen sein, denn 1984 war es nicht gerade üblich, den Namen der Frau anzunehmen – und im katholischen Bamberg schon gar nicht. Nach nur sieben Monaten Ehe erkrankte Eva Haderlein schwer und verstarb kurz danach im Sommer 1985. Den Schicksalsschlag hatte sein Chef, so vermutete Lagerfeld, bis heute nicht richtig verwunden. Er blieb weiterhin in Bamberg und besuchte bis zum heutigen Tag zwei Mal wöchentlich das schlichte Grab seiner Frau auf dem Friedhof in der Siechenstraße.

Seit Jahrzehnten hatte man Hauptkommissar Haderlein nicht mehr mit einer Frau an seiner Seite gesehen. Weder offiziell noch inoffiziell. Das einzige weibliche Wesen, mit dem er sich etwas näher befasste, war Marina Hoffmann, die langjährige Büromaus der Dienststelle. Wegen ihrer guten Beziehungen zur Bamberger Imkerszene wurde die gute Seele von allen nur noch Honeypenny genannt. Wegen ihr mangelte es dem Büro und den angeschlossenen Familien nie an Honigbroten, ganz im Gegenteil. Und Honeypenny war Lagerfelds Wissen nach auch die einzige Frau, die bei Haderlein wenigstens ein paar seiner zahlreichen inneren Festungsmauern niedergerissen hatte. Allerdings immer nur platonisch. Zwischen ihm und Marina Hoffmann rauchte es zwar oft und gewaltig, aber die Versöhnungen kamen nie zu kurz.

Aber das war denn auch schon der Gipfel von Haderleins gegengeschlechtlichen Aktivitäten. Es schien, als lebte er nur für seinen Beruf, gute Bücher, Filme und sein großes Hobby, die Schnapsbrennerei oder Destillation, wie er sich auszudrücken pflegte. Aber das war wieder ein anderes Thema. Jetzt musste erst mal eine niederschmetternde Nachricht überbracht werden.

»Was gibt's denn, die Herrschaften?«, ertönte eine dunkle und wohlklingende Stimme und riss Lagerfeld aus seinen Gedanken.

»Kriminalpolizei Bamberg«, stellte sich Haderlein so neutral wie möglich vor, während er dezent seine Polizeimarke aufklappte und vorzeigte. »Frau Manuela Rast?«

Sie nickte kurz.

»Dürften wir kurz reinkommen? Wir müssten etwas mit Ihnen besprechen.«

»Bitte treten Sie doch ein, meine Damen und Herren«, erwiderte die Rothaarige betont süffisant, während sie unmerklich die rechte Augenbraue hochzog, dabei nicht unelegant den Gürtel ihres bordeauxfarbenen Bademantels fixierte und gleichzeitig auch noch die schwere Haustür hinter ihnen schloss. »Bitte setzen Sie sich doch«, fuhr sie sichtlich unbeeindruckt von der anwesenden Staatsmacht fort und deutete in Richtung Couchgarnitur. »Ich hol erst mal Kaffee. Letzte Nacht war etwas heftig.« Sie verschwand in der Küche, ohne eine Reaktion abzuwarten.

Die verblüfften Kommissare ließen sich auf der knallorangenen Couch nieder, während aus der Küche dezentes Klappern zu vernehmen war. Haderlein grübelte. Die Frau kam ihm überhaupt nicht bekannt vor, obwohl sie doch direkt in seiner Nachbarschaft wohnte. Merkwürdig. Und dann die Möbel. Die Couch passte nicht wirklich zur restlichen Einrichtung. Alles war spießig in dunklem Holz gehalten und fast klinisch sauber. Cremefarbene Bodenfliesen und dunkelgrüne Vorhänge an den Fenstern. Ansonsten fühlte er sich wie im Fischereimuseum. Auf einer Vitrine aus Eiche war ein riesiger ausgestopfter Fisch zu sehen, dessen Art er nicht kannte. Und mittendrin in der Wohnromantik stand dieses orangefarbene Sofa. Es passte in das Zimmer wie ein Wackelpudding auf ein Jägerschnitzel, nämlich überhaupt nicht.

Mit einem Tablett voller Tassen, Kaffee und Zubehör kam die rot gelockte Erscheinung wieder aus der Küche. Im Gegenlicht des dahinterliegenden Fensters wirkte sie auf Lagerfeld wie ein Rauschgoldengel. Er war spontan hingerissen. Das sollte die Frau von der Wasserleiche sein? Nach dem glatzköpfigen Toten und dem äußeren Eindruck des Hauses hatte er bei Gott etwas anderes erwartet.

»Äh, Frau Rast, wir wollten …«, versuchte Haderlein die konsequenten Vorbereitungen zum Brunch abzukürzen.

»Milch, Zucker oder Süßstoff?«, kam es wie aus der Pistole geschossen aus dem strengen, aber sinnlichen Mund.

»Süßstoff bitte, drei Stück«, preschte Lagerfeld vor und nahm sich, ohne auf die tadelnden Blicke seines Chefs zu achten, eine Tasse. »Schöner Bademantel übrigens«, versuchte er sich in Smalltalk. Die nackten Beine, und was für welche, verursachten in seiner Testosteron-Meldezentrale Kurzschlüsse, während die zierlichen Finger des Engels ihm Kaffee eingossen. Diese Schönheit konnte doch höchstens dreißig, maximal dreiunddreißig Jahre alt sein. Genau sein

Beuteschema! Der Single Lagerfeld schmachtete entzückt und gab sich ersten Tagträumen hin.

»Und Sie, Herr … Hauptkommissar Haderlein?«, erkundigte sich der Engel formvollendet.

»Schwarz, bitte«, erwiderte er höflich. »Frau Rast, es wäre vielleicht besser, wenn Sie sich setzen würden. Wir müssen Ihnen etwas Schockierendes mitteilen.«

»Sofort, meine Herren, ich hole mir nur schnell was für meine Füße. Der Boden hier ist wirklich etwas kühl.« Im Handumdrehen war sie schon wieder verschwunden.

»Was für eine Frau«, entglitt es Lagerfeld, während Haderlein verblüfft und erstaunt die Stirn in Falten zog. Frau Rast war wirklich cool. Verdammt cool.

»So, jetzt bin ich endlich betriebsbereit.« Die Hausherrin bog zügig um die Küchenecke. Mit Schwung und immer noch im Bademantel nahm sie den beiden Kommissaren gegenüber auf einem allein stehenden, ebenfalls orangeroten, quadratischen Sitzelement Platz, griff sich ihre Kaffeetasse, schlug die Beine übereinander und schaute aus selbstbewussten braunen Augen den Dingen entgegen, die da kommen sollten. Lagerfeld fiel vor Aufregung fast der Kaffee aus der Hand.

»Frau Rast«, begann Haderlein erneut. Er stellte seine Tasse vorsichtig auf den Tisch zurück und musterte sein Gegenüber aufmerksam. »Frau Rast, Ihr Mann, Edwin Rast, ist heute Morgen tot aufgefunden worden.«

Manuela Rast wich seinem Blick kurz aus, indem sie einen langen Schluck aus ihrer Kaffeetasse nahm. Ansonsten war für Haderlein keine Reaktion erkennbar.

»Was meinen Sie mit: aufgefunden?«, fragte sie schließlich sehr gefasst.

»Nun, Ihr Mann wurde an einem Pegelmesspfeiler des Mains nahe der Straßenbrücke in Kemmern festgebunden und ist dort wohl ertrunken. So sieht es jedenfalls momentan aus.«

Sie hob ihren Kopf, blickte schnell erst zu Haderlein, dann zu Lagerfeld, schaute dann an die Decke und fing an zu lachen. Ihre Hände hatten Mühe, die Kaffeetasse dabei ruhig zu halten.

Die Kommissare sahen sich verstört an. Keiner von ihnen hatte eine solche Reaktion erwartet. Die frisch gekürte Witwe erging sich nicht etwa in Trauer oder Depression, nein, sie schüttete sich vor Lachen aus. Und wenn sie nicht aufpasste, würde die fröhliche Engelsfrau gleich vom Sitzelement plumpsen.

»Am Pegelmesspfeiler?«, japste sie außer sich vor Heiterkeit. »Was für ein genialer Abgang!« Jede Strenge oder Coolness war aus ihrem Gesicht verschwunden. Vor ihnen saß plötzlich eine attraktive und offene Frau, die sich einfach nur köstlich über den Witz des Jahres amüsierte. »Meine Herren, Sie müssen entschuldigen, aber wir machen jetzt einen Sekt auf ... Pegelmesspfeiler«, konnte man sie noch kichern hören, als sie schon in der Küche verschwunden war.

Lagerfeld saß mit offenem Mund da, starrte auf das gerade verlassene orange Sitzelement und konnte nicht glauben, was da gerade ablief. Fast wäre ihm sein Notizblock aus den Händen entglitten.

Haderlein seinerseits versteckte seine nicht minder große Überraschung hinter der professionellen Maske des stoischen Kriminologen. Im Gegensatz zu seinem Kollegen begann es in seinem Gehirn jedoch heftigst zu arbeiten. So etwas hatte er noch nie erlebt. Und ungewöhnliche Erlebnisse waren in seiner bisherigen langen Karriere als Polizeibeamter nun wirklich keine Seltenheit gewesen. Die Reaktionen von Empfängern derartiger Neuigkeiten waren, wie gesagt, durchaus unterschiedlich, aber im Allgemeinen konnte man sagen, dass eine solche Nachricht alles andere bewirkte, nur keine ausgelassene Heiterkeit oder gar euphorische Lachkrämpfe.

Frau Rast wirkte keinesfalls dumm, sie musste doch wissen, dass sie sich mit einem solchen Verhalten sogleich mit weitem Abstand an die Spitze der Verdächtigenliste setzte. War ihr das tatsächlich egal? Hatte sie wirklich gerade erst in diesem Moment vom gewaltsamen Ableben ihres Mannes erfahren? Haderlein tappte noch im Dunkeln, aber eins schien definitiv festzustehen. Der beliebteste aller Ehemänner war Edwin Rast nicht gewesen. Immerhin war ihm etwas an Frau Rast seltsam bekannt vorgekommen. Ihre Aussprache war keinesfalls fränkisch. Zumindest nicht nur. Da hatte sich noch etwas anderes aus dem südbayerischen Raum mit reingemischt. Genau wie er war diese Frau nicht in Bamberg aufgewachsen.

Manuela Rast erschien wieder in der Küchentür. »So, wer von Ihnen beiden möchte denn ein Glas Sekt?«, gluckste sie mit einem strahlenden Lächeln.

Lagerfeld lächelte begeistert zurück.

*

In der Bamberger Dienststelle herrschte reger Betrieb. Der Wassermann, wie die Leiche inzwischen liebevoll genannt wurde, hatte diverse Aktivitäten in Gang gesetzt. Honeypenny war bereits fleißig am Telefonieren und Koordinieren. Schließlich hatte es nicht nur den Toten in Kemmern, sondern flussaufwärts auch noch mehrere äußerst mysteriöse Vorfälle gegeben: beispielsweise ungewöhnliches Hochwasser und angebliche Sabotage. Auch die Gerüchte von der verkappten CSU-Sitzung auf Banz brodelten nur so. Nichtsdestotrotz: Es gab viel zu tun an diesem Sonntag im August.

»Na, Riemenschneider, du wirst wohl den Tag heute mit

mir verbringen müssen du armes, kleines Schwein«, plauderte Honeypenny voller Mitleid mit dem kleinen Ferkel, das ihr zu Füßen lag. »Dein Kommissar wird sich seinen Keller und euer gemeinsames Bier heute verkneifen müssen. Draußen sind ganz viele böse Verbrecher unterwegs, und die muss er erst mal fangen, bevor er wieder mit dir ausgehen kann.« Sie tätschelte Riemenschneider beruhigend den Kopf und gab ihr ein weiteres Stück von ihrem frisch geschälten Apfel. Anfangs war sie etwas angesäuert gewesen, als Haderlein sie gebeten hatte, auf die Riemenschneiderin aufzupassen. Aber schon als er fort war, hatte sie das kleine rosa Ding gleich in ihr Herz geschlossen. Außerdem konnte das arme Schwein ja nichts für die Situation. Es war wirklich süß und dazu noch stubenrein, was man nicht von allen männlichen Kollegen hier behaupten konnte. »Hier hast du noch ein Stück, du kleine, tapfere Seele du«, flüsterte sie Riemenschneider zu, während sie ihr ein weiteres Apfelstück vor die Nase hielt.

Riemenschneider fackelte nicht lange. Sie war überhaupt nicht traurig, dass ihr Herrchen nicht zugegen war. Die große blonde Frau war ausgesprochen nett, fast netter als der Hauptkommissar. Außerdem war es hier nicht so heiß wie draußen, dauernd wurde sie von irgendwem gestreichelt, und es gab haufenweise Süßigkeiten. Es machte richtig Spaß, hier zu sein, und in der Dienststelle wurden manchmal sogar ihre Fähigkeiten geschult. Letzte Woche hatte man auf der Etage drei kriminelle Schokoladeneier versteckt und eine interne Ermittlung danach ausgeschrieben. Die Kollegen von der Drogenfahndung hatten sogar einen Steckbrief entworfen und ihn an alle Bürotüren geklebt. Sie selbst hatte die Dienstmarke von Lagerfeld umgebunden bekommen und durfte an der Suche nach den flüchtigen Eiern teilnehmen. Für sie hatte das kein großes Problem dargestellt. Von Anfang an war sie im Wurf das Ferkel mit der mit Abstand besten Nase gewesen, was ihr nebenbei auch das Leben gerettet hatte. Die Schokoeier waren jedenfalls innerhalb von nur dreizehn Minuten aufgespürt und sogleich verspeist. Unter großem Hallo der versammelten Diensthabenden wurde sie nach vollbrachter Tat offiziell zum Oberkommissarschwein befördert. Ihr Herrchen war fürchterlich stolz auf sie gewesen. Nein, sie konnte sich nicht beschweren, hier war es wirklich schön. Und jetzt reichte ihr die blonde Frau schon wieder leckeres Obst herunter.

»Na, Honeypenny, sind wir wieder mit der Schweinemast beschäftigt?«, tönte es plötzlich lautstark von weiter oben.

Marina Hoffmann richtete sich ruckartig auf. Vor ihrem Schreibtisch stand ihr Chef und Dienststellenleiter Robert Suckfüll alias Fidibus in seiner ganzen Pracht und mit frisch geköpfter Zigarre in der Hand.

»Ihre Tierliebe in allen Ehren, Frau Hoffmann, aber wir sind hier, um den Kriminellen dieser Welt Einhalt zu gebieten, wenn Sie verstehen, was ich meine. Ich möchte Sie also bitten, sich nun wieder Ihrem erlernten Beruf zuzuwenden, wenn das möglich wäre. Und falls es Neuigkeiten wegen dieser Wasserleiche gibt, will ich umgehend informiert werden. Haderlein ist schon ziemlich lange außerhäusig unterwegs, da müsste er doch mal Ergebnisse liefern …« Er wandte sich zum Gehen, überlegte es sich dann aber anders und drehte sich nochmals zu ihr um. »Und achten Sie bitte darauf, dass Haderleins, äh, Tier nicht den Boden verschmutzt.«

»Aber Riemenschneider ist doch stubenrein«, schlug sich Honeypenny energisch auf die Seite des Schweins.

»Man sollte stille Wasser nicht vor dem tiefen Abend loben«, entgegnete ihr Chef, indem er, wie er es häufig tat, ein bekanntes Zitat verunstaltete. Doch es kam noch besser. »Aber das ist Ihre Sache, Frau Hoffmann. Ich möchte keine schlafenden Hasen wecken. Wenn Sie Haderleins, äh, Tier hier in Pflege nehmen wollen, dann bitte. Wenn Sie sich das wirklich antun möchten, Ihr Problem. So hat eben jeder sein Süppchen zu tragen. Meinetwegen. Frau Hoffmann, ich bin an meinem Schreibtisch, falls Sie mich suchen.« In dem Bewusstsein, wieder eine germanistisch bedeutungsvolle Anweisung emittiert zu haben, betrachtete er kurz, aber liebevoll seine hundertsiebzehn Euro teure Zigarre und verschwand dann mit langen Schritten in dem sterilen Glaskasten, den er sein Büro nannte.

Marina Hoffmann seufzte. Dieser Mann würde es wohl nie begreifen. Reden war nun wirklich nicht sein Metier. Keine Frage, er war ein gelernter und hochkompetenter Jurist, aber das sollte er ihrer Meinung nach auch bleiben und keine unkontrollierten Ausflüge in die deutsche Sprache unternehmen. Außerdem war er doch ohne sie völlig hilflos. Ohne Frauen in seinem Leben würde er doch sofort von wilden Tieren aufgefressen werden, der arme Mensch. Seine Frau kämmte ihm die Haare und richtete ihm mindestens noch die Krawatte, bevor er aus dem Haus ging. Meistens war er so zerstreut, dass sie ihm auch seine Aktentasche hinterhertragen musste. Gott sei Dank hatte er sich vor Kurzem ein Navigationsgerät fürs Auto zugelegt, ansonsten würde er sich weiterhin permanent auf den sieben Kilometern zur Dienststelle verfahren. Diesbezüglich hatte seine Gattin übrigens festgestellt, dass eine weibliche Navigationsstimme wirkungsvoller war als eine männliche. Von Männern ließ sich ihr Mann nämlich nur ungern etwas sagen. In der Dienststelle war es nicht selten schon passiert, dass Robert Suckfüll sich ins falsche Büro gesetzt und sich umgehend beschwert hatte, dass fremde Familienbilder auf seinem

Schreibtisch stünden. Man möge diese doch bitte wegräumen.

Seine Schusseligkeit war schon fast legendär. Seinen Spitznamen Fidibus hatte er aber deswegen verliehen bekommen, weil er gleich zwei Mal innerhalb eines Jahres seinen Schreibtisch mithilfe von vergessenen Zigarren auf den Aktenordnern abgefackelt hatte. Zuerst wies er eine Mitschuld weit von sich, doch dann konnten die Kollegen von der Betrugsabteilung die Brandursache mit ihren Spezialisten zweifelsfrei eruieren. Also durfte er von nun an seine Havannas nur noch außerhäusig verqualmen, und es wurde ihm der Name Fidibus verpasst, von dem er bis heute nichts mitbekommen hatte. Nicht wenige Kollegen vermuteten, dass er nach dem Brand die Glaswände hatte errichten lassen, um sich inoffiziell in seiner Gedankenlosigkeit von Honeypenny kontrollieren zu lassen. Doch das würde ihr Chef natürlich niemals zugeben. Immerhin war es ihm bereits gelungen, dass er auf seinen teuren Zigarren im Büro nur noch herumkaute und sie nicht mehr anzündete.

Aber egal wie verschusselt Fidibus auch war, in einem Punkt hatte er tatsächlich recht: Haderlein war nun wirklich schon lange genug unterwegs, ohne sich gemeldet zu haben. Die Vernehmungen waren wohl doch umfangreicher als gedacht, vermutete Marina Hoffmann und fütterte Riemenschneider erneut.

*

Haderlein wurde es zu viel. »Frau Rast, wir haben Ihnen soeben die Nachricht vom Tode Ihres Mannes überbracht, und Sie führen hier Freudentänze auf. Mein Kollege La… ich meine, der Kommissar Schmitt und ich sind hier, um einen Mord aufzuklären. Also, wenn ich Sie nicht sofort verhaften soll, wäre es in Ihrem eigenen Interesse, uns an

Ihrer Fröhlichkeit teilhaben zu lassen. Und zwar umfassend, wenn es möglich wäre!« Er wurde jetzt wirklich ungehalten. Eigentlich regte er sich mehr darüber auf, dass diese Frau, die er vorher noch nie gesehen hatte, es geschafft hatte, ihn zu verunsichern, als über ihr ungewöhnliches Verhalten.

»Das heißt also, Sie wollen keinen Sekt?«, fragte sie ihn fast ungläubig.

»Nein, möchte ich nicht! Wir sind nämlich im Dienst und dürfen schon aus diesem Grund keinen Alkohol trinken«, erwiderte er schnell und warf Lagerfeld einen autoritären Blick zu, da dieser schon im Begriff war, die Einladung anzunehmen. »Bitte, Frau Rast, wir wären Ihnen wirklich sehr verbunden, wenn Sie uns alles über Ihren Mann erzählen würden. Außerdem müssen wir natürlich feststellen, wo Sie die letzten vierundzwanzig Stunden gewesen sind, um Sie als Verdächtige ausschließen zu können. Und glauben Sie mir, Ehefrauen, die sich Trauergefühlen über den Tod ihres Ehegatten entziehen, so wie Sie, sind sehr verdächtig.«

»Sehr verdächtig«, echote Lagerfeld versichernd hinterher, während er versuchte, sich auf seinen Notizblock zu konzentrieren.

»Na gut. Wie Sie wünschen, meine Herren. Dann trinke ich eben alleine und werde Ihnen mal was über meinen Mann, pardon, ich meine natürlich Exmann, erzählen.« Sie goss sich ihren Sekt ein, stellte die Flasche auf das Sims neben der Küchentür und begab sich auf eine Art und Weise wieder zurück zu ihrem orangenen Viereck, dass Lagerfeld mit ernsthaften Konzentrationsstörungen zu kämpfen hatte. Nachdem sie einen ausgiebigen Schluck aus ihrem Glas genommen hatte, räusperte sie sich und begann zu erzählen.

Wie Haderlein angenommen hatte, stammte sie nicht aus Bamberg, sondern aus Deggendorf in Niederbayern. Damals war sie noch jung, unerfahren und leicht zu beeindrucken gewesen. Edwin Rast, den sie auf einer Feier kennengelernt hatte, kam alle zwei Wochen zu Besuch. Das imponierte ihr ungemein. Nach nur drei Monaten folgte ein Heiratsantrag mit Kniefall, Blumen und allem, was dazugehört. Warum eigentlich nicht?, hatte sie sich damals gedacht. Ihren Job als Sportartikelfachverkäuferin gab sie kurz entschlossen auf und zog mit Sack und Pack nach Bamberg, um ihren hartnäckigen Edwin zu ehelichen. Die Perspektiven waren so schlecht nicht. Immerhin hatte er einen sicheren Job beim Finanzamt und besaß ein romantisches Häuschen an der Regnitz.

Sie würde nur das gemeinsame Kind großziehen müssen, das bereits unterwegs war, und ein geruhsames Leben als Hausfrau führen. So viel zur Theorie. Die Wirklichkeit offenbarte sich erst allmählich. Zuallererst musste sie realisieren, dass ihr Mann sich als Sauberkeitsfanatiker und Pedant entpuppte. Dann stellte sich die noch mit im Haus wohnende Schwiegermutter als üble Quertreiberin heraus. Ein bitterböses Schrapnell, das ihren penibel erzogenen Sohn von ihrer Wohnung im Stock über ihnen fernsteuerte.

Als Manuela Rast mitbekam, dass die Schwiegermutter ihren Enkelsohn häufig schlug, wenn sie nicht da war, erteilte sie ihr Hausverbot für die untere Wohnung. Das war das erste und einzige Mal gewesen, dass sie sich in entscheidenden Lebensfragen gegen ihren Mann durchgesetzt hatte. Aber ansonsten …

Dem Sohn zuliebe ertrug sie einen Ehemann, der hinter ihr herputzte, auch wenn es nichts mehr zu putzen gab, alles kontrollierte und versuchte, sie im Haus einzusperren.

Dann, vor zwei Jahren, zog der Sohn auf eigenen Wunsch aus, um eine Elektrikerlehre in Bayreuth zu beginnen. »Sorry, Mama. Ich halt's mit dem Papa hier nimmer aus«, waren seine Worte gewesen, als er ihr seine Entscheidung erklärte. Er nahm sich eine Wohnung in der Nähe seiner Ausbildungsstelle und kam von nun an nur noch zu besonderen Gelegenheiten und um seine Mutter zu besuchen nach Hause.

Kurz nach Svens Auszug verstarb die Schwiegermutter. Zu ihrer Beerdigung erschienen genau fünf Personen, von denen drei zum Bestattungspersonal gehörten. Mit dem Tod der Hexe wagte Manuela Rast es das erste Mal, ernsthaft aufzubegehren. Sie zwang ihren Mann erst dazu, getrennte Schlafzimmer einzurichten, dann getrennte Wohnungen. Er musste nach oben, ins Reich seiner Mutter ziehen, da er sich beharrlich weigerte, deren miefige Möbel zu entsorgen. Sie belegte das Parterre und fuhr in einer Nacht- und Nebelaktion das grünbeige Jugendstilsofa ihres Mannes zur Müllverbrennungsanlage nach Bamberg. »Auf dem neuen sitzen Sie jetzt, meine Herren«, grinste sie.

Vor einem Monat hatte sie die Scheidung eingereicht. Seit ihr Mann von der Scheidung wusste, verkehrten sie nur noch anwaltlich miteinander, sodass sie sich seit drei Wochen nicht mehr gesehen hatten.

Während Lagerfeld jedes Detail eifrig in seinen Notizen festhielt, hatte sich Haderlein, der am offenen Kamin lehnte, alles wortlos angehört.

»Und was hat Ihr Mann gemacht, wenn er nicht gerade die Familie tyrannisierte?«, fragte er nun. »Hatte er vielleicht auch anderswo irgendwelche Feinde?«

Wieder musste sie lachen. »Ob er Feinde hatte, wollen Sie wissen? Wenn ich seine Freunde aufzähle, wären wir schneller fertig. Mein Mann hatte eigentlich nur Feinde. Er hat sich grundsätzlich mit jedem angelegt. Vor allem mit den Kanufahrern. Das war so ein Privatkrieg von ihm.«

»Aber wieso denn?«, unterbrach sie Lagerfeld. »Gibt's da irgendetwas, was die verbrochen haben?«

»Nein, eigentlich nicht«, seufzte sie. »Sein Problem mit ihnen war einfach nur, dass sie da waren. Fragen Sie mich nicht, was ihn an der Bootfahrerei so störte. Aber zusammen mit seinen Anglerkumpanen führte er seit Längerem einen regelrechten Kampf gegen die. Und dann ist auch noch sein bester Freund und Anglerkollege von so einem Bootsverleiher verdroschen worden. Das hat dann bei ihm das Fass zum Überlaufen gebracht. In der Zeit, als wir noch miteinander geredet haben, gab es bei uns ja überhaupt kein anderes Thema.«

»Wissen Sie vielleicht den Namen von diesem Freund?«, hakte Lagerfeld nach.

»Natürlich weiß ich den«, erwiderte sie bissig, und ihre Miene verdunkelte sich plötzlich. »Dieses chauvinistische Arschloch!«

»Ach ja?« Haderlein war erstaunt über ihren Ausbruch. »Ich dachte, Ihr Mann wäre der alleinige Höhepunkt an Niedertracht in Ihrem Leben gewesen?«

»An sich ist das auch richtig. Nur Hubertus Graetzke konnte Edwin noch toppen. Gegen den war sogar mein Mann die Heilige Jungfrau Maria. Besuchen Sie den mal, was Schleimigeres finden Sie nur noch im Sumpf.«

»Und wo finden wir diesen Hubertus Graetzke?«, erkundigte sich Lagerfeld.

»Der wohnt mittlerweile in Coburg, aber zum Angeln kommt er immer noch an den Main. Die haben da so eine illegale Zeltstadt an einem Privatsee errichtet. Entweder ist er dort und angelt, oder er ist daheim in Coburg und vergewaltigt seine arme Frau, der versoffene Drecksack.« Wütend warf sie Haderlein einen kurzen Blick zu. »Der ist irgendein hohes Tier bei der HUK in Coburg, glaub ich, oder zumindest schon lange dabei. Hubertus Graetzke kennt dort jeder.« Sie stellte ihr Sektglas auf den Couchtisch. Ihre ausgelassene Stimmung war so schnell verflogen, wie sie gekommen war. »Und wenn Sie mich schon so direkt nach Feinden fragen«, fügte sie wieder ganz nüchtern hinzu, »letzte Woche ist Edwin beim Bamberger Landrat aus der Sprechstunde geflogen. Einen hat er übrigens ganz besonders gehasst. Diesen Bootsverleiher aus Lichtenfels, diesen Scheidmantel. Die beiden sind schon ein paar Mal aneinandergeraten, und der war es auch, der Graetzke wie gesagt eine saubere Abreibung verpasst hat. Wenn es nach mir gegangen wäre, hätte man ihm einen Orden verleihen müssen. Mehr fällt mir jetzt wirklich nicht ein.« Sie seufzte erschöpft. Das Kramen in ihrer Vergangenheit schien sie sichtlich mitzunehmen. Haderlein betrachtete sie genauer. Oder war sie einfach nur eine gute Schauspielerin?

»Wo waren Sie gestern und heute Nacht, Frau Rast?«, fragte er sie unvermittelt.

Sie schaute ihm fest in die Augen und lächelte wieder. »Gestern Abend habe ich hier mit meiner Freundin Gabi und meinem Sohn Sven gefeiert. Bis heute früh um zwei Uhr, glaub ich.«

»Und kann man auch den Grund der Feierlichkeiten erfahren?«, machte sich Lagerfeld von seinem Sofa aus bemerkbar.

»Ja, natürlich«, grinste sie ihn an. »Das können Sie, ich habe Geburtstag gefeiert. Ich bin gestern vierzig geworden, Herr Schmitt.«

Die Kommissare Haderlein und Schmitt standen in der Concordiastraße in Bamberg und atmeten erst einmal tief durch.

»Nehmen Sie ihr das alles ab, Chef?«, fragte Lagerfeld ratlos.

»Hier geht es erst einmal darum, Fakten und Aussagen zu sammeln, mein lieber Kollege. Was wir glauben oder nicht, lassen wir mal dahingestellt sein. Und ganz unter uns: Ich weiß nicht, was ich ihr glauben soll. Aber ihre Angaben scheinen ja zu stimmen …«

Plötzlich unterbrach Beethovens Neunte die sommerliche Ruhe der Concordiastraße. Haderlein holte sein Handy aus der Hosentasche und scannte kurz das Display, um sofort darauf abzunehmen. »Ja, Honeypenny, was gibt's? … Lagerfeld, schreiben Sie mal mit. Das Wehr in Hausen bei Kloster Banz? … Ja, ich weiß, wo das ist. … Wie? … Nedensdorf? … Also ein Stück unterhalb, okay. Ja, das werden wir schon finden. … Wie geht's der Riemenschneiderin? … Wie? Was Fidibus möchte, geht mir am Allerwertesten vorbei. Sagen Sie ihm, wir kommen morgen wieder, und geben Sie Riemenschneider noch einen Apfel von mir. … Ja, danke, Honeypenny, ich melde mich dann später.«

»Was wollte sie denn?«, erkundigte sich Lagerfeld.

»Na, raten Sie mal. Fidibus möchte von uns einen Bericht zur Lage der Nation. Und zwar am besten vorgestern«, stöhnte Haderlein.

»Und was is mit dera Riemenschneiderin?«

»Ihr geht es gut. Aber Fidibus hat Angst, dass sie ihm die Bude vollscheißt. Meinen Segen dazu hat sie jedenfalls.« Haderlein musste bei der Vorstellung grinsen. Dann blickte er auf den Notizblock seines Kollegen.

»Na, da hammer ja noch etliches vor uns, was, Chef? Jetzt wird's eng für heut.«

Haderlein schaute ihn durchdringend an. »Wissen Sie was, Lagerfeld? Wenn man's eilig hat, soll man langsam gehen. Das ist doch so ein asiatisches Sprichwort. Deshalb schlage ich vor, wir gehen jetzt erst mal da vorn in den Polarbär und bereden die weitere Vorgehensweise. In Ordnung?«

Dagegen hatte Lagerfeld nun wirklich nichts einzuwenden.

Der Polarbär lag nur einhundert Meter weiter auf der rechten Straßenseite der Judenstraße, gleich neben dem Böttingerhaus, einem der bekanntesten Bürgerhäuser Deutschlands. Allerdings hieß der Polarbär schon lange nicht mehr Polarbär. Vor vielen Jahren war er in eine Art spanische Tapasbar mit Biergarten umgemodelt worden und zog jetzt jüngere Kundschaft an, was den Hauptkommissar aber in keinster Weise störte. In seinem Polarbär, auf Bambergerisch: Bollarbär, war er seinerzeit zum ersten Mal mit seiner zukünftigen Frau essen gegangen. Im tiefsten Winter bei unter zehn Grad minus – so, wie es sich für einen echten Polarbären gehörte. Es war ein wunderschöner Abend im romantisch verschneiten Bamberg gewesen. Für Haderlein würde diese Lokalität für immer Bollarbär heißen, auch wenn jemand irgendwann daraus einen chinesischen Puff namens »Weng Eng« basteln würde. Das hatte er jedenfalls mal im Kollegenkreis gesagt.

Heute waren es nicht minus zehn, sondern knapp siebenundzwanzig Grad plus, und deshalb zogen es die beiden Beamten dann doch lieber vor, im Freien Platz zu nehmen. Haderlein bestellte eine Apfelsaftschorle und Lagerfeld ein Getränk namens Bionade. Haderlein beäugte die seinem Empfinden nach relativ klein geratene Flasche misstrauisch und erkundigte sich dann, was das denn schon wieder für ein neumodisches Zeug sei.

»Das ist die getränketechnische Erfolgsstory aus Franken schlechthin, gibt's jetzt überall, sogar im Kino!«, begeisterte sich sein Kollege sogleich und machte eindeutige Anstalten, zu einem längeren Vortrag auszuholen.

»Schon gut, schon gut«, winkte Haderlein mit einer abwehrenden Geste seiner rechten Hand ab. »Das werden Sie mir ein andermal erzählen dürfen, Lagerfeld. Und dann können Sie mir auch gleich die Vita von Riemenschneider verkünden, da liegt ja auch noch so einiges im Dunklen.

Aber bis dahin konzentrieren wir uns doch lieber auf den Wassermann-Fall. Wir sind schließlich zum Arbeiten hier.«

»Wie Sie meinen, Chef«, erwiderte Lagerfeld und nahm einen tiefen Schluck von seiner Holunderbionade.

Der Hauptkommissar stützte den Kopf in seine zusammengefalteten Hände und dachte kurz nach. »Lagerfeld, Sie haben doch alles mitgeschrieben. Fassen Sie noch mal kurz zusammen.«

Lagerfeld stellte sein Getränk weg und kramte seinen Notizblock hervor. »Also, Chef«, begann er, »da kommt schon was zusammen. Der Tote heißt Edwin Rast und war hier in der Gegend so eine Art Anglerguru, aber offensichtlich mehr einer von der unangenehmen Sorte. Hat sich's so ziemlich bei allen verschissen – besonders bei seiner frischen Exfrau. Die ist meines Erachtens hochgradig verdächtig, hat ein so was von offensichtliches Motiv, aber angeblich ein felsenfestes Alibi, was wir noch nicht überprüft haben. Außerdem sieht sie verdammt gut aus. Wär ja ewich schad, wemmer die eibuchten müssten, Chef. ... Chef? Die is doch noch ka vierzich, oder ...?«

Haderlein schmunzelte, schwieg aber demonstrativ.

»Dann gibt's als Verdächtige im Allgemeinen die Jungs und Mädels von der Paddlerei. Die und der Rast hatten anscheinend ein eher unharmonisches Verhältnis. Und dann ist da noch dieser Anglerkumpel vom Rast, der bei dem seiner Fraa nicht den allerbesten Eindruck hinterlassen hat, ums amal vorsichtich auszudrücken. So. Als wichtigste Beweismittel haben wir ein pda sichergestellt«, Haderlein blickte ihn flehentlich an. »Verzeihung, Chef, a Handy eben, was mer aber erst eischicken müssen. Da is noch net klar, ob des dod is oder net. Außerdem«, Lagerfeld verfiel wichtigtuerisch wieder ins Hochdeutsche, »sichergestellt wurde ein

Notizblock im Stiefel des toten Herrn Rast. Nur durch die vorbildliche Hilfe und Einsatzbereitschaft des Beamten Schmitt konnte eine Visitenkarte mit der gut leserlichen Aufschrift ›Kloster Kreuzberg mit Anschrift‹ in besagtem Notizbuch ausfindig gemacht werden. Ende der Aufzeichnungen.« Mit theatralischer Geste legte er den Notizblock zurück auf den Tisch, grinste seinen Chef triumphierend an und griff sich wieder seine Bionade.

Haderlein blickte seinen geliebten Lagerfeld skeptisch an. Was sollte er mit diesem Menschen nur anfangen? Nahm der denn überhaupt nichts ernst? Erst schüttelte er hilflos seinen leicht ergrauten Kopf, dann aber konnte er nicht anders, als lauthals loszulachen. »So, und Sie meinen also allen Ernstes, Sie hätten sich mit dieser Laudatio auf sich selber von der Obduktion befreit, Lagerfeld? Soso.« Lagerfelds zustimmendes Grinsen wurde breiter. »Na gut, Kollege, ich sag Ihnen was. Es ist grad mal zwei am Nachmittag. Sie werden jetzt genauso viele, nämlich zwei, Vernehmungen durchführen. Erst mal fahren Sie zum Wehr nach Hausen und schauen nach, was da los ist. Angeblich waren da Saboteure am Werk. Honeypenny meinte, das könnte etwas mit unserem Fall zu tun haben. Wenn Sie dort fertig sind, machen Sie sich zur Angelstelle des sympathischen Fischerfreundes Hubertus Graetzke auf und versuchen dort mal, auf den Busch zu klopfen. Normalerweise dürfte der Mann ja noch ziemlich ahnungslos sein, und ab fünf Uhr sitzen die Angler doch immer dort am Ufer rum. Aber, Lagerfeld, alles fundiert und keine Schludereien, bitte. Wenn Sie das Programm bis zwanzig Uhr erledigt haben und in der Dienststelle erscheinen, sind Sie vom Leichenaufschneiden befreit. Ansonsten gibt's Nachtschicht, verstanden?«

Lagerfeld blickte auf seine Uhr und zog die Augenbrauen hoch. War eine Herausforderung, aber zu schaffen.

»Ich für meinen Teil werde mir jetzt mal die Wohnung des Wassermanns vornehmen«, erklärte Haderlein seinen weiteren Tagesablauf. »Danach muss ich nach Nedensdorf, laut Honeypenny war dort irgendein Paddelhappening, aber irgendjemand hat die dort böswillig absaufen lassen. Die Kollegen von der Streife sind gerade dort und nehmen Personalien auf. Da muss ich also selbst hin. Noch Fragen, Herr Kollege?«

Lagerfeld überlegte nur kurz. »Ist die jetzt vierzig oder nicht, Chef?«

Ins Land der Franken

Fidibus stürzte auf den Schreibtisch von Marina Hoffmann zu. »Honeypenny, Sie sind doch eine Frau, Sie kennen sich doch aus?« Er keuchte panisch.

Honeypenny stöhnte innerlich auf. Hoffentlich wollte ihr Chef jetzt nicht wissen, was ein Tampon war oder so was in der Richtung. Doch die Hoffnung war umsonst.

»Honeypenny, meine Frau ist schwanger!«, stieß er aufgeregt aus.

Aber das wusste sie doch längst, was machte er also so einen Aufstand? Mit so einem Typ als Ehemann hätte sie sich schon vor Jahren erschossen. Trotzdem war er immer noch ihr Boss. »Jetzt machen Sie sich mal keine Gedanken, Chef. Ist ja noch 'ne Weile hin bis zur Geburt, das wird schon werden. Lassen Sie Ihre Frau mal machen.«

Großer Gott, hoffentlich wollte er bei der Entbindung nicht dabei sein. Der brachte es noch fertig, im Kreißsaal zu rauchen. Oder er stolperte und warf dabei aus Versehen das Baby aus dem Fenster …

Aber Fidibus hatte ihr nicht zugehört. Vor Nervosität rollte er seine Havanna bereits so fest zwischen seinen Fingern hin und her, dass sie kurz davor war, sich in ihre Bestandteile aufzulösen.

»Ja, aber meine Frau hat mir gerade erzählt …«, er stockte, dann fuhr er mit erstickter Stimme und mit vor Entsetzen geweiteten Augen fort, »Honeypenny, sie hat vor längerer Zeit ohne mein Wissen eine Fruchtwasseruntersuchung machen lassen. An unserem Baby. Ich muss sofort nach Hause!«

Honeypenny konnte es nicht fassen. Männer waren doch alle Versager. Und dieser hier, der vor ihr stand, der war der größte von allen. Ein Wunder, dass er überhaupt eine Frau gefunden hatte, die diese Strafe freiwillig auf sich nahm.

»Chef«, versuchte sie es nochmals und drückte ihn auf ihren Bürostuhl. »Eine Fruchtwasseruntersuchung ist etwas völlig Normales. Das machen viele Frauen heutzutage. Einfach aus Vorsicht. Mittlerweile ist das ein Routineeingriff.«

»Ein Routineeingriff?«, schrie er außer sich und sprang empört auf. »Meine Frau hat gesagt, dass einem dabei eine lebendige Nadel in den Bauch gestoßen wird.« Sein Entsetzen war nun nicht mehr zu übersehen. Seine Hand fuhr zu seiner Anzugjacke, als hätte ihn gerade ein spätgotischer Wurfspeer in die Magengegend getroffen. Die Zigarre ergab sich, zerfiel in dicke Brösel und türmte sich vor seinen makellos schwarz glänzenden Schuhen zu einem kleinen Hügel auf.

Honeypenny schaute ihn stumm an. Von den Nebentischen hörte man das typisch angestrengte Atmen von Menschen, die kurz davor waren, laut loszulachen.

Aber sie gab nicht auf. »Chef, jetzt beruhigen Sie sich doch. Da müssen Sie sich verhört haben. Ihrer Frau geht es gut. Diese Untersuchung ist wirklich nur eine Vorsichtsmaßnahme, ich wiederhole, eine Vorsichtsmaßnahme, um … um eventuelle Schädigungen des Erbguts festzustellen. Das ist überhaupt kein Grund …«, aber weiter kam sie nicht mehr.

Seine Beine knickten unter ihm weg, sodass er sich kurz an ihrem Tisch festhalten musste. »Meine Frau … im Erbgut geschädigt? Oh, mein Gott. Aber das wollte ich nicht. Wenn ich das alles vorher gewusst hätte, wäre ich nie schwanger geworden. Honeypenny, das ist der schlimmste Tag in meinem diesjährigen Leben. … Ich, ich muss zu meiner Frau!«

Mit dem letzten Satz kehrte schlagartig wieder die Kraft in ihn zurück. Er stürzte in Richtung Ausgang los und rannte mit einem lauten Rumms gegen die Tür zum Treppenhaus, die sich seit einundzwanzig Jahren nach innen öffnete. Erst als er außer Sicht- und Hörweite war, brach im Büro hemmungsloses Gelächter aus.

*

Lagerfeld war auf der Autobahn Richtung Erfurt unterwegs. Sein Dienstwagen war ein siebzehn Jahre altes knallrotes Honda-Cabriolet. Ein Zweisitzer mit Stoffdach, das sich bei hoher Luftfeuchtigkeit nicht mehr öffnen ließ. Von der Originalausstattung war leider nicht mehr viel übrig, dafür hatte Lagerfeld ihn mit mehreren eigenwilligen Einbauten angereichert. Die Türen und die Heckablage zierten insgesamt dreizehn Lautsprecher der 720-Watt-Dolby-Surround-Anlage. Die Sitze waren mit weißem Leder überzogen, das auf dem Fahrersitz schon längst gräulich und durchgesessen war. Seine jüngste Installation waren vierhundertneunundachtzig LED-Lämpchen um den Kofferraumdeckel herum, die bei Betätigung der Warnblinkanlage lichtorgelartig einsetzten. Weitere Einbauten waren nicht ausgeschlossen.

Genau das richtige Wetter für eine Fahrt im Cabrio, dachte er und ließ seinen kurzen Zopf im Wind wehen. Schade, dass er schon wieder von der Autobahn runtermusste. Er setzte seinen herzförmigen Blinker, bog in die Ausfahrt Staffelstein-Nord ein, cruiste am Staffelsteiner Kurbad vorbei und quietschte im nächsten Ort um die Ecke in Richtung Hausen eine Anhöhe hinauf. Wenn er über die Beifahrerseite nach rechts ins Tal blickte, lagen die Mainebene und der Staffelberg vor ihm. Auf der linken Seite thronte Kloster Banz als dunkle Silhouette vor dem Licht der hoch stehenden Sonne. Ach ja, das Kloster Banz. Gerade war die CSU wieder da und tagte. Immer wenn die Herren Politiker in ihr Domizil einzogen, herrschte bei der Bepo Bamberg, der Bereitschaftspolizei, hektisches Treiben. Das ganze Kloster musste schwer bewaffnet rund um die Uhr bewacht werden. Und wehe, der Herr Ministerpräsident war zugegen. Dann durfte nicht einmal eine fränkische Spitzmaus die Klosteranlage betreten, ohne gefilzt zu werden.

Lagerfeld war froh, damit nichts mehr zu tun zu haben. Während seiner Zeit bei der Sitte war das noch anders gewesen. Er lächelte grimmig.

In Hausen bog er auf den kleinen Parkplatz ab und hielt direkt vor der Wehrbrücke. Am anderen Ende konnte er bereits zwei Polizeibeamte ausmachen, die mit dem heftig diskutierenden Wehrwärter zugange waren. Er blickte sich um und bemerkte, dass die Schützen vollkommen nach unten gefahren waren. Der Main oberhalb des Wehres befand sich fast auf Höhe des normalerweise wesentlich niedriger gelegenen Unterlaufs. An den Ufern flussabwärts waren riesige Ausspülungen zu erkennen, und auf den Uferkronen stapelte sich das Treibholz, das der wieder sinkende Main zurückgelassen hatte. Ein ungewöhnlicher Anblick, den sich anscheinend niemand entgehen lassen wollte. Überall standen Menschen herum, um das Malheur aus der Nähe zu betrachten.

Lagerfeld ging auf die kleine Polizistengruppe zu. »Ach, der Herr Schmitt von der Sitte hat sich verlaufen«, wurde er gleich erkannt und süffisant begrüßt. »Da sind Sie jetzt aber wohl am falschen Tatort, Herr Kollege.«

Lagerfeld sah sich genötigt, erst einmal etwas richtigzustellen. »Nein, da muss ich Sie leider enttäuschen, werter Kollege.« Möglichst lässig ließ er seine Dienstmarke aus dem Handgelenk heraus aufklappen. »Aufgrund meiner Erfahrung hat man mich zu den Tötungsdelikten geholt. Ich arbeite jetzt mit Hauptkommissar Haderlein zusammen.« Damit klappte er seinen Ausweis wieder zu und ließ ihn in der Brusttasche seines weißen Satinhemdes verschwinden.

»Was, mit Haderlein?« Die beiden Polizisten waren sichtlich beeindruckt. »Ja, aber was meinen Sie mit Tötungsdelikt, das hier sieht doch eher nach grober Sachbeschädigung beziehungsweise Sabotage oder Betrugsversuch aus. Hier gibt's doch keine Leichen.«

»Hier nicht, aber weiter unten in Kemmern sieht's anders aus. Ein gewisser Edwin Rast ist tot aufgefunden worden. Den Namen schon mal gehört?«

Die Beamten und der Wehrwärter schauten sich verblüfft an. »Der Edwin Rast? Der Fischerkönig?«, fragte Lohneis.

»Genau der«, erwiderte Lagerfeld cool, zündete sich eine Zigarette an und sonnte sich in seinem Wissensvorsprung. »Ertrunken, so wie es bisher aussieht. Gut möglich, dass der Dammbruch hier etwas damit zu tun hat. Rast ist nämlich durch das Hochwasser ersoffen. Am besten, Sie erläutern mir mal, wie das überhaupt passieren konnte.« Demonstrativ schaute er auf seine Uhr und fügte in drängendem Ton hinzu: »Und zwar zügig, wenn's geht. Ich hab noch Termine.«

*

Haderlein war die Treppe zum Hintereingang hinaufgegangen und hatte sich von einem Schlüsseldienst das Schloss von Rasts Wohnung aufbohren lassen. Den beiden Polizisten, die ihn jetzt begleiteten, bedeutete er, vor der Tür auf ihn zu warten. Seinen kleinen Rucksack, den er immer zu Erstbegehungen mitnahm, hatte er aus dem Auto geholt und sich lässig über eine Schulter gehängt. Der Hauptkommissar blickte sich in der Wohnung um und hatte den spontanen Eindruck, in der Zeitrechnung ein Jahrhundert zurückversetzt worden zu sein. Die Zimmer waren wie ein Spitzweg-Gemälde aus dem Museum in Schweinfurt eingerichtet, das er vor längerer Zeit besucht hatte.

Der museale Charakter der Möblierung setzte sich denn auch im Schlafzimmer und sogar im Bad fort. Das Ganze wurde mit Dutzenden von präparierten Fischen jeder Größenklasse garniert. An den Wänden hingen etliche Urkunden, Preise und Zeitungsartikel. Trotzdem war alles penibel aufgeräumt und in außerordentlich sauberem Zustand. Der Traum einer jeden Reinigungskraft. Obwohl die Möbel alt waren, machten sie in keinster Weise einen schmuddeligen oder verwahrlosten Eindruck. Im Gegenteil. Eine mit Sagrotan gereinigte Wohneinheit aus einer vergangenen Epoche. Unglaublich. Die Spusi würde hier wahrscheinlich außer Schleifspuren von der Staubsaugerdüse nichts finden.

Im Arbeitszimmer stand ein großer, mächtiger Schreibtisch, der die Quadratur der Zimmergrundfläche quer stehend durchbrach. Darauf befand sich eine grünglasige, niedrige Lampe, wie man sie aus Büros der ehemaligen Wallstreet-Makler kannte. Eine kleine Schale mit Stiften und einer Schere stand daneben, sonst nichts. Hinter dem Tisch gab es einen hölzernen Stuhl mit einer ziemlich hohen Rückenlehne, der ebenfalls dem Jugendstil entsprungen sein musste. Alle Schubfächer und Fächer des Schreibtischs waren leer. Ein Bücherregal zierte die Wand, und grauenhafte grüne Vorhänge versperrten den Blick aus dem Fenster. Alles sah geleckt aus. Nicht die Spur von einer Spur. Haderlein lehnte sich im Schreibtischstuhl zurück und betrachtete verzweifelt den Raum. Er war überzeugt, dass es hier etwas zu finden gab.

»Gib mir ein Zeichen, Edwin«, murmelte er leise.

»Alles in Ordnung bei Ihnen, Herr Kommissar?«, rief besorgt einer der Streifenpolizisten, die sich draußen die Beine in den Bauch standen.

»Ja, danke der Nachfrage«, gab er schnell zurück und

streckte die Füße aus, um in stiller Resignation die Decke zu beäugen. Da spürte er einen leichten Widerstand am Fuß. Unter dem Schreibtisch klapperte es metallisch. Überrascht beugte er sich unter die Tischplatte und sah im Halbdunkel etwas Helles, Geflochtenes schimmern. Er griff kurz entschlossen zu und förderte einen kleinen Papierkorb aus silbernem Draht zutage, der von zerknülltem Zeitungspapier fast schon überquoll. In Haderleins Blutbahn regte sich das Adrenalin. Die supersaubere Wohnung eines Ordnungsfetischisten passte so gar nicht zu dem zerknüllten Zeitungspapier. Schnell schüttete er den kompletten Inhalt auf die Schreibtischplatte und stellte den Papierkorb wieder an seinen Platz. Dann glättete er die Zeitungsseiten und legte sie übereinander.

»Hab ich's doch gewusst«, murmelte er zufrieden und betrachtete anschließend den Papierstapel. »Aber was fang ich jetzt damit an?« Die Seiten ließen sich nicht mehr plan aufeinanderlegen, sodass das Licht, das trotz der Vorhänge noch durch das Fenster drang, sie fast durchscheinend wirken ließ. Es waren alles unterschiedliche Zeitungen. Haderlein konnte auf den Kopfzeilen Namen wie »Mainpost«, »Nürnberger Nachrichten« oder »Coburger Neue Presse« erkennen. Das wirklich Merkwürdige war aber vor allem die Tatsache, dass in jedem Blatt ein großes Loch klaffte. Jemand hatte aus jeder Seite einen großen Artikel ausgeschnitten.

Haderlein ließ sich in den Stuhl zurückfallen und ging für einen Moment in sich. Dann faltete er die Zeitungen zusammen, sprang auf und deponierte sie in seinem kleinen Rucksack, den er anschließend einem der beiden Streifenpolizisten in die Hand drückte. Sie sollten die Wohnung versiegeln und anschließend den Rucksack samt Inhalt aufs Präsidium bringen.

Dann griff er zum Handy und wählte seine wichtigste

dienstliche Nummer. »Honeypenny, da kommen gleich zwei von der Streife und bringen meinen Rucksack vorbei. Bitte bewahren Sie ihn sorgsam für mich auf, das sind wichtige Beweismittel … Nein, Honeypenny, ich komme nicht auf die Dienststelle, ich fahre jetzt nach Nedensdorf und werde dort ein paar Paddler befragen.«

*

Lagerfeld stieg mit Fritz Lohneis die Treppe der Triebwerksanlage hinunter und folgte ihm zum Steuerungskasten.

»So, jetzt schaun Se sich des amal an, Herr Kommissar. Wenn des ka Absicht is, dann bin ich einer von die vierzehn Nothelfer. Und Rauchen is da herunten übrigens verboden, Herr Kommissar!«

Knurrend löschte Lagerfeld seinen Glimmstängel. Beim besten Willen konnte er sich Lohneis nicht als einen der Heiligen in der berühmten Wallfahrtskirche Vierzehnheiligen vorstellen. Das war aber auch überhaupt nicht nötig, denn Lohneis schien recht zu haben. Selbst ein Laie hätte das Durcheinander erkennen können. Die verplombte Steuerungseinheit war aufgebrochen und komplett herausgezogen worden. Etliche der dicken, verschiedenfarbigen Drähte waren sauber getrennt und mit anderen Drähten wieder verbunden worden. Bei allem Chaos schien das Ganze trotzdem ein gewisses System zu haben.

Lagerfeld schaute nachdenklich. »Was genau hat denn diese Verdrahtung angerichtet?«, fragte er Lohneis.

»Na ja«, erwiderte Lohneis lakonisch, »angerichtet hat die, dass die Schützen draußen komplett bis nach unten gefahren sind und nimmer nauf. Net amal der Notstopp hat noch funktioniert.«

Lagerfeld grübelte. »Muss man Fachwissen besitzen, um die Schaltung so umzubasteln?«

»Ja, natürlich«, empörte sich Lohneis. »Mindestens Elektriker oder so was sollte man sein, würd ich sagen. Des is fei scho kompliziert.«

»Aber Sie haben das Ganze doch auch irgendwie zum Stehen gebracht, oder etwa nicht?«, hakte Lagerfeld nach.

»Des zeig ich Ihnen mal oben, Herr Kommissar«, meinte Lohneis und stieg wieder ins Erdgeschoss. Am anderen Ende des Stegs präsentierte sich Lagerfeld die gesamte Bescherung. Der Hauptstromverteiler des Überlandwerks war geöffnet und die Kabelstränge im Inneren zu einem unkenntlichen Klumpen verschmort. Davor lag eine Axt, die man als solche nur noch mit viel Phantasie erkennen konnte. »Des musst halt alles schnell gehen. Halb Oberfranken hab ich damit lahmgelegt«, presste Lohneis hervor. Man konnte ihm seine Schuldgefühle regelrecht ansehen.

»Ganz schöne Sauerei«, kommentierte einer der beiden Polizeibeamten bestätigend. »Wie geht's denn jetzt weiter, Kommissar?«

»Gibt es irgendwelche Zeugen, wurde irgendjemand gesehen, irgendein Verdächtiger?« Lagerfeld hoffte immer auf eine schnelle und eindeutige Verdachtslage mit Verhaftung des Hauptverdächtigen am nächsten Tag. Doch seine Hoffnung wurde heute nicht erfüllt: Als Antwort bekam er nur allgemeines Kopfschütteln serviert.

»Auch gut, meine Herren. Dann geht das jetzt folgendermaßen weiter: Sie, Lohneis, halten sich ab sofort zur Verfügung und fahren nicht in Urlaub oder sonst wohin. Die Anlage wird nicht mehr betreten. Und Sie, meine Herren«, damit wandte er sich den beiden Polizeibeamten zu, »Sie werden die Kollegen der Spurensicherung verständigen und hierherbeordern. Die sollen sich die Anlage mal zur Brust nehmen. Vielleicht gibt's ja ein paar Fingerabdrücke oder etwas in der Richtung.«

»Ja, aber des Ganze muss doch schnell repariert wern!«, warf Lohneis entsetzt ein. »Des kost doch alles Geld, wenn die Anlage net läuft.«

Lagerfeld betrachtete ihn genervt und verfiel ins tiefste Fränkisch. »Des ist a Mordfall, guter Mo. Bevor die Spurensicherung net da gewesen is, fasst ihr da nix a. Basta!«

Lohneis war in den letzten vier Sekunden um glatte zwanzig Zentimeter geschrumpft. »Natürlich, Herr Kommissar. War ja bloß a Frache.«

»Wir werden das so schnell wie möglich über die Bühne bringen, aber wie das Ganze hier zusammenhängt, kann ich eben auch noch nicht sagen.« Lagerfeld, wieder des Hochdeutschen mächtig, faltete kurz die Hände und schaute Lohneis versöhnlich an. »Nun gut. Ich muss jetzt zur nächsten Vernehmung, meine Herren. Hier haben Sie meine Karte, rufen Sie mich bitte an, wenn es was Neues gibt.« Während er zu seinem Honda joggte, riskierte er einen Blick auf seine Uhr. Er lag glänzend in der Zeit. Noch einen albernen Angler interviewen, und er würde Feierabend haben, dachte er sich begeistert, während er sich auf den Fahrersitz schwang. Als der Honda lautstark davonbrauste, schauten ihm drei Gesichter verblüfft hinterher.

*

Kommissar Haderlein musste die Tür zur Gaststube des Reblitz fast gewaltsam aufstoßen, um sich Zutritt zu verschaffen. Ein Streifenpolizist hatte den Eingang von innen ziemlich robust mit sich selbst versperrt. Der Grund für das vehemente Vorgehen der Streife teilte sich Haderlein sofort mit.

»Ah, habt ihr euch jetzt auch noch Verstärkung bestellt, ihr Nullen?«, rief ein großer, breitschultriger Typ ziemlich aggressiv und selbstbewusst aus der Ecke. Joe Scheidmantel, der sich zwischenzeitlich wieder von seiner Verblüffung ob der Todesnachricht erholt hatte, war in seine alten Verhaltensweisen zurückgefallen.

Kommissar Haderlein hatte die Lage sofort erkannt. Nachdem er sich bei der Streife ausgewiesen hatte, winkte er die beiden Streithähne zu sich.

»So, meine Herren«, begann er in lockerem Ton, »und jetzt erzählen Sie mir mal, was Ihrer Meinung nach so erfreulich am Ableben des geliebten Mitmenschen Rast ist.«

Joe Scheidmantel hatte noch nicht mal den Mund geöffnet, als sich schon die Hand seines Freundes Helmreich darüberlegte.

»Ich bin Fritz Helmreich, Herr Kommissar. Ich glaube, ich muss Ihnen erst mal die Situation hier erklären«, sagte er, während er noch immer seinen Kumpel im Auge behielt.

»Na, dann schießen Sie mal los, junger Mann«, lud ihn Haderlein ein und machte es sich auf einem Stuhl gemütlich.

*

Lagerfeld hatte derweil seinen Honda bereits am Zaun der Zeltstadt der Nürnberger Angelvereinigung geparkt. Der Verein hatte sein Domizil an einem Baggersee am Main mit einer nicht unbeträchtlichen Infrastruktur wie Strom, Parkplätze und Gemeinschaftsgebäude errichtet. Alles natürlich ohne offizielle Genehmigung, also illegal. Überall am See warnten zahlreiche Schilder den Herannahenden, dass hier Zelten, Baden und vor allem natürlich Bootfahren strengstens untersagt waren. Wahrscheinlich war deshalb auch das gesamte Gewässer mit Stacheldraht abgesichert. Von nicht wenigen wurden sogar Tretminen vermutet, und Selbstschussanlagen waren mit an Sicherheit grenzender Wahrscheinlichkeit schon in Planung. Dieser See war besser gesichert als Fort Knox oder die Verhörzimmer auf Guantanamo Bay.

Als Lagerfeld seinem Auto entstieg, bekam er sogleich die örtliche Lebenseinstellung zu spüren. Selbst als der Kommissar seine Marke vorzeigte, wurde ihm nicht gestattet, auf dem Gelände zu parken. Als er dann die zweihundert Meter vom Parkplatz wieder zurücktrabte, stellte man ihm eine Art Überwacher an die Seite, der jedem Ausbilder der französischen Fremdenlegion zur Ehre gereicht hätte. Er war ein eher schweigsamer Kamerad in geflecktem Tarnanzug, der auf keinen einzigen von Lagerfelds Kommunikationsversuchen reagierte. An seinem Gürtel baumelten ein großes Überlebensmesser und ein Funkgerät. Doch Lagerfeld ließ sich von dem Ausbruch an Gastfreundschaft nicht beirren und folgte dem Ramboverschnitt über eine Wiese. Von hinten sah er, dass eine längliche Narbe den Hals des Mannes verzierte. Angeln schien ein gefährlicher Sport zu sein.

Haderlein hatte mal wieder richtiggelegen. Hubertus Graetzke stand bereits seit vierzehn Uhr an seiner Lieblingsstelle am Main. So viel hatte Lagerfeld immerhin von der zugeknöpften Gesellschaft am Eingang des Campingplatzes herausgefunden. Aber irgendwie sprachen die alle einen ziemlich strengen Dialekt. Nürnberger waren das auf jeden Fall nicht, da war er sich sicher. War ja auch egal. Fest stand, dass sie nicht erfreut über sein Auftauchen gewesen waren.

Lagerfeld kannte die Sorte von Mensch gut. Sein Onkel hatte früher auch geangelt und ihn als Kind häufig mitgenommen. Die anfängliche Begeisterung war meist nach Tagen ohne Fang verflogen, doch er wusste immer noch, dass es nicht gut war, einen angelnden Mitmenschen einfach mit seiner Anwesenheit zu überfallen. Der Angler an sich war lieber allein mit sich, seinem Wasser und den Fischen. Also beschloss der Kommissar, vorsichtig zu sein.

Die letzten hundert Meter musste er sich allein durch das Gebüsch des dicht bewachsenen Mainufers schlagen, weil der Überlebenskämpfer an seiner Seite wortlos in eine Richtung gezeigt und sich dann umgedreht und getrollt hatte.

Vorsichtig bog er die Zweige der Haselnussbüsche mit beiden Händen auseinander. Vielleicht konnte er ja etwas erkennen. Unter einer überhängenden Erle sah er einen Pick-up, auf dessen heruntergeklappter Ladekante ein dicklicher Mann mit Gummistiefeln hockte. Zu seinen Füßen lag eine Art Hund. Irgendeine wilde Mischung. Seine Erscheinung war genauso obskur wie die seines Herrchens. Mit den in alle Richtungen abstehenden Haaren wirkte das Vieh so adrett wie ein explodierter Handbesen. Rings um die beiden herum war eine Batterie von mindestens elf Angelruten aufgebaut, jede auf eine Art Erdgabel aufgebockt. Lagerfeld betrachtete das Bild, das sich ihm bot, dachte nach und entschied, dass es besser sei, sich aus einiger Entfernung anzumelden.

Er räusperte sich. Keine Reaktion. Er räusperte sich nochmals, diesmal deutlich lauter. Wieder nichts. Das war doch unmöglich! Vielleicht schlief Graetzke ja und träumte von zehn Meter langen Hechten? Aber irgendwann war es auch mit Lagerfelds Vorsicht vorbei. Schließlich tickte seine Uhr unerbittlich, und er hatte nicht vor, wegen so einem Anglerheini die Nacht mit menschlichen Innereien verbringen zu müssen.

»Hubertus Graetzke?«, knallte er seine Frage nun unerbittlich in die verträumte Stimmung des Mainufers.

Schlagartig flog die Hand des dicklichen Mannes in abwehrender Geste nach oben, ansonsten bewegte er sich nicht. Die Promenadenmischung sprang auf und knurrte Lagerfeld an.

»Ruhe«, zischte Hubertus Graetzke in drohendem Ton Richtung Wasserfläche. Sofort duckte sich der Köter und winselte erbärmlich. »Beim Angeln wird nicht geredet. Und das gilt für Männer wie für Frauen. Besonders die Weiber müssen dabei ja immer reden und Geräusche machen.« Der Vierbeiner bellte zustimmend, bekam aber selbst dafür noch einen Tritt in den Allerwertesten verpasst.

»Äh, ja, das mag schon sein«, räusperte sich Lagerfeld nochmals und beäugte den Hund jetzt mitleidig. »Ich wollte wirklich nicht …«

»Wissen Sie, ich kenne das von meiner Frau«, fuhr Graetzke unbeeindruckt fort. »Die muss auch dauernd reden. Gut, ich hab einsehen müssen, dass man bei seiner Frau Geräusche akzeptieren muss, aber nicht beim Angeln! Aber das wird meine Frau nie kapieren. Sie wird nie eine Beziehung zum Angeln entwickeln.«

Lagerfeld hatte keine Ahnung, was er getan hatte, um dieses Gesprächsthema zu verdienen, aber bitte. Wahrscheinlich war es das Klügste, sich erst mal auf das Spiel einzulassen und ihm nicht zu widersprechen.

»Was ist denn mit Ihrer Frau?«, heuchelte er Interesse, konnte sich aber nicht verkneifen, wieder auf seine Uhr zu schauen.

Doch die Frage war ein Fehler gewesen. Binnen Sekunden verkrampfte sich Graetzkes Körper. »Die will immer bloß über unsere Beziehung reden. Aber eigentlich brauch ich doch gar keine Beziehung. Ich hab ja einen Angelschein. Eine Beziehung zu so einem Fisch ist zum Beispiel viel einfacher als die mit einer Frau. Zum Fisch ist das Verhältnis ganz klar definiert. Mit so einem Fisch, mit dem kann ich umgehen – und der macht vor allem auch keine Geräusche.«

Lagerfeld kam die Galle hoch. Der Typ war ja vollkommen durchgeknallt. Aber er hatte keine Möglichkeit, den Angler zu unterbrechen, denn Graetzke ereiferte sich weiter. »So ein Fisch, der braucht ja auch fast nix. Keine Klamotten. Keinen Friseur, und der friert auch nicht dauernd. Nicht mal im Winter. Gut, es soll ja auch Frauen aus Hof geben, die man im Winter sogar draußen halten kann, aber die meisten …«

Lagerfeld musste sich verhört haben. Ratlosigkeit machte sich breit, ein Gefühl, das sich wahrlich nicht oft bei ihm einstellte. Irgendwie musste er es schaffen, diesem Spinner in seinem Monolog Einhalt zu gebieten, bevor er völlig abdriftete. Aber wie sollte er an den Angelruten vorbeikommen?

»Ich meine, das ist doch nicht normal«, schreckte ihn Graetzke aus seinen strategischen Überlegungen auf. »Meine Frau, die kannst du mittags um zwölf Uhr in Moonboots an den Äquator stellen, und die friert immer noch und meckert rum. Und das nennt die dann Unterhaltung.« Urplötzlich sprang Graetzke von der Ladefläche herunter und nahm Lagerfeld mit rot geränderten Augen unter die Lupe.

Dem Kommissar fiel auf, dass er die gleiche Tarnausrüstung wie Rambo trug. Sofort begann die Töle wieder zu knurren. Unwillkürlich machte Lagerfeld einen Schritt zurück und legte die rechte Hand an seine Waffe. Die Unterredung hatte er sich anders vorgestellt. Der Typ lief ihm komplett aus dem Ruder.

»Wer tut denn heutzutage noch mit seiner Frau reden. Hä? Habt ihr schon mal versucht, mit eurer Frau zu reden? … Hat hier schon mal irgendjemand versucht, mit seiner Frau zu reden?« Dabei blickte Graetzke sich wild um, als würde er unmittelbar am Redepult einer Vollversammlung stehen. Auch der Hund fletschte jetzt seine Zähne.

Panisch drehte sich Lagerfeld um. Mit wem redete der Irre da überhaupt? Gab's womöglich hier noch mehr von der Sorte? Ach du heilige Scheiße. Bitte nicht!

»Jetzt hören Sie mal zu«, fuhr Graetzke in seiner fanatischen Bekehrungsrede fort. »Frauen sind total kommunikationsunfähig. Das ist meinen Anglerkollegen auch schon aufgefallen.«

»Ach was«, entrang es sich gequält Lagerfelds Kehle.

»Versuch du doch mal, dich mit deiner Frau zu unterhalten!«, rechtfertigte sich Graetzke immer lauter. »Beispielsweise über Angelruten oder Karpfenköder. Das ist völlig sinnlos ...« Er machte einen großen Schritt auf Lagerfeld zu und warf die erste Angel zu Boden. Der Hund bellte wie verrückt.

Lagerfeld stand mittlerweile mit dem Rücken an einer Erle und beschloss, sein Glück in der Offensive zu suchen. Mit einer einzigen Bewegung zog er seine Dienstwaffe, entsicherte sie, richtete sie auf Graetzke, dann auf den Hund und dann wieder auf Graetzke und rief laut und vernehmlich: »Mir langt's jetzt! Stehen bleiben und Hände über den Kopf!«

*

»Hören Sie, Herr Kommissar«, begann Helmreich seine Ausführungen. »Gestern haben wir uns alle hier getroffen, weil wir eigentlich heute eine Demonstration auf dem Main abhalten wollten. Wir waren alle miteinander hier in der Wirtschaft versammelt, als plötzlich der Main anstieg. Das ging so schnell, dass die Boote und das ganze Equipment der meisten von uns weggeschwemmt wurden. Das hier sind alles Zeugen. Die ganze letzte Nacht durch haben wir diskutiert, was wir tun sollen. Eigentlich sind wir uns sicher, dass dieser Angelverein drüben am Main dahintersteckt. Sie können mir glauben, Herr Kommissar, dass etliche hier die Brüder am liebsten noch im Mondschein besucht hätten.«

»Was wollten Sie mit dieser Demonstration denn eigentlich bezwecken? Was war das für eine gerechte Sache, für die Sie da demonstrieren wollten, Herr Helmreich?« Haderlein wollte mehr wissen.

»Na ja, seit Monaten geht das Gerücht um, dass der neue Umweltminister womöglich das Paddeln auf dem Main verbieten lassen will. Und da das Ministerium bis heute zu keiner Stellungnahme bereit war, gehen wir davon aus, dass an dem Gerücht was Wahres dran ist.«

»Und dass Sie die ganze Nacht hier waren, kann jeder von den Anwesenden bezeugen, Herr Helmreich?« Haderlein blickte fragend in die Runde. Alle Köpfe nickten sofort zustimmend.

»Der Fritz, der war die ganze Nacht da«, hörte man vom Tischende.

»Okay, und was ist mit Ihnen, Herr …?« Der Hauptkommissar blickte den Bär von Mann fragend an.

»Scheidmantel, Joe Scheidmantel aus Lichtenfels«, half der ältere Polizist schnell aus, der die ganze Zeit über die Personalien aufgenommen hatte.

Bei Haderlein klingelte irgendwas. Den Namen hatte er doch heute schon mal irgendwo gehört? Genau! »Joe Scheidmantel? Der Joe Scheidmantel, der mit einem Anglerfreund eine tätliche Auseinandersetzung hatte?«, konfrontierte der Hauptkommissar den Rabauken mit seinem Wissen.

»Genau der«, rief Scheidmantel in einer Mischung aus Wut und Stolz. »Und der hatte es auch verdient, der Drecksack!«

»Aber Joe hat sich entschuldigt, und die Sache ist schon längst vom Tisch«, warf Helmreich beschwichtigend ein.

Haderlein erhob sich und blickte erneut in die Runde. »Und Herr Scheidmantel war natürlich auch die ganze Nacht hier. Das kann sicherlich auch jeder bezeugen?«, fragte er rhetorisch, während er Scheidmantel aus den Augenwinkeln beobachtete. Doch zu seiner allergrößten Überraschung fiel das Abstimmungsergebnis diesmal nicht wie erwartet aus. Erst erhoben sich ein paar Hände, die dann wieder nach unten gingen, anschließend gab es Gemurmel und gedämpfte Diskussionen.

Verunsichert blickte Fritz Helmreich Joe Scheidmantel an. »Also, ich kann auf jeden Fall bezeugen, dass der Joe seit heute früh um circa acht Uhr hier ist.«

»Um diese Zeit war Edwin Rast schon lange tot«, wandte Haderlein ein. »Also, wo waren Sie die ganze Nacht, Herr Scheidmantel?«

Der Angesprochene war kreidebleich geworden. »Na, daheim«, stotterte er unsicher.

»Soso, daheim«, echote Haderlein spöttisch. »Und was haben Sie daheim die ganze Nacht gemacht?«

»Na, nichts«, verteidigte sich Scheidmantel mit leiser Stimme. Flehend blickte er Fritz Helmreich an, der sich aber nicht rührte.

»Kann das Ihre Freundin bezeugen?«, legte Haderlein im gleichen Verhörton in Richtung Doris Peter nach, die betrübt schwieg. Seine Augen hatten sich inzwischen zu Schlitzen verengt. »Das heißt also, Herr Scheidmantel, Sie haben kein Alibi, und Sie haben ein Motiv. Sehe ich das richtig?«

»Aber ich war daheim, verdammt«, flüsterte Scheidmantel panisch.

Haderlein wurde zornig.

»Für wie blöd halten Sie mich eigentlich, Scheidmantel!«, fauchte er, holte tief Luft, blickte die beiden Polizisten an und nickte ihnen zu. Dann straffte er seinen Rücken und verkündete dem Riesen, der mit leerem Blick vor ihm stand: »Herr Scheidmantel, Sie werden wohl mitkommen müssen. Ich nehme Sie wegen Verdacht auf Mord an Edwin Rast vorläufig fest.« Dann wandte er sich Fritz Helmreich zu. »Ich glaube, es ist an der Zeit, dass Sie Ihrem Freund einen guten Anwalt suchen.«

Die Polizisten legten Scheidmantel flugs Handschellen

an. Willenlos ließ er alles mit sich geschehen, während Doris Peter neben Helmreich ohnmächtig zusammenbrach.

*

Ein Handy klingelte laut und vernehmlich. Die Melodie kam eindeutig aus der Hosentasche von Graetzke. Ohne noch länger auf Lagerfelds Waffe zu achten, griff der Angler nach seinem Telefon und blökte in das Mikrofon, als wollte er eine ganze Kompanie beschallen. »Was, wer ist dran? … Ach, du. Woher weißt du denn, dass ich beim Angeln bin?«

Das Gekläffe des Hundes hatte sich mittlerweile ins Infernalische gesteigert. Lagerfeld war fassungslos: Mitsamt seiner Waffe wurde er einfach ignoriert! Graetzke schien die Situation nicht im Mindesten Unbehagen zu bereiten. Im Gegenteil, jetzt schlenderte er auch noch telefonierend auf Lagerfeld zu, während er mit seinen Gummistiefeln eine Angelrute nach der anderen umtrat.

»Stehen bleiben, Graetzke! Und ich sage das nicht zum Spaß!«, drohte ihm Lagerfeld, der jetzt wieder bis zum Stamm der Erle zurückgewichen war.

»Was, heim? Jetzt schon? Ich bin doch grad mal sieben Stunden fort«, plauderte Graetzke ungerührt weiter. »Was, reden? Schon wieder? Wir haben doch erst im April … Nein, nicht schon wieder über Beziehung … Nein, ich habe einen Angelschein … Aber das hast du doch schon vor unserer Ehe gewusst …« Er stand nur noch einen knappen Meter von Lagerfeld entfernt.

Der Hund schnappte nach den Hosenbeinen des Kommissars, und als Graetzke seinen Kopf hob, schaute er Lagerfeld lächelnd an.

»Hubertus Graetzke, ich werde Sie jetzt festnehmen – und pfeifen Sie Ihren Hund, oder was das auch immer darstellen soll, zurück!«, rief Lagerfeld, jetzt zu allem entschlossen, und zielte auf die kläffende Fellwanze. Er war kurz davor abzudrücken.

Plötzlich spürte er einen harten Schlag mit einem runden, stumpfen Gegenstand. Er hörte noch, dass sich ein Schuss aus seiner Waffe löste, dann wurde es dunkel.

*

Honeypenny hatte gerade den Hörer aufgelegt, als im gleichen Moment die Tür aufging und ein völlig derangierter Fidibus sich ins Büro zurückschleppte. Aller Augen folgten ihm gespannt. An Marina Hoffmanns Schreibtisch blieb er stehen, zupfte seine Krawatte zurecht, stopfte sein Seidenhemd in die Hose, räusperte sich und servierte ihr ein »Honeypenny, Sie hatten recht, wie immer, Schwamm drüber« auf dem imaginären Tablett. Dann quälte er sich ein schiefes Lächeln aufs Gesicht und drehte sich um, um mit schnellen Schritten eiligst in seinem Glashaus unterzutauchen. Doch er schaffte es gerade mal, ein Bein anzuheben, dann kippte er nach vorne wie eine frisch gefällte deutsche Buche und fiel der Länge nach auf den Boden. Den Umständen entsprechend überraschend schnell tauchte sein nun völlig zerzauster Kopf wieder vor Honeypennys Schreibtisch auf. Auf der anderen Seite des Schreibtisches sah man Riemenschneider ob der turbulenten Ereignisse fluchtartig das Weite suchen. Verärgert quiekend verkroch sie sich unter den Kopierer am anderen Ende des Raumes. Fidibus war moralisch auf Ground Zero angelangt.

»Frau Hoffmann, ich ziehe mich jetzt zurück«, verkündete er mit bebender Stimme, während er sich wieder aufrichtete.

Honeypenny empfand tiefes Mitleid mit ihrem Chef. Wenn er sie mit ihrem richtigen Namen anredete, war sein Verzweiflungsgrad am Rechtsanschlag.

»Und nur noch dringende Sachen heute, bitte. Ich geh in mein Büro und werde heute keine Beine mehr krumm machen«, faselte er konfus. Dann warf er noch einen gehetzten Blick in Richtung Kopierer, ging vorsichtig rückwärts in sein Glashaus, schloss die Tür, und man konnte hören, wie sich der Schlüssel im Schloss drehte.

*

Der gemeine Flussregenpfeifer ist ein scheues Tier, welches seine kleinen, gefleckten Eier auf die Kiesbänke deutscher Flüsse legt. So lernt es der Schüler, schaut sich ein Bild in einem bunten Lehrbuch an und hat alles siebenunddreißig Sekunden später wieder vergessen. Um diesem Effekt der jugendlichen Demenz zu begegnen, war der Flussregenpfeifer auf den Hinweistafeln an den Ein- und Ausstiegsstellen am Main nicht nur buntfarbig abgebildet, sondern auch ausführlich beschrieben. Spaziergänger konnten nachlesen, dass die Eier des Vogels sich farblich dem Kies anpassen, auf den sie von ihrer fürsorglichen Mutter gelegt werden. Anschließend wird das Ei eifrigst bebrütet – allerdings nur bis zur nächsten Störung. Denn der gemeine Flussregenpfeifer neigt zu Ängstlichkeit und Hektik. Spätestens nach der dritten Belästigung durch Angler, Hunde oder Badegäste sucht er das Weite und eine andere Kiesbank, oder er vergisst das Brüten ganz und gar. Er ist eben ziemlich schnell eingeschnappt, der Flussregenpfeifer. So viel zur ornithologischen Theorie.

Der oberfränkische Pfeifer hingegen ist aus einem anderen Holz geschnitzt. Er zeichnet sich durch eine gewisse Zähigkeit aus, die ihn befähigt, auch jugendliche Abiturfeiern mit Saufgelage am Fluss relativ unbeschadet zu überstehen. Ein solch widerstandsfähiges Exemplar weiblichen Geschlechts hatte sich am Main nahe einer großen Erle niedergelassen und seit Längerem zu brüten begonnen. In drei wunderbaren Eiern wuchs zartes Vogelleben heran. Zwar waren auch hier wie überall Angler zugegen, aber darauf konnte sich das Weibchen einstellen. Alles war noch im grünen Bereich, es gab also keinen Grund, das Gelege zu verlassen. Aber heute ging irgendwie alles schief. Dieser fette Angler fluchte schon den ganzen Tag lautstark vor sich hin und telefonierte dazu auch noch in einer Tour. Und dann war da auch noch dieser Hund, dieser hässliche, stinkende Köter, und durchstöberte die komplette Kiesbank. Zwei Mal hatte sie bereits flüchten müssen. Beim letzteren hatte sie sich zum Wegfliegen genötigt gefühlt. Der Angler hatte Besuch bekommen, die beiden Männer hatten sich gestritten, und dann war da dieser laute Knall zu hören gewesen, der sie total erschreckt hatte. Ihr kleines Herz bebte immer noch.

Jetzt schien wieder alles ruhig zu sein. Sogar der Angler mit seinem blöden Hund hatte sich verzogen. Erleichtert flog sie zu ihrem Gelege zurück und spreizte das Gefieder. Was für eine herrliche Abendsonne. Die würde den Eiern guttun. Sie spürte, dass sich das Ende der elenden Brüterei näherte. Bald würden drei flaumige, kleine Flussregenpfeiferbabys schlüpfen, und sie konnte sich vollends ihren Muttergefühlen hingeben. Sie schaute sich nochmals nach allen Seiten um, dann ruckelte sie sich auf den Eiern zurecht und stellte sich auf einen ruhigen Sonntagabend ein.

Vollkommen unerwartet traf sie plötzlich ein heftiger Schlag auf den Kopf. Panisch pfeifend kullerte sie auf die Seite. Da lag eine Menschenhand direkt neben ihrem Gelege! Unglaublich. Und die bewegte sich auch noch. Nein, falsch, der ganze Arm bewegte sich, es handelte sich hierbei nicht nur um eine menschliche Extremität, sondern um einen ganzen Menschen! Und sie hatte das längliche Ding für einen Stamm gehalten! In aller Eile flog sie auf einen Ast in der Erlenkrone.

Lagerfeld dröhnte der Kopf. Etliche Sekunden lang musste er sich zusammensortieren und einnorden, um herauszufinden, wo er sich überhaupt befand. Ach Gott, ja, Graetzke! Die Erinnerungen waren wieder da.

Stöhnend setzte er sich auf und befühlte seinen Kopf. Am hinteren Teil ertastete er eine tennisballgroße Beule. Zu dem Dröhnen in seinem Schädel gesellte sich nun auch noch ein anhaltendes Pfeifen. Hatte er zu allem Übel auch noch einen Hörsturz erlitten? Er blickte sich suchend nach dem Ursprung des Geräuschs um und erspähte in der Erle einen offensichtlich sangesfreudig erregten Vogel, der permanent schrille Töne von sich gab. Grauenhaft. Lagerfeld ertastete seine Sonnenbrille, kam auf die Beine und versuchte, einen Schritt zu machen. Es knirschte. Unter seinem rechten Krokodillederstiefel quoll ein gelblicher Brei mit Schalenteilen hervor. »Verdammte Scheiße!«, fluchte er und streifte den klebrigen Schleim am grünen Gras ab.

Die Flussregenpfeiferin war im ersten Moment zutiefst geschockt. Das war's. Ein Vierteljahr Arbeit war einfach so zunichtegemacht worden, denn für einen Flussregenpfeifer stellten Sex und die ganze Brüterei danach kein wirkliches Vergnügen dar. Spaß und Freude bei der Fortpflanzerei gab's nur beim Menschen und bei denen hauptsächlich bei den Männchen. Die Menschenweibchen waren da auch eher pragmatischer veranlagt, was sie so gehört hatte.

Nun, dann eben nicht. Neues Jahr, neues Glück, dachte sie sich in traditionell optimistischer Flussregenpfeifermanier. Ein letztes Mal schaute sie zerknirscht zurück zu ihrer gewesenen Brut, dann erhob sie sich in die Lüfte und flog Richtung Norden davon. Die Reise würde lange dauern, aber auch das war ihr recht. Sie konnte den fränkischen Dialekt sowieso nicht mehr ertragen. Es war bestimmt besser, sich zur Abwechslung mal in einer Gegend niederzulassen, in der die Aussprache der Menschen verständlicher war. Thüringen vielleicht? Mit dieser linguistischen Überlegung beschäftigt verschwand sie am sommerlichen Abendhimmel.

Lagerfeld war erleichtert. Endlich hatte sich dieser drüsenkranke Vogel verdünnisiert. Er schaute auf seine Uhr. Mist. Viertel nach acht. Er wusste, was das für ihn bedeutete. Vorsichtig sah er sich um. Von irgendwelchen Anglern war weit und breit nichts mehr zu sehen. Was für ein Anfängerfehler, was für ein Reinfall! Resigniert und schwankend machte er sich auf den Weg zurück zu seinem Fahrzeug, wobei er hin und wieder einen leidenden Seufzer ausstieß. Am Eingang des Geländes saß der Fremdenlegionär und schnitzte mit seinem ziemlich großen Messer an einem ziemlich großen Ast herum. Als er Lagerfeld gewahr wurde, nahm er den Ast, schwang ihn wie einen Baseballschläger über seinem Kopf herum und ließ ihn dann krachend gegen die Eingangstür des wie ein Tipi gebauten Gemeinschaftsraums knallen.

Herausfordernd blickte er den Kommissar an, während er seine tarnfarbene Schildkappe ins Genick schob. Im nächsten Moment stützte er sich wieder auf seinen Ast und lächelte ihn extrem freundlich an. Die Narbe auf seinem Hals war deutlich zu sehen. Lagerfeld schaute in die Runde. Überall standen Unbeteiligte herum, die mit wichtigen Beschäftigungen wie etwa Auf-den-Boden-Starren zugange waren. Von Graetzke keine Spur. Lagerfeld verkniff es sich, seine Beule zu befühlen. »Ihr seid alle abgespeichert, Herrschaften!«, rief er den Rumstehenden noch zu, bevor er sich vorsichtig in seinem Honda niederließ und den Motor startete.

*

Um Viertel vor neun öffnete Kriminalhauptkommissar Haderlein die Tür zum Büro. Sogleich kam ihm die erfreute Riemenschneider entgegen, um ihm die Hose zu lecken. Er hob sie hoch und drückte sie liebevoll.

»Na, sind wir heute denn auch brav gewesen und haben Fidibus nicht geärgert?«, fragte er eigentlich nur rhetorisch. Trotzdem erhob sich Gelächter in den Reihen der Kollegen. »Was ist los? Hast du etwa Dreck gemacht, du Böse, du?«, schimpfte er mit seinem Ferkelchen scherzhaft und wackelte bedeutungsvoll mit dem Zeigefinger.

»Nein, gar nicht«, lachte Honeypenny, während sie mit einem breiten Grinsen auf Haderlein zukam. »Fidibus ist nur wieder mal über seine eigenen Füße gestolpert. Im Großen und Ganzen war das nicht einer seiner besten Tage. Eher das Gegenteil. Aber Sie sollen sich trotzdem noch mal bei ihm melden und Bericht erstatten. Und«, sie flüsterte ihm den Rest leise ins Ohr, »seien Sie gnädig mit ihm. Seine Frau ist heute besonders schwanger, und deswegen ist er ein bisschen sehr neben der Spur.«

Haderlein stöhnte wissend auf und überreichte Honeypenny das protestierende Ferkel. »Also gut. Dann wollen wir uns mal in die Höhle des Löwen begeben.« Dann stockte er. »Äh, was ist eigentlich mit Lagerfeld? Ist der immer noch nicht da?« Langsam machte er sich doch Sorgen. Er zog gerade sein Handy aus der Tasche, um Lagerfeld zu erreichen, als sich die Tür öffnete und ein verdreckter, nasser und seinen Kopf haltender Kriminalkommissar Bernd Schmitt die Szenerie betrat.

»Ach du lieber Himmel, Lagerfeld, was ist denn mit Ihnen passiert?«, rief Haderlein entsetzt. »Setzen Sie sich erst mal hin.«

Sofort bildete sich ein Kreis hilfsbereiter Kollegen um Lagerfeld. Doch der hob nur lässig die Hände: »Alles in

Ordnung, Herrschaften, eine Beule, ein flüchtiger Verdächtiger und jetzt Feierabend. Ich hab die Schnauze voll. Ich will nur noch …«

Der Glaspalast von Dienststellenleiter Robert Suckfüll öffnete sich, und Fidibus stand in der Tür. »Was ist denn das hier für ein Auflauf? Ah, die Herren Haderlein und Schmitt. Sehr fein. Wenn Sie sich bitte in mein Büro bemühen würden.«

Haderlein legte seinem Kollegen aufmunternd die Hand auf die Schulter: »Na, kommen Sie, dann können Sie alles gleich beim Chef erzählen. Aber, Entschuldigung, wenn ich Ihnen das so sage, Sie sehen wirklich grauslich aus.«

»Danke für die netten Worte, Chef«, bemerkte Lagerfeld bissig. »Nur so viel: Der Graetzke is abgehauen. Als ich ihn vernehmen wollte, ist der völlig durchgedreht, und irgendwer hat mir von hinten eins übergebraten. Wir müssen sofort eine Fahndung ausschreiben.«

»Ja, ja, Lagerfeld, eins nach dem anderen.« Damit schob er seinen Kollegen in Suckfülls Büro und drückte ihn auf einen Stuhl, bevor er sich neben ihm niederließ.

»So, meine lieben Untergebenen, dann lassen Sie mal von Ihren Fortschritten hören. Immerhin hatten Sie ja jetzt fast einen ganzen Tag Zeit, um …« Er stutzte und betrachtete Lagerfeld von oben bis unten. »Ja, sagen Sie mal, wie sehen Sie denn aus, Kommissar Schmitt? Das ist doch keine Art, so zum Dienst zu erscheinen. Ich bin ja sehr tolerant, was die Kleiderordnung in meiner Abteilung anbelangt, speziell die Ihrige, aber auch tolerante Kleiderordnungen sind dazu da, eingehalten zu werden«, empörte er sich.

»Kommissar Lager…, ich meine, Kommissar Schmitt wurde heute während einer Vernehmung niedergeschlagen, Chef«, warf Haderlein ein, um den Redeschwall Suckfülls zu stoppen.

Fidibus' Augen weiteten sich. Vor Schreck legte er sogar seine heilige Zigarre auf die Seite. »Um Gottes willen, Schmitt! Das ändert natürlich alles. Ich werde Sie sofort für einen Monat krankschreiben ... Konnten Sie den Missetäter denn noch dingfest machen?«

»Chef! Ich war weggetreten. Ohnmächtig. Eine Stunde ungefähr. Und leider kann ich niemanden festnehmen, wenn ich bewusstlos bin«, belehrte ihn Lagerfeld genervt.

»Wir werden die fragliche Person natürlich umgehend zur Fahndung ausschreiben«, ergänzte Haderlein.

»Ja, natürlich«, pflichtete ihm Fidibus bei und schaute dann seine Mitarbeiter hoffnungsvoll an. »Aber davon mal abgesehen: Wie ist denn der Stand der Ermittlungen? Gibt es Verdächtige?«

»Also, Verdächtige gibt's gleich mehrere«, begann Haderlein. »Wir haben auch schon eine Festnahme.«

»Was?«, rief Lagerfeld überrascht. »Davon weiß ich ja gar nichts! Eine Festnahme?«

»Ja, von den Paddlern in Nedensdorf hat sich einer definitiv in Widersprüche verstrickt. Ich hab ihn vorläufig festnehmen lassen«, erläuterte Haderlein gefasst.

»Ja, soll das heißen, der Mörder ist gefasst?« Fidibus' Augen strahlten. »Haderlein, wie Sie wissen, habe ich für morgen um zwölf Uhr eine Pressekonferenz anberaumt. Was wäre das schön, dort schon einen überführten ...«

»Nein, da muss ich Sie enttäuschen«, bremste Haderlein seinen Vorgesetzten aus. »Kann sein, dass er der Mörder ist, kann aber auch nicht sein. Seit fünfzehn Minuten haben wir jedenfalls einen dringenden Tatverdächtigen mehr, würde ich sagen.« Er betrachtete nachdenklich Lagerfelds aussagekräftige Beule.

»Also, in Anbetracht der fortgeschrittenen Zeit und Kommissar Schmitts Zustand würde ich vorschlagen, das reicht für heute. Wir sehen uns dann morgen, meine Herren. Und, äh, Haderlein, Sie werden uns allen dann den Stand der Dinge darlegen, und ich werde Ihnen dabei, so gut es geht, unter die Beine greifen … äh, ja.« Er stutzte kurz. »Genau. Das war's dann, meine Herren.«

»Sie legen den Eisbeutel jetzt erst mal schön auf die Beule, und dann gehen Sie mit mir einen trinken und erzählen mir alles noch mal ganz langsam und in Ruhe. Die Rechnung geht auf mich«, instruierte Haderlein seinen Kollegen. Sie hatten gerade gemeinsam das Büro verlassen und wankten das Treppenhaus hinunter. Haderlein hatte sich Riemenschneider unter den Arm geklemmt und stützte mit dem anderen den lädierten Lagerfeld. Plötzlich hörte man von oben, wie jemand mit einem Rumms gegen die Bürotür lief. Haderlein und Lagerfeld blickten erstaunt nach oben. Sekunden später erschien Fidibus und hielt sich seine Nase.

»Hadernein, das nabe ich nanz vernessen. Was is einentlich nei ner Obdunktion henausnekommen?«, näselte er und befühlte sein gerötetes Geruchsorgan.

Lagerfeld zuckte schuldbewusst zusammen, sodass ihm der Eisbeutel vom Kopf fiel.

»Noch nichts, Chef«, rief Haderlein zurück »Gibt's morgen im Laufe des Tages. Kommissar Schmitt muss sich erst mal ausschlafen.« Lagerfeld stöhnte erleichtert, und Haderlein zwinkerte ihm verschwörerisch zu.

*

Graetzke beendete das Telefonat und klappte sein Handy zusammen. Sekunden später öffnete sich die Tür, und er wurde eingelassen.

»Der hässliche Köter bleibt aber draußen«, befahl eine Stimme aus dem Halbdunkel des Flurs, und Graetzke band seinen Hund hektisch an die kleine Laterne neben dem Tor. »Platz!«, kommandierte er. Der Hund folgte sofort und ohne Widerrede dem Kommando. Er wusste, was ihm blühte, wenn er seinem Herrchen nicht gehorchte.

Graetzke folgte dem Mann durch den Garten bis in den Raum, in dem sie sich schon häufiger getroffen hatten. Hier waren sie absolut sicher. Er lehnte sich an einen Glaskasten, ohne sich um dessen obskuren Inhalt zu scheren.

»Sie sehen so aus, als könnten Sie was zu trinken gebrauchen, was, Graetzke? Ein Bier?« Der Angler nahm dankend an und leerte den halben Krug in einem Zug. »Also, was ist los mit Ihnen, verdammt? Sieht ganz so aus, als hätten Sie ein wenig zu eigenmächtig gehandelt. Und erzählen Sie mir bloß nicht, dass das nicht Sie waren!« Die Stimme hatte einen äußerst verärgerten Tonfall angenommen.

»Doch, natürlich bin ich das gewesen«, antwortete Graetzke trotzig. »Irgendjemand musste ja schließlich was unternehmen, oder? Ihr anderen sitzt ja hier rum und dreht Däumchen! Wozu bin ich denn gelernter Elektriker!«

»Ach so, aber was jetzt passiert, ist natürlich viel besser als das, was vorher war, oder wie? Mensch, Graetzke, schon morgen wäre alles in Butter gewesen, und jeder hätte bekommen, was er wollte. Aber dann müssen Sie Ihr Testosteron loswerden, verdammte Scheiße. Das werden Sie jetzt gefälligst selbst ausbaden, Sie Idiot. Da kann Ihnen niemand bei helfen.«

Graetzkes Blick begann unheilvoll zu flackern. »Einen Scheiß werde ich tun. Sie haben mich doch erst in diese Lage gebracht! Was kann ich denn dafür, wenn Ihr Plan nicht funktioniert. Sie wollten doch schon längst fertig sein«, bellte er und kippte gierig den Rest seines Bieres hinunter. »Überhaupt hab ich langsam die Nase voll. Ich werde ganz bestimmt nicht den Sündenbock in der ganzen Angelegenheit spielen«, ereiferte er sich, und sein Gesicht begann sich zu verfärben. Eine unbändige Wut keimte in ihm auf. »Sie haben doch gesagt, dass alles nach Plan abgewickelt wird. Aber dann folgt Verzögerung auf Verzögerung, und schließlich passiert überhaupt nichts mehr. Das kenn ich doch. Aber so kann man keinen Krieg gewinnen! Und eins sag ich Ihnen: Alles, was Rast wusste, weiß ich auch. Und dass es noch mehr Mitwisser gibt, ist Ihnen hoffentlich auch klar. Also, kommen Sie bloß nicht auf dumme Gedanken.« Graetzke hatte keine Angst mehr. Im Gegenteil. Er fühlte sich stark und überlegen. Das wertvolle Wissen war jetzt auf mehrere Personen verteilt. Und jede von ihnen konnte mit diesem Geheimnis ein kleines Erdbeben auslösen. Was wollte eigentlich diese lächerliche Figur da vor ihm? Ha, er war stark, er war groß, und er würde jetzt … Plötzlich merkte er, dass etwas nicht stimmte. Sein Herz raste, und sein Blick verschwamm. Er hatte das Gefühl, als würden seine Augäpfel aus ihren Höhlen treten und der Brustkorb sich ausdehnen.

Um sich zu sammeln, fixierte er den Boden seines leeren Krugs. Sein Kopf vibrierte vor Schmerz. Was war denn das für eine bräunliche Verfärbung? Nein, das würde er doch nicht wagen, oder? Brüllend warf er den Bierkrug nach seinem Gegenüber, traf aber nur eine an der Wand hängende Holzmaske, die splitternd zerbrach und zusammen mit den Bierkrugscherben zu Boden krachte. Graetzke fiel auf die Knie. Sein Puls raste immer schneller, sein Kopf fühlte sich an wie eine Blechtrommel.

Er bemerkte, wie sein Pendant auf ihn zukam, sich zu ihm bückte und ihm in die Augen sah. »Tja, Graetzke. Kriege werden heutzutage anders geführt. Da muss man sich ein bisschen umstellen«, flüsterte er ihm zu. Der Angler spürte noch den Atem auf seinem Gesicht, dann war mit einem Schlag das Herzrasen vorbei, und er hatte einen letzten klaren Moment, in dem sein Herzmuskel endgültig aufgab. »Schönen Gruß auch an den Fischerkönig«, hörte er die Stimme noch sagen, dann fiel der große, massige Körper von Hubertus Graetzke leblos nach vorne und schlug mit dem Gesicht hart auf dem Steinboden auf. Von ferne hörte man einen Hund winseln.

*

Haderlein hatte sich mit dem angeschlagenen Lagerfeld im Greifenklau einen Platz an der Mauer mit Aussicht zur Altenburg gesichert. Es dämmerte, und der große Turm des mittelalterlichen Bauwerks leuchtete orange in der untergehenden Sonne. Ein äußerst romantischer Anblick, doch Lagerfeld hatte absolut keine Muße dafür. Frustriert starrte er auf die Tischplatte. Haderlein bestellte zwei Seidla Bier und gleich noch zwei Schnaps dazu.

»Jetzt lassen Sie mal den Kopf nicht so hängen, Lagerfeld«, versuchte er ihn aufzumuntern. »Wissen Sie was, Kollege Schmitt, vielleicht ist das ja auch der richtige Moment, um uns mal richtig und in Ruhe zu unterhalten. Ich wollte sowieso mal ein paar grundsätzliche Dinge mit Ihnen klären, Bernd.«

Bernd? Lagerfeld hob den Kopf. Was war denn jetzt kaputt? Haderlein sprach ihn nie mit Bernd an. Wie sollte er das einordnen? Eigentlich hatte er mit einer Rüge beziehungsweise Maßregelung seines Chefs gerechnet, stattdessen gab's Vertraulichkeiten? Der Tag steckte voller Überraschungen.

»Passen Sie mal auf, Bernd«, fuhr Haderlein jetzt fort, »wie lange sind Sie jetzt schon bei mir – vier Monate?«

»Sechs«, stöhnte der Jüngere, während ihm das Tauwasser des Eisbeutels rechts hinten ins Hemd lief.

»Wirklich? So lange schon? Dann wird's aber auch höchste Zeit«, meinte Haderlein. Er griff sich seinen Schnaps und schob Lagerfeld den seinen vor die Nase. »Ich werde meinen Kollegen doch nicht auf Dauer mit Sie anreden. Das werden wir jetzt mal schnell ändern.«

Lagerfeld musterte seinen Chef misstrauisch. »Ist das jetzt Ihr Ernst?«

»Selbstverständlich ist das mein Ernst. Also, ich bin der Franz.«

Lagerfeld ließ sich nicht zweimal bitten. »Und ich bin der Bernd.« Er griff sich den Schnaps. »Nachert Franz, auf aane gedeihliche Zusammenarbeit.« Sprach's und stürzte den Williams in einem Zug hinunter. »Buhaa«, brummelte er, offensichtlich angenehm vom Geschmack berührt. Doch Haderlein schaute ihn an, als hätte er soeben mit ansehen müssen, wie ein Tourist aus Texas Ketchup über seine blauen Zipfel kippte.

»Also, äh, Bernd«, versuchte er es auf die vorsichtige Tour, »das gerade war ein sündhaft teures Destillat aus Südtirol, das schüttet man sich nicht so einfach hinter die Binde. Das genießt man. Ist doch kein Wodka.«

»Du, Franz, mir is grad net nach Feinsinnichkeiten, wenn du verstehst, was ich maan.«

Haderlein begann innerlich schon wieder zu übersetzen. Vielleicht war es wirklich an der Zeit, in Ruhe ein paar klare Worte zu wechseln.

»Jetzt hör mal zu, Bernd«, fing er an, »ich muss noch etwas klarstellen. Du wirst dich sicherlich gewundert haben, wieso ich ausgerechnet dich von der Sitte zu mir rübergeholt habe?«

Allerdings, dachte sich Lagerfeld, schwieg aber.

»Falls ich das also noch niemals gesagt habe, Bernd, ich glaube, du hast ganz außerordentliche Fähigkeiten.«

Lagerfeld fielen fast seine Augen aus dem Kopf. Er konnte nicht glauben, was er da hörte!

»Dir wohnt eine gewisse Unbefangenheit inne, die dir des Öfteren zu ganz ungewöhnlichen Schlussfolgerungen verhilft. Und deine Beobachtungsgabe ist geradezu phänomenal. So, das musste mal gesagt werden.«

Lagerfeld lächelte ungläubig. Einfach unfassbar! Haderlein fand ihn tatsächlich gut! Er badete geradezu im Wohlwollen seines Chefs. Die Beule tat auf einmal gar nicht mehr so weh.

»Andererseits gibt es da auch Seiten an dir, die schleunigst geändert werden müssen.«

Mit einem lauten Plopp platzte das hochzufriedene Selbstbild, das gerade von rechts nach links durch Lagerfelds Ego geschwebt war.

»Fangen wir mal mit deinem Äußeren an.«

Oh Gott, nicht dieses Thema. Da war er extrem sensibel. Seine Schmerzen wurden wieder stärker.

»Wenn du dich generell wirklich so kleiden willst mit deinem Schwänzchen und diese Flowerpowerkarre fahren möchtest, na gut, meinetwegen. Aber wenn wir beide privat zu zweit zusammensitzen, und natürlich auch bei Vernehmungen oder Ähnlichem, nimmst du bitte von nun an deine Brille ab. Jetzt wäre beispielsweise ein solcher Augenblick.« Bedeutungsvoll harrte Haderlein einer Reaktion.

Widerwillig nahm Lagerfeld seine Sonnenbrille ab. »Warum denn jetzt, Che… äh, Franz?«, maulte er.

»Ganz einfach, die Sonne blendet nicht«, stellte Haderlein nüchtern klar.

Lagerfeld schaute ihn an und blickte dann zur Altenburg, die nur noch schwach beleuchtet war. Schließlich streifte sein Blick Riemenschneider, die die ganze Zeit schon schicksalsergeben neben dem Tisch kauerte, und schlussendlich sein leeres Schnapsglas.

»Und?«, hörte man Haderleins leicht belustigte Stimme.

»Vo mir aus, Franz. Wenn dei Leben drahänga tut.«

»Wunderbar. Dann können wir gleich zu Punkt zwei übergehen«, fuhr der Kriminalist ungnädig fort. »Ich möchte dich bitten, während der Dienstzeit dich deines Dialektes zu entledigen und dich des hochdeutschen Idioms zu befleißigen. Und zwar immer. Ich habe keine Lust mehr, darüber nachgrübeln zu müssen, was du gerade gesagt hast.«

Lagerfeld kämpfte sichtbar mit sich. »Des is aber anstrengend, Chef.«

»Bitte, Bernd«, baute ihm Haderlein den semantischen Steg, über den er gehen konnte.

»Also gut, Franz, aber nur, weil du's bist«, lachte Lagerfeld auf Hochdeutsch. »Außerdem krieg ich dafür jetzt noch ein Destillat von der vorigen Sorte. Das sind sonst zu viele Opfer auf einmal für ein Gewohnheitstier wie mich.«

»Selbstverständlich, mein lieber junger Kollege«, spöttelte Haderlein. »Stört es dich eigentlich, wenn ich dich Lagerfeld nenne?«

»Nein, überhaupt nicht, Franz. Unter meinem richtigen Namen kennt mich ja eh bloß noch der Fidibus. Passt scho!«, grinste Lagerfeld.

Der Hauptkommissar beugte sich erfreut über die zwischenmenschliche Entwicklung zu Riemenschneider hinunter. »Na, du Polizistin, auch ein Bier?«, fragte er das Schwein, dessen Augen sofort zu leuchten begannen.

»Franz, die Riemenschneiderin hat genickt, ich hab's genau gesehen!«, rief Lagerfeld.

»Stimmt, Bernd, jetzt seh ich's auch. Gertrud, noch ein Seidla für uns und eins fürs Schwein«, gab Haderlein die Bestellung auf.

Riemenschneider war aufgesprungen und blickte erwartungsvoll von einem zum anderen. Als ihr Bier in einer kleinen Schüssel gebracht wurde, begann das Schwänzchen euphorisch zu wedeln, und sie labte sich sofort an der Köstlichkeit. Einen Meter über ihr stießen Franz und Bernd auf ein neues Kollegenzeitalter an.

*

Graetzkes Hund hörte erst auf zu bellen, als sich das Tor öffnete, hinter dem sein Herrchen verschwunden war.

»Na, du hässliche kleine Fellwanze! Hier gibt's Happahappa«, hörte der Hund eine freundliche Stimme säuseln, und ein Stück leckeren Fleisches kam auf ihn zugeflogen.

Ganz wunderbar, dachte sich der Hund und würgte es hastig hinunter. Ein leicht bitterer Nachgeschmack stieß ihm auf. Trotzdem, Derartiges bekam er von seinem Herrchen nie, meistens nur Fischreste. Na so was, das Tor schloss sich ja wieder? Aber sein Herrchen würde bestimmt gleich wieder auftauchen. Oder vielleicht, wenn er Glück hatte, noch so ein leckeres Fleischstück? Da er mit seinem Herrchen schon öfter hier gewesen war, bestand für ihn kein Grund zur Sorge. Er hatte keine Angst. Überhaupt fühlte er sich plötzlich so groß, so stark. Nur diese Kopfschmerzen störten etwas. Und dann begann sein Herz immer schneller zu schlagen.

*

»Sag mal, Bernd«, begann Haderlein plötzlich. »Ich hätte jetzt mal wirklich gern gewusst, wie ihr zu Riemenschneider gekommen seid. Das habt ihr mir nie richtig erzählt. Ist das ein Geheimnis?«

Lagerfeld lachte laut auf. »Ach du lieber Himmel, nein. Aber das glaubst du mir sowieso nicht.« Er kicherte hysterisch und winkte ab.

»Doch, ich glaube dir alles, versprochen«, lachte jetzt auch Haderlein neugierig.

»Na gut«, gab der junge Kollege nach, »aber ich sage dir, du wirst es nicht glauben. Die Geschichte begann so«, er nahm einen langen Schluck aus dem Seidla, »also, ich komme mit zwei Einsatzfahrzeugen der Bepo in Ebing an, das ist ein Ortsteil von Rattelsdorf. Angeblich wegen einer Entführung. Vor einer Metzgerei ist ein totaler Auflauf. Ich stürme mit gezogener Waffe und sechs Mann von der Sondereinheit an die Eingangstür der Metzgerei und frage die Umstehenden, was eigentlich los sei. Die von der Sondereinheit ziehen sich währenddessen schon mal ihre schwarzen Einsatzklamotten an, wie es sich für eine ordentliche Geiselbefreiung gehört. So. Dann erzählen die mir da, dass sich in der Metzgerei ein gewisser Rudi König, ein ortsbekannter Rattelsdorfer Fanatiker, mit einer Waffe verbarrikadiert hat und damit droht, ein Schwein zu erschießen.«

»Ein Schwein?«, fragte Haderlein verblüfft.

»Ein Schwein, genau«, grinste Lagerfeld erneut. »Eins wäre angeblich bereits tot und mit dem anderen würde er schon minutenlang reden.« Der Kommissar musste bei der Erinnerung wieder lachen. »Ich hab erst geglaubt, die wollen mich verarschen oder es wäre ein blöder Witz der Kollegen. War's aber nicht. Ich sag also denen von der Sondereinheit, sie sollen erst mal warten, ich würde mal allein reingehen und die Lage sondieren.«

»Sehr tapfer, Herr Kollege«, grinste der Chef.

»Fand ich auch«, bestätigte Lagerfeld. »Ich also rein in die Metzgerei, und da sehe ich irgend so einen abgerissenen Bauern, der ein altes verrostetes Luftgewehr auf Riemenschneider gerichtet hat und andauernd auf das Ferkel einquatscht. Die Arme sitzt total verängstigt in der Ecke und tut mir so was von leid.«

»Einquatscht?«, echote Haderlein ungläubig.

»Ich sag doch, die ganze Geschichte klingt total daneben«,

verteidigte sich Lagerfeld. »Na ja, jedenfalls kann ich dem Spinner ohne größere Gegenwehr das blöde Luftgewehr entwenden und ihn festnehmen. Der hat die Streife angemacht, sag ich dir. Und Riemenschneider hab ich als Beweismittel mitgenommen. Ich wollte sie einfach nicht in der Ebinger Metzgerei als Spanferkel enden lassen.«

»Braver Lagerfeld, nicht wahr?«, flüsterte Haderlein Riemenschneider zu und kraulte sie hinter den Ohren. »Und warum jetzt der Aufstand?«

»Ja, also das Ganze hat wohl folgenden Hintergrund«, gluckste Lagerfeld, während er sich einen weiteren Zwischenschluck von seinem Bier genehmigte. »Im vorletzten Jahrhundert haben die Bürger der Gemeinde Ebing ihre Schweine zum Mästen auf die Flur der Nachbargemeinde Rattelsdorf getrieben, weil diese Wiesen angeblich zu Ebing gehörten. Die Rattelsdorfer waren aber natürlich ganz anderer Meinung, was die Besitzverhältnisse selbiger Wiesen anbelangte. Doch die Ebinger ließen sich nicht davon überzeugen und waren nicht bereit, die Schweine wegzutreiben. Es kam zu Reibereien, Schlägereien und schließlich zu einem langjährigen Gerichtsverfahren, in dem die Ebinger Sautreiber schließlich unterlagen und die Rattelsdorfer auszahlen mussten. Bis heute können sich die beiden Gemeinden nicht wirklich leiden.«

»Unglaublich.« Haderlein schüttelte den Kopf.

»Genau, und dieser durchgeknallte Bauer hatte angeblich im Diözesanarchiv in Bamberg herausgefunden, dass Riemenschneider der letzte lebende Nachkomme der Horde Schweine sein muss, die seinerzeit die Rattelsdorfer Wiesen leergefressen hat.«

»Und was ist mit ihm passiert?«, fragte Haderlein neugierig.

»Mit Rudi König? Der sitzt mittlerweile in Bamberg in

der Klapsmühle St. Getreu und erzählt dort seinen Pflegern jeden Tag diese bescheuerte Story. So, das war's«, beendete Lagerfeld erleichtert seine Geschichte, »jetzt weißt du die bittere Wahrheit. Dein Polizeischwein ist eigentlich eine Kriminelle mit Stammbaum.«

Auf diesen Schreck bestellte Haderlein beiden noch ein Bier.

*

Der nagelneue schwarze VW Tiguan kämpfte sich mit seinem Allradantrieb zum Mainufer hinunter. An einer dicht verwachsenen Gebüschreihe hielt das Fahrzeug an. Der Mond glitzerte romantisch auf dem Kühlergrill, während zwei Personen ausstiegen und misstrauisch die Umgebung beäugten. Nachdem sie anscheinend alles zu ihrer Zufriedenheit vorgefunden hatten, öffnete der Größere der beiden den Kofferraum und hievte ein schwarzes Bündel heraus. Die andere Person tat es ihm derweil mit einem kleinen Sack nach. Gemeinsam zerrten sie das große schwarze Etwas zum Gebüsch. Dahinter waren ein kleiner Durchschlupf zum Wasser und ein klappriger Angelsteg auszumachen. Mit großer Kraftanstrengung zogen sie das schwere Paket die zwei Meter bis zum Stegende. Dann richteten sich beide kurz auf, schauten sich nochmals um, der Größere nickte und gab dem Bündel dann einen Tritt mit seinen schwarzen Lederstiefeln. Fast lautlos nahm der Main die schwere Fracht in seinen Fluten auf, und die Strömung trieb das Etwas sofort weiter. Mit einem lauten Klatschen flog der kleine Sack wenige Minuten später hinterher, und eine Fontäne spritzte nach oben, so als wollte sie die sternenklare Nacht berühren. Doch der Fluss holte sich zurück, was ihm gehörte, und schon bald war das Wasser wieder ruhig und träge wie ehedem. Nur zwei leblose Bündel hatten ihre letzte Reise angetreten.

Gott und die Welt

Kolonat Schleycher lag in Kloster Banz in seinem Bett auf seinem Zimmer und grübelte über den verkorksten Tag nach. Es war fast Mitternacht, und er konnte und wollte nicht schlafen. Da schmiedete man einen Plan nach dem anderen, und dann warfen die Schläge des Schicksals alles über den Haufen. Das hätte so nicht passieren sollen und dürfen. Er war doch so gut vorbereitet gewesen. Er hatte alles geplant: sein Leben, seine Karriere, seine Zukunft. Aber vor allem Letztere stand nun auf dem Spiel. Vor einer halben Stunde hatte er noch eine Unterredung mit dem Ministerpräsidenten Kohlhuber geführt. In dem kurzen Gespräch hatte dieser seinen Unwillen über die verunglückte Vorstellung seines Umweltministers deutlich zum Ausdruck gebracht. Er hatte ihm unmissverständlich nahegelegt, morgen seinen verpatzten Auftritt auf professionelle Art und Weise wiedergutzumachen, ansonsten gäbe es gleich zu Beginn seiner hoffnungsvollen Amtszeit reichlich Minuspunkte auf dem Politikerrücktrittskonto, was ihm sehr leidtun würde. Ein Klopfen an der Tür schreckte ihn aus seinen politischen Gedanken auf. Seine Staatssekretärin steckte ihren Kopf mit fragendem Blick ins Zimmer.

»Darf ich?«, fragte sie, trat aber sogleich ein, ohne eine Antwort abzuwarten.

»Und?«, fragte er ungeduldig und richtete sich auf.

Sie lächelte und warf ihm eine farblose graue Mappe auf

das Bett, auf dem er gerade noch seine Situation analysiert hatte. »Fertig«, grinste sie, ohne auch nur im Geringsten angestrengt zu wirken.

Schleycher griff sich die Mappe und zog das darin enthaltene Redemanuskript heraus. Er war ein routinierter und schneller Leser, sodass er das Wesentliche sofort erfasste. Mit jedem gelesenen Absatz hellte sich seine Miene mehr und mehr auf.

»Das ist gut!«, rief er begeistert und strahlte sie an. »Das ist sogar sehr gut. Wo hast du das nur so schnell hergezaubert?«

»Von hier oben natürlich«, antwortete sie lächelnd und tippte sich bedeutungsvoll an ihre hübsche Stirn.

Die blonden langen Haare hingen ihr zwar frisch gekämmt, aber trotzdem etwas ungeordnet über die Schultern. Noch immer trug sie das schwarze Kleid vom Empfang der Bundeskanzlerin heute Mittag. Nach dem gemeinschaftlichen Abendessen hatte sie sich sofort verabschiedet, um an der Rede zu arbeiten. An dieser wundervollen Rede.

»Was würde ich nur ohne dich machen, Gabi!« Er erhob sich, ging auf sie zu und nahm sie in die Arme. »Du und ich, wir wären das ideale Gespann. Zu schade, dass aus uns beiden nichts werden wird.« Aus seiner Stimme sprach ehrliches Bedauern.

Ihr Kopf lag still an seiner Brust. Sie verdrückte eine Träne. »Aber du könntest es doch wenigstens versuchen«, sagte sie mit erstickter Stimme. Abrupt drehte er sich von ihr weg, dem Bett zu und warf das Manuskript auf die aufgeschlagene Decke. Dann vergrub er seine Hände in den Hosentaschen seines anthrazitfarbenen Anzuges.

»Du kennst doch die Gründe. Das Thema ist gegessen.« Er wandte sich ihr wieder zu und blickte sie aus eisblauen, kalten Augen an. »Ich kann dir eine Karriere an meiner Seite anbieten, aber nicht das, was du schon wieder andeutest, Gabi.«

Sie wischte sich ihre kleine Träne von der Backe und richtete ihr Kleid. »Gut, dann sehen wir uns morgen beim Frühstück.« Gefasst hielt sie noch einen Moment seinem Blick stand, dann verließ sie das Zimmer, ohne sich noch einmal umzudrehen.

Wenige Minuten später holte Schleycher sein Handy heraus und wählte eine Kurzwahltaste. »Du kannst jetzt kommen«, flüsterte er leise in das Telefon. Ein lüsterner Ausdruck schlich sich in seinen Blick, und seine Mundwinkel begannen ungeduldig zu zucken. Er verdunkelte das Zimmer und ließ nur die verhängte Lampe am Spiegel brennen. Im diffusen Dämmerlicht öffnete sich bald darauf die Tür zu seinem Zimmer, und eine schlanke, dunkle Gestalt schlüpfte elegant und leise hindurch.

*

Kriminalhauptkommissar Haderlein war mit Riemenschneider auf dem Weg ins Büro. Heute Morgen war eine große Dienstbesprechung anberaumt worden, in der das Team das weitere Vorgehen festlegen musste. Es gab etliches zu recherchieren, und Scheidmantel musste ja auch noch verhört werden. Haderlein hatte sich durchgerungen, Lagerfeld erneut von der von ihm angedrohten Autopsie zu befreien.

»Einen schönen guten Morgen«, rief er, während er Riemenschneider den Vortritt ins Büro ließ. Lagerfeld war auch schon anwesend und lächelte ihm etwas verkatert zu.

Der Hauptkommissar schritt zuerst an Honeypennys Schreibtisch und gab ihr wie üblich einen Gutenmorgenkuss auf die Backe. Dann reichte er ihr Riemenschneiders Leine, die sie sofort am Schreibtisch festband. »So, Herrschaften, große Planungssitzung«, rief er voller Tatendrang und klatschte laut in die Hände. Dann stutzte er und blickte in Richtung Chef-Büro. Alles dunkel. Dabei war Fidibus normalerweise doch immer der Erste im Büro. Fragend blickte der Einsatzleiter zu Honeypenny hinüber.

»Er wird heute nicht kommen«, verkündete die mit einem Blick, der verriet, dass sie etwas wusste, von dem die anderen noch keine Ahnung hatten. Alle schauten sie gespannt an.

»Keinen sinnlosen Spannungsaufbau heute, Honeypenny. Wir haben wirklich einen engen Zeitplan«, bat Haderlein ungeduldig.

Doch Marina Hoffmann ignorierte gekonnt die Ungeduld ihres Lieblingskommissars und verteilte zuerst einmal aufreizend langsam ihre frisch geschmierten morgendlichen Honigbrote. Das letzte gab sie Haderlein, der sie immer nervöser anschaute. Aber er verkniff sich ein böses Wort. Erstens würde sie ihm das nicht verzeihen, zweitens musste er jetzt sowieso erst mal das Honigbrot essen, und drittens gönnte er ihr diesen seltenen Platz an der Sonne. Bürogeheimnisse waren die heimlichen Höhepunkte im Berufsleben von Honeypenny. Und sie genoss sie in vollen Zügen. In dem Bewusstsein, dass alle Augen auf sie gerichtet waren, stellte sie das leere Tablett zurück auf ihren Schreibtisch. Dann drehte sie sich um, strahlte einen nach dem anderen der honigbrotkauenden Bürokollegen an und hob dann die Arme zur großen Verkündigung. Haderlein verdrehte gequält die Augen.

»Also«, begann sie bedeutungsvoll, »heute Morgen bekam ich einen Anruf, und ratet mal, von wem.« Sofort prasselten die Kandidatenvorschläge auf Honeypenny nieder, aber die lächelte nur verschmitzt. »Alles falsch, Ladies and Gentlemen. Es war die Polizei.«

»Äh, von der Polizei? Aber das sind doch wir?«, stutzte Cesar Huppendorfer. Er war Computerexperte und deswegen auch immer derjenige, der einen Witz zuletzt kapierte.

»Natürlich sind wir das. Der Schneider von der Bereitschaftspolizei war dran. Frau Fidibus hat verfrüht die Wehen gekriegt, und die von der Bepo haben sie ins Klinikum gefahren.« Sie schaute sich triumphierend um.

»Wieso denn die Bepo?«, fragte Haderlein verwirrt. »Gibt's denn keine Sanis in Bamberg? Und wieso ist Fidibus nicht selbst gefahren?«

Honeypenny strafte ihn mit einem tadelnden Blick. »Das wird seine Frau schon noch zu verhindern gewusst haben«, erklärte sie ihm. »Schließlich wollte sie bestimmt auch irgendwann im Klinikum ankommen. Und mit ihrem Mann als Fahrer wäre das nicht so sicher gewesen. Jedenfalls hat unser Chef in seiner Panik die Kollegen von unten angerufen, und die haben mich dann informiert. Er lässt ausrichten, dass er heute auf jeden Fall nicht reinkommt, da er seine Frau bei der Geburt unterstützen möchte. Und, wie findet ihr das?«

»Erst mal natürlich gut«, bekannte sich Lagerfeld kauend. Mehrere Kollegen nickten beipflichtend.

»Hoffentlich macht er das Kind nicht kaputt«, sorgte sich Cesar Huppendorfer. Wiederum nickten etliche Männer bestätigend.

»Sagt mal, wie könnt ihr nur so über euren armen Chef reden?«, empörte sich plötzlich Honeypenny. »Er wird das schon hinkriegen. Es ist doch schön, dass er sich so um seine Frau kümmert.«

»Hauptsache, er redet nicht bei der Geburt«, meinte Haderlein trocken und stopfte den letzten Rest des Honigbrotes in sich hinein.

»Genau, das Kind könnte verwirrt reagieren und zum Beispiel einen Sprachfehler bekommen«, ergänzte Lagerfeld.

Verärgert schaute Honeypenny in die Runde. »Das ist doch wirklich …«

»Wahrscheinlich kommt das Kind sowieso schon mit Zigarre auf die Welt«, fuhr Lagerfeld fort, und es erhob sich allgemeines Gelächter.

Nur Honeypenny wandte sich frustriert ab und schüttelte den Kopf. Sie würde Männer nie verstehen. Denen war ja gar nichts heilig. »Komm, Riemenschneider. Wir Frauen wissen wenigstens, wovon wir reden«, schmollte sie und setzte sich wieder an ihren Schreibtisch. »Alles Idioten«, grummelte sie und begann einen Apfel für das Schwein zu schälen.

*

Ein großes und ein kleines Bündel trieben unbemerkt zusammen im Morgendunst den Main hinunter. Die ganze Nacht über waren sie einträchtig immer wieder umeinandergekreist. Mal wurde ein Gebüsch gestreift oder ein Stein in einer Biegung berührt, doch kein Hindernis konnte die Fahrt der toten Fracht stoppen. Kurz vor der Mündung des Mains in den Rhein-Main-Donau-Kanal war es dann so weit. Das größere der beiden Pakete steuerte exakt auf den breiten Mittelpfeiler der Eisenbahnbrücke beim kleinen Ort Hallstadt zu. Erst schmiegte sich der große schwarze Sack an das stromlinienförmig betonierte Fundament, dann wurde auch der kleinere dagegengetrieben, und die Strömung des Mainwassers fixierte das Schwemmgut unverrückbar zwischen mehreren Ästen, Plastikmüll und sonstigem Dreck. Hier war die Reise erst einmal zu Ende.

*

Haderlein klatschte erneut in die Hände. Er stellte sich in die Mitte der Kollegen und zitierte aus seinem Notizbuch: »Okay. Also, die Arbeit wird heute wie folgt verteilt: Bernd, du machst dich nach Coburg auf und schaust bei der HUK-Versicherung, ob du was über Graetzke herausfindest. Wer weiß, vielleicht arbeitet er ja wieder.« Er schaute ihn prüfend an.

»Ja, ganz bestimmt«, knurrte Lagerfeld voller Vorfreude, den Angler wiederzusehen, begann aber widerstandslos, seine Arbeitsutensilien zusammenzusammeln.

»Und wenn du schon dabei bist, dann besuch doch gleich noch Frau Graetzke daheim – falls es eine Frau Graetzke gibt.«

»Wenn die genauso drauf ist wie ihr Mann und sein sogenannter Hund, dann brauch ich aber 'ne Spezialeinheit«, erregte sich Lagerfeld, bevor er durch die Tür verschwand.

»So, weiter im Text. Der nächste Job wäre für Sie, Honeypenny.« Er blickte Richtung Riemenschneider, mit der sie gerade flirtete.

»Äh, ja, was?«, schreckte sie auf.

»Honeypenny, Sie kümmern sich mal um die Zeitungsseiten da in meinem Rucksack. Ich möchte, dass Sie herausfinden, welche Artikel da fehlen. Wir müssen wissen, warum die für Rast so wichtig waren.«

»Mach ich, Chef«, rief sie und griff sogleich zum Rucksack.

»Und Sie, Huppendorfer, Sie setzen sich an Ihren Computer und finden etwas über dieses Kloster Kreuzberg in der Rhön heraus.« Cesar Huppendorfer wollte sich schon umdrehen, da pfiff Haderlein ihn noch mal zurück. »Und wenn Sie schon dabei sind, Huppendorfer, dann versuchen Sie doch auch noch rauszufinden, ob die Spezialisten in Nürnberg bereits was bezüglich Handy und Notizbuch eruieren konnten.«

»Ist klar, Boss.«

»Und«, fuhr der Hauptkommissar fort, »setzen Sie sich

mit der Spurensicherung in Verbindung und erfahren Sie, ob die am Wehr in Hausen schon was herausgefunden haben. Vielleicht bringt uns da ja was weiter.« Huppendorfer nickte motiviert, setzte sich mit konzentrierter Miene hinter seinen Computer und öffnete den Internetbrowser.

»So, und ich werde jetzt mal unserem Herrn Scheidmantel einen Besuch abstatten und schauen, ob seine große Klappe etwas kleiner geworden ist«, informierte Haderlein die telefonierende Honeypenny, die schnell die Hand auf den Hörer legte.

Joe Scheidmantel hatte offensichtlich nicht gut geschlafen. Seine Haare standen wirr und zerzaust vom Kopf ab, und seine Augen waren rot gerändert. Neben ihm saß Gotthilf Preller, ein Bamberger Anwalt, der auf der Dienststelle bereits bekannt war. Wenn jemand in Bamberg dringend, gleich und sofort einen Anwalt brauchte, war Gotthilf Preller stets zur Stelle. Seine Inserate fanden sich überall: Gelbe Seiten, Internet, Tageszeitung und sogar als Aufkleber auf dem Einsatzfahrzeug der Arbeiterwohlfahrt. Wo seine Kollegen warben, warb er größer. Ein Wunder, dass noch keine Zeppeline rund um die Uhr über Bamberg schwebten, um mit Megaphonen seine PR-Botschaften zu verkünden. Gotthilf Preller war schnell da, aber auch schnell wieder weg. Er hatte einfach zu viele Kunden zu betreuen.

Im Moment war er damit beschäftigt, auf Joe Scheidmantel einzureden. Ein harmonisches Gespräch sah allerdings anders aus.

»Guten Morgen, die Herren«, begrüßte Haderlein die beiden, während er die Tür des Vernehmungszimmers hinter sich schloss. »Na, Joe, gut geschlafen?«

Scheidmantel hatte noch nicht mal den Mund geöffnet, da legte Preller schon los. »Herr Kommissar, können Sie mir vielleicht verraten, was Sie meinem Mandanten genau vorwerfen?«

»Nun, ich werfe Ihrem Mandanten genau vor, dass er seine Klappe nicht aufmacht. Ich habe ihm gestern einige wichtige Fragen gestellt, die er leider nicht beantworten konnte. Zum Beispiel die, wo er vorgestern Nacht zur Tatzeit gewesen ist.«

»Aber mein Mandant hat doch angegeben, dass er zu Hause in seinem Bett war und geschlafen hat?«

»Schon, aber die Aussage kann er nicht beweisen«, konterte Haderlein. »Er hat keine Zeugen, dafür aber ein Motiv.«

Gotthilf Preller blätterte nochmals die Akte durch. Es raschelte. »Kommissar Haderlein, wenn ich das hier richtig verstehe, dann haben Sie sich Ihren Verdacht nur aus den Fingern gesogen, weil mein Mandant lautstark gegen den Ermordeten gewettert hat. Und zwar nach dessen Tod. Finden Sie es etwa logisch, wenn ein Mörder etwas derartig Dämliches in aller Öffentlichkeit tun würde?«

Stimmt, das hatte er sich auch schon überlegt. Haderlein schwieg nachdenklich.

»Außerdem«, und jetzt blickte Preller Haderlein höhnisch lächelnd an, »außerdem haben Sie nicht den allerkleinsten Beweis für Ihre Anschuldigungen. Oder sehe ich das falsch?« Knallend klappte er den Ordner zu und warf ihn zurück auf den Tisch, um den herum sie saßen.

Haderlein erwiderte nichts, sondern starrte stattdessen Joe Scheidmantel an, der es umständlich vermied, seinen Blick zu erwidern.

»Herr Kommissar, wenn Sie nicht mehr gegen meinen Mandanten vorzubringen haben, möchte ich Sie bitten, ihn auf der Stelle freizulassen!«

Der Hauptkommissar beugte sich so weit über den Tisch, wie er nur konnte. Scheidmantels Nase war nur noch zwanzig Zentimeter von der seinen entfernt. Stur versuchte der unter Verdacht Stehende, Unregelmäßigkeiten im einheitlichen grauen Lack des Vernehmungstischs auszumachen.

»Joe«, Haderleins Stimme hatte einen sanften Klang angenommen, »Joe, ich weiß, dass du was weißt. Irgendwas verheimlichst du mir hier. Ehrlich gesagt glaub ich nicht wirklich daran, dass du Rast umgebracht hast. Aber egal, was du weißt, es ist besser, wenn du bald damit rausrückst. Sonst wird das böse enden mit dir. Es geht immerhin um Mord, Joe!«

»Ich weiß, aber ich war daheim«, presste Scheidmantel mit schwacher Stimme heraus, den Blick immer noch starr auf die graue Tischplatte gerichtet.

»Jetzt lassen Sie doch Ihre albernen Spielchen, Haderlein«, mischte sich Preller wieder ein, »also, was ist nun? Haben Sie noch etwas gegen Herrn Scheidmantel vorzubringen oder nicht? Falls nicht, dann lassen Sie uns jetzt bitte gehen.« Während er sich räusperte, warf er einen verstohlenen Blick auf seine Uhr.

Haderlein wusste, dass der Anwalt recht hatte. Spätestens am Nachmittag müsste er Joe sowieso wieder auf freien Fuß setzen.

»Dann nehmen Sie ihn halt mit, Ihren … Mandanten«, gab der Hauptkommissar nach. Er war sich sicher, dass bei Scheidmantel die Zeit für ihn arbeiten würde. Die Zeit und noch jemand, den er aber noch nicht kannte. »Joe«, rief er Scheidmantel noch hinterher, als der gerade mit Preller durch die Tür gehen wollte. Erschrocken drehte er sich um und starrte ihn an. Aber Haderlein ging ihm nur entgegen und streckte ihm seine Karte hin. »Sag deiner Doris, dass ich sie sprechen möchte. Sie möge sich doch in den nächsten Tagen hier einfinden. Ansonsten wünsche ich dir noch einen schönen Tag«, spottete er und tippte sich zum Gruß mit zwei

Fingern an die Stirn. Du wirst schon noch reden, mein lieber Joe, dachte er bei sich, dann ging er wieder Richtung Büro.

*

Obwohl die Stimme am Telefon kühl und eindeutig war, musste er nochmals nachfragen. Aber er hatte alles richtig verstanden. Nur glauben konnte er es nicht. Schnell gab der wohlbekannte Sprecher mehrere Befehle und Daten durch, sodass er mit dem Schreiben gar nicht mitkam. Das würde mit Sicherheit länger dauern, aber sie würden den Auftrag erledigen. Das hatten sie bis jetzt immer getan. In Tschetschenien war so etwas Tagesgeschäft gewesen. Aber in Deutschland musste man vorsichtiger sein. Die Bullen hier waren schnell und mit modernster Technik ausgestattet. Da konnte man nicht einfach so Leichen übereinanderstapeln, Benzin rübergießen und anzünden. Aber aus diesem Anfängerstadium der Auftragsabwicklung war er sowieso hinausgewachsen. Aus ihm war längst ein Profi geworden. Die Ausbildung beim russischen Geheimdienst war gut und gründlich gewesen, und er hatte sich einen verdammten Namen im internationalen Geschäft gemacht. In Europa gab es keinen Besseren, Schnelleren und Präziseren als ihn. Bei entsprechender Vorbereitung war der Auftrag durchaus zu erledigen, aber das Zeitfenster war extrem eng. Genau deswegen hatte er sich auch Hilfe aus seiner Vergangenheit geholt. Igor fragte nicht und war zuverlässig. Den tiefen Teller hatte er zwar nicht erfunden, aber zum Denken war er ja auch nicht engagiert worden.

»Schaffst du das? Ich verdopple auch die Kohle«, forderte die Stimme eine schnelle Entscheidung.

Er schaute zu Igor, der neben ihm stand und über die Freisprecheinrichtung alles mitgehört hatte. Der nickte kurz. *»Da«*, gab er auf Russisch kühl durchs Telefon zurück.

Sein Gesprächspartner legte kommentarlos auf.

Beide schauten sich an. Sie waren Profis und hatten einen Großauftrag. Eine professionelle Herausforderung mit viel Geld wartete auf sie. Nikolai lächelte.

*

Die HUK-Coburg befand sich in zwei größeren Gebäudekomplexen. In einem nagelneuen modernen Bau auf der Bertelsdorfer Höhe und in einem alten Gebäude am Bahnhofsplatz in Coburg. Während der neue Glaspalast der HUK etwas außerhalb der Stadt angesiedelt war, befand sich das alte Gebäude fast im Zentrum. Im Prinzip konnte man aus dem Bahnhof heraus- und auf der anderen Straßenseite direkt in die HUK-Büros hineinlaufen. Unheimlich praktisch, wenn nicht gerade die Lokführer streikten.

Doch Lagerfeld musste sich mit derartigen Gedankengängen nicht seine Zeit vertrödeln. Da er angemeldet war, konnte er im firmeneigenen Parkhaus gegenüber seinen Wagen abstellen.

Natürlich war Graetzke nicht zur Arbeit erschienen. Wäre ja auch zu schön gewesen. Aber der Kommissar konnte sich jetzt immerhin mit dessen Chef und den Kollegen unterhalten. Und bei Gott, er würde etwas herausfinden. Dieser Stinkstiefel und seine Kumpels vom See würden nicht einfach so davonkommen.

Er meldete sich beim Pförtner an und wurde gebeten zu warten. Graetzkes Chef, der Leiter der Revisionsabteilung, würde ihn persönlich abholen. Die Abteilung passte zu so einem Typen, dachte sich Lagerfeld. Wahrscheinlich hatte er tagein, tagaus anderen Leuten in der Firma hinterhergeschnüffelt und Kugelschreiber nachgezählt. Was für ein wunderbarer Beruf! So was machte einen bestimmt wahnsinnig beliebt bei den Kollegen. Hoffentlich war der Abteilungsleiter nicht genauso drauf wie Graetzke. Lagerfeld hasste solche langweiligen, spießigen und schmerbäuchigen Figuren.

»Sind Sie Herr Schmitt von der Kriminalpolizei?«, hörte er eine weibliche Stimme hinter sich sagen und drehte sich überrascht um.

Die Stimme gehörte zu einer blonden Frau, die etwas kleiner als Lagerfeld und mit einer entzückenden Figur gesegnet war, die in einem grauen Kleid steckte. Die Beine reichten ihr bis zum Hals, freute sich Lagerfeld.

»Gefallen Ihnen meine Strumpfhosen?«, erkundigte sie sich lachend.

»Ja, äh, nein, also, schon …«, stotterte der Kommissar wie ein zehnjähriger Oberpfälzer, der zum ersten Mal im Leben eine Oberpfälzerin zu Gesicht bekommt. Entschlossen wurde ihm eine Hand entgegengestreckt.

»Ute von Heesen. Sehr erfreut, Sie kennenzulernen. Sollen wir in mein Büro gehen?«

»Ja, bitte«, hauchte Lagerfeld hilflos. Sie stieg ihm voraus die Treppe hoch, sodass er ihre Rückenpartie bewundern durfte – ein Anblick, der seine männlichen Abwehrkräfte auch nicht gerade steigerte. Im Büro bat sie ihn, Platz zu nehmen, was er aufgrund seiner zitternden unteren Extremitäten auch gerne tat.

»Soll ich die Jalousien runterlassen?«, fragte sie höflich.

»Äh, nein, um Gottes willen, dann sieht man Sie ja gar nicht mehr«, rutschte es ihm heraus. Sie musste wieder lachen.

»Ich dachte nur wegen Ihrer Brille. Haben Sie ein Augenleiden?«

»Neinneinnein!«, stieß Lagerfeld panisch hervor und rupfte sich die Sonnenbrille regelrecht aus dem Gesicht, das währenddessen tomatenrot anlief. Das hier war doch nie und nimmer die Revision. Überall zwischen den Aktenschränken standen Pflanzen, und hinter dem Schreibtisch hing ein großes rotes Poster, aus dem ihm ein weißes, großbuchstabiges »JA« entgegenschrie.

Er hatte sich die Abteilung eigentlich mehr wie eine mittelalterliche Folterkammer mit Streckbank und eiserner Jungfrau vorgestellt. Apropos Jungfrau …

»Wohnen Sie hier, oder sind Sie verheiratet?«, trat der Kommissar die tölpelhafte Flucht nach vorne an.

Sie taxierte ihn kurz, bevor sie etwas schnippisch, aber selbstbewusst sagte: »Nein, Letzteres bin ich nicht. Zumindest nicht mehr, wenn Sie es genau wissen wollen. Aber ich hoffe doch, dass dies nicht der Grund ist, warum Sie gekommen sind, oder etwa doch?« Sie setzte sich auf ihren Bürostuhl, schlug die langen Beine vor seinen Augen übereinander und lächelte ihn dabei in Grund und Boden.

Nein, dachte sich Lagerfeld, nein, das ist nicht der Grund. Aber das nächste Mal würde er es ganz bestimmt sein. Jesus Maria, was für ein Weib! Dann zog er seinen Notizblock aus der Tasche und versuchte verzweifelt, sich zu konzentrieren.

*

Als Haderlein das Büro betrat, winkte ihm Honeypenny hektisch zu.

»Na, was herausgefunden?«, fragte er sie neugierig.

»Allerdings«, meinte sie mit gewichtigem Blick. »Ich habe mir von den jeweiligen Zeitungen die Seiten zufaxen lassen, in denen der Artikel fehlt, und dann das entsprechende Feld rot umrandet. Bitte schön. Außerdem habe ich das jeweilige Datum auf den Rand notiert. Kann ich sonst noch etwas tun?« Sie lächelte freundlich.

»Äh, nein, Sie können sich erst mal wieder um Riemenschneider kümmern … beziehungsweise: Ein Kaffee wäre vielleicht nicht schlecht«, berichtigte er sich noch schnell. Dann griff er sich die Artikel, setzte sich an seinen Schreibtisch und sortierte alles in chronologischer Reihenfolge. Als das am längsten zurückliegende Datum zuoberst lag, machte er sich daran, den rot umrandeten Text näher anzuschauen. Der Redakteur der »Mainpost« in Würzburg berichtete darin von einem Pressetermin im Kilianeum. Der Bischof des Bistums Würzburg hatte mehrere Priester in den Rang eines Domvikars erhoben, die, meist mittleren Alters, auf dem Foto abgebildet waren. Dann wurden die Neuvikare vorgestellt und begründet, warum sie diesen Titel erhielten. Weiter nichts.

Haderlein legte den Artikel auf die Seite und nahm sich den nächsten vom Stapel. Wieder war es die »Mainpost«. Das große Bild zeigte die Verabschiedung eines Dorfpfarrers, bei welcher der Bürgermeister der kleinen Gemeinde Waldberg in der bayerischen Rhön dem scheidenden Geistlichen die Hand gab. Der junge Priester Kolonat Schleycher wechselte, so war zu lesen, nach seiner Exkardination von der Diözese Würzburg an das erzbischöfliche Knabenseminar, dem Ottonianum nach Bamberg, um dort die Leitung zu übernehmen. Das war's.

Haderlein überlegte kurz. Kolonat Schleycher ... Hatte er den Namen nicht schon mal irgendwann gehört? Aber er konnte ihn nicht zuordnen. Seufzend legte er auch dieses Blatt auf die Seite.

»Hier ist Ihr Kaffee«, hörte er Honeypenny sagen, während sie ihm mit angesäuertem Blick das Heißgetränk reichte.

Um keinen Anranzer zu bekommen, schwieg Haderlein und wandte sich wieder seinen Zeitungen zu.

Der nächste Zeitungsartikel des »Fränkischen Sonntags« in Bamberg beinhaltete kein Bild. Er war nur ein Bericht über die Schüler des Abschlussjahrgangs des Ottonianums von 1974, in dem der »Fränkische Sonntag« freudig feststellte, dass alle Schüler bestanden hatten und der Leiter des Knabeninternats ihnen viel Glück in ihrem weiteren Leben wünschte.

Gott, war das lange her. 1974! Aber warum war das für Rast so interessant gewesen? Was hatte er mit diesem Kolonat Schleycher und dem Ottonianum zu schaffen gehabt?

Kopfschüttelnd ging Haderlein zum nächsten Bericht über. Der Regens des Ottonianums Kolonat Schleycher, konnte der Hauptkommissar lesen, hatte im selben Jahr, nur wenige Tage später, in gegenseitigem Einverständnis die Leitung des erzbischöflichen Knabenseminars in neue Hände gelegt und würde Bamberg verlassen. Der Bamberger Erzbischof hatte ihm zum Dank für seine Leistung eine alte Handschrift aus der Diözesanbibliothek überreicht.

Merkwürdig, dachte Haderlein. Auf dem Foto sahen die beiden aus, als würden sie sich am liebsten gleich gegenseitig vergiften. Schleycher schien keine harmonische Zeit mit seinem Bischof verbracht zu haben.

Der nächste Artikel stammte aus den »Nürnberger Nachrichten«, war aber etliche Jahre später erschienen. Ein großes Bild zeigte den sichtlich gealterten Schleycher, wie er zum Vorsitzenden der unterfränkischen CSU gewählt wurde. Er sah gar nicht mehr nach einem Priester aus, sondern eher wie ein Manager im dunklen Designer-Anzug. Schau mal einer an, dachte Haderlein, da will wohl einer unbedingt Karriere machen.

Die vorletzte Zeitung war die »Coburger Neue Presse«. Ein halbseitiger Bericht wurde durch ein großes Bild in der Mitte ergänzt. Die Überschrift lautete: »Unterfränkischer Staatssekretär wird Umweltminister«. Diesmal war Kolonat Schleycher zusammen mit der kompletten Regierungsmannschaft des neuen Ministerpräsidenten zu sehen. Der Artikel war gerade mal ein Jahr alt. Zu blöd, dass er sich nicht stärker für Politik interessierte. Haderlein schimpfte stumm mit sich selbst. Da hätte er auch wirklich früher draufkommen können. Natürlich, Schleycher war der neue Umweltminister. Sein Konterfei hatte er in der letzten Zeit des Öfteren gesehen. Aber was hatte das alles zu bedeuten? Er legte den Artikel weg und griff sich die letzte Seite.

Überrascht hielt er inne. Der Artikel von der Rhön- und Saalepost in Bad Neustadt/Saale war wiederum ein ganzes Stück älter als der zuvor. Es ging um Renovierungsarbeiten am Kreuzweg eines Klosters. Vandalen hatten anscheinend eine Station des Wegs so stark zerstört, dass diese wiederaufgebaut werden musste. Da das Kloster arm war, war es an den Brüdern hängen geblieben, die Reparatur in Eigenregie durchzuführen. Auf dem Foto sah man einen fleißigen Pater, der mit einer Maurerkelle in der Hand in die Kamera lächelte, während er am gekippten steinernen Relief der Kreuzwegstation lehnte und kurz davor war, eigenhändig den Sockel des Kreuzwegs zu betonieren. Der Pater war eindeutig Kolonat Schleycher. Und das arme Kloster, erfuhr Haderlein im Artikel, war das Franziskanerkloster auf dem Kreuzberg in der Rhön.

*

»Also, Herr Schmitt, was wollen Sie denn nun wirklich von mir wissen? Ich meine, außer meinem Familienstand …«, fügte sie süffisant lächelnd hinzu.

Sogleich stieg Lagerfeld wieder die Schamesröte ins Gesicht. Ohne seine Brille war er ja faktisch nackt!

»Äh … also, ich bin heute eigentlich hier, weil ich Auskünfte über einen Ihrer Angestellten brauche, sein Name ist Hubertus Graetzke. Wie ich schon erfahren habe, ist er heute nicht zur Arbeit erschienen?«, fragte Lagerfeld, jetzt darauf bedacht, kompetent, sachlich und hochdeutsch zu wirken.

»Ja, das stimmt. Auch zu Hause oder auf seinem Handy konnten wir ihn nicht erreichen«, entgegnete Frau von Heesen. »Und das ist in der Tat merkwürdig. Wissen Sie, ich kenne Herrn Graetzke schon, seit ich die Leitung der Revisionsabteilung übernommen habe. Ich kam mit ihm immer sehr gut zurecht, auch wenn es zu Beginn Probleme zwischen ihm und mir gab.«

Lagerfeld schaute überrascht von seinen Notizen auf. »Probleme? Was denn für Probleme?«

»Nun, es ist mir sehr unangenehm, darüber zu reden. Außerdem ist es schon lange her und eigentlich auch schon längst vergessen.«

»Erzählen Sie es bitte trotzdem, man weiß ja nie«, ermunterte er sie.

»Na gut«, entschloss sie sich. »Eigentlich war er es, der meinen Posten hier bekommen sollte. Dementsprechend war er wohl sehr enttäuscht, als er mitbekam, dass jemand anderes ihm vorgezogen wurde. Insbesondere dass fortan eine Frau sein Chef sein sollte, schien ihn mehr als zu irritieren.«

»Ich weiß, Frauen machen ihm zu viele Geräusche ...«, entfuhr es Lagerfeld.

»Wie bitte?«

»Äh ... gar nichts. Und hatten Sie ansonsten Schwierigkeiten mit ihm?«

»Überhaupt nicht«, winkte sie ab, »Hubertus Graetzke ist ein sehr in sich gekehrter Mensch und nimmt auch nicht sonderlich am Sozialleben der HUK-Coburg teil, wenn Sie verstehen, was ich meine. Aber über seine Arbeit kann man sich als Vorgesetzte wirklich nicht beklagen. Warum fragen Sie das eigentlich alles? Ist Herrn Graetzke etwas zugestoßen?« Ute von Heesen wirkte ernsthaft besorgt.

»Nein, nein, leider … äh, ich meine natürlich, nicht dass wir wüssten, nein. Wir hätten ihm einfach nur gerne ein paar Fragen gestellt. Aber das wär's jetzt auch eigentlich«, seufzte er und erhob sich aus seinem Sessel. Als er Ute von Heesen seine Karte reichte, blickte er ihr wieder in die wundervollen Augen. Mein Gott, was für eine Schönheit, schmachtete er. »Und sollten Sie noch Fragen, Wünsche oder Anträge haben, wenden Sie sich vertrauensvoll an mich, ich bin für alles … zu haben.« Er hatte die ganze Bedeutungskraft seiner Stimme in das »zu haben« hineingelegt.

»Natürlich, sehr gern, Herr Schmitt«, lächelte sie ihn an. »Und wenn Sie irgendetwas über Herrn Graetzke herausfinden, lassen Sie es mich bitte wissen. Ich mache mir immer Sorgen, wenn ich einen Kollegen nicht erreichen kann.« Ihre Stirn legte sich in kaum wahrnehmbare Falten. »Meine Vorzimmerdame wird Ihnen die Wohnungsanschrift von Herrn Graetzke gerne mitteilen.«

Lagerfeld war eigentlich schon draußen, aber er konnte es sich nicht verkneifen. Er musste es jetzt einfach wissen, ansonsten würde er nächtelang unter Schlaflosigkeit leiden. Also wandte er sich noch einmal um und fragte so unschuldig wie möglich: »Frau von Heesen? Ich bräuchte dann noch Ihr Geburtsdatum. Sie wissen schon, für die Akten.« Trotz aller gespielten Gleichmütigkeit merkte er, wie er erneut rot anlief.

Die Abteilungsleiterin senkte den Kopf, verschränkte die Arme und blickte zu Boden. Ihre Schultern zuckten. Lagerfeld war verwirrt. Weinte sie? Das hatte er nicht gewollt. Warum brach sie jetzt so zusammen, um Himmels willen?

»Entschuldigen Sie«, stotterte er verzweifelt, »ich wollte Sie wirklich nicht …« Aber bevor er seinen Satz zu Ende bringen konnte, hob Ute von Heesen schon wieder ihren Kopf, und er konnte sehen, dass sie aufs Äußerste erheitert war. Es kullerte ihr sogar eine kleine Lachträne aus dem Auge. Lagerfeld war zwar erleichtert, aber auch verwirrt. Blitzschnell setzte er seine Sonnenbrille wieder auf. Sicher war sicher.

Frau von Heesen kramte in ihrer Handtasche, holte etwas heraus und kam damit auf Lagerfeld zu. Dem jungen Beamten war nun wirklich nicht mehr wohl in seiner Haut. Das hatte er ja mal glänzend versaut. Hoffentlich endete die ganze Chose nicht in einer Dienstaufsichtsbeschwerde bei Fidibus. Der fand so was mit Sicherheit gar nicht lustig. Das Objekt seiner Bewunderung stand nun direkt vor ihm und musterte ihn aufmerksam.

»Sie sind mir schon eine Marke, Herr Kommissar«, sagte sie schließlich, während sie den Kopf kokett schief legte. »Wirklich, sehr ungewöhnlich, Ihre Befragungsmethoden.« Während ihr Blick weiter auf ihm ruhte, hatte Lagerfeld mit einer beginnenden Ganzkörpertranspiration zu kämpfen. Er konnte nicht einschätzen, ob er als Sieger aus diesem Kampf hervorgehen würde. »Herr Schmitt, ich finde Sie absolut unverschämt und so was von plump, dass es fast schon wieder lustig ist. Ich weiß wirklich nicht, was ich von Ihnen halten soll. Mich hat schon lange keiner mehr so zum Lachen gebracht. Ich finde Sie, nun, wie soll ich es ausdrücken, unkonventionell. Ja, das könnte man so sagen. Und deshalb mache ich Ihnen einen Vorschlag. Sie fahren jetzt erst einmal zurück nach Bamberg und verklagen Ihren Outfitberater, denn diesen Prozess werden Sie todsicher gewinnen. Und anschließend, wenn Sie dienstfrei haben und auch wieder präsentabel aussehen, rufen Sie mich an. Dann vereinbaren wir einen Termin und besprechen Ihre Befragungsmethoden bei einem Glas Wein. Abgemacht?« Sie hielt ihm ihre Visitenkarte unter die Nase und schien sich königlich zu amüsieren.

Vielleicht aus Angst, dass alles nur ein Traum war, grapschte Lagerfeld, so schnell er konnte, das weiße Kärtchen, schnaufte ein »Ja gut, bis dann irgendwann« und drückte sich dann schnellstmöglich durch die halb offene Bürotür.

»Und, Herr Schmitt ...«, säuselte sie ihm noch hinterher, »ich bin bestimmt älter, als Sie glauben.« Dann schloss sie lächelnd die Tür.

Lagerfeld war fertig mit der Welt. Sein Hemd klebte ihm am Körper, und er hatte Aquaplaning in den Schuhen. Wie in Trance wankte er auf die Dame am Vorzimmertisch zu, um sich Graetzkes Adresse abzuholen.

»Geht es Ihnen nicht gut, möchten Sie ein Glas Wasser?«, sorgte sich die Sekretärin um ihn. Aber Lagerfeld hörte sie nicht. Ihm war schlecht, die Beine zitterten, und sein Gehirn sendete nur noch das Testbild. Kommissar Bernd Schmitt – Lagerfeld – hatte sich soeben hoffnungslos verliebt.

*

Das klingelnde Telefon auf seinem Schreibtisch unterbrach ihn beim Nachdenken. »Kriminalhauptkommissar Haderlein«, meldete er sich.

Am anderen Ende der Leitung war Professor Siebenstädter von der Gerichtsmedizin in Erlangen. »Haderlein, wir haben die Ergebnisse von Ihrem Wassermann. Soll ich Ihnen das Wichtigste gleich durchgeben?«

»Ja, bitte, gab's irgendwelche Überraschungen?«

Siebenstädter stöhnte zur Antwort. Nur diese albernen Dorfkriminologen konnten solche unpräzisen Fragen stellen. »Nun, kommt darauf an, was Sie für eine Überraschung halten wollen«, patzte Siebenstädter durchs Telefon. »An was haben Sie denn bei der Todesursache gedacht, Herr Kriminalhauptkommissar?«

Haderlein atmete tief durch. Gerichtsmediziner im Allgemeinen und dieser im Besonderen nervten ihn – und zwar gewaltig. Anstatt einfach die Diagnose auf den Tisch zu legen und zur nächsten Leiche überzugehen, mussten sie immer eine arrogante Bemerkung nach der anderen absondern. Und Professor Siebenstädter war ein Spezialist in solchen Dingen.

Von einem befreundeten Arzt hatte sich Haderlein zu Beginn seiner Tätigkeit in Bamberg vorwarnen lassen, denn auch unter der Ärzteschaft genossen Pathologen und Gerichtsmediziner nicht gerade den allerbesten Ruf. Nicht selten wurden Kunstfehler oder Fehldiagnosen, die zum Tode geführt hatten, erst vom Pathologen aufgedeckt. Zur Verteidigung der Ärzte muss aber auch gesagt werden, dass es um ein Vielfaches einfacher ist, am bewegungslosen Leichnam ein Karzinom zu diagnostizieren als bei einem lebenden Menschen, der sich tendenziell doch eher widerwillig aus Inspektionsgründen aufschneiden lässt. Pathologen, so wurde Haderlein instruiert, waren im Grunde ihres Herzens Klugscheißer und Dummschwätzer. Die gleiche Gattung Mensch wie Theaterkritiker. Wer es nicht auf die echte Bühne geschafft hatte, musste wenigstens von unten den Hauptdarstellern noch ein wenig in die Waden beißen. Und zumindest in Bezug auf Professor Siebenstädter konnte Haderlein dieser Theorie voll und ganz zustimmen.

»Siebenstädter, ich habe im Moment wirklich keine Zeit für Ihre Spielchen«, blaffte er in Richtung Erlangen zurück. »Aber meiner Meinung nach wurde der Mann zuerst niedergeschlagen, anschließend an einen Betonpfeiler gefesselt und ist dann ertrunken. Entspricht das ungefähr Ihren Obduktionsergebnissen?«

»Nun ja, damit haben Sie gerade ein Paradebeispiel für die typisch laienhafte Darstellung eines fachfremden Polizistenhirnes geliefert«, kam es aus der Muschel zurück.

Dieser blasierte Affe!, kochte Haderlein innerlich vor sich hin. Nur weil er eine Koryphäe auf seinem Gebiet war, glaubte er, er könne sich hier aufblasen? Von wegen. »Ich hab's wirklich eilig, Herr Professor«, entgegnete er, ohne den unwilligen Ton seiner Stimme zu kaschieren.

»Also, also, Herr Haderlein, immer Eile mit Weile.« Siebenstädter lachte eingebildet. »Aber nun zum Ergebnis. Fachlich korrekt konnte ich Folgendes feststellen: Der Tote hat ein schaumiges, rötliches Extrudat in seiner Lunge sowie Strangulationsmerkmale mit petechialen Einblutungen im Gewebe. Dazu kommt ein größeres Ödem am Hinterkopf – und zwar prae mortem. Bei der Thoraxöffnung und der folgenden Organentnahme konnte ich keinerlei Anomalien irgendwelcher Art entdecken. Auch die Öffnung der Schädeldecke und die Punktierung der Blase ergaben ein negatives Ergebnis.«

»Sehr schön, Herr Professor«, unterbrach ihn Haderlein in seinem Monolog. »Und was heißt das jetzt, was ist Ihrer geschätzten Meinung nach die Todesursache?«

Professor Siebenstädter reagierte wie immer unbeeindruckt. »Nun, wie Sie in Ihrer kriminologischen Einfalt schon vermutet haben, mein geschätzter Herr Haderlein, wurde der Tote meines Erachtens zuerst niedergeschlagen, dann irgendwo festgebunden und ist wenig später ertrunken. Noch Fragen?«

Wortlos legte der Hauptkommissar auf.

Irgendwann nach seiner Pensionierung würde er Siebenstädter zum Essen einladen, sich mit ihm unterhalten, ja sogar unbefangen mit ihm scherzen, bevor er dann mit großer Befriedigung zusehen würde, wie dieser das mit Blausäure getränkte Dessert verspeiste. Ja, irgendwann …

»Chef, ich hab da was für Sie«, unterbrach ihn Cesar Huppendorfer in seinen Träumereien und wedelte mit einem

Computerausdruck herum. Haderlein ging zu seinem Kollegen hinüber, der mit seinem Bericht schon loslegte: »Das hier ist die genaue Adresse von diesem Kloster Kreuzberg. Das liegt in Bayern ganz im Norden, schon fast an der hessischen Grenze. Die Brüder gehören zu den Franziskanern und sind anscheinend ziemlich geschäftstüchtig. Die Wallfahrer wallen dort vordringlich nicht zum Beten hin, sondern zum Genuss des vorzüglichen Bieres, das dort ausgeschenkt wird.« Der Computerfreak grinste breit. »Der Leiter dort ist ein Abt namens Anselm, und das Provinzialat liegt in der Sankt-Anna-Straße in München. Dann hab ich noch in Nürnberg bei den IT-Spezialisten wegen der Datenwiederherstellung angerufen und folgende Auskunft gekriegt: Das Handy an sich ist hin.«

»Schade«, entfuhr es Haderlein.

»Aber«, ergänzte Huppendorfer lächelnd, »ein paar Datenblöcke auf dem Flash-Speicher scheinen noch lesbar zu sein. Sie sagen, das Wasser wäre dabei gar nicht so das Problem gewesen, sondern eher die Zersetzungen der SIM-Karte durch die Buttersäure.«

»Buttersäure? Was denn für Buttersäure?«, nuschelte Haderlein halblaut vor sich hin.

Huppendorfer grinste wissend. »Buttersäure ist der Hauptbestandteil von Schweiß. Der Käsefuß vom Opfer, Sie wissen doch«, fügte er erklärend hinzu. »Dieser Rast muss ganz schön geschwitzt haben. Das Silikon auf der SIM-Karte ist zwar größtenteils noch vorhanden, da die Datensicherung aber kompliziert ist, wird sich das Ganze noch eine Weile hinziehen. Aber die Kollegen in Nürnberg haben was von Telefonnummern und einer Sounddatei erzählt. Genaueres werden sie frühestens morgen wissen.«

»Schon okay, gut gemacht, Huppendorfer«, lobte er den Kollegen. Dann nahm er ihm den Ausdruck mit der Adresse des Klosters aus der Hand und überlegte kurz.

»Honeypenny«, rief er quer durch den Raum, »wissen Sie was? Wir schmeißen den Ablauf für heute komplett um!«

Honeypenny blickte ihn erstaunt und fragend an. Haderlein war an sich nicht der Typ von spontanen Planänderungen.

»Verschieben Sie die Pressekonferenz auf unbestimmt und schicken Sie eine Pressemitteilung mit dem üblichen Blabla raus. Ich fahr mal kurz in die Rhön. Aber bis heute Abend bin ich wieder da.«

Honeypenny konnte nur noch perplex nicken. »Okay, Boss«, brachte sie dann mit einiger Anstrengung raus.

»Und sagen Sie Lagerfeld, er soll mich anrufen, sobald er wieder da ist.« Kaum waren seine Worte verklungen, fiel die Tür schon hinter ihm ins Schloss. Eine gute Stunde Autofahrt lag jetzt vor ihm. Er stieg in seinen Fiat, legte den Zeitungsausschnitt vom jungen Novizen Schleycher auf den Beifahrersitz neben sich und machte sich auf den Weg an den nördlichsten Rand des bayerischen Bundeslands.

*

Lagerfeld verließ die HUK wie unter Drogen. Er schwebte über den Vorplatz und wollte gerade selig lächelnd das kleine Sträßchen zum Parkhaus hin überqueren, als sein Kurzurlaub auf Wolke sieben jäh unterbrochen wurden. Plötzlich befand er sich schräg in der Luft und landete, nachdem er einen halben Salto geschlagen hatte, unsanft auf dem Teer der an und für sich gesperrten Straße. Der Kriminalist schüttelte sich, um wieder seinen Verstand zu aktivieren. Nach kurzem Abtasten stellte er beruhigt fest, dass er so weit unverletzt geblieben war. Nur seine Hände waren aufgeschürft und die Sonnenbrille fünf Meter weiter auf die Straße geschleudert worden. Er blickte sich um. Vor seinen Füßen lag ein mittelgroßer Ghettoblaster, der in einem fort mit großer

Lautstärke Schlagermusik vor sich hin dudelte. Er setzte sich auf und blickte nach rechts in die Richtung, aus der er gestoßen worden war. Dort entdeckte er ein schon etwas älter aussehendes Dreigangrad auf der Straße, neben dem ein etwa fünfzigjähriger, dunkelhaariger Mann wie er auf seinem Hosenboden saß und ihn überrascht anstarrte. Dann ließ der Schockzustand nach, der Mann sprang behände auf und marschierte mit drohender Miene auf Lagerfeld zu. Der Kommissar erhob sich ebenfalls.

»Entschuldigen Sie«, begann er die Schlichtungsverhandlung. »Ich habe Sie nicht kommen sehen. Eigentlich dachte ich, die Straße wäre gesperrt und ...« Weiter kam er nicht.

»Du blöder Depp, du blöder«, hallte es ihm entgegen. »Du glaabst wohl, du kannst mich aafach vom Fahrrad nunnerschmeißen, hä? Was glaabst denn du, was ich da mach, hä?« Der Ghettoblaster untermalte die skurrile Situation beharrlich mit deutschem Schlagergut, und die ersten Passanten blieben stehen, um die Szenerie zu betrachten. »Wenn du maanst, ich soll mit dem Singa aufhören, dann geht dich des fei an Scheißdreck an. Ich sing, so laut ich will und wann ich will. Bloß damit des fei amal klar is!«, brüllte er lautstark und fing gleich darauf an, lauthals zu plärren. War das nicht Heintje oder so was Ähnliches? So richtig zu erkennen vermochte Lagerfeld das Gegröle nicht. Aber eins wusste er: Es verursachte ihm Kopfschmerzen.

»Hören Sie doch auf«, rief er, »das ist ja fürchterlich!« Er hatte das Gefühl, als würden sich seine Fußnägel aufrollen.

Der Gesangslärm verstummte schlagartig. Von den Umstehenden war Gemurmel der Erleichterung zu vernehmen. Auch an den Gesichtsausdrücken der zufälligen Zuhörer konnte man Zustimmung ablesen.

»Ich hab dir doch grad scho gsacht, dass dich des überhaupt nix ageht, ob ich sing oder net!«, schrie der Mann trotz allem weiter.

»Ist ja gut, ist ja gut«, versuchte Lagerfeld ihn zu beruhigen.

»Überhaupt nix is gut!«, brüllte ihn der völlig aufgebrachte Mann weiter an. »Ich schwadd dich jetzt!« Zielgerichtet lief er auf Lagerfeld zu. Den Umstehenden entwich ein erschrockenes Stöhnen. Eine Mutter ging sogar so weit, das Gesicht ihrer Tochter auf die Seite zu drehen.

Lagerfeld hatte die Nase gestrichen voll. Zwei Verrückte in zwei Tagen: Das war definitiv zu viel. Er machte einen kleinen Hüpfer auf die Seite, der ausreichte, um den Schlag des Spinners ins Leere laufen zu lassen. Dann griff er sich dessen Arm, drehte ihn blitzschnell auf den Rücken und warf ihn mit dem Bauch voraus zu Boden. Lektion Nummer zwei in der Nahkampfausbildung des Polizeilehrlings. Applaus von den Umstehenden brandete auf. Bewegungsunfähig und total verblüfft lag der renitente Hobbysänger auf dem Boden. Mit einer schnellen Bewegung zückte Lagerfeld lässig seinen Dienstausweis und hielt ihm die Marke direkt vors Gesicht.

»Kriminalpolizei Bamberg«, zischte er dem am Boden Liegenden ins Ohr. »Ich werde dich jetzt wieder loslassen, dann wirst du aufstehen, deinen verfickten Lautsprecher einsammeln und dich schleichen, verstanden? Ansonsten buchte ich dich wegen tätlichen Angriffs auf die Staatsgewalt ein.«

Lagerfeld ließ den Mann los und harrte der Dinge, die da kommen würden.

Flugs sprang sein Opfer auf und blickte mit dem Ausdruck eines gehetzten Waldaffen um sich. »Aber des Singa könnt ihr mir net verbieten!«, rief er leicht verunsichert und mit den Armen fuchtelnd in die Runde. Dann schnappte er sich seine Soundmaschine, schwang sich auf sein verbogenes Zweirad und radelte lauthals grölend davon. Das Lied klang irgendwie nach »Strangers in the Night«, aber sicher war sich Lagerfeld nicht. Mehrere Passanten kamen plötzlich auf ihn zu, um sich zu bedanken. Dabei fielen Kommentare wie »Des hat der scho lang amal gebraucht« oder »Wennse den ner amal richtig lang eigsperrt hättn …« und Ähnliches.

Ohne es zu wissen, hatte Lagerfeld der Stadt Coburg offensichtlich einen großen Dienst erwiesen. Mehrmaliges Schulterklopfen und Danksagungen waren ein untrügliches Indiz dafür. Zufällig fiel sein Blick auf die verglaste Fassade des HUK-Gebäudes, an der, wie er feststellte, sich die Mitarbeiter das Spektakel natürlich nicht hatten entgehen lassen. Im obersten Stockwerk konnte er Ute von Heesen erkennen, die ihm ein kurzes Lächeln schenkte und sich dann abwandte.

Mit dieser Geste kehrte die Sonne in Lagerfelds Tag zurück. Jetzt wusste der Kommissar, wie sich Superman bei seiner Arbeit gefühlt haben musste.

*

Das Handy vibrierte. Er hatte den Ton abgestellt, um nicht inmitten all der ihn umgebenden Prominenz durch Unhöflichkeit aufzufallen. In seiner Position konnte er sich das nicht leisten. Unbemerkt neigte er seinen Kopf in Richtung Fenster, damit er ungestört sprechen konnte.

»Ja?«

»Ich habe alles arrangiert. Ich denke, dass es innerhalb weniger Tage zuverlässig erledigt sein wird«, hörte er die vertraute Stimme.

»Zuverlässig?«, hakte er nach. Er musste sicher sein.

»Ja. Extrem zuverlässig. Wir arbeiten sauber und schnell. Bevor die Polizei überhaupt mitkriegt, was los ist, wird das Problem gelöst sein.«

»Gut«, erwiderte er. »Vermutlich wird mich die Polizei auch bald befragen. Bis dahin sollte alles vorbei sein.«

»Mach dir keine Gedanken, Nikolai ist der Beste, den die Szene momentan zu bieten hat. Dafür kostet er ja auch genug.«

»Was ist mit dem Buch?«, fragte er mit heiserer Stimme.

»Nikolai wird auch das finden«, kam die knappe Antwort zurück.

»Okay«, sagte er noch kurz, dann legte er auf und atmete ein Mal tief durch. Nachdem er das Handy wieder an seinen Platz gesteckt hatte, wandte er sich mit seinem charmantesten Lächeln wieder der feiernden Gesellschaft zu.

*

Kommissar Haderlein hatte die Autobahn Schweinfurt–Erfurt an der Anschlussstelle Bad Neustadt/Saale verlassen und fuhr nun auf der Bundesstraße Richtung Bischofsheim, das ein kleiner Ort am Fuße des Kreuzbergs in der Rhön war.

In dem kleinen idyllischen Bischofsheim stieß der Hauptkommissar schon auf Ausschilderungen des Wegs zum Kloster. Bald wand sich die Straße hinter dem Städtchen steil den Berg hinauf. In Kilometerabständen waren Schilder am Straßenrand aufgestellt, die den Fahrer über die Höhe verglichen mit dem Meeresspiegel informierten. Bei achthundertsiebenundvierzig Höhenmetern schwenkte Haderlein nach links auf den gebührenpflichtigen großen Parkplatz aus und war verblüfft. Das Areal war nicht gerade klein und trotzdem schon am frühen Nachmittag mehr als gut gefüllt.

Rechts und links von ihm strömten Menschen die restlichen Meter auf der Straße zum Kloster hinauf, sodass es vor dem Eingang zum Gedränge kam. Auf der Sonnenterrasse mit bombastischem Ausblick reihten sich zahlreiche Biertischgarnituren aneinander, die bereits ausnahmslos besetzt waren. Allerlei Volk war unterwegs: Das Publikum reichte von Rentnern über Wallfahrer, Mountainbiker bis hin zu Familien und Wanderern. Unter den Besuchern schienen nicht wenige Ausländer zu sein. Haderlein konnte Englisch, Französisch und andere europäische Sprachen ausmachen. Offensichtlich war die halbe EU hier oben vertreten.

Als der Hauptkommissar nach Minuten der Staubewältigung endlich das Klosterinnere erreichte, staunte er nicht schlecht. Verteilt auf gleich mehrere Stuben wurde hier noch mal die gleiche Menge an Gästen verköstigt wie draußen. Derartige Menschenansammlungen kannte er eigentlich nur aus den Biergärten seiner Münchner Zeit. Allerdings war er sich sicher, für den Preis eines Münchner Weißwurstfrühstücks hier eine ganze Woche Urlaub machen zu können. Franken war ernährungstechnisch ein Billiganbieter. Eines der Hauptargumente, warum er mit seiner Frau damals in Bamberg geblieben war. Haderlein sah sich in der großen Vorhalle um. Irgendwie musste er diesen Pater Anselm finden. Als er jedoch versuchte, sich am Bierausschank vorzudrängeln, um eine Auskunft einzuholen, wurde er mit massiven Drohungen und Beschimpfungen konfrontiert. Erst als er einem schmerbäuchigen hessischen Rentner im rot karierten Hemd dezent seinen Dienstausweis gezeigt hatte, senkte dieser wieder seinen Wanderstock, um den Beamten widerwillig zum Ausschank vorzulassen.

»Wo bitte finde ich Pater Anselm?«, fragte er höflich, aber bestimmt den Mann, der gerade eine ganze Flotte von Bierkrügen gefüllt hatte.

»Den Anselm? Der hockt wahrscheinlich in seim Büro«, bekam er im breitesten Rhönerisch zur Antwort. »Aber ich kann net mitgelaff, weil ich muss ausschenk. Frach doch die Mädlich hinne in der Küche rechts röm.« Sogleich schien er

Haderlein vergessen zu haben und befasste sich wieder voller Konzentration mit der Bierkrugbefüllung.

Also die Frauen rechts um die Ecke fragen, übersetzte sich Haderlein erst mal das soeben Gehörte. Rechts hinter der Ecke fand er tatsächlich die Essensausgabe mit den »Mädlich«. Hier herrschte auch nicht gerade eine unhektische Stimmung, aber zumindest konnte man ihm mitteilen, wo genau sich das Büro von Pater Anselm befand. Als er am Ende eines leicht abfallenden Ganges schließlich an die Tür mit dem Schild »Anselm« klopfte, öffnete ihm ein kleiner, quirlig wirkender Mönch in brauner Kutte.

»Was gibt's denn?«, fragte ihn der Pater nicht unfreundlich.

»Kriminalpolizei Bamberg, Hauptkommissar Haderlein mein Name. Ich bitte um Entschuldigung, ohne Termin in so einer stressigen Zeit hier aufzutauchen, aber es ist wirklich dringend«, legte ihm der Hauptkommissar dar. »Sind Sie Pater Anselm?«

Der kleine Mönch mit den grauen Haaren wirkte zwar überrascht, aber nicht erschrocken. »Der bin ich«, gab er kurz zur Antwort, dann winkte er Haderlein sofort in sein Büro und bot ihm einen hölzernen Stuhl an.

»Ganz schön was los in Ihrem Kloster«, kommentierte Haderlein das Tohuwabohu draußen und war froh, endlich wieder sein eigenes Wort zu verstehen.

»Ach, na ja«, schmunzelte Pater Anselm. »Heute ist wie alle Tage. Ruhig wird's nur, wenn die Straße den Berg hoch entweder verschneit oder vereist ist. Dann kommen nur noch die Wanderer und ein paar Mountainbiker, aber richtig leer ist es auf dem heiligen Berg der Franken eigentlich nie. Nichtsdestotrotz, Herr Kommissar, was kann ich für Sie tun?«

»Also«, begann Haderlein, »es geht um einen Mordfall in der Nähe von Bamberg, bei dessen Ermittlung es mehrere

Hinweise gibt, die darauf hindeuten, dass das Kloster in der ganzen Geschichte eine Rolle spielt.«

Pater Anselm hörte aufmerksam zu und schaute ihn mit wachen Augen an. Er wirkte erstaunt und besorgt. »Ein Mordfall! Und das Kloster hat damit zu tun? Und was sind das für Hinweise, Herr Kommissar? Ist die Gemeinschaft oder ein Bruder irgendwie verdächtig?«

»Das kann ich noch nicht sagen. Im Moment ist noch nichts und niemand verdächtig. Ich möchte Sie nur um ein paar Auskünfte bitten. Danach kann es sein, dass Sie mich nie mehr wiedersehen«, beruhigte er ihn.

»Darauf wollte ich gar nicht hinaus, Herr Kommissar«, schmunzelte Pater Anselm. »Sie können gern so oft kommen, wie Sie wollen. Aber wissen Sie, das hier ist nicht nur ein Kloster, in dem meine Brüder und ich leben und beten, sondern auch ein Wirtschaftsunternehmen. Und wenn der Name des Klosters irgendwie in einen Mordfall hineingezogen werden würde, nun, dann ...« Er stockte.

»Sie meinen, dann wäre das schlecht für den Bierkonsum?«, schlussfolgerte Haderlein.

»So eindimensional würde ich das zwar nicht sehen, aber vom Prinzip her haben Sie ins Schwarze getroffen«, stimmte Pater Anselm zu.

»Widerspricht sich das denn nicht mit Ihrem Klosterleben hier?«, erkundigte sich Kommissar Haderlein nun interessiert. Obwohl er die Regularien eines Klosters natürlich nicht im Einzelnen kannte, hatte er beim Gedanken daran immer ein Bild von armen Mönchen im Kopf, die mit nackten Füßen im Garten Möhren zupften. Vielleicht noch Bierbrauen, okay. Aber wirtschaftlicher Gewinn?

Pater Anselm betrachtete Haderlein etwas mitleidig à la »Wie erklär ich's meinem Hund?«, versuchte aber trotzdem, den Geist des Kommissars zu erhellen.

»Schauen Sie mal, Herr Haderlein. Zuerst einmal gibt es sehr viele verschiedene Bruderschaften mit sehr verschiedenen Ansichten, wie man in solch einer Gemeinschaft zu leben hat. Die Franziskaner gehören zu der eher liberaleren Sorte. Nicht so weltzugewandt wie die Jesuiten, aber doch bei Weitem offener als beispielsweise die Prämonstratenser.«

»Die, äh, wer?« Für Haderlein klang der Name eher nach einer ärztlichen Diagnose mit null Überlebenschance.

Der kleine Mönch schnaufte angestrengt. »Sogenannte Regularkanoniker, gegründet 1120 von Norbert von Xanten. Die Brüder leben bis heute in absoluter Armut, Zurückgezogenheit und Beschaulichkeit, sodass sie …« Er verstummte, als er in Haderleins von absoluter Verständnislosigkeit gekennzeichnetes Gesicht blickte. »Nun, vergessen Sie es einfach. Die brüderliche Gemeinschaft auf dem Kreuzberg ist jedenfalls dafür verantwortlich, durch eigener Hände Arbeit für ihren Lebensunterhalt zu sorgen. Niemand hier hat persönlichen Besitz. Alles, was erarbeitet wird, gehört dem Kloster.«

»Beziehungsweise dem Provinzialat in München«, ergänzte Haderlein.

»Ja, das stimmt«, musste Pater Anselm anerkennend zugeben. Der Kommissar stellte sich offensichtlich dümmer, als er war.

»Hat Bruder Kolonat Schleycher während seiner Zeit hier auch immer brav gearbeitet und seine Gewinne abgeliefert?«, ließ er jetzt den Testballon steigen.

Pater Anselm schaute Haderlein an und schwieg. Man konnte förmlich sehen, wie sich die Rädchen und Gewinde in seinem Kopf drehten und wie sie ratterten.

»Ach, es geht also um Schleycher«, nickte er schließlich.

»Sie wissen vom damaligen Aufenthalt des Umweltministers hier?«, fragte der Kommissar und beobachtete den

Mönch vor ihm genau, der sich jetzt hinter seinen Schreibtisch setzte und die Hände faltete.

»Ja, natürlich. Bruder Kolonat war zum gleichen Zeitpunkt Novize hier wie ich. Was möchten Sie denn gerne über ihn wissen, Herr Kommissar?«

»Nun, erst einmal alles, was Sie mir erzählen können.« Haderlein setzte sich in abwartender Haltung auf seinem Holzstuhl zurecht.

»Hm, wo soll ich da anfangen?«, überlegte Anselm laut. »Meines Wissens besuchte der Generalvikar des Würzburger Bischofs einmal den damaligen Leiter des Klosters, Bruder Eduard. Es gab eine längere Unterredung, und am Abend fuhr der Generalvikar dann wieder weg. Tags darauf teilte uns Bruder Eduard nach dem Morgengebet mit, dass uns der Bamberger Bischof darum bäte, kurzfristig einen Bruder namens Kolonat aufzunehmen. Einen Priester, der schon einmal in der Nähe in Waldberg eine Pfarrei geleitet hatte. Am nächsten Morgen reiste Bruder Kolonat in einem Auto des Bamberger Bischofs an, und dann war er über drei Jahre hier.«

»Und anschließend hat er das Kloster einfach so verlassen können? Ich dachte, im Kloster sei man auf immer und ewig?«

Der Geistliche lächelte. »Nicht unbedingt, Herr Kommissar. Sie können sogar Ihr Gelübde nur auf eine bestimmte Zeit leisten. Aber auch prinzipiell kann Sie niemand zwingen, im Kloster zu bleiben. Das wäre ja Freiheitsberaubung. Wir sind ja hier nicht bei den Prä…«

»Ja, danke …«, schnitt ihm Haderlein schnell das Wort ab. »Gab es denn irgendwelche besonderen Vorkommnisse, während Bruder Kolonat bei Ihnen war?« Er legte Bruder Anselm den Zeitungsausschnitt vor.

»Ach das, ja.« Anselm nickte traurig, als er sich daran erinnerte. »Wir waren alle schockiert, als das passierte. Blinder Vandalismus. Aber Bruder Kolonat hat damals sofort die Initiative ergriffen und die Kreuzwegstation eigenhändig repariert. Damals hatten wir noch sehr wenig Geld, und Bruder Kolonat hatte sogar aus Bamberg jemanden kommen lassen, der kostenlos Baumaterial spendete. Da war er gerade mal eine Woche hier, glaub ich. Das hat ihm damals viel Sympathien eingebracht. Er war schon immer ein tatkräftiger Mensch. Konnte sich schnell entschließen.«

»Wissen Sie eigentlich, warum er das Kloster dann verlassen hat?«

»Nein, aber danach fragt hier auch niemand. Jeder hat seine persönlichen Gründe. Ich glaube, es hat ihn einfach schon immer in die Politik, in leitende Positionen gezogen. Bruder Kolonat war kein Mensch für eine Bruderschaft – nicht auf Dauer.«

»Sagen Sie, Bruder Anselm, kennen Sie vielleicht auch einen Edwin Rast? Sagt Ihnen der Name etwas?«

Der Pater überlegte kurz, aber gründlich. »Nein, der Name sagt mir überhaupt nichts«, musste er dann zugeben. Als Haderlein ihm das Foto aus Rasts Personalausweis auf den Schreibtisch legte, studierte Anselm das Gesicht gründlich, gab es dann aber mit einem ehrlich enttäuschten »Nein, nie gesehen« wieder zurück.

Haderlein überlegte kurz. Eigentlich hatte er alles gefragt, was er fragen wollte. Pater Anselm bemerkte den Abschiedsblick auf Haderleins Gesicht.

»Wissen Sie was, Herr Kommissar, wenn Sie jetzt schon hier sind, zeige ich Ihnen unser Kloster, und danach trinken Sie mit mir ein Bier auf unsere Kosten. Ist das ein Angebot?« Er hatte beide Arme wie zur Predigt emporgehoben und feixte über das ganze Gesicht. Eine Ausstrahlung wie ein Bierdeckel. Haderlein musste lachen.

»Aber nur, wenn Sie uns einen Platz in der Klosterstube besorgen. Auf weitere Zweikämpfe da draußen möchte ich mich nicht mehr einlassen.«

»Das kann ich einrichten«, grinste Bruder Anselm und nahm Haderlein am Arm. »Zuerst, Herr Kommissar, zeige ich Ihnen die Brauerei.«

*

Beate Graetzke machte sich Sorgen. Gestern Abend hatte ihr Mann angerufen und ihr im hektischen Tonfall mitgeteilt, dass er erst mal nicht nach Hause kommen würde. Streng hatte er ihr befohlen, der Polizei nichts von seinem Anruf zu erzählen, ansonsten könne sie sich auf Ärger einstellen.

Doch jetzt war sie verunsichert. Sie hatte schon immer geahnt, dass die Sache, die ihr Mann und Edwin da zusammen ausgeheckt hatten, schiefgehen würde. Aber es hatte ja keiner wissen können, dass das alles so enden würde. Wie dem auch war, ihr Mann konnte ihr erzählen, was er wollte. Wenn wirklich irgendwann die Polizei vor der Tür stand und bestimmte Dinge wissen wollte, würde sie alles sagen. Gestern wäre es fast schon passiert, da hatten diese zwei Polizisten nach ihrem Mann gefragt. Aber eben nur nach ihm gefragt, nichts weiter. Aber wenn die mal die richtigen Dinge wissen wollten, dann würde sie reden. Basta. Sie hatte keine Lust, wegen der blöden Anglerei ins Gefängnis zu wandern.

Ihr Blick glitt über die Veranda hinaus. Das kleine Häuschen in Rödental bei Coburg war am Berg in den Hang gebaut worden. Ihr Mann hatte das Haus im Zuge einer Privatinsolvenz billig gekauft. Ansonsten wäre es unbezahlbar gewesen. Es war nicht groß, dafür aber mit unverbaubarem Blick ins Tal und weitab von jedem anderen Gebäude, um nicht zu sagen einsam. Manchmal vermisste sie Menschen um sich herum, aber ihr Mann hasste Nachbarn.

Hatte sie ein Geräusch gehört? War etwa wieder dieser Marder im Garten? Mühsam stand sie aus ihrem Schaukelstuhl auf. Ihr Körpergewicht ließ keine schnellen Bewegungen mehr zu. Sie griff sich den Besen und schaute Richtung Gemüsebeet. Nichts. Sicherheitshalber ging sie schnaufend den kleinen Garten ab und kontrollierte jeden Busch. Dieses blöde Tier. Letztes Jahr hatte es den Kühlerschlauch des Autos gleich zwei Mal kaputt gebissen. Aber so war das halt, wenn man am Waldrand lebte.

Sie ging zurück, stellte den Besen neben die Tür und setzte sich wieder ächzend in das Korbgestühl auf ihrer Veranda. Das Geflecht stöhnte ebenfalls unter ihrem Gewicht. Sie griff sich ihre Tasse und trank den Rest von ihrem noch leicht dampfenden Tee.

Beate Graetzke war ein großer Fan von Tee und von Roibuschtee im Besonderen. Wahrscheinlich besaß sie sogar die größte Sammlung von aromatisiertem Roibusch in ganz Nordbayern. Gerade gönnte sie sich eine exquisite Mischung namens Nachtflug. Aromen von Vanille und Beeren umschmeichelten ihren Gaumen. Wenn der Mann Angler war, musste man sich als Frau etwas einfallen lassen, um sich zu beschäftigen. Besonders wenn die Ehe kinderlos geblieben war, was nicht daran lag, dass sie unfruchtbar gewesen wäre, nein, das sicher nicht. Schon nach kürzester Zeit hatte ihr Mann das Interesse am Körperkontakt mit ihr verloren. »Entweder Angeln oder Sex« schien für ihn die Devise zu sein, und er hatte sich entschieden. Als Ehefrau blieb einem da viel Zeit. Sie gähnte. Der leicht süßliche Tee machte anscheinend müde.

Tees hatten ja die unterschiedlichsten Wirkungen, aber der Nachtflug war wirklich phänomenal. Sie machte es sich in ihrem Schaukelstuhl bequem. Es war zwar noch früh am Abend, aber wieso sollte sie auf ein Nickerchen verzichten, wenn ihr danach war? Ihre Lider fühlten sich an, als wären sie aus Blei. Den Tee musste sie sich merken, dachte sie noch, dann fielen ihr die Augen zu.

Wenige Augenblicke später betraten zwei Personen die Veranda. Sie schauten sich kurz um, dann hoben sie Beate Graetzke aus ihrem Stuhl und trugen sie ins Haus. Mit einem leisen Plopp fiel die sich schließende Verandatür hinter ihnen gegen den hölzernen Rahmen.

*

Das Mitglied der Landtagsfraktion der CSU Gregor Seidl aus München konnte nicht glauben, was er da hörte. Der neue Umweltminister Kolonat Schleycher hatte vor wenigen Minuten mit seiner lang erwarteten Rede begonnen. Doch statt sich zum Thema »Ausübung des Gemeingebrauchs auf freien Fließgewässern in Bayern« zu äußern, wie es alle erwartet hatten, referierte er nun zum Nichtraucherschutz in Bayern. Offensichtlich wollte er das Nichtraucherschutzgesetz wieder lockern. Jetzt, nachdem sich alle endlich daran gewöhnt hatten, wollte er das Fass wieder aufmachen. Schleycher argumentierte, dass durch die verschiedenen Aufhebungen des Verbots wieder neue Wählerschichten rekrutiert würden, was im Interesse der Partei sein müsse, denn die CSU steuere bedenklich auf die Fünfzig-Prozent-Marke zu, und es müsse endlich etwas dagegen unternommen werden. Und zwar etwas Provokantes und Innovatives.

Während Kolonat Schleycher weiterreferierte, blickte Gregor Seidl sich um. Die Gesichter der Anwesenden waren teils ernst, teils belustigt, manche Parteifreunde nickten auch beifällig. Der Ministerpräsident, der vorne an einem Tisch neben dem Rednerpult saß, schien fast zu lächeln, als er die Unruhe in den Fraktionsreihen bemerkte. Na, das kann ja noch eine richtig lebendige Woche auf Banz werden, dachte Gregor Seidl und lauschte weiter den Vorschlägen des Umweltministers. Seidl hatte ja keine Ahnung, wie recht er damit haben sollte.

*

Franz Haderlein war mit Pater Anselm auf dem Weg nach draußen. Der Mönch hatte ihm alle wichtigen Räumlichkeiten des Klosters gezeigt, besonders ausführlich die Brauerei. Als Franz Haderlein fallen gelassen hatte, dass er in seinem Privatleben der Brennerei huldigte, waren sie in einen regelrechten Fachplausch verfallen. Die beiden Männer wurden sich zunehmend sympathischer. Nachdem die Hausführung beendet war, hatte Pater Anselm den Hauptkommissar gebeten, ihn zu den drei Kreuzen ein Stück weiter oben am Berg zu begleiten. Er zeigte ihm die herrliche Aussicht, und Haderlein wollte bei der Gelegenheit auch gleich die Kreuzwegstation sehen, die Bruder Kolonat vor langer Zeit in Eigenregie repariert hatte.

»Glauben Sie eigentlich an Gott?«, fragte ihn der Geistliche unvermittelt.

Haderlein war etwas überrascht, wollte sich jedoch keine Blöße geben. Er war kein Atheist, aber mit kirchlichem Gehabe wollte er in diesem Leben nichts mehr zu tun haben.

»Ich weiß nicht, ob es einen Gott gibt, Bruder Anselm«, antwortete er nachdenklich. »Ich stamme aus Aschau im Chiemgau. Das ist Oberbayern, da wird man katholisch erzogen. Aber nach dem viel zu frühen Tod meiner Frau kann ich der Religion und einem Gott nicht mehr viel abgewinnen. Ich möchte nicht mehr an etwas glauben, ich möchte nur noch wissen. Das ist irgendwie sicherer.«

»Wie lange waren Sie verheiratet?«, fragte der Pater.

»Nur ein verdammtes Jahr«, erwiderte Haderlein, und

seine Miene erstarrte zu unbeweglichem Granit. Leise wiederholte er: »Nur ein verdammtes einziges Jahr.«

Schweigend standen die beiden minutenlang an der eisernen Brüstung und ließen ihren Blick über die Rhön schweifen.

»Herr Kommissar«, sagte Bruder Anselm schließlich, »ich weiß, Sie müssen bald wieder aufbrechen, aber ich werde Sie nicht fahren lassen, bevor Sie nicht unser Bier getrunken haben.«

Haderlein schaute den kleinen, grauhaarigen Mönch an, und seine harte Miene verschwand. Er musste lächeln.

»Na schön, Pater Anselm. Ich bin schon gespannt, wie viel Sie mir von meiner wertvollen Dienstzeit abknöpfen können.«

Die zwei Männer, die, so schien es, sich gefunden hatten, machten sich gemeinsam auf den Weg zurück zum Kloster.

*

Die Gruppe der Deutschen Pfadfinder Sankt Georg aus Bayreuth hatte sich diesen Kanuausflug weiß Gott problemloser vorgestellt. Ihre Fahrzeit hatten sie völlig falsch eingeschätzt und waren viel zu spät an der Ausstiegsstelle in Hallstadt an der Dörfleinser Brücke angekommen. Die Worte des Bootsverleihers, der ihnen prophezeit hatte, sie würden es nicht in der geplanten Zeit schaffen, waren einfach ignoriert worden. Die Kinder im Alter von zehn bis zwölf Jahren waren erschöpft und hungrig. Aber selbst das wäre nicht so schlimm gewesen, wenn nicht ein Boot mit vier von ihnen die Ausstiegsstelle verpasst hätte und gegen die Strömung nicht mehr zurückkam.

Stefan Löblein, der Leiter der Fahrt, joggte auf der Mainwiese hinter dem Boot her, um die Kinder durch Anweisungen zum Ufer zu dirigieren. Doch die brachten mit ihren erlahmenden Kräften keine konsequente Richtungsänderung mehr zustande. Stattdessen näherten sie sich immer schneller der Hallstadter Eisenbahnbrücke mit ihren gefährlichen Pfeilern. Stefan Löblein realisierte, dass seine Ratschläge keinen Sinn mehr hatten. Das Boot steuerte geradewegs auf den Brückenpfeiler zu.

»He, Leute«, rief er seinen Jungs zu, »das bringt nichts mehr! Vergesst das Kanu und springt! Schwimmt rüber und achtet nicht auf die Ausrüstung. Ihr habt Schwimmwesten an, da kann euch nichts passieren!« Aus dem Augenwinkel sah er die Brücke auftauchen. »Los, raus jetzt, springt!«, rief er mit Panik in der Stimme.

Die vier Pfadfinder folgten der Anweisung, sprangen aus dem Boot und schwammen ans Ufer. Das würde eine saftige Abreibung geben, das wussten sie. Das Equipment war zwar versichert, aber trotzdem: Es war ja nicht Zweck der Übung, dass alles im wahrsten Sinne des Wortes den Bach runterging. Tropfend kroch ein kleiner Pfadfinder nach dem anderen aus dem Wasser, während das rote Kanu, das ihnen drei Tage lang treue Dienste geleistet hatte, auf den Brückenpfeiler zutrieb. Der Main hob das Boot mittig an, kippte es, und der Wasserdruck presste es mit Urgewalt gegen das restliche Schwemmgut. Der Bootsrumpf barst mit lautem Knacken.

Das war's, dachte Stefan Löblein enttäuscht. Aber vielleicht war ja noch was von der Ausrüstung zu retten. Es half nichts, sie mussten mit einem anderen Kanu seitlich ranpaddeln und versuchen zu bergen, was noch zu bergen war. Er schickte die patschnassen Sünder die zweihundert Meter flussaufwärts zur eigentlichen Ausstiegsstelle zurück und wartete auf die anderen zwei jüngeren Begleiterinnen, die schon in einem Boot angepaddelt kamen.

*

Lagerfeld parkte am Beginn der langen Auffahrt, die hinauf zum Waldgrundstück des Anwesens der Familie Graetzke führte. Er klingelte mehrmals, aber niemand öffnete. Kurzentschlossen stieg er über die betonierte Raseneinfassung und durch den Garten zum Haus hinauf.

»Hallo!«, rief er, um sich anzukündigen, doch eine Antwort blieb noch immer aus. Er umrundete das Haus, bis er wieder am Hintereingang vor der Veranda stand. Er wollte nur einen kurzen Blick in den Garten werfen, als nur zwei Meter von ihm entfernt ein katzengroßes Tier mit einem Satz aus dem Gemüsebeet auf die Gartenmauer sprang, ihn kurz musterte und dann behände auf der Mauer entlanglief, um anschließend im Wald zu verschwinden.

Ein Marder? Lagerfeld hasste die Tiere. Andauernd bissen sie Kabel an seinem Auto kaputt. Er hatte schon alle Hausmittel wie Hundehaare, Maschendraht oder Urin ausprobiert. Alles Blödsinn. Der gemeine Marder blieb unbeeindruckt, ganz im Gegensatz zum Kontostand des jungen Kommissars. Der schrumpfte nämlich nach jeder Werkstattrechnung beträchtlich.

Aber egal, der Marder war nicht sein Problem. Als Lagerfeld die Veranda betrat, bemerkte er auf dem kleinen Tisch neben dem Korbstuhl eine halb volle Tasse Tee. Sie war kalt. Seltsam. Er blickte durch das Fenster ins Hausinnere, konnte aber nichts erkennen, weil die Gardinen zugezogen waren. Versuchshalber drückte er gegen die Tür, ohne sich große Hoffnungen zu machen, doch sie öffnete sich mit einem leichten Quietschen. Lagerfeld war das nicht geheuer. Er zog seine Waffe, rief noch einmal ein fragendes und lautes »Hallo, ist jemand da?« durch den Spalt, dann öffnete er die Tür ganz und trat ein.

*

Die beiden Gruppenleiterinnen Sibylle und Christine waren inzwischen recht geübt im Paddeln. Als sie die Bescherung aus der Ferne sahen, hatten sie im Gleichklang »Versicherungsfall!« gerufen und hysterisch gekichert. Stefan Löblein fand den Vorfall weniger witzig. Schließlich musste er als Hauptverantwortlicher den ganzen Scheiß in Bayreuth abrechnen und sich dazu noch die dummen Kommentare vom Zentralverband anhören.

»Schaut zu, ob ihr irgendwie festmachen könnt und ob noch was im Boot ist, was wir verwenden können!«, rief er ihnen zu.

»Ja, Bwana«, antwortete Sibylle, und Christine konnte sich ein erneutes Kichern nicht verkneifen. Stefan Löblein beobachtete vom Ufer aus, wie sie das Boot gekonnt neben dem Brückenpfeiler wendeten, aber dann große Schwierigkeiten hatten, gegen die Strömung des Mains anzupaddeln.

»Ihr müsst euch an irgendetwas festhalten und dann ranziehen«, wies er sie an.

»Das sagt sich so leicht«, rief Sibylle mit zusammengebissenen Zähnen zurück, während sie verzweifelt vom Bug des Bootes aus gegen den Fluss ankämpfte. Schließlich bekam sie ein Stück Stoff, das sich unter dem Schwemmgut befand, zu fassen und zog sich und das Boot an den Pfeiler heran. Als sie aufstehen wollte, riss der aufgeweichte grobe Stoff unter der Spannung, und instinktiv hielt sie sich mit der anderen Hand an dem Inhalt des aufgerissenen Beutels fest, zu dem auch der Stoff gehört hatte.

Stefan Löblein sah noch, wie alles an ihr beim Anblick des Beutelinnenlebens erstarrte und die Hände panikartig an den Kopf flogen. Dann fing Sibylle an zu schreien, und das Boot trieb führerlos durch die Brücke hindurch und folgte dem Lauf des Mains. Die Begleiterin schrie immer noch, als sie fünfzehn Minuten später von einem Boot der Wasserwacht an Land geholt wurde.

Stefan Löblein konnte unterdessen nur entsetzt auf den Grund von Sibylles Reaktion starren. Aus dem aufgerissenen schwarzen Sack hing der leblose, bleiche Kopf eines toten Manns heraus.

*

Lagerfeld betrat den Wintergarten und sah sich vorsichtig um. In der Wohnung herrschte ein Chaos wie nach einem Minitornado. Die Möbel lagen kreuz und quer herum, ehemalige Inhalte waren wild in der ganzen Wohnung verstreut. Alles, was auch nur im Geringsten nach Polster aussah, war aufgeschnitten und durchlöchert. Es war völlig unmöglich, sich geräuschlos durch die verwüstete Wohnung zu bewegen.

Lagerfeld entsicherte seine Waffe. So etwas hatte er noch nie erlebt. »Hallo?«, rief er nochmals laut. Nichts rührte sich.

Er ging die Stufen zum Wohnzimmer hinauf und spähte vorsichtig um die Ecke. Was er sah, ließ ihn im ersten Moment zurückschrecken. Dann fasste er sich, steckte seine Waffe wieder ins Halfter und betrat den Wohnraum.

Eine dicke Frau hing an einem Seil am Deckenleuchter. Der Tisch unter ihr war umgestoßen worden, sodass sie nun in circa einem Meter Höhe sanft hin und her baumelte. Lagerfeld berührte ihre Hand. Sie war kalt, genauso wie der Tee.

Er ließ sich in den einzigen noch intakten Sessel plumpsen, betrachtete für ein paar Momente das grenzenlose Chaos um sich herum, dann holte er sein Handy heraus und rief Honeypenny an.

*

Kommissar Haderlein und Pater Anselm waren gerade dabei, sich nach ihrem gemeinsamen Bier in der Klosterstube zu verabschieden. Haderlein hatte nur kurz probiert, er war ja noch im Dienst, Bruder Anselm hingegen hatte mit großer Freude dem Bier zugesprochen und dabei begeistert Geschichten aus seinem Kloster erzählt. Haderlein wollte nun endgültig gehen, als sein Handy klingelte.

»Was?«, rief er ins Telefon und stopfte sich einen Finger ins andere Ohr, um bei dem Krach in der Gaststube überhaupt etwas zu verstehen.

Bruder Anselm sah, wie das Gesicht des Kommissars sehr ernst wurde und er aufmerksam zuhörte. Nachdem er das Gespräch beendet hatte, stand er auf und gab Pater Anselm die Hand.

»Tut mir ehrlich leid, Pater, aber ich muss jetzt schnellstens nach Bamberg zurück. Die Pflicht ruft. Und zwar laut.«

Bruder Anselm schüttelte ihm die Hand, dass er glaubte, sie würde gleich abfallen. »War mir eine große Freude, Herr Kommissar!«, rief er, um die Geräuschkulisse der Gaststube zu übertönen.

Als Haderlein in sein Auto stieg, wählte er sicherheitshalber noch einmal die Nummer von Honeypenny, um sich zu vergewissern, dass er auch alles richtig verstanden hatte.

»Sie haben schon richtig gehört«, sagte sie mit selten ernster Stimme. »Ich glaube, es wird wirklich Zeit, dass Sie zurückkommen. Jetzt geht's rund.«

Kriminalhauptkommissar Haderlein startete seinen Wagen und verließ den Kreuzberg in Richtung Heimat. Im Moment von Honeypennys Anruf hatte der bisher so friedliche Sommer nun endgültig seine Beschaulichkeit verloren.

Clemens

»Da die Jugend, wenn sie nicht in der rechten Weise unterwiesen wird, dazu neigt, weltlichen Vergnügungen zu folgen, und da sie niemals ohne sehr große und beinahe außerordentliche Hilfe des allmächtigen Gottes in vollkommener Weise bei der kirchlichen Zucht bleibt, wenn sie nicht von frühem Alter an – bevor noch der Hang zum Bösen den ganzen Menschen erfasst – zu Frömmigkeit und Religion angehalten wird, setzt die Heilige Versammlung Folgendes fest:
Die einzelnen Kirchen sollen gehalten sein, entsprechend ihren Möglichkeiten und der Größe der Diözese, eine bestimmte Zahl von Knaben aus ihrer Stadt und ihrer Diözese in einem Kolleg, das dazu in der Nähe dieser Kirchen oder einem anderen passenden Ort vom Bischof auszuwählen ist, zu verköstigen, religiös zu erziehen und in den kirchlichen Wissenschaften zu unterweisen.
In diesem Kolleg sollen solche Knaben Aufnahme finden, die wenigstens zwölf Jahre alt sind und aus einer rechtmäßigen Ehe stammen, hinlänglich lesen und schreiben können und deren Anlagen und guter Wille hoffen lassen, dass sie auf Dauer für den kirchlichen Dienst zur Verfügung stehen wollen.«

Nach »Seminarium Ernestinum«, Bamberg

*

In den Anfangszeiten war das Knabenseminar noch im Erdgeschoss des Priesterseminars am Bamberger Maxplatz untergebracht gewesen. Da es jedoch immer wieder zu wenig

Priester gab, beschloss man, es zu vergrößern. Für die Erweiterung waren die Wohnräume des damaligen Weihbischofs vorgesehen.

1882 unterstellte der Erzbischof das Knabenseminar einer eigenen Leitung und gab ihm zur Erinnerung an den großen Bamberger Bischof Otto I., der noch immer in der Barockkirche auf dem Bamberger Michaelsberg begraben liegt, den Namen Ottonianum.

Derartige Geschichtskenntnisse über das Knabenseminar und Bamberg waren für Clemens Martin eine alberne Übung. Mit seinen erst fünfzehn Jahren war er seinen gleichaltrigen Mitschülern haushoch überlegen. In seinen Zeugnissen fand sich ausnahmslos die Note »Eins«. Ein einziges Mal hatte er sich einen Dreier beim Schulsport am Franz-Ludwig-Gymnasium eingefangen. Trotz Magen-Darm-Grippe war er im Sommer 1973 zur Leichtathletikprüfung angetreten und hatte aus Stolz die Erkrankung verschwiegen. Clemens Martin war ein Spitzenschüler – im naturwissenschaftlichen Bereich geradezu genial. Noch dazu war er mit einem ansehnlichen Äußeren gesegnet, was ihm schon mehrere Titelbilder auf Schülerzeitungen oder Stadtmagazinen eingebracht hatte.

Die Lehrkräfte des Franz-Ludwig-Gymnasiums waren immer wieder verblüfft, mit welcher Leichtigkeit der blonde Knabe zu erlernenden Stoff nicht nur aufnahm, sondern auch umsetzte. Schon lange war ihnen klar, dass an ihrer Schule ein junges Genie heranwuchs. Das Kollegium hegte keinen Zweifel, dass der Knabe aus Bamberg das Zeug zum zweiten Albert Einstein hatte. Es gab nur einen Haken an der Sache. Clemens Martin wollte partout Priester werden.

Alle verzweifelten Versuche, ihn eines Besseren zu belehren, waren bisher fehlgeschlagen. Im Ottonianum und bei dessen Leitung löste der strebsame, stille Knabe natürlich außerordentliches Wohlgefallen aus. Mit der gleichen Hingabe, mit der er sich dem schulischen Stoff widmete, beschäftigte er sich in seiner Studierzeit auch mit geistlicher Literatur. Besonders angetan hatte es ihm die Kirchengeschichte von Bamberg, ein Interessengebiet, das nahelag, hatten doch seine streng religiösen Eltern den kleinen Bub nach Clemens II. benannt, dem einzigen Papst, der jemals nördlich der Alpen begraben worden war. Und zwar im Bamberger Dom.

Der kleine Clemens genoss also ein strenges katholisches Elternhaus und wurde schon früh auf seine kirchliche Laufbahn vorbereitet. Das bedeutete tägliche Kirchgänge, vorbildliche Ministrantenlaufbahn und Bibelstunden mit dem Vater statt Bolzplatz mit anderen Jungen. Doch damit war es jetzt vorbei. Seine Eltern waren tot. Trotzdem würde er auch in Zukunft die Wünsche seines Vaters respektieren.

Clemens tat sich schwer, Freunde zu finden. Täglich bemerkten seine Kommilitonen die intellektuelle Überlegenheit ihres Mitschülers. Obwohl er keinerlei Streberallüren erkennen ließ, empfahl er als sich kühler Alleswisser natürlich nur schwer als bester Kumpel.

Solchen Miniprofessoren kam man normalerweise höchstens im Sport bei, wenn sie ihren austrainierten Geist auf schmächtigen Körpern zum Fußballfeld trugen. Aber selbst in diesem Bereich war Clemens Martin nicht zu schlagen. Er lief allen in Rekordzeit davon, er warf am weitesten, er sprang am höchsten, und er konnte sogar im hauseigenen Schwimmbad unter Wasser am längsten die Luft anhalten. Er war einfach allen in allem überlegen. Freunde im Sinne von Pferdestehlen und Streichen besaß Clemens Martin also nicht, doch solche Kindereien fand er auch viel zu albern. Der einzige wirkliche Freund, den er hatte, war sein Tagebuch. Das kleine postkartengroße Büchlein war in hellbraunes Leder eingebunden und wurde mit einem messingfarbenen Druckknopf zusammengehalten. Dem Buch vertraute er all das an, was normalerweise unter Freunden ausdiskutiert wird. Es war mit ihm verwachsen, er und das Buch, sie waren eins.

Statt Freunden hatte er die Studienkollegen seiner Seminargruppe CADAS. CADAS stand als Abkürzung für »Cum adolescentium aetas«, dem Dekret von Trient, mit dem 1563 allen Diözesen die Gründung eines Kollegs auferlegt worden war. Den Kreis hatte er während des letzten Jahres am Ottonianum selbst gegründet. Hier wurden während der Studierzeit täglich von zwanzig Uhr bis Viertel vor neun Gedichte vorgelesen, philosophische Fragen erörtert oder sogar mehrstimmige Kirchenchoräle geprobt. Oft aber wurde auch nur rumgeflachst, natürlich ohne das Wissen des Regens Schleycher oder sonstiger Lehrkräfte. Die CADAS war eine Art Geheimbund, deren Mitglieder nichts Illegales im Sinn hatten, sondern nur jenseits der ottonianischen Doktrin ihre Freizeit gestalten wollten. Schließlich war der Tagesablauf ansonsten straff organisiert. Dagegen war jede Klosterschule ein liberaler Hühnerhaufen.

Um Viertel nach sechs war allgemeines Wecken angesagt, man schlief gemeinsam in einem großen Saal. Dann hatte man fünfunddreißig Minuten Zeit, sich für den Tag herzurichten, bevor um zehn vor sieben der Gottesdienst begann, der erst eine halbe Stunde später endete, wonach gefrühstückt wurde. Trödelei hatte man sich zu verkneifen, denn um acht fing der Schulunterricht im Franz-Ludwig-Gymnasium an.

Nach der Schule war um eins Mittagessen angesetzt, danach folgte die schönste Zeit des Tages: über eine Stunde lang Freizeit, die im Seminarhof verbracht wurde und im Wesentlichen Sport in allerlei Variationen beinhaltete. Anschließend stand auf dem Zeitplan: Studierzeit, Kaffeepause und wieder Studierzeit. Letzteres war der Abschnitt des Tages, in dem sich die Mitglieder der CADAS inkognito treffen konnten.

Die Gruppe war die einzige Gelegenheit, bei der man Clemens Martin fast ausgelassen erleben konnte und wo er auch die größte Nähe zu einigen wenigen seiner Mittelstufenkollegen entwickelte. Die CADAS war der ausschließliche Anklang von Jungenhaftigkeit und Gruppendasein, den er sich leistete. Davon abgesehen war er am liebsten allein. Allein mit sich und seinem Tagebuch.

*

Robert Suckfüll war endlich wieder entspannt: Das Kind war da. Zwar war es nicht auf natürlichem Wege geboren worden, wie es sich seine Frau gewünscht hatte, aber dafür mit einem problemlosen Kaiserschnitt. Seine Tochter Sophie war ein gesunder und munterer Säugling, der bereits das halbe Bamberger Klinikum zusammengeschrien hatte. Fidibus war sehr erleichtert, die Geburt erfolgreich hinter sich gebracht zu haben. Das Versprechen, seiner Frau beizustehen, hatte ihn so manche schlaflose Nacht gekostet. Auch wenn es so schlimm letztendlich gar nicht gewesen war, war er trotzdem froh, um eine echte Geburt mit Blut, Geschrei und Pressen herumgekommen zu sein. Außerdem war der Kaiserschnitt so wunderbar schnell gegangen. Gott sei Dank. Jetzt schliefen das Baby und seine Frau. Ein außerordentlich entspannender Zustand. Seine Geburtsarbeit war erledigt.

Er entschied sich, die Ruhe zu nutzen, um auf der Dienststelle vorbeizuschauen. Hoffentlich war überhaupt noch jemand da. Es war schon einundzwanzig Uhr am Montagabend, und der August neigte sich dem Ende zu. Ganz Bamberg bereitete sich auf die Sandkerwa vor, auf das größte Straßenfest Bayerns in der Sandstraße. Er vermutete, dass auf der Dienststelle die übliche Bierruhe eingekehrt war und seine Kommissare bereits auf den Kellern saßen. Als er zur Dienststelle einbog, trat er vor Überraschung auf die Bremse.

Der Parkplatz war voller Menschen. Die Autos kamen aus allen Bundesländern, private Fernsehsender bauten Scheinwerfer und Kameras auf.

Suckfüll legte den Rückwärtsgang ein, parkte sein Fahrzeug auf der Straße und kämpfte sich durch die Menschentraube hinein in seine Polizeiinspektion.

»Was zum Teufel ist da unten los, Frau Hoffmann?«, rief er in heller Erregung in den Raum. Dann hielt er inne.

Von wegen Notbesetzung. Die komplette Mannschaft war versammelt und schaute ihn entgeistert an.

»Also? Was ist hier los?«, wiederholte er fordernd.

Haderlein überreichte ihm einen kleinen Stapel Fotos. Waren das nicht tote Menschen, die er da auf den Bildern erblickte? Aber das waren doch andere Leichen als die, die er vom aktuellen Fall schon kannte.

»Am besten, wir gehen in Ihr Büro«, riet Haderlein ihm in drängendem Ton. »Wie Sie sehen, hat sich die Lage verschärft.«

»Sind das neue Tote?«, fragte ihn Fidibus, während er an seinem Schreibtisch argwöhnisch die Fotografien vom toten Graetzke und seiner Frau Beate betrachtete.

»Allerdings«, antwortete Lagerfeld, der soeben ebenfalls das Büro betreten hatte. »Der Mann ist Hubertus Graetzke, den wir heute morgen zur Fahndung ausgeschrieben hatten. Heute Nachmittag wurden er und sein Hund tot in jeweils einem Sack gefunden.«

»Ist der wohl auch ertrunken, äh, worden?«, erkundigte sich Suckfüll.

»Können wir noch nicht genau sagen«, mischte sich nun auch Haderlein wieder ins Gespräch ein.

»Und was ist mit dieser fetten Frau hier?«, entfuhr es dem ungeduldigen Juristen, Dienststellenleiter und frischgebackenen Vater.

»Frau Graetzke habe ich heute Nachmittag tot von der Decke hängend in ihrem Haus bei Coburg gefunden. Die Symptome deuten auf Strangulation als Todesursache hin«, erfuhr er von Lagerfeld.

Fidibus schaute von einem Foto zum anderen, dann legte er sie beiseite und rieb sich mit Daumen und Zeigefinger gequält die Nasenwurzel.

»Meinen Sie, diese beiden armen Menschen wurden umgebracht, oder ziehen Sie eher einen Suizid in Betracht, meine Herren?«

»Aber Chef, kein Mensch näht sich in einen Sack ein, um sich dann darin zu ersäufen«, meinte Lagerfeld trocken.

»Bei der Frau wär's eher möglich, aber zuerst möchte ich auch bei ihr die Leichenbeschau abwarten. Beide Opfer sind schon auf dem Weg nach Erlangen in die Gerichtsmedizin«, bremste Haderlein.

»Abwarten, immer müssen Sie abwarten, Haderlein! Sie gehen mir mit Ihrer vornehmen Zurückhaltung manchmal wirklich auf den Absatz!« Fidibus war aufgesprungen. »Kaum verlässt man für ein paar Stunden das Haus, findet eine wunderbare Leichenvermehrung statt. Was meinen Sie denn, was da unten vor der Tür los ist? Haben Sie schon mal runtergeschaut? Drei Tote innerhalb von zwei Tagen, meine Herren. Soweit ich mich erinnern kann, gab's das hier in Bamberg noch nie. Jeden Moment werden hier Heerscharen von …« Auf seinem Schreibtisch blinkte es rot auf. Er drückte auf eine Taste und rief: »Was gibt's denn, Frau Hoffmann, ich hatte doch gesagt, dass ich jetzt nicht …«

Honeypenny unterbrach ihren Chef höflich, aber konsequent: »Der Bürgermeister von Bamberg ist in der Leitung und der Herr Landrat in der Warteschleife. Außerdem hätten die Medienvertreter da draußen gern ein Interview mit einem Verantwortlichen.«

»Sofort, Frau Hoffmann, sofort«, seufzte er resigniert zurück.

»Sie können jetzt gehen«, wurde Haderlein und Lagerfeld noch von ihrem genervten Chef mitgeteilt, während dieser diffus mit seinen Armen in ihre Richtung fuchtelte. »Und Haderlein, Sie werden morgen damit anfangen, eine Sonderkommission zu bilden. Fordern Sie an, wen Sie wollen. Die Sache wird mir, äh, zu tot. Aber bis dahin wird nicht gefaulenzt, meine Herren. Ich möchte, dass Sie losmarschieren und heute Abend noch mal alle Personen aufsuchen, die in diesem Fall auch nur irgendwie verdächtig sind. Ich erwarte Ergebnisse, und zwar vorgestern!« Mit diesen Worten drehte er sich um und nahm das Gespräch mit dem Bamberger Bürgermeister an. »Ja, Herr Oberbürgermeister, wie kann ich Ihnen denn weiterhelfen?«, raspelte er Süßholz.

Zielstrebig stellte sich Haderlein in die Mitte des Raums auf einen Stuhl. »Alle mal herhören!«, rief er seinen Kollegen zu, und sofort erstarb jegliche Kommunikation.

Gerade als er seine ersten Sätze formuliert hatte, öffnete sich die Tür, und in Begleitung eines Polizisten kamen drei Personen herein, mit denen er am wenigsten gerechnet hatte. Er stutzte in seiner Rede, sodass sich alle umdrehten, um seinem Blick zu folgen.

Joe Scheidmantel, Doris Peter und Fritz Helmreich blickten ziemlich verunsichert drein.

Verdutzt stieg Haderlein vom Stuhl. Warum tauchten die hier so einfach auf?

Fritz Helmreich übernahm die Führung, kam auf ihn zu und winkte den anderen beiden, ihm zu folgen. Er wich dem Blick des Hauptkommissars nicht aus, wie der es erwartet hatte, sondern wies auf seinen Freund nebst Lebensgefährtin.

»Wir haben es gerade im Radio gehört. Die beiden möchten eine Aussage machen.«

Haderlein schaute von einem zum anderen und nickte dann. Er bedeutete Lagerfeld, ihn zu begleiten, und ging mit allen ins Verhörzimmer.

*

Clemens Martin verhielt sich in letzter Zeit noch verschlossener als sonst, was jedoch kaum jemanden beunruhigte. Schließlich hatte er erst vor einem halben Jahr seine Eltern bei einem Verkehrsunfall verloren.

Doch als er anfing, während der CADAS-Versammlungen ohne Angabe von Gründen zu fehlen, machten sie sich die ersten Gedanken.

»Kommt Clemens schon wieder nicht?«, fragte der kleine blonde Emil Büttner. Wie immer hatte sich der Kreis im Musikzimmer versammelt.

»Woher soll das denn einer wissen?«, erwiderte Max Schiller. »Der macht doch sowieso, was er will.«

Max Schiller, allgemein nur Mozart genannt, wusste nicht so genau, was er von Clemens Martin halten sollte. Einerseits bewunderte er ihn ob seiner schulischen Leistungen, andererseits stieß ihm die hörige Grundhaltung seines Mitschülers gewaltig auf. Egal welche Anordnungen vom Regens kamen, Clemens setzte sie ohne Wenn und Aber um. Für ihn war eine Anordnung von oben Gesetz und in ihrer Richtigkeit nicht anzuzweifeln. Bestimmt würde Clemens mal Papst oder so etwas Ähnliches werden, dessen war sich Max sicher.

Er selbst war da ganz anders gestrickt. Die Rebellion lag ihm im Blut. Ihm musste man schon etwas gut erklären können, wenn er es einsehen sollte. Die Charaktereigenschaft war es auch gewesen, die seine Eltern schließlich hatte verzweifeln lassen und sie bewogen hatte, ihn aufs Ottonianum zu schicken. Sollte doch die weitbekannte Strenge der Einrichtung ihren Sohn disziplinarisch einrenken.

Max Schiller war der Laden bis zum heutigen Tag einfach nur zuwider. Er fügte sich – aber nur, weil er keine andere Wahl hatte. Sein größtes Plus war seine außerordentliche musikalische Begabung. Er hatte eine glockenhelle Stimme und war auch am Klavier ziemlich begabt, was ihm nach der letzten Weihnachtsaufführung seinen Spitznamen eingebracht hatte. Seine schwarz gelockten Haare passten in das Bild eines hoffnungsvollen Pianisten. Er war der CADAS wegen der musikalischen Experimente und natürlich auch aufgrund des subversiven Dunstes der Illegalität beigetreten, die den Treffen innewohnte. Max Schiller akzeptierte Clemens nur, weil der die CADAS gegründet hatte. Ansonsten wollte er mit ihm nichts zu tun haben.

»Mensch, Mozart, ich finde, du bist ziemlich undankbar«, schnauzte Alfred Schneidereit beiläufig dazwischen, während er in einem Buch über Astrologie herumblätterte. »Ohne Clemens gäb's uns gar nicht, und jeder hier weiß, dass du ihn im Grunde nicht ausstehen kannst.«

»Ach was, wahrscheinlich ist er wieder beim Regens und holt sich seine Tagesanweisungen ab.« Er verzog abwertend seine Mundwinkel.

»Ist doch völlig egal, wo er sich rumtreibt. Er ist jedenfalls nicht hier, und das schon den zweiten Tag hintereinander. Da ist doch was passiert!« Der besorgte Einwurf kam von Peter Nickles, einem etwas untersetzten, weißblonden schüchternen Waisenjungen aus Hof. Früher war er mal richtig dick gewesen, aber in letzter Zeit hatte er zusehends abgenommen. Doch der Gewichtsverlust hatte nicht nur positive Seiten, denn mit den Kilos war auch seine gute Laune verschwunden, und in der Schule verschlechterten sich seine Zensuren zusehends. Die letzten Wochen war er sehr still geworden, auch in der CADAS, obwohl er immer intensiver an Clemens' Lippen hing. Das Genie war eine Art Vaterersatz für ihn geworden. Und Clemens kümmerte sich auch tatsächlich verstärkt um Peter. Immer häufiger sah man die zwei während des Frühstücks oder Mittagessens beieinandersitzen. Beide waren Vollwaisen, womöglich war das der Umstand, der die beiden zusammengeschweißt hatte, so dachten sich die anderen. Jedenfalls war Peter Nickles alles andere als ein Alphatier. Wenn es um Heldentaten auf dem Schulhof ging, verzog er sich schleunigst in eine uneinsehbare Ecke. Auch Kraftmeiereien waren nicht sein Ding. Er war zwar gerne dabei, aber nie in der vordersten Front zu finden. Die CADAS war genau das, was er gesucht hatte, und Clemens Martin hatte ihn gefunden. Hier herrschte Niveau mit Spaß oder umgekehrt, je nachdem, wie man es sehen wollte. Und Clemens war es, der den Haufen zusammenhielt. Das merkte man besonders jetzt, da er nicht da war.

Von seinem Platz aus betrachtete Peter Nickles Alfred Schneidereit, der seine Beine auf dem Boden ausgestreckt hatte und mit einer Schulter lässig am einsamen Fuß des Flügels lehnte. Schneidereit tat wie immer, als ob ihn die Diskussion nichts anging. Gab es einmal Streit, berührte ihn das nicht. Er stand über dem Lumpenpack und hielt sich da raus. Es brachte nur Ärger ein, vorschnell Partei für eine Sache zu ergreifen. Er agierte lieber hinter der argumentativen Frontlinie. Sollten doch andere in der Gruppe ihr verbales Stalingrad riskieren.

Schneidereit war keineswegs der beste Schüler am Ottonianum, aber auch nicht der schlechteste, er lernte lediglich mit einem Minimum an Aufwand. Zur CADAS war er gekommen, als er zufällig ins Musikzimmer gestolpert war. Er war geblieben, weil dort etwas Besonderes ablief und ihm das gefiel. Anmerken lassen würde er sich das natürlich nie. Aber wenn Clemens nicht da war, wie heute, gab es nur dasselbe banale Gequatsche wie auch im Schlafsaal. Da las er doch lieber etwas über die Logik der Sterne. Er kratzte sich an seinem dunkelblonden Stoppelkopf, als die Tür aufging und Clemens Martin hereinkam.

Alle schauten ihn an, nur Alfred Schneidereit konzentrierte sich weiterhin demonstrativ auf seine Sternbilder.

»Wo warst du denn?«, wollte Peter Nickles wissen.

Doch der Junge antwortete nicht, sondern setzte sich mit ausdrucksloser Miene neben die Tür auf den Boden. Er senkte den Kopf und starrte seine Knie an. Jeder sah, dass er mit seinen Gefühlen zu kämpfen hatte. Mozart lag eine dumme Bemerkung auf der Zunge, doch er schaffte es tatsächlich, sie sich zu verkneifen. Clemens Martin schien gerade dabei zu sein, die Fassung zu verlieren. Niemand von ihnen hatte ihn bisher so erlebt. Seine Finger drückten dunkle Dellen in den ledernen Einband seines Tagebuchs, seine Knöchel waren vor Anstrengung ganz weiß. Als er aufschaute, konnte jeder sehen, dass sich in seinen Augen Tränen angesammelt hatten.

»Mensch, Clemens, jetzt sag halt, was los ist!«, flehte ihn Emil Büttner an. Er war der Kleinste und der Ängstlichste in der CADAS. Sogar noch ängstlicher als Peter Nickles.

Der Angesprochene zog ein braun kariertes Stofftaschentuch heraus und schnäuzte sich leise. Dann steckte er es wieder in seine schwarze Stoffhose und legte sein Tagebuch neben sich auf den Boden. »Der Regens weiß von der CADAS«, erklärte er leise.

»Scheiße«, erklang es fast gleichzeitig aus allen Ecken.

»Na endlich!«, fauchte Mozart. »Endlich passiert hier mal was!«

»Ach was, gar nichts passiert«, sagte Clemens kaum hörbar und griff wieder nach seinem Tagebuch.

»Was soll das heißen?«, fragte jetzt Alfred Schneidereit, der tatsächlich seinen Astrologieschmöker weggelegt hatte.

»Das heißt, dass der Regens die CADAS dulden wird. Ob er will oder nicht«, antwortete Clemens und hob den Kopf. Ein Ruck ging durch die Gruppe. Widerspruch gegen die Obrigkeit? Von Clemens? Allgemeine Diskussion erhob sich.

»Was? Wie denn das?«, fragte Mozart neugierig.

»Ganz einfach. Wir werden im Geheimen weitermachen. Der Regens hat kein Recht, uns unsere Versammlungen zu verbieten«, verkündete Clemens ungewohnt trotzig.

Doch er konnte seinen Gedankengang nicht weiter ausführen, weil die drei noch fehlenden Mitglieder der CADAS eintraten.

»He, Leute, in fünf Minuten gibt's Abendessen!«, rief der Größte der drei, Pankraz Peulendorfer, Sohn eines Brauereibesitzers aus Kulmbach. Dann sah er Clemens am Boden sitzen. »Na, Clemens, auch wieder mal da?«

Doch der schaute nur kurz Peter Nickles an, erhob sich wortlos und ging an ihnen vorbei in Richtung Speisesaal. Peter folgte ihm wie ein Hund.

»Was hat er denn, der Clemens?«, wollte Pankraz von Alfred Schneidereit wissen. »Hab ich was Falsches gesagt?« Er schaute seine beiden Mitankömmlinge fragend an, doch die zuckten nur mit den Schultern, und Alfred griff sich im Aufstehen sein Buch.

»Frag ihn selbst, ich geh jetzt jedenfalls zum Essen«, meinte er. Und mit ihm erhoben sich sieben weitere Schüler des Ottonianums, die auf dem Weg zum Speisesaal einiges zu bereden hatten.

*

Nikolai stand auf der obersten Treppenstufe vor Rasts versiegelter Wohnung. Mit einigen wenigen Handgriffen durchtrennte Igor das geklebte Siegel der Polizei und öffnete die massive Eichentür. Routiniert und ohne Eile durchquerten sie die Wohnung und zogen die Vorhänge zu.

»Dawai«, flüsterte Nikolai Igor zu, dann begannen sie die ordentlichste aller Wohnungen gründlich auseinanderzunehmen.

*

Haderlein und Lagerfeld saßen an der breiteren Seite des Verhörtisches. Ihnen gegenüber hatten Scheidmantel plus Freundin sowie Helmreich Platz genommen. Der Hauptkommissar schaltete das Aufnahmegerät ein und diktierte die Uhrzeit sowie die Namen der Anwesenden. Dann lehnte er sich in seinem Stuhl zurück.

»Na, da bin ich aber jetzt gespannt, Joe«, lächelte er dem Riesen zu, der auf seinem Stuhl zusammengesackt war.

Hilflos blickte er Fritz Helmreich an, der ihm aufmunternd zunickte. Doch erst als er einen heftigen Schlag vom Ellenbogen seiner Freundin in die Seite bekam, begann er zu erzählen.

»Es ist so«, er räusperte sich, »wir haben Edwin Rast am Pegelpfeiler in Kemmern festgebunden.«

»Aha, und wer ist wir?«, hakte Lagerfeld sofort nach.

»Das ist ja das Problem«, platzte es aus Doris Peter heraus. »Das wissen wir nicht.«

Haderleins Geduld ging langsam, aber sicher zur Neige. Es war ein langer Tag mit vielen Autokilometern und zwei neuen Leichen gewesen, mit denen nicht wirklich zu rechnen gewesen war. Sein Chef war nervlich derangiert, und draußen wartete die Reportermeute, um ihn und die restliche Bamberger Polizei zu schlachten. Und dann musste er sich auch noch so einen Schmarrn als Geständnis anhören. Seine Nerven lagen blank.

»Jetzt hört mal zu, ihr drei«, begann er leise, aber bestimmt, »ich habe wahrlich keine Lust, dass man mir einen solchen Mist auftischt. Entweder ihr rückt jetzt mit der Wahrheit heraus, oder ich werde euch höchstpersönlich an einen schönen, kalten Pegelpfeiler im Main festbinden, und zwar so lange, bis ihr sprecht.«

»Und ich werde meinem Chef mit Freuden dabei helfen«, ergänzte Lagerfeld mit einem bedrohlichen Unterton in der Stimme.

»Das ist aber wahr!«, brauste Joe Scheidmantel auf. »Wir haben uns sonst immer im Internet verabredet. Der Abend war das erste Mal, dass wir uns persönlich getroffen haben. Ich habe keine Ahnung, wer die anderen beiden waren. Die haben uns ja nicht mal ihre Namen gesagt. Wozu auch. Doris und ich haben das Boot mitgebracht, und die anderen hatten Rast schon in ihrem Pick-up liegen. Wir sind nur noch mit dem Boot und Rast zum Pegelpfeiler gefahren und haben ihn so festgebunden, dass er in der Früh von halb Kemmern gesehen worden wäre.«

Doris Peter hatte die ganze Zeit über heftig genickt und fügte jetzt hinzu: »Wir waren schon fast weg, als uns auffiel, dass wir vergessen hatten, ihm den Mund zu verkleben. Sonst hätte er uns ja ganz Kemmern zusammengeschrien.«

»Also mussten wir noch mal zurück und haben ihm sein blödes Maul zugepappt!«, rief Joe Scheidmantel erregt. »Er war nämlich schon am Aufwachen.«

Lagerfeld sprang auf. »Das ist ja wohl die bescheuertste Geschichte, die ich jemals gehört habe!« Wütend und entnervt trat er gegen die betonierte Wand des Verhörzimmers. Auch an ihm waren die Strapazen des Tages nicht spurlos vorübergegangen. »Selbst der blödeste Zuhälter, den ich verhört habe, hat mir intelligentere Storys erzählt als du, Scheidmantel!«

Haderlein musterte Fritz Helmreich von der Seite, der während des bisherigen Verhörs seinen Kopf in den Händen vergraben hatte.

»Was meinen Sie eigentlich dazu, Herr Helmreich?«, fragte ihn Haderlein spöttelnd. »Würden Sie Joe solch eine wirre Geschichte abkaufen?«

Helmreich schaute ihn aus traurigen Augen an. »Ehrlich gesagt, Herr Hauptkommissar, ich weiß genauso wenig wie Sie, was ich glauben soll. Ich hab die ganze Geschichte heute auch zum ersten Mal gehört.« Er schüttelte den Kopf.

»Ihr wollt uns also ernsthaft erzählen, dass ihr euch in einem Chatroom mit wildfremden Leuten getroffen habt, um Edwin Rast an einen Pfeiler zu binden? Wer kommt denn auf so eine absurde Idee?«, meinte Haderlein eigentlich mehr rhetorisch zu sich selbst als zu seinen Gegenübern. Doch überraschend bekam er eine Antwort.

»Glühwurm«, kam es von Scheidmantel und seiner Freundin gleichzeitig und wie aus der Pistole geschossen.

»Und wer zum Teufel ist dieser Glühwurm?«, wollte jetzt Lagerfeld wissen.

»Irgendwann im Juli hab ich eine E-Mail von jemandem namens glühwurm@ ... irgendwas gekriegt, genau weiß ich die Adresse nicht mehr«, erklärte Scheidmantel.

»Und was wollte dieser anonyme Verfasser?«, fragte Lagerfeld.

»Ganz einfach«, sagte Joe. »Er schrieb, wenn ich auch Lust hätte, dem lieben Herrn Rast endlich mal eine Lektion zu erteilen, sollte ich mich auf der Internetseite www.rastlos.com einwählen, dort würde dann alles Weitere besprochen werden.«

Lagerfeld musste lachen. »Rast-los? Ich muss zugeben, das ist originell.«

»Ja, und weiter?« Haderlein beugte sich nach vorne.

Langsam begann er der Sache Aufmerksamkeit zu schenken.

Scheidmantel spürte, dass man ihm zu glauben begann. Erleichtert fuhr er fort. »Wir haben einen Monat lang auf rast-los.com herumdiskutiert und dann halt irgendwann beschlossen, ihn anzubinden. Aber wir wollten ihm eigentlich nur eine Lektion erteilen, ihn in aller Öffentlichkeit blamieren, verstehen Sie? Von der Flutwelle und Rasts Tod haben wir erst erfahren, als die Polizisten gestern in den Reblitz gekommen sind. Ehrlich.« Zwei naive Gesichter schauten den Hauptkommissar flehend an.

Der suchte seinerseits den Blick von Lagerfeld, der hilflos die Arme hob und unentschlossen den Kopf hin und her wiegte.

Haderlein überlegte. »Und die anderen Teilnehmer der Aktion waren Ihnen tatsächlich völlig unbekannt?«, wollte er nochmals wissen.

»Na ja«, meinte Doris Peter, »ich bin mir nicht sicher, aber ich glaube, mindestens einen von den beiden anderen hat Rast gekannt.« Sie schaute ihren Freund fragend an.

»Ja, stimmt eigentlich«, musste der zugeben. »Rast sagte noch so was wie: ›Du? Binde mich sofort los!‹«

»Und?«, wollte Lagerfeld ungeduldig wissen.

»Dann hat der ihm sofort sein blödes Maul zugeklebt«, sagte Scheidmantel zufrieden.

»Aber der, den Rast erkannt hat, war höchstens siebzehn oder achtzehn Jahre alt«, meinte Doris Peter.

Haderlein richtete sich interessiert auf. »Würden Sie die beiden anderen bei einer Gegenüberstellung wiedererkennen?«

»Ich glaube schon«, antwortete sie nachdenklich. »Aber wie wollen Sie die denn finden?«

Haderlein war aufgesprungen und marschierte unruhig

zum Fenster und zurück. Sein Gehirn arbeitete auf Hochtouren.

»Und Sie haben noch die ganzen E-Mail-Adressen?«, erkundigte er sich.

Doris Peter schüttelte resigniert den Kopf. »Nein, als wir alle wussten, was geschehen war, kam die Anweisung von Glühwurm, alles auf dem Computer zu löschen und die Festplatte neu zu formatieren. Das habe ich dann auch gemacht, Joe kann so etwas ja nicht …« Trotz allem musste sie ihren Freund anlächeln.

»Alles klar«, meinte Haderlein. »Gehe ich recht in der Annahme, dass der Termin für die Festbinderei ebenso von Glühwurm vorgeschlagen wurde?«

»Jetzt, wo Sie es sagen«, murmelte Scheidmantel, »kann schon sein.«

Lagerfeld verstand nur noch Bahnhof. Worauf wollte sein Chef hinaus?

Der Hauptkommissar bemerkte den ratlosen Blick seines jungen Kollegen. »Diese Herrschaften hier sind ziemlich sicher verarscht worden, Lagerfeld. Und zwar höchst clever, wie es aussieht. Meines Erachtens sollte Rast von vornherein in dieser Nacht sterben. Irgendjemand hat die Zwistigkeiten zwischen Paddlern und Anglern ausgenutzt, um willige Handlanger zu rekrutieren, die wir dann einbuchten sollten.«

»Aber warum das alles?«, fragte Lagerfeld noch immer verwirrt.

»Dieses Rätsel bleibt uns noch zu klären, Lagerfeld. Auf jeden Fall mischt da im Hintergrund eine dritte Figur die Karten.« Triumphierend blickte sich Haderlein um, und seine Augen blitzten. »Ladies and Gentlemen. Ich verkünde hiermit: Wir haben eine Spur!«

*

Keuchend richtete Nikolai sich auf und schaute sich in Rasts Arbeitszimmer um. Überall herrschte jetzt Unordnung und Chaos. Die Bretter des Bücherregals, das einstmals wie mit der Wasserwaage eingeräumt gewesen war, lagen zerbrochen kreuz und quer auf den zerfledderten Büchern, die Nikolai eins nach dem anderen ausgeräumt und auf den Boden geworfen hatte. Alle Schubladen waren herausgezogen worden und ebenfalls auf dem Teppich gelandet. Den Schreibtisch und die Wände hatte er bereits nach Hohlräumen abgeklopft, aber nichts gefunden, was als Versteck hätte dienen können. Igor trat ins Zimmer. Er musste seine kurzen Beine ziemlich anheben, um über die Bücher zu steigen. In der rechten Hand hielt er ein Messer, in der linken eine aufgeschlitzte Kissenhülle, aus der die Daunen flogen, als er sie achtlos in die Ecke schleuderte.

»Hast du etwas gefunden?«, fragte er Nikolai auf Russisch.

»Njet«, entgegnete dieser nüchtern. Er hatte auch nicht wirklich erwartet, etwas zu finden. Schließlich befanden sie sich ja auch erst am Anfang. Man konnte schlichtweg nicht erwarten, unter dem ersten Strauch das goldene Osterei zu finden, wenn man einen ganzen Wald zum Suchen vor sich hatte. Da halfen nur Geduld und Gründlichkeit. Nikolai kannte sich aus in solchen Dingen. Sie würden finden, was sie suchten – früher oder später. Daran gab es keinen Zweifel.

Aber wahrscheinlich nicht in dieser Wohnung. Es half alles nichts, sie mussten sich einen Stock tiefer begeben, wo Rast früher gelebt hatte, so hatte Nikolai es in seinen Anweisungen gelesen. Die alleinstehende Frau würde kein Hindernis für sie darstellen. Nikolai erhob sich, gab Igor ein stummes Zeichen mit dem Kopf und deutete mit dem Zeigefinger auf den Fußboden.

Igor verstand. Er steckte sein Messer weg und grinste.

*

Manuela Rast hatte sich einen Rotwein entkorkt, da sich inzwischen doch eine merkwürdig melancholische Stimmung ihrer bemächtigt hatte. So spontan sie sich auch über das Ableben ihres tyrannischen Mannes gefreut hatte, so sehr tat es ihr nun leid. Nicht für Edwin. Für diesen Mann hatte sie schon lange nichts mehr empfunden. Nein, sie bemitleidete sich selbst. Was war nur aus ihr geworden? Wie konnte aus der mitfühlenden, sensiblen Manuela ein derart kalter, empfindungsloser Mensch werden? Sie schauderte bei der Überlegung, griff sich schnell ihr bauchiges Glas und schlenderte zu ihrem orangefarbenen Sofa hinüber. Dort stellte sie den Wein auf den kleinen quadratischen Glastisch vor dem vereinsamten Sitzelement, auf dem sie noch vorgestern den beiden Kommissaren ins Gesicht gelacht hatte.

Sie seufzte, nahm noch einen Schluck von ihrem Wein und wollte sich endgültig ihrem Herzschmerz-Roman widmen, als es klopfte. Hatte man denn hier nie seine Ruhe? Wer wollte um diese Zeit noch etwas von ihr? Vielleicht war es ja der nette Kommissar? Angeblich wohnte er ja nur um die Ecke. Schnell stand sie auf und band einen lockeren Knoten in den Gürtel ihres bordeauxfarbenen Bademantels. Sie schmunzelte, während sie barfuß zur Tür ging. Bevor sie lächelnd die Tür öffnete, fuhr sie sich noch einmal schnell durch ihre Haare.

*

»So, das war's für heute, Riemenschneider.« Haderlein strich ihr über den Rücken. »Na gut, du Schwein, hast du noch Lust auf ein Bier im Greifenklau zum Einschlafen?«, fragte der Hauptkommissar.

Riemenschneider hob den Kopf und stellte ihre Ohren senkrecht auf. Haderlein interpretierte das als Zustimmung.

»Das war wohl ein Ja, du Schlawinerin. Aber höchstens

eine Stunde, mir langt's für heute. Wir stellen noch schnell das Auto daheim ab und laufen dann zum Greifenklau hoch. Denn nur wer hochläuft, muss sich heimwärts keinen Autoschlüssel verkneifen«, belehrte er Riemenschneider, während er die Autotür seines Multiplas öffnete.

*

Manuela Rast war enttäuscht. Vor ihr stand kein sympathischer Kommissar aus der Nachbarschaft, sondern ein großer, schwarzhaariger, schlanker Mann in ziemlich teuren schwarzen Lederklamotten. Seine Hände steckten in Handschuhen, die dichten Haare waren streng nach hinten gegelt.

»Ja, Sie wünschen?«, fragte sie wie immer, wenn Unbekannte vor der Tür standen. Dass sie nur einen Bademantel trug und sonst nichts, störte sie nicht im Geringsten.

Der Mann betrachtete sie kurz und erstaunt. Dann lächelte er. So breit, dass ein Goldzahn in der Abendsonne glänzte.

*

Haderlein stellte seinen Fiat im Hof ab und schloss das Tor mit dem großen hölzernen Riegel von außen. Seine Dienstwaffe hatte er im Handschuhfach seines Wagens verstaut, nicht ganz vorschriftsmäßig, aber für heute musste das reichen.

»Komm, du Säuferin, auf geht's!«, rief er seiner Begleiterin zu und zog an der Leine. »Ich möchte noch vor eins nach Hause kommen.«

*

Plötzlich fühlte Manuela Rast Panik in sich aufsteigen. Reflexartig wollte sie die Tür zuschlagen, doch dazu kam sie nicht mehr. Ein kräftiger Arm legte sich von hinten über ihren Mund und ein anderer um ihren Oberkörper. Nur ihre Füße konnte sie noch bewegen. Mit ihnen strampelte sie so heftig, wie sie nur konnte. Vergeblich.

Der große Schwarze nickte demjenigen zu, der sie von hinten festhielt, trat ein und schloss die Tür. Ohne sich weiter um sie zu kümmern, begann er ihre Wohnung zu zerstören, und Manuela Rast musste fassungs- und hilflos zusehen. Regale wurden ausgeräumt und Schränke durchwühlt. Dass der Mann die ausgestopften Fische aufriss, war ihr egal, aber als er auch noch ihr schönes orangenes Sofa aufschlitzte, entrang sich ihrer Kehle ein lautes, protestierendes Stöhnen. Der Schwarze ging in die Küche, und während sie von den Armen des Unbekannten wie im Schraubstock gehalten wurde, musste sie mit anhören, wie das Mobiliar dort ebenfalls zertrümmert wurde.

Als der schwarz gekleidete Mann zurückkam und sich vor ihr aufbaute, lächelte er nicht mehr. »Wo ist das Buch?«, fragte er kalt.

Manuela Rast starrte ihn verständnislos an und zuckte mit den Schultern.

»Du weißt also nicht, wo das Buch ist, oder?« Manuela Rast schüttelte heftig den Kopf. Sie hatte keine Ahnung, wovon der Mann sprach.

Nikolais Blick wurde immer kälter. Er gab Igor ein Zeichen mit dem Kopf, woraufhin dieser die Frau durch die Wohnung in Richtung Schlafzimmer schleppte.

Manuela Rast hatte Angst, wahnsinnige Angst, doch dafür begann sich auch der Mut der Verzweiflung in ihr zu regen. Sie musste etwas unternehmen, aber sie bekam fast keine Luft mehr. Als der Mann hinter ihr sie an den Rand ihres eigenen Bettes gezogen hatte, nahm sie allen Mut zusammen. Sie erwischte nur den Teil eines seiner Finger – aber das war genug. Sie spürte, wie ein Knochen zwischen ihre Zähne geriet, und biss kräftig zu. Mit einem lauten Aufschrei ließ der Mann sie los und fiel nach hinten aufs Bett.

»*Kurwa!*«, stieß er fluchend hervor, bevor er ihr ins Gesicht schlug.

Von der Wucht wurde Manuela Rast herumgewirbelt und fiel benommen aufs Bett neben den blutenden Mann.

*

Haderlein zog zum dritten Mal auffordernd an der Leine, doch Riemenschneider stand wie festgemauert da, rührte sich nicht vom Fleck und blickte dabei nicht nach oben in Richtung Bierkeller, sondern in die enge Concordiastraße, in der es wirklich nichts zu sehen gab.

»Was soll das, Riemenschneider?«, empörte sich ihr Herrchen. So hatte er sein Ferkel noch nie erlebt. Gab's dahinten Freibier, oder was sollte der Schmarrn? Als Riemenschneider endlich loslief, zerrte sie ihn zielstrebig in die dunkle Concordiastraße hinein.

»Na, da bin ich aber gespannt, was du Sensationelles entdeckt hast«, stöhnte Haderlein hilflos, während er versuchte, mit seinem trabenden Ferkel Schritt zu halten.

Direkt vor dem Haus der Familie Rast hielt Riemenschneider abrupt an und schaute Haderlein verzweifelt an, der bei ihrem Anblick lachen musste.

»Ja, super, du Detektivin. Richtig, hier waren wir gestern zum Verhör. Gut gemerkt.« Er ging in die Hocke und tätschelte den Kopf von Riemenschneider. Dann hielt er in der Bewegung inne. Riemenschneider war doch gar nicht dabei gewesen, als er mit Lagerfeld Manuela Rast besucht hatte. Woher also kannte das Ferkel das Haus? Es stand da wie ein Spürhund, fixierte die Eingangstür mit seinen Schweinsäuglein und sonderte einen dermaßen tiefen, bedrohlichen Ton ab, dass Haderlein ganz anders wurde. Wenn Riemenschneider hätte bellen können, hätte sie es jetzt getan. Aber was war mit ihr los? Was wollte sie hier? Plötzlich wurde er von dem verzweifelten Schrei einer Frau jäh aus seinen Gedanken gerissen.

*

»Verdammte Hure«, fluchte Igor auf Russisch. Von seinen Fingern tropfte das Blut auf das mandarinfarbene Bettlaken.

Nikolai betrachtete die Frau. Der Bademantel war nach oben gerutscht. Testosteron überschwemmte seinen Körper, aber er zügelte sich. Er war Profi, und das hier war Arbeit und kein Vergnügen.

Nach dem Biss hatte Igor das Gefühl, als würde sein Finger nonstop mit einem Vorschlaghammer traktiert werden. Diese verdammte Schlampe. So ein zierliches, hübsches Ding und dann so eine Kraft. Dafür würde sie büßen müssen. Aber anscheinend hatte auch die Hure etwas abgekriegt, denn sie schien nicht mehr ganz bei sich zu sein und bewegte sich träge auf dem Bett. Ihre wohlgeformten Brüste hoben und senkten sich unter dem Bademantel. Igor sah, wie Nikolai sein Armeemesser zog, um die Sache zu beenden. Aber so leicht sollte die Nutte nicht davonkommen. Igor hielt den Arm von Nikolai zurück, woraufhin er von diesem einen erstaunten und missbilligenden Blick erntete.

Nikolai musste warten. Mit dieser gut aussehenden Frau würde er, Igor, erst noch seinen Spaß haben, bevor sein Kollege ihr sein Messer ganz langsam zwischen die Brüste ins Herz trieb. Igor würde sie dabei festhalten und zusehen, wie ihr das Leben langsam aus den Augen wich. In Tschetschenien hatten sie das schon Dutzende von Malen praktiziert, aber diese Frau hier, die war etwas anderes als die tschetschenischen Schlampen, die sie in ihren zerschossenen

Wohnungen gefunden und umgebracht hatten. Seine Erregung übermannte ihn. Er legte sich hinter sie und öffnete hektisch seine Hose.

Manuela Rast kam langsam wieder zu Bewusstsein. Der Nebel in ihrem Kopf lichtete sich allmählich. Dumpf hörte sie jemanden auf Russisch fluchen. Ihre linke Gesichtshälfte brannte lichterloh, doch der Schmerz half ihr, wach zu werden.

Schlagartig kehrte die Erinnerung zurück. Hinter sich hörte sie ein tiefes Keuchen. Dann spürte sie, wie sich eine verschwitzte Hand unter ihren Bademantel schob, und sah den schweren, stinkenden Männerkörper, der sich auf sie wälzte.

Sie winkelte den linken Unterarm an und ballte eine Faust. Noch immer benommen, aber nichtsdestotrotz entschlossen, nahm sie all ihre Kräfte zusammen und rammte den angewinkelten Ellenbogen in den Körper des auf ihr liegenden Mannes. Sie spürte etwas Weiches, Nachgiebiges, dann hörte sie einen markerschütternden Schrei, und der übel riechende Mann ließ von ihr ab und rollte aufs Bett zurück.

Doch die Freiheit war nur von kurzer Dauer. Im nächsten Moment wurde sie am Arm gepackt und brutal auf den Rücken geworfen. Der große schwarze Kerl stand über ihr und hatte ein Messer in der Hand. Mit einer Bewegung riss er ihr den Bademantel bis zu den Hüften auf und kniete sich auf sie. Sie konnte sich keinen Millimeter mehr rühren. »Nein«, schrie sie verzweifelt ein letztes Mal. Dann drückte ihr Nikolai ein Kissen auf das Gesicht und hob das Messer.

*

Haderlein brauchte nur eine Schrecksekunde, um zu begreifen, dass er schnell handeln musste. Suchend fuhr seine Hand an seinem Körper umher. Verdammt, seine Dienstwaffe lag hundert Meter entfernt in seinem Fiat. Wenn er sie erst noch holen würde, wäre es vielleicht schon zu spät.

Aber wie sollte er ins Haus kommen? Ohne zu zögern, hob er den Blumenkasten aus Eternit samt Geranien aus dem Tragegestell und stieß ihn mit voller Wucht gegen das Fenster. Mit lautem Splittern brachen die Holzsprossen, und der Blumenkasten flog gegen den Tisch vor dem orangefarbenen Sofa. Ein Glas zerbrach, und Rotwein spritzte quer durch den Raum.

»Aufmachen, Polizei!«, brüllte Haderlein durch das Fenster, während er das restliche Fensterglas mit einer abgebrochenen Sprosse wegschlug. Dann stieg er in die verwüstete Wohnung und griff sich eine Tonvase, um wenigstens etwas Waffenähnliches bei sich zu haben. Im Zimmer war es ruhig, doch wie von ferne konnte er ein leises Wimmern hören. Er spähte um die Ecke.

»Kriminalpolizei, kommen Sie mit erhobenen Händen heraus, sonst mache ich von meiner Waffe Gebrauch!«, rief er.

Nichts geschah, nur der Vorhang am Fenster flatterte im Luftzug.

Haderlein wusste, was das bedeutete. Irgendwo stand noch ein anderes Fenster offen. Er rannte in das Zimmer, aus dem das Wimmern kam.

Manuela Rast lag mit entblößtem Oberkörper auf ihrem blutverschmierten Bett und hustete. Erleichtert registrierte Haderlein, dass sie lebte. Und er hatte recht gehabt, das zweiflüglige Schlafzimmerfenster war weit geöffnet. Er deckte Manuela Rast zu, so gut es ging, und schaute dann vorsichtig nach draußen. Doch in der Dämmerung konnte er nichts Auffälliges erkennen.

Plötzlich hörte er von der anderen Straßenseite kommend Riemenschneiders verstörtes Quieken. Ohne die Vase loszulassen, flankte er mit einem Satz aus dem Schlafzimmerfenster, sprintete zur Straße und sah gerade noch, wie ein schwarzer VW Tiguan davonbrauste. Hinter den abgedunkelten Scheiben konnte er schemenhaft zwei Männer ausmachen. Voller Wut schleuderte er die Vase hinterher. Sie zertrümmerte das rechte Rücklicht des Tiguans, konnte ihn aber nicht aufhalten. Quietschend bog das Auto um die Ecke den Kaulberg hinauf, wo Haderlein heute eigentlich nur noch ein Bier hatte trinken wollen.

Riemenschneider kam grunzend auf ihn zugehumpelt. Obwohl sie Blutspuren auf ihrem Rücken hatte, schien sie unverletzt. Offensichtlich war einer der flüchtenden Männer über sie gestolpert. Haderlein nahm sein Ferkel an sich und kletterte mit ihm zusammen durch das Schlafzimmerfenster zurück zu Manuela Rast.

Die Frau saß mittlerweile zitternd auf der Bettkante. Mit der einen Hand hielt sie sich die brennende Gesichtshälfte, mit der anderen krampfhaft das zerrissene Oberteil ihres Bademantels vor sich, um notdürftig ihren Oberkörper zu bedecken.

Als Franz Haderlein sich neben sie setzte und sie in den Arm nahm, brach sie schluchzend zusammen.

*

Clemens Martin hatte sich mit den Mitgliedern der CADAS an einen der langen Tische im Speisesaal gesetzt. Verstohlen sahen sie sich um, ob vielleicht einer der Lehrkräfte sie beobachtete. Womöglich hatte der Regens persönlich vor, sie in Anwesenheit des versammelten Ottonianums zu maßregeln, was richtigen Ärger bedeuten konnte. Aber nichts wies darauf hin.

»Also, was ist jetzt mit euch los?«, flüsterte Pankraz

Peulendorfer. »Warum schaut ihr alle so, als müsstet ihr gleich aufs Schafott?« Auch seine beiden Lakaien spitzten die Ohren.

»Die CADAS ist aufgeflogen«, erklärte ihm Clemens. »Der Regens will die Gruppe verbieten. Wenn wir uns noch ein Mal heimlich treffen, will er uns des Ottonianums verweisen.«

»Ach du heilige Scheiße«, entfuhr es Pankraz. »Das war's dann wohl, oder?«

»Woher weißt du das eigentlich alles, Clemens?«, wollte Mozart wissen. »Wo waren Seine Eminenz denn, während wir auf Durchlaucht gewartet haben?«

»Ich war beim Regens ... Wegen einer anderen Angelegenheit.« Er blickte auf sein Tagebuch. Peter Nickles, der neben ihm saß, wurde leichenblass. »Aber das tut hier nichts zur Sache«, fuhr er dann mit festerer Stimme fort, »der Regens hat mir eine Liste gezeigt mit allen acht Namen der CADAS.«

»Was? Woher hatte er die, zum Teufel?«, entfuhr es Max Schiller. Clemens sah ihn so lange stumm an, bis er verstand. »Einer hier hat uns verpfiffen!«, presste er heraus. »Und ich habe auch schon einen Verdacht, wer.« Mozart richtete seinen wütenden Blick auf die beiden Jungen, die sich hinter Pankraz' breitem Rücken zu verstecken suchten. »Edwin, Hubertus. Habt ihr vielleicht etwas zu beichten?«

Edwin Rast und Hubertus Graetzke wagten sich aus ihrer Deckung und wurden rot.

»Du spinnst doch wohl, uns zu verdächtigen!«, blaffte Edwin.

»Arschloch«, bekam Mozart von Hubertus zu hören. »Das kriegst du zurück, du klavierspielender Drecksack!«

*

So schnell es ging, steuerte Nikolai den Wagen den Kaulberg hoch bis zum Klinikum. Dann änderte er spontan seinen Plan und bog auf die große Bamberger Umgehungsstraße, den Münchner Ring, ein. Neben ihm krümmte sich Igor noch immer vor Schmerzen auf seinem Sitz. Blut tropfte ihm von der Hand und verschmierte die Ledersitze.

»Diese verdammte Hure!«, ließ er unkontrolliert seinen Emotionen freien Lauf, während er seine Platzwunde am Kopf befühlte. Als er hinter Nikolai her auf die Straße lief, war er zu allem Unglück auch noch über ein Ferkel gestolpert. Bei der unsanften Landung hatte er sich auf dem Straßenpflaster den Kopf aufgeschlagen. Ihm reichte es. So etwas war ihm noch nie passiert. Noch nicht einmal in Tschetschenien.

Jetzt befanden sie sich auf der Autobahn in Richtung Norden. Auch Nikolai war stinksauer. Wo zum Teufel war dieser Bulle hergekommen? Sie hatten dem Miststück doch keine Gelegenheit gegeben, die Polizei zu rufen. Aber das Allerschlimmste an der Sache war, dass sie ihn gesehen hatte. Morgen besaß die Polizei mit Sicherheit ein Phantombild von ihm. So eine verdammte Scheiße. Nun gut, zur Not konnte er damit leben. Aber dann war da noch Igor. Dieser geile Bock! Dass hier nicht Tschetschenien war, verdammt, das hätte ihm doch klar sein müssen. Hier gab es genetische Fingerabdrücke und Rasterfahndungen. Aber das würde Igor wohl nie begreifen. Der dachte immer noch nur in den Kategorien Blutrache und Sippenhaft. Vor allem aber konnte er nicht zwischen Profi und Amateur unterscheiden. Dieser verdammte Blödmann. Was sollte die beschissene Aktion mit dieser Frau überhaupt? Warum musste er die unwichtige Schlampe unbedingt demütigen, wenn er mit dem Geld, das sie bei diesem Auftrag verdienen würden, so viele Nutten hätte haben können, wie er nur wollte? Alles nur, weil sie ihn in den Finger gebissen hatte. Er schüttelte den Kopf. Igor, du bist und bleibst ein verdammter Idiot.

An der Ausfahrt Staffelstein verließ Nikolai die Autobahn.

Bald wären sie wieder in ihrem Versteck. Igor seufzte erleichtert. Dann würde ihn auch endlich jemand verarzten. Aber warum bog Nikolai hier ab?

»Das ist die falsche Richtung«, protestierte Igor.

»Halt die Klappe, du Idiot«, herrschte ihn Nikolai an. »Glaubst du etwa, ich fahre mit dem Wagen noch einen Meter weiter als nötig? Schau dich um, Igor. Du Arschloch hast doch das gesamte Auto mit deinem Blut vollgeschmiert. Das und die Wohnung der Schlampe. Und so, wie sich das vorhin angehört hat, ist noch dazu ein Rücklicht im Arsch!«

»Ja, aber …«

»Halt bloß die Schnauze, Igor, ich muss nachdenken.« Dabei hob Nikolai drohend die Hand, sodass Igor notgedrungen schwieg. Nikolai würde er niemals widersprechen. Er war sein Kommandant. Er war es in Tschetschenien gewesen und würde es auch hier weiterhin sein, und der Kommandant wusste immer, was gut für ihn war.

Nikolai nahm die Straße zum Staffelberg hinauf, der zwar nicht ganz die höchste Erhebung im Landkreis Lichtenfels war, aber sicherlich die bekannteste und zudem eins der beliebtesten Ausflugsziele Bambergs. Auf dem Gipfel des Tafelbergs gab es eine kleine Wallfahrtskirche und im Sommer auch eine Schenke mit Biergarten. Tagsüber wimmelte es hier nur so von Touristen. Aber morgen war Dienstag und damit Ruhetag.

Jetzt war es dunkle Nacht, und auf dem Staffelberg würde man außer ein paar Füchsen niemanden mehr antreffen.

Doch bis zur Schenke wollte Nikolai gar nicht fahren. Er durchquerte das stille Örtchen Romansthal, das auf halbem Weg zum Gipfel am Berg klebte, steuerte den Tiguan durch die dunkle Ortschaft hindurch und fuhr dann noch circa einen Kilometer weiter, bis er auf den offiziellen Parkplatz einbog, der den Wanderer zum letzten Anstieg hinauf zur Schenke nötigte. Nikolai stellte den Wagen am höchsten Punkt des Parkplatzes knapp oberhalb des Skiliftes ab.

»Was wollen wir hier?«, stöhnte Igor »Ich brauche einen Verband, verdammt.« Er betrachtete kritisch seinen Mittelfinger, aus dessen Fleisch zwei Zentimeter herausgebissen waren. Der Knochen schimmerte weiß.

»Weißt du, was ein DNA-Test ist, Igor?«, wollte Nikolai wissen, während er sich nach hinten zur Rückbank streckte und in seiner Tasche wühlte.

»DNA? Nein, verflucht!«, blaffte Igor beleidigt. »Woher soll ich das wissen? Jetzt fahr endlich oder mach mir einen Verband …« Seine Stimme versagte, als er in den Lauf eines Schalldämpfers blickte.

»Ein DNA-Test sagt, dass Igor bei dieser Frau war und ziemlich viel Mist gebaut hat.« Nikolai sprach zu seinem Kumpel wie zu einem Kleinkind. »Zu viel. Du hättest einfach nicht bluten sollen.«

Igors gesunde Hand tastete sich zum Messer an seiner Seite vor, doch es war zu spät. Nikolai hatte den Abzug seiner Heckler und Koch bereits gedrückt. Die Scheibe auf der Beifahrerseite splitterte, und Igors Gehirn tropfte zäh die Kopfstütze hinab.

Nikolai durfte keine Zeit verlieren. Er stieg aus und sah sich um. Es war eine sternenklare Nacht, und niemand war zu sehen. Nur am anderen Ende des Parkplatzes stand einsam ein Auto. Nikolai nahm seine und Igors Tasche aus dem Wagen und ging zielstrebig auf das andere Fahrzeug zu.

*

Die enge Concordiastraße wimmelte von lauter Polizei. Die Häuser der Weltkulturerbestadt wurde ins blaue Licht der Einsatzwagen der Polizei getaucht. Haderlein überließ den Befund des Tatorts der Spusi, Ruckdeschl wusste ja, wo er ihn finden konnte.

Der Hauptkommissar hatte Manuela Rast einhundert Meter weiter in seine Wohnung gebracht, um sie dort ärztlich versorgen zu lassen. Dafür hatte er, ohne nachzudenken, das Zimmer seiner verstorbenen Frau geöffnet und eine Wolldecke vom Bett genommen. Seit sie gestorben war, wusste er nicht so recht, was er mit dem Zimmer anfangen sollte, in dem noch ihr gemeinsames Ehebett stand. Er hatte es all die Jahre nicht übers Herz gebracht, es auszuräumen, und so verwandelte sich das ehemalige eheliche Schlafzimmer nach und nach in eine Rumpelkammer, in der alles abgestellt wurde, was sonst nirgends unterkam. Stehlampen, Stühle, Decken oder auch Reisekoffer stapelten sich hier.

Nach dem Tod seiner Frau hatte Haderlein sein Domizil im Gästezimmer aufgeschlagen und war dort schlussendlich auch geblieben. In diesem Zimmer lag nun auch Manuela Rast, neben der der Notarzt saß und gerade seine Tasche packte.

»Soweit ich das feststellen kann, ist ihr nichts Ernstes passiert«, sagte er zu Haderlein. Der Ermittler atmete auf.

»Sie hat eine mittelschwere Gehirnerschütterung und ein Ödem am Wangenknochen der linken Gesichtshälfte. Ganz normale Verletzungen in einer Ehe«, fügte er mit zynischem Gesichtsausdruck hinzu.

»Nach Scherzen ist mir heute eigentlich nicht mehr zumute«, gab Haderlein zurück. »Ich bin schon froh, dass sie überhaupt noch am Leben ist.« Er blickte zu Riemenschneider hinüber, die brav neben dem Bett stand, als wollte sie Manuela Rast ganz allein und auf Tod und Teufel bewachen. Den einen Hinterfuß streckte sie allerdings noch immer leicht von sich. Nach einigem Überlegen fragte Haderlein: »Herr Doktor, wenn es Ihnen nicht zu verrückt erscheint, könnten Sie auch mal nach dem Fuß meines Schweins schauen? Das ist nämlich der eigentliche Held des Tages, nicht ich.«

Ungläubig verzog der Notarzt das Gesicht, kniete sich dann aber neben Riemenschneider auf den Dielenboden, um ihren Fuß zu befühlen. Als er sich wieder erhob, meinte er: »Also, ich bin ja kein Tierarzt, aber ich glaube, gebrochen ist nichts. Wahrscheinlich eine Dehnung oder Prellung. Das sollte vorbeigehen.«

»Danke, Doktor. Und was ist mit der großen Patientin? Wird sie bis morgen wieder wohlauf sein?«, erkundigte sich Haderlein.

»Ich denke schon. Ich habe ihr jetzt ein starkes Schlafmittel gegeben. Wahrscheinlich wird sie bis morgen früh durchschlafen, und dann sieht die Welt schon wieder besser aus. Und falls noch was sein sollte – einfach anrufen. Ich habe heute sowieso Nachtdienst.«

Haderlein brachte den Notarzt noch bis zur Tür. Als er wieder ins Zimmer trat, lag die blutverschmierte Riemenschneiderin vor dem Bett und blickte den Hauptkommissar sorgenvoll an, während sie versuchte, den verletzten Fuß zu heben. Haderlein lachte leise und griff sich sein tapferes Ferkel. »Komm her, du Heldin, jetzt wirst du erst mal gewaschen. Du siehst ja aus wie ein Metzgergeselle.«

Mit Riemenschneider unter dem Arm verschwand er in Richtung Badezimmer, aber nicht, ohne sich noch einmal umzudrehen und besorgt die schlafende Frau zu betrachten, die in seinem Bett lag. Dann löschte er das Licht und schloss leise die Tür.

*

Nikolai öffnete die Tür des grauen BMWs. Niemals machte er einen Plan ohne Rückversicherung, und diese hatte er in weiser Voraussicht hier geparkt. Er warf die beiden Taschen auf den Rücksitz und griff sich den großen Kanister, der im Fußraum des Beifahrersitzes stand. Dann ging er noch mal zum Tiguan zurück, schüttete das Benzin über das Innenleben des Wagens und, ohne ihn auch nur eines Blickes zu würdigen, über die Reste von Igor.

Anschließend trat er drei Schritte zurück und sah sich nochmals um. Weit und breit war niemand zu sehen. Als er in seine Jackentasche griff, hielt er in seiner Bewegung inne. Verdammter Mist, fluchte er stumm. Das Feuerzeug hatte Igor eingesteckt. Also griff er dem Toten in die rechte Gesäßtasche und zerrte unter weiteren Verwünschungen das russische Feuerzeug hervor. Mit einem metallischen Klicken schnappte das Scharnier des Deckels auf, als er dagegendrückte, und eine kräftige kleine Flamme entzündete sich. In einem kurzen Bogen warf er das brennende Benzinfeuerzeug in den geöffneten Wagen und war bereits auf dem Rückweg zum BMW, als die Polster Feuer fingen. Nun war er allein. Auch gut. Für solch einen schwierigen Auftrag war das vielleicht sogar sicherer. Er war immer am besten, wenn er allein arbeiten konnte.

Als er den Wagen in sicherer Entfernung startete, explodierte der Tiguan in einem gelb-schwarzen Feuerball.

CADAS

Kriminalhauptkommissar Haderlein erwachte von frischem Kaffeeduft. Nach ein paar Augenblicken der morgendlichen Orientierungslosigkeit setzte er sich auf die Bettkante, zog hastig seine Hose an und warf das nächstbeste Hemd über seine hageren Schultern. Er hatte im ehemaligen Ehebett zwischen Stehlampen und Koffern die Nacht verbracht. Obwohl er nicht so sentimental war, dass dieser Umstand ihm größere Probleme bereitet hätte, war es nach so vielen Jahren doch ein merkwürdiges Gefühl.

Draußen auf dem Flur intensivierte sich der Kaffeegeruch, und aus dem Erdgeschoss war gedämpftes weibliches Gelächter zu hören. Sicherheitshalber ging er zu seinem Schlafzimmer und spitzte hinein, nachdem er auf sein Klopfen keine Antwort bekommen hatte. Das Zimmer war leer. Die Bettdecke war säuberlich zurückgeschlagen, und die Kleidungsstücke seiner Frau, die er für Manuela Rast aufs Bett gelegt hatte, waren ebenfalls verschwunden. Er schaute auf die Uhr. Zehn nach sechs. Was für eine unchristliche Zeit, dachte sich Haderlein, begab sich aber ins Bad, um einen einigermaßen geordneten Anblick zu bieten. Nach einer Morgenhygiene im Sparformat ging er die Treppe hinunter und weiter in die Küche, aus der die fröhliche Stimme kam.

In der Küche saß sein Opfer von gestern auf einem Stuhl und amüsierte sich mit Riemenschneider, die gerade mit Banane gefüttert wurde. Manuela Rast hatte die weiße

Bluse und die ausgewaschene Jeans seiner Frau angezogen, die er ihr aufs Bett gelegt hatte. Die rötlich schimmernden Locken fielen ihr wirr über die Schultern, und in Haderlein regten sich längst vergessen geglaubte Gefühle. Waren die Kleidungsstücke seiner Frau dafür verantwortlich oder eher der Anblick dieser unbefangenen Erscheinung? Doch er kam nicht dazu, seinen Emotionen noch länger nachzuhängen.

Als Manuela Rast ihn bemerkte, stand sie sofort auf und kam mit einem dankbaren Blick auf ihn zu. »Guten Morgen, mein Herr Kommissar und Lebensretter.«

Verlegen lächelnd wollte Haderlein etwas Bescheidenes zum Verlauf des gestrigen Abends sagen, doch bevor er noch den Mund aufmachen konnte, nahm sie seinen Kopf in beide Hände und drückte ihm einen langen Kuss auf die Backe.

Völlig überrumpelt und ein wenig hölzern stand der Hauptkommissar stumm in der Gegend herum, während ihm eine leichte Röte ins Gesicht stieg.

»Ja, äh … nun«, stotterte er verlegen lächelnd. Sie nahm seine beiden Hände und führte ihn zum Küchentisch, den Haderlein vor langer Zeit eigenhändig aus hellem Ahornholz gezimmert hatte.

»Ich hab uns Kaffee gemacht, ich hoffe, die Konsistenz entspricht Ihren Vorstellungen«, sagte sie fröhlich und stellte ihm eine dampfende Tasse hin.

»Danke. Aber wie geht es Ihnen?«, erkundigte sich Haderlein jetzt ernst und nippte an seinem Kaffee. Erfreut bemerkte er, dass die Konsistenz vollkommen seinen Vorstellungen entsprach.

»Fragen Sie lieber nicht. Glauben Sie mir, mit mir möchte heute ganz sicher niemand den Kopf tauschen«, winkte sie ab, während sie ihre linke Wange befühlte. »Das hier wird wohl blau werden, aber sonst geht's mir den Umständen entsprechend wieder gut. Sie wissen ja, ich bin hart im Nehmen, Herr Kommissar.«

Das merkt man, dachte Haderlein bewundernd.

»Ich weiß wirklich nicht, wie ich mich bei Ihnen bedanken soll. Ich …« Ihre Stimme versagte, als sie sich an die gestrige Situation erinnerte. Sie hatte Tränen in den Augen und zitterte. »Wenn Sie nicht gewesen wären, dann wäre ich jetzt wahrscheinlich tot. Ich weiß wirklich nicht, wie ich das jemals wiedergutmachen soll. So etwas hat noch nie jemand für mich getan.«

Haderlein stellte seinen Kaffee auf die Seite und griff spontan nach ihren Händen, sodass sie in den seinen zur Ruhe kamen.

»Das ist mein Job«, sagte er, während er ihre Augen mit seinen Blicken suchte. »Da gibt es überhaupt keinen Grund, wieso Sie sich mir auf irgendeine Art und Weise verpflichtet fühlen müssen.« Er überlegte kurz und fasste einen spontanen Entschluss. »Wissen Sie was? Sie können jetzt doch sowieso nicht mehr in dieses Haus zurück«, überlegte er laut, während er Riemenschneider betrachtete, die selbstzufrieden noch immer an ihrer Banane mampfte. »Sie bleiben jetzt erst mal hier, bis der Fall abgeschlossen ist. Solange Menschen unterwegs sind, die Sie töten wollen, muss ich Sie sowieso an einem sicheren Ort unterbringen, und das hier ist einer. Außerdem bin ich in der nächsten Zeit ständig unterwegs, und irgendjemand sollte ja auch auf das Ferkel hier aufpassen«, meinte er lächelnd. »Und umgekehrt natürlich auch«, schob er schnell nach und tätschelte den rosa Kopf des Schweins.

Manuela Rast schaute ihn aus großen Augen an. Dann sprang sie unerwartet auf, lief um den Tisch herum, warf sich Haderlein an den Hals und weinte.

»Ist ja gut, ist ja gut«, beruhigte sie der Hauptkommissar, während er sie vorsichtig von sich wegschob. Das war ihm jetzt doch ein wenig zu viel der Herzlichkeit. »Außerdem muss ich jetzt zum Dienst. Ich schicke später jemanden vorbei, der zusammen mit Ihnen von den beiden Tätern eine Phantomzeichnung anfertigen soll. Schaffen Sie das?« Sie nickte noch immer gerührt. »Und wenn etwas sein sollte – anrufen. Alles klar?« Er gab ihr seine Karte, erhob sich und griff zur Jacke. »Dann geh ich mal wieder Verbrecher fangen«, scherzte er. »So ein alter Witwer wie ich braucht seine Arbeit, sonst fällt ihm die Decke auf den Kopf.«

Manuela Rast wischte sich noch schnell die letzte Träne aus dem verblüfften Gesicht und lächelte Riemenschneider zu, als sie ihr das letzte Stück Banane reichte.

»Sag mal, du kleine Lebensretterin, so von Frau zu Frau«, fragte sie das Ferkel mit gespielt ernstem Gesicht, »sag mal, hat dein Kommissar gerade ›Witwer‹ gesagt?«

Riemenschneider hob den Kopf und schwenkte heftig das geringelte Schwänzchen, was in der weiblichen Ferkelsprache »Oh ja, und was für einer!« bedeutete.

*

Als Haderlein die Dienststelle betrat, wurde er mit frenetischem Applaus empfangen. Sogar Fidibus kam auf ihn zu und beglückwünschte ihn persönlich.

»Mein lieber Herr Haderlein, Sie sind der Edelstein meiner Abteilung, aber das habe ich ja immer schon gewusst. Wenn man glaubt, es geht nicht mehr, kommt von irgendwo ein Haderlein her. Ja, ja, ein echter Bäcker in der Not! Und wenn die allgemeinen Lobhudeleien hier vorbei sind, Haderlein, kommen Sie doch bitte in mein Büro.« Er klopfte ihm nochmals kameradschaftlich auf die Schulter und verschwand dann in seinem Glaspalast, um mit der jungen Mutter seiner noch jüngeren Tochter zu telefonieren.

Haderlein war fast unangenehm berührt. Da stand er nun,

ein hagerer, durchtrainierter Kommissar in den besten Mannesjahren und war plötzlich ein Held. So schnell konnte es im Leben gehen.

Irgendwann fingen die ersten Kollegen an zu kichern. Hatte Lagerfeld schon wieder Sekt verteilt? Er schaute seinen Juniorpartner misstrauisch an, doch der grinste nur bedeutungsvoll. Honeypenny hingegen würdigte ihn keines Blickes. Und nicht nur das, als sie ihre Honigbrote verteilte, ging sie auch noch demonstrativ mit ihrem Tablett an ihm vorüber. Schließlich war es Cesar Huppendorfer, der seinem verunsicherten Chef mit einem feuchten Taschentuch zu Hilfe kam und den Lippenstift von seiner Backe wischte. Bereits zum zweiten Mal an diesem Tag fühlte Haderlein, wie sein Gesicht sich verfärbte. Da half nur Ablenkung.

»Schluss jetzt mit dem Unsinn«, rief er energisch, »wir haben Arbeit vor uns. Da draußen läuft nicht nur gerade ein gefährlicher Film ab, es laufen auch zwei mutmaßliche Mörder herum, und ich möchte bitte, dass wir bestimmen, wie der Film ausgeht, okay? Gibt's irgendwelche neuen Ergebnisse?«

»Oh ja«, meldete sich Huppendorfer, »die gibt's allerdings. Und bevor ich's vergesse: Sie sollen in der Gerichtsmedizin bei Herrn Siebenstädter anrufen.«

»Gut«, kommentierte Haderlein, während er sich an seinem Schreibtisch niederließ, »und jetzt kommen erst mal alle, die etwas zu vermelden haben, zu mir her.« Um ihn herum bildete sich ein kleiner Kreis.

»Also«, begann Huppendorfer, »dann fang ich mal an. Die Ergebnisse von der Spusi sind da.«

Haderlein setzte einen gespannten Blick auf.

»Erstens, am Wehr in Hausen wurden Fingerabdrücke gefunden, die eindeutig Hubertus Graetzke zugeordnet werden können. Das heißt, Graetzke hat mit hoher Wahrscheinlichkeit das Wehr manipuliert. Motiv ist noch unklar. Zweitens können wir die Suche nach dem schwarzen Tiguan schon wieder einstellen. Er wurde völlig ausgebrannt oberhalb von Romansthal am Staffelberg gefunden. Und zwar mit einer verbrannten Leiche drin.«

»Was?« Haderlein war überrascht. Damit hatte er nicht gerechnet.

»Ja«, fuhr Huppendorfer unbeirrt fort. »Die Spusi sichert gerade den Tatort. In der Wohnung von Frau Rast haben wir ziemlich viel Blut und ein Stück von einem Finger gefunden. Alles zusammen haben wir vorhin bereits zur Gerichtsmedizin bringen lassen, genauso wie die organischen Reste der Leiche aus dem Tiguan. Aber dazu müssten Sie Herrn Siebenstädter dann persönlich befragen. Das war's von mir.«

»Gut, Huppendorfer, dann fahren Sie mit Ihrem schlauen Laptop jetzt mal zu mir nach Hause und fertigen mit Frau Rast Phantombilder der beiden Figuren an«, befahl Haderlein. »Aber warten Sie damit noch einen Moment, bis wir hier mit der Besprechung fertig sind. Vielleicht habe ich noch andere Aufgaben für Sie.«

»Bei dir zu Hause?«, konnte Lagerfeld nicht an sich halten. »Die Oma?«

Doch Haderlein ignorierte den verbalen Auswurf seines Kollegen und fragte ihn stattdessen: »Hast du auch etwas Zielführendes zur Diskussion beizutragen, Bernd?«

Die persönliche Ansprache erweckte ihn aus seinem temporären Schock. »Doch, ja, das hab ich. Es gibt Neuigkeiten aus Nürnberg. Die haben noch Daten vom Handy retten können. Im Prinzip die komplette Telefonbuchdatei von Rasts Handy«, verkündete er triumphierend. »Ein richtiger Volltreffer.«

»Zeig mal her.« Haderlein nahm ihm den Computerausdruck aus der Hand, auf dem genau sechs Telefonnummern aufgelistet waren. »Und wem gehören die?«, fragte er ungeduldig.

»Sind wir gerade dabei herauszufinden, Chef. Das dauert aber noch, weil wir zuerst die Freigabe der Telefongesellschaften brauchen.«

»Gut, aber ich möchte sofort Bescheid wissen, wenn die Personen und Adressen zu den Nummern geklärt sind. Außerdem will ich alle Gesprächsverbindungen von diesem Handy des letzten Vierteljahres.«

Lagerfeld nickte angestrengt und machte sich Notizen.

»Honeypenny, was ist denn mit dieser Internetseite und dem Provider? Gibt's da schon was Neues?«

»Die Anfragen an alle infrage kommenden Internetprovider ist raus.« Sie blieb weiterhin förmlich in Haltung und Tonfall. »Aber auch das braucht noch ein Weilchen, weil wir erst mal die Genehmigung vom Staatsanwalt benötigen. Im Laufe des morgigen Tages müssten wir allerdings mehr wissen, Herr Haderlein.«

»Danke, Frau Hoffmann«, gab der Hauptkommissar genauso förmlich zurück. »Und wie sieht's mit einem Interviewtermin bei unserem Umweltminister aus?«

»Heute um zehn Uhr auf Kloster Banz«, kam die kühle Antwort.

»Und das erfahre ich jetzt erst?«, empörte sich Haderlein.

»Sie haben mich ja nicht gefragt«, entgegnete sie spitz und fügte mit Blicken noch ein giftiges »Sie waren ja anderweitig beschäftigt« hinzu. Haderlein bemerkte Honeypennys unterschwelligen Vorwurf, hatte jetzt aber wahrlich keine Zeit für ihr Rumgezicke.

Stattdessen schaute er auf die Uhr. »Also dann, Huppendorfer – Abmarsch zur Phantombilderstellung. Außerdem kriegen Sie mal raus, was das Wort ›Kufa‹ oder ›Curva‹ zu bedeuten hat. Vielleicht gibt uns das einen Hinweis auf die

Landsmannschaft unserer beiden Flüchtigen. Und Huppendorfer, ordnen Sie Personenschutz für Frau Rast an. Darunter verstehe ich eine Dauerstreife vor dem Haus und Begleitschutz, egal wo sie hingeht. Und Lagerfeld, du wartest hier und begleitest mich gleich nach Banz. Ich geb nur schnell Fidibus Bescheid.«

*

Umweltminister Kolonat Schleycher steckte das Handy wieder weg. Die Polizei wollte ihn also heute treffen. Damit hatte er gerechnet. Die Beamten würden kommen, ihm ihre albernen Fragen stellen und dann wieder verschwinden. Ihm war nichts nachzuweisen. Nicht das Geringste. Seine Zukunft sah wieder rosig aus, vor allem nachdem sich der aufgewirbelte Staub um seine Lockerung des Rauchergesetzes wieder gelegt hatte. Selbst der Ministerpräsident hatte sich über seine Krisenbewältigungsstrategien sehr zufrieden gezeigt. Er würde jetzt vor die Presse treten und eine Erklärung abgeben. Das würde richtig Spaß machen. Das Schicksal hatte es wieder einmal gut mit Kolonat Schleycher gemeint. Er sah endlich Licht am Ende des Tunnels.

*

Nikolai saß in der Autobahnraststätte Steigerwald an einem kleinen runden Tisch mit Blick auf den Ausgang und die Fahrzeuge auf dem Parkplatz.

Er tat sich an einem Kaffee gütlich und wartete darauf, dass sich jemand für seinen grauen BMW interessierte. Aber das Kommen und Gehen des Raststättenlebens nahm keine Rücksicht auf den unauffälligen Wagen oder seinen Besitzer. Bereits zwei Mal war eine Streife der Autobahnpolizei vorbeigefahren, und ein Mal hatte sich sogar ein Polizist im Restaurant blicken lassen und die Gäste eher beiläufig gemustert. Nikolai hatte ihm interessiert ins Gesicht gesehen, doch der Streifenbeamte war einfach vorbeigegangen.

Er wäre auch verwundert gewesen, wenn man ihn erkannt hätte. Mittlerweile hatte er seine schwarze Perücke abgelegt und trug nun eine hellbraune Stoffweste zu seinen leicht gewellten brünetten Haaren. Durch die farbigen Kontaktlinsen hatte er nun braune Augen. Die abgelegten Sachen waren in einen Abfallcontainer draußen auf dem Parkplatz gewandert. Fürs Erste herrschte Ruhe.

Nikolai war Russlanddeutscher, seine Eltern stammten aus einem kleinen Dorf an der Wolga. Sie hatten ihre russische Heimat 1980 verlassen, denn die Bundesrepublik zahlte damals viel Geld für ausreisewillige Deutschstämmige. Die Familie siedelte sich in der Nähe von Gießen an, wo er auch geboren wurde, doch seine Eltern wurden nie richtig glücklich in der neuen Heimat. Sie starben, als er gerade neunzehn Jahre alt war. Nach mehreren Verurteilungen wegen Gewaltdelikten musste Nikolai ein Jahr später die Bundesrepublik verlassen und verdingte sich als Söldner bei der russischen Armee in Tschetschenien. Hier begann in einer Spezialeinheit sein Aufstieg und schließlich seine internationale Karriere als zuverlässiger Mann für schwierigste Aufgaben. Besonders gefragt waren seine Fähigkeiten aufgrund seiner Sprachkenntnisse im deutschsprachigen Raum.

Erneut nahm er den Zettel heraus, um ihn aufmerksam zu studieren. Es standen fünf Ziele mit Adressen darauf, die es abzuarbeiten galt. Allerdings musste alles jetzt unauffällig geschehen, die Polizei durfte nicht zu früh Verdacht schöpfen. Doch er hatte keine Angst, sein Plan war absolut wasserdicht.

Er war zuversichtlich, bis Sonntag den Auftrag abgewickelt zu haben. Wenn nicht, würde ihn das persönlich sehr ärgern, denn er hatte für nächste Woche bereits einen weiteren Auftrag in Wien angenommen. Nicht so schwierig und bei Weitem nicht so gut bezahlt, aber trotzdem: Er verschob nur ungern einen zugesagten Job. Das war schlecht für die Reputation. Und wenn man der Bestbezahlte bleiben wollte, dann musste man auch der sein, der am perfektesten arbeitete. So war das nun mal in der freien Wirtschaft des Westens. Er lächelte über seine eigenen Gedanken. Vor zwanzig Jahren wäre er wahrscheinlich als unterbezahlter Agent des KGB geendet. Damals …

Er steckte den Zettel wieder in die Brusttasche seines Hemdes und trank den Rest seines Kaffees aus. Als Erstes würde er sein neues Quartier beziehen, würde sich in die Höhle des Löwen wagen. Er erhob sich und ging entschlossen zum Ausgang.

*

Emil Büttner war offizieller Techniker des Flughafens in Hof. Es war nicht die aufregendste Arbeit auf dem nicht gerade aufregendsten Flughafen der Welt, aber zumindest war es Arbeit und eine gut bezahlte obendrein. Das allein privilegierte ihn, denn damit gehörte er in Hof zu einer Minderheit. Einen guten Job in der Region zu finden, in der die höchste Arbeitslosigkeit Bayerns herrschte, war schon ein außergewöhnlicher Glücksfall.

Und das war auch der Grund, warum sich Emil Büttner nicht beschwerte. Spötter behaupteten zwar, dass Hof ungefähr so groß sei wie der Nürnberger Hauptfriedhof, aber doppelt so tot, doch das war ihm egal. Im Großen und Ganzen war er mit seiner Stadt zufrieden. Es machte ihm auch nichts aus, dass es die kälteste in ganz Deutschland war. Wenn andernorts in Bayern schon die Tulpen sprossen, wurde hier noch auf Skiern die Post ausgetragen. Bei seinem abendlichen Umtrunk scherzte er gern, dass Hof sich sicherlich irgendwann für die Olympischen Winterspiele bewerben würde. Dann gäbe es auch neue Sportarten wie beispielsweise Biathlon mit Schießen auf den laufenden Beamten. Der wäre bestimmt leicht zu treffen, vor allem wenn er aus der hiesigen Beamtenfachschule stammte.

Nein, Emil Büttner hatte am Hofer Leben nichts zu meckern. Hier hatte er nicht nur im Umland seine Frau gefunden und zwei Mädchen in die Welt gesetzt, hier konnte er auch einen guten Job auf dem »Hof International Airport«, wie er seinen Arbeitsplatz bisweilen titulierte, sein Eigen nennen.

Gerade war er mit seiner Brotzeitpause fertig geworden und befand sich nun auf dem Weg, eine der Signallampen an der Start- und Landebahn auszutauschen, als sein Handy klingelte. »Emil Büttner, Flughafentechnik Hof«, meldete er sich und erwartete die Anordnung von Überstunden, weil sich wieder irgend so ein Geschäftsflugzeug verspätet hatte.

»Emil Büttner?«, hörte er eine Stimme, die ihm seltsam bekannt vorkam. Ihn beschlich ein unbestimmtes, unangenehmes Gefühl.

»Ja, am Apparat, um was geht's denn?«, fragte er, während sich das beklemmende Gefühl weiter verstärkte. Die Stimme klang hohl und gehetzt.

»Hier ist Alfred.«

Sofort wusste Emil Büttner, wer der Anrufer war. Sein ganzer Körper fing an zu zittern, und die Lampe, die er gerade hatte austauschen wollen, fiel klirrend zu Boden. Er hatte panische Angst. Er war schon immer ein ängstlicher Mensch gewesen, aber diese Angst, die sich jetzt seiner bemächtigte, hatte er bisher nur ein einziges Mal verspürt. Es hatte lange gebraucht, um sie ansatzweise zu vergessen, und er hatte inständig gebetet, das schreckliche Gefühl nie mehr verspüren zu müssen.

»Emil, bist du noch dran, verdammt?«, hörte er die ungeduldige Stimme wieder.

»Ja, bin ich. Was willst du?«, fragte er leise, obwohl er die Antwort bereits kannte. Jedem, der diesen Anruf von Alfred erhielt, war die Antwort bereits klar.

»Graetzke und Rast sind tot. Ermordet worden, so wie es aussieht. Wir müssen also davon ausgehen, dass die CADAS nicht mehr sicher ist. Hast du mich verstanden, Emil? Die Mitglieder der CADAS sind nicht mehr sicher! Weißt du, wo die anderen sind? Wir müssen sie informieren. … Emil?«

Doch Emil Büttner hörte schon lange nicht mehr zu. Er lag auf der Rollbahn des Hofer Flugplatzes auf den Knien, barg sein Gesicht in den Händen und schluchzte wie ein Kind.

*

Haderlein und sein Kollege waren auf dem Weg nach Kloster Banz. Lagerfeld wollte sich gerade eine seiner geliebten Zigaretten anzünden, als ihn der strafende Blick seines Vorgesetzten traf.

»Nicht in meinem Auto, Bernd«, warnte Haderlein streng. »Außerdem möchte ich nicht nach Zigarettenrauch stinken, während ich, du weißt schon …«

Lagerfeld hob abwehrend die Hand und bedeutete seinem Kollegen zu schweigen. Dann drehte er das Radio lauter.

»… möchte ich betonen, dass dies nicht zwingend zu Gesundheitsschädigungen bei Nichtrauchern führen wird. Ich möchte nur der wachsenden Zahl von unzufriedenen Gastwirten die Gelegenheit geben, der diskriminierten Minderheit von Rauchern einen abgetrennten Raum in ihren Gaststätten zur Verfügung zu stellen. Diese Initiative wird Bayern im Bundesrat …«

»Das ist der doch«, platzte Lagerfeld heraus. »Der hält gerade eine Pressekonferenz, weil er das Nichtraucherschutzgesetz ändern will. Ja! … Aua!«, rief Lagerfeld hocherfreut, um sich dann sogleich schmerzverzerrt die rechte Hand zu halten, mit der er vor Begeisterung gegen das Dach des Multiplas geschlagen hatte.

»So ist es recht, braves Auto«, kommentierte Haderlein Lagerfelds Schmerz. »Ihr Raucher freut euch doch über alles, was euch darin bestärkt, irgendwo und irgendwie weiterpaffen zu können. Ihr armen Sklaven eurer Sucht.«

»Ach was, ich könnte jederzeit aufhören«, entgegnete Lagerfeld, während er seine Hand untersuchte. »Wegen einer Schachtel am Tag ist man doch nicht gleich süchtig.«

»Ist ja auch egal«, lenkte Haderlein ein, »aber krank macht das Zeug auf jeden Fall. Vielleicht wirst du ja vom Nikotin impotent, und dann reicht's nicht mal mehr für vierzigjährige Omas.«

Doch Lagerfeld schien irgendwie nicht zum Scherzen aufgelegt zu sein. »Sehr witzig«, erwiderte er eingeschnappt. Beim Thema Rauchen beziehungsweise dessen Schädigungen verstand er keinen Spaß. Da war er militant. Einschränkungen in der Ausübung waren für ihn Terroranschläge auf seine Freiheitsprivilegien und damit im Allgemeinen und Speziellen abzulehnen.

»Wir sind da«, versuchte Haderlein einen Themenwechsel.

Sie stellten den Fiat auf dem allgemeinen Touristenparkplatz ab, der vom eigentlichen Tagungshaus durch die Straße getrennt wurde. Ein Stück weiter oben nahm das Bayerische Fernsehen jedes Jahr die erfolgreiche Sendung »Songs an einem Sommerabend« auf, und links befand sich an einem steilen Hang ein offizieller Startplatz für Gleitschirmflieger. Gerade eben machte sich wieder einer auf, um sein Glück in der Thermik zu suchen.

Haderlein sah auf die Uhr. Bis zum Termin hatten sie noch etwas Zeit. Außerdem ließ der Umweltminister ja sowieso gerade sein Statement vor der versammelten Presse vom Stapel.

»Was wollen wir eigentlich von diesem Schleycher?«, erkundigte sich Lagerfeld, während er sich eine Zigarette anzündete und interessiert den Gleitschirmflieger mit seinem pinkfarbenen Schirm beobachtete, der vergeblich versuchte, sich in die Lüfte zu erheben.

»Wir werden ein wenig auf den Busch klopfen, was sonst?« Haderlein kaute auf seiner Unterlippe rum. »Irgendeine Verbindung muss es ja zwischen Rast und Schleycher geben, sonst hätte sich der Angler nicht so sehr für den Minister interessiert.«

»Aber der genießt doch Immunität, oder? Ich meine, dem können wir nicht so einfach Dampf unterm Hintern machen«, zweifelte Lagerfeld etwas unsicher.

»Wer redet denn von Dampfmachen, mein lieber junger Kollege. Wir wollen ihn ja auch nicht verhören, sondern nur befragen, das ist ein kleiner, aber feiner Unterschied. Auch wenn dir, wie ich aus Erfahrung weiß, solche Unterscheidungen bisweilen unnötig erscheinen.«

Lagerfeld fühlte sich ertappt und verzog schuldbewusst das Gesicht.

»Aber merk dir, ein Minister ist auch nur ein Mensch, selbst wenn er von der CSU ist. So, dann wollen wir mal«, grinste Haderlein und klopfte Lagerfeld etwas zu stark auf die Schulter, so dass der erschrocken zusammenzuckte. Auch der Gleitschirmflieger musste in diesem Moment eine plötzliche und schmerzliche Erfahrung machen, allerdings beim Zusammentreffen mit einem Holunderbusch.

*

In der Nürnberger Straße bog Nikolai durch eine große Toreinfahrt aus Sandstein und folgte der engen, geteerten Straße, bis diese eine scharfe Biegung nach rechts machte. Zu beiden Seiten säumten kleine, verfallene Gartenhäuschen die Straße und gaben dem Ambiente einen Touch von zerfallenem Abrissviertel. Die schlaglöchrige Straße endete in einer Sackgasse direkt an einem alten, verwahrlost wirkenden Sandsteingebäude, in das die Jahreszahl »1250« eingemeißelt war.

Das Haus lag im Schatten der umliegenden Häuserrückseiten und war nur zu sehen, wenn man die Sackgasse bis zum letzten Ende fuhr. An das eingeschossige Häuschen war in jüngerer Zeit ein alter Holzschuppen mit großem Holztor angebaut worden, in dem Nikolai nun seinen BMW parkte.

Er wühlte in seinen beiden Taschen nach der Chipkarte, die er mit der Post erhalten hatte, und öffnete mit ihr das elektronische Sicherheitsschloss der hölzernen Haustür. Dann trat er ein.

Zuerst konnte er nicht viel erkennen, doch durch Herumtasten fand er schnell den Lichtschalter, der in Hüfthöhe eingemörtelt war. Ein Licht an der alten Holzbalkendecke erhellte den Raum. Nikolai staunte nicht schlecht. Auf ungefähr sechzig Quadratmetern bot sich ihm ein äußerst ungewöhnliches Bild. Er stand in einer fensterlosen, aber hochmodernen Einzimmerwohnung. In der Mitte des Raums befand sich ein Schreibtisch aus Edelstahl mit Flatscreen-TV und einer nagelneuen, hochmodernen Computeranlage. Die Rückwand wurde von einem Futonbett eingenommen, neben dem eine verspiegelte Schrankwand montiert worden war. Auf der gegenüberliegenden Seite gab es eine übersichtliche Küchenzeile mit Esstisch aus Glas und daneben eine kleine Sitzecke inklusive Minibar, die randvoll mit allerlei alkoholischen Kostbarkeiten gefüllt war, wie Nikolai befriedigt feststellte.

Sein Auftraggeber hatte sich hier offensichtlich eine kleine Fluchtburg eingerichtet. Ein idealer Ausgangspunkt für seine Aufgabe. Nikolai griff sich einen sündhaft teuren Wodka aus der Bar, öffnete die Flasche und ließ sich befriedigt in die Sitzecke fallen. So konnte er arbeiten. Heiser lachend stieß er in Gedanken mit seinem toten Kumpel an. »Prost, Igor, Friede deinen russischen Resten«, sagte er leise, bevor er anfing, seinen Plan noch einmal in Ruhe durchzugehen.

*

Die bewaffneten Beamten am Eingang ließen sie ohne Murren durch, als sie ihre Ausweise vorzeigten. Im Foyer wurden sie bereits von einem jungen Mann aus der Presseabteilung des Umweltministeriums empfangen, der sie zu einem kahlen Zimmer mit einfachen Stühlen und einem Tisch führte. Er bat sie höflich, es sich doch bequem zu machen und sich zu setzen. Der Umweltminister, informierte er sie noch, würde sich nur unwesentlich verspäten und wäre sofort für sie da. Er brachte ihnen noch zwei Gläser Wasser und verschwand dann wieder.

Haderlein betrachtete den Raum genauer. Direkt über ihnen hing das schwarz-weiße Konterfei von Franz Josef Strauß, direkt daneben das von Edmund Stoiber. Den hatte der Hauptkommissar sogar während der Fußballweltmeisterschaft 2006 in Nürnberg kennengelernt, als er die Sicherheitskräfte persönlich begrüßte. Franz Josef Strauß war schon vor seiner Zeit als Kripobeamter abgetreten. Den bayerischen Ministerpräsidenten ohne Hals kannte er nur von früher aus dem Fernsehen oder von Bildern. Lagerfeld erhob sich, um aus dem Fenster zu schauen. Einen Stock tiefer konnte man den Hauptausgang des Gebäudes und den gekiesten Innenhof sehen. Den Torbogen sicherten zwei

Bewaffnete, während links am Eingang zu einem Nebengebäude ein Hausmeister Unrat aus den Steinchen klaubte. Die Hanns-Seidel-Stiftung, der der ganze Gebäudekomplex gehörte, sorgte offensichtlich für Sauberkeit und Ordnung. Er war noch in Gedanken, da öffnete sich die Tür hinter ihm, und er drehte sich um.

Der bayerische Umweltminister betrat in Begleitung einer jungen blonden Frau den Raum. Haderlein erhob sich, und Lagerfeld stellte sich zu ihm.

»Entschuldigen Sie die kleine Verspätung, meine Herren, aber die Presse wollte mich nicht weglassen. Sie wissen ja selbst, wie das ist mit den Pressestatements. Wenn ich vorstellen darf, das ist meine Staatssekretärin Gabi Haier.« Die Frau lächelte Haderlein und Lagerfeld freundlich an, während sie ihnen die Hand gab.

»Kriminalhauptkommissar Haderlein, und das ist mein Kollege Kommissar Schmitt«, stellte Haderlein sich und Lagerfeld vor. Gabi Haier musterte mit einem deutlich missbilligenden Blick die Kleiderauswahl des jungen Kommissars, der ihr gegenüberstand.

»Sehr erfreut, meine Herren. Bitte, nehmen wir doch Platz, damit wir die Sache schnellstmöglich hinter uns bringen können. Frau Haier ist gelernte Juristin und wird aus diesem Grund unserem Gespräch beiwohnen. Ich bin leider völlig unbewandert in solchen Fragen«, beugte Kolonat Schleycher etwaigen Fragen zur Anwesenheit der Staatssekretärin vor. »Also, was kann ich denn nun für Sie tun?«

»Herr Minister, zuerst einmal möchte ich klarstellen, dass nichts gegen Sie persönlich vorliegt. Eigentlich wollten wir Ihnen nur ein paar Fragen zur Person Edwin Rast stellen«, begann Haderlein in lockerem Ton.

»Gerne, was ist denn mit ihm?«, fragte Schleycher kooperativ.

»Sie haben Edwin Rast also gekannt?«, machte Lagerfeld zum ersten Mal den Mund auf.

»Ja, habe ich allerdings«, kam es wie aus der Pistole geschossen. »Aber wieso?« Der Politiker blickte auffordernd von einem zum anderen.

»Edwin Rast wurde vor zwei Tagen an einen Betonpfosten im Main festgebunden und ist dabei ertrunken«, fasste Lagerfeld kurz zusammen.

»Ach du lieber Gott, davon habe ich nichts gewusst«, erklärte er den beiden Kommissaren mit betroffenem Blick.

»Woher kannten Sie denn Herrn Rast?«, wollte Haderlein wissen. Dass der Umweltminister so offenkundig zu seiner Bekanntschaft zu Rast stand, überraschte ihn. Schleycher erhob sich und schritt Richtung Hoffenster. Jetzt kam es drauf an. Die Erklärung hatte er lange vorbereitet.

»Herr Edwin Rast ist bei mir wegen eines Anliegens vorstellig geworden, das sein Hobby als Angler betraf. Die Bayerische Schifffahrtsordnung sollte geändert werden, und er wollte unbedingt erreichen, dass das Umweltministerium den Gemeingebrauch von bayerischen Fließgewässern ändert und das Bewegen von nicht motorgetriebenen Wasserfahrzeugen auf Fließgewässern der Klasse erster und zweiter Ordnung verbietet.«

»Moment, Moment.« Lagerfeld kam mit seinen Notizen nicht hinterher.

Und auch Haderlein konnte nicht ganz folgen. »Entschuldigung, Herr Minister, er wollte was genau?«

»Ich bitte um Entschuldigung für mein Fachchinesisch«, lächelte der CSU-Mann leicht überheblich vom Fenster auf den sitzenden Haderlein hinunter.

»Herr Rast wollte die Nutzung von bayerischen Gewässern für Paddelboote und ähnliche Wasserfahrzeuge verbieten lassen«, meldete sich erstmals Gabi Haier zu Wort. »Die gesamte Anglerlobby stand hinter ihm, und er war wirklich sehr hartnäckig.«

»Ja und? Sind Sie drauf eingegangen?«, erkundigte sich Lagerfeld interessiert.

»Nein, natürlich nicht.« Empört wandte sich Schleycher wieder den Kommissaren zu.

»Wir hätten auch nicht gekonnt, selbst wenn wir es gewollt hätten«, platzte wieder Gabi Haier erklärend dazwischen. »Im normalen Gesetzgebungsverfahren ist das unmöglich. Der Gemeingebrauch ist in der bayerischen Verfassung verankert, und die kann nur mit Zweidrittelmehrheiten geändert werden.«

»Und die hat die Staatsregierung im Moment nicht«, vollendete Kolonat Schleycher den Gedankengang. »Ich habe vergeblich versucht, Herrn Rast diesen Umstand schonend beizubringen, aber er war nicht bereit, Vernunft anzunehmen. Ein fanatischer Lobbyist, was soll man da machen?«

»Und wann haben Sie ihn zuletzt gesehen?«, wollte Haderlein wissen.

»Ich habe diesen Mann nur ein Mal zu einem offiziellen Gespräch in der Staatskanzlei getroffen. Er hat zwar noch des Öfteren versucht, einen Termin zu vereinbaren, aber das habe ich nicht mehr zugelassen, da ich keinen Sinn mehr darin erkennen konnte. Ich habe nichts gegen das Paddeln auf bayerischen Flüssen, solange die allgemeingültigen Regeln eingehalten werden. Gleiches Recht für alle. Außerdem ist der wirtschaftliche Effekt für die Touristikbranche der Region nicht mehr zu unterschätzen«, erklärte der Umweltminister und schaute demonstrativ auf seine Uhr. Aber der Hauptkommissar ließ sich davon nicht beeindrucken.

»Sie waren doch bis zum Jahr 1974 Regens am Ottonianum in Bamberg?« Haderlein konsultierte so lapidar wie nur möglich seine Notizen. »Warum haben Sie denn das erzbischöfliche Knabenseminar damals so plötzlich verlassen?«

Kolonat Schleycher schwieg für mehrere Sekunden, und Haderlein kam es so vor, als verwandelten sich die Augen des Umweltministers in zwei kleine Gefrierfächer. Die smarte, selbstsichere Fassade des grauhaarigen Manns hatte einen Riss bekommen.

»Warum wollen Sie das denn wissen, Herr Kommissar? Das ist wirklich schon sehr lange her«, versuchte der Politiker Zeit zu schinden.

»Ganz einfach, weil wir das hier in Rasts Wohnung gefunden haben«, sagte Haderlein im Plauderton und legte den Zeitungsausschnitt mit der Verabschiedung durch den damaligen Bamberger Bischof auf den Tisch. Die Augen des Umweltministers verengten sich, und er trat schnell an den Tisch. Etwas zu schnell für jemanden, den das eigentlich alles kaltlassen sollte, überlegte Haderlein. Schleycher nahm den Artikel und wirkte noch immer angespannt.

»Ach das«, lachte er gezwungen jovial. »Der Bischof war damals nicht damit einverstanden, wie ich das Ottonianum führte. Seiner Meinung nach war ich nicht streng genug. Daraus musste ich die Konsequenzen ziehen.« Mit einem lässigen Schwung ließ er das Papier zurück auf die Tischplatte segeln.

»Aber das ist doch kein Grund, sofort danach für mehrere Jahre in ein Kloster zu verschwinden.« Haderlein erwartete etwas. Irgendeine heftige Reaktion, bei der er nachhaken konnte.

Aber stattdessen zuckte der ehemalige Geistliche nur mit den Achseln. »Jeder nimmt sich mal eine Auszeit im Leben, Herr Kommissar. Mir hat sie gutgetan und den Grundstein für meine politische Karriere in Unterfranken gelegt. Aber das sind doch jetzt private Geschichten, die gar nicht wichtig sind. Wenn Sie keine weiteren Fragen haben, würde ich jetzt gerne wieder zu meiner politischen Tagesaufgabe zurückkehren. Sie gestatten?« Er lächelte seiner Staatssekretärin zu, die seinen Blick nickend erwiderte.

»Natürlich, Herr Umweltminister, ich habe vorerst keine Fragen mehr. Ich bitte Sie nochmals um Entschuldigung für die gestohlene Zeit und wünsche Ihnen auf jeden Fall viel Glück bei Ihrer Arbeit«, erklärte Haderlein mit ausgesuchter Höflichkeit, während er sich erhob und dem Politiker die Hand zum Abschied fest drückte.

Auch Lagerfeld gab ihm die Hand. Doch dann legte er ihm in einem Überschwang von Emotion urplötzlich die Hand auf die Schulter und erklärte in fast väterlichem Tonfall: »Was ich noch sagen wollte, Herr Minister, Ihr Gesetz zum Schutz der Raucher vor der Allgemeinheit find ich wirklich klasse. Das wäre fast ein Grund für mich, Sie zu wählen. Weiter so und einen schönen Tag dann noch.«

Schnell hastete Lagerfeld seinem Chef hinterher und ließ einen völlig verblüfften Umweltminister mit seiner Staatssekretärin im Flur zurück.

*

Clemens Martin hatte die restlichen Mitglieder der CADAS vor dem Frühstück im Stuhlzimmer versammelt, dem obersten Zimmer im großen, eckigen Turm des Ottonianums. Hier wurden die Stühle und Tische gelagert, die nur für große Anlässe und Festlichkeiten hervorgeholt wurden. Ganz hinten gab es einen Platz für das Mobiliar, das einfach nur kaputt war, und in einem Knabenseminar ging dauernd etwas in die Brüche. Die Jungen hatten sich mehr oder weniger kreisförmig auf die verstaubten Stühle gesetzt, Clemens Martin hatte direkt neben Peter Nickles Platz genommen. Durch ein von Spinnweben verschleiertes Dachfenster schien das Morgenlicht herein.

»Wo hast du denn den Schlüssel hierfür her?«, wollte Max Schiller von Clemens ganz aufgeregt wissen. Er fand die Situation klasse. Endlich mal eine anarchistische Entwicklung in der CADAS. So konnte es seiner Meinung nach gern weitergehen.

»Ich habe den Schlüssel vom Hausmeister ausgeborgt, kopiert und dann selbst nachgemacht«, antwortete Clemens.

»Wow«, war von Alfred Schneidereit zu hören.

So ein Vorgehen nötigte allen Respekt ab. Der Hausmeister des Ottonianums war ein bärbeißiger Franke mit schwarzen, zerzausten, wilden Locken. Erwischte er Schüler bei irgendwelchem Unfug, dann gnade ihnen Gott. Mit dem Segen der Leitung durfte man dann schrecklichste Fronarbeit verrichten, etwa die Hecken auslichten oder das Schwimmbad putzen. Aufbegehren war in so einem Fall völlig zwecklos. In seinem früheren Leben war der Hauswart bayerischer Meister im griechisch-römischen Stil gewesen. Da ließ man Gegenwehr besser bleiben.

Von diesem Ungeheuer einen Schlüssel zu duplizieren, das war schon eine reife Leistung. Doch Clemens Martin war nicht nach Anerkennung seiner Tapferkeit zumute. Er saß ernst da und hielt sein Tagebuch so fest an sich gedrückt, als wolle es der Nächstbeste stehlen. Dabei war eigentlich ein relativ entspannter Tag angesagt. Nach dem Frühstück war der jährliche Ausflug der Klasse in Begleitung von Lehrkräften geplant. Heute stand ein Besuch der Gangolfskirche auf dem Programm, natürlich auch des Bamberger Doms und anschließend eine Begehung der ehemaligen Klosteranlage auf dem Michelsberg. Sankt Michael war die letzte Ruhestätte des Bamberger Bischofs Otto aus dem 12. Jahrhundert, dem Namensgeber des Ottonianums.

Die meisten Schüler empfanden das als eine eher langweilige Veranstaltung. Andauernd musste man sich Geschichten über die Baumeister und Epochen anhören. Mithin war aber natürlich alles besser als Gymnasium oder Studierzeit. Außerdem spendierten die Lehrkräfte zum Abschluss des Ausflugs immer Getränke und ein Eis auf dem Maxplatz in der Innenstadt. Doch Clemens war mit seinen Gedanken ganz woanders. »Ich muss euch etwas sagen«, sagte er mit sehr ernster Stimme. Alle schauten ihn gespannt an. Schon gestern hatten sie den Eindruck gehabt, als würde Clemens eine ziemliche Last auf der Seele liegen. Während er sprach, schien Peter Nickles neben Clemens förmlich auf seinem Stuhl zusammenzuschrumpfen.

»Ihr habt vielleicht gemerkt, dass es Peter schon länger nicht mehr gut geht.« Alle schauten Peter Nickles an, der wie ein Häufchen Elend wirkte. Er sah so bleich aus wie ein Gespenst, als wäre alles Blut aus ihm gewichen. Clemens schaute ihn mitleidig an und fuhr fort. »Wer es noch nicht gemerkt hat: Peter hatte in den letzten Monaten regelmäßig Termine beim Regens. Sehr späte Termine.«

Alle starrten Peter Nickles ratlos an, der weiß wie die Wand geworden war und sich krampfhaft mit seinen Händen an die Stuhlkante klammerte. Er hielt den Kopf gesenkt, fixierte seine Füße und zitterte am ganzen Leib. Aber was zum Teufel hatte das zu bedeuten?

»Was hat er denn ausgefressen, dass ihn der Regens dauernd einbestellt?«, fragte jetzt Pankraz Peulendorfer, der Bestrafungsmaßnahmen aus seiner elterlichen Brauerei in Kulmbach zur Genüge kannte.

»Peter hat überhaupt nichts ausgefressen«, erwiderte Clemens brüsk.

»Ja, aber was soll das denn dann?«, erkundigte sich Emil Büttner ängstlich, dem nun gar nicht mehr wohl in seiner Haut war. »Jetzt sag halt schon, Clemens!« Unangenehme Situationen konnte er nicht lange ertragen.

»Genau, jetzt spann uns nicht so auf die Folter«, beharrte nun auch Mozart in seiner unnachahmlichen direkten Art.

Clemens legte Peter Nickles beruhigend die linke Hand auf seinen bebenden Körper.

»Ist schon gut«, beruhigte er ihn. »Wir verschieben das Ganze.« Peter Nickles nickte und begann zu weinen, als die Spannung sich in ihm löste.

»Dann soll halt die Flasche selber erzählen, was los ist«, war jetzt Hubertus Graetzke zu hören.

»Halt du doch die Klappe!«, kam es sofort von Mozart. »Siehst du nicht, dass er fix und fertig ist? Der Einzige, der etwas zu erzählen hat, bist du, Hubertus. Zum Beispiel wär's gut zu erfahren, wer uns beim Regens verpfiffen hat!«

»Du verdammter …«, wollte Hubertus Graetzke sich auf ihn stürzen, aber Clemens fuhr dazwischen.

»Peter wird jetzt gar nichts erzählen. Wir werden uns heute Abend nach dem Abendessen hier treffen und es noch mal versuchen. Und wenn Peter es dann immer noch nicht schafft, werde ich es tun. Aber jetzt müssen wir runter zum Frühstück, sonst …«

Er wurde von der quietschenden alten Speichertür unterbrochen. Jemand kam gebückt durch die niedrige Öffnung.

Der Regens des Ottonianums Kolonat Schleycher richtete sich zu voller Größe auf. Alle hatten sich erhoben und erschauerten ob der Eiseskälte, die sich mit seinem Auftauchen im Stuhllager ausbreitete.

Der Blick von Regens Schleycher blieb auf Clemens Martin ruhen, hinter dem sich Peter Nickles zitternd verkrochen hatte.

»Schau an. Der geheime Bund hat also ein neues Versteck gefunden.« Schleycher ging langsam durch die Runde und nagelte schier jeden mit seinen Blicken ans Dachgebälk. Selbst der sonst so forsche Mozart senkte den Kopf. Clemens, der sich schützend vor Peter Nickles stellte, war der Einzige, der dem Blick des Regens standhielt.

»Und, was hat euch unser fürsorgliches Genie denn so erzählt?«, wollte er mit beißendem Spott in der Stimme wissen. Alle schwiegen. »Hast du mir vielleicht irgendetwas zu deiner Rechtfertigung zu sagen, Clemens?« Der falsche väterliche Ton ließ jeden im Raum frösteln. In der angespannten Stille war laut und deutlich ein »Nein« zu vernehmen. Allen stockte der Atem. Woher nahm Clemens nur den Mut für diesen Affront? Gleich würde sich eine Katastrophe ereignen. Mehrere Jungen hatten schon vorsichtshalber die Augen geschlossen. Das würde schlimm ausgehen – vor allem für Clemens, vor dem sich der Regens nun aufgebaut hatte. Alle hielten den Atem an, doch zu ihrer Überraschung drehte sich Schleycher plötzlich um und ging zur Tür. Sie wollten schon erleichtert aufatmen, als er sich noch einmal umwandte und mit ausgestrecktem Zeigefinger auf Clemens deutete. Wütend zischte er mit nur mühsam beherrschter Stimme: »Clemens, Peter, in mein Büro … sofort!« Dann verließ er endgültig das Stuhlzimmer.

Clemens fasste Peter Nickles an der Hand, und gemeinsam folgten sie dem Regens. Alle Zurückgebliebenen dachten das Gleiche. Es war jetzt wohl besser, sich schleunigst zum Frühstück zu begeben.

*

Haderlein und Lagerfeld waren wieder auf dem Weg nach Bamberg, als sich das Handy des Kriminalhauptkommissars mit Beethoven bemerkbar machte. Gut, dass die Rückfahrten von Vernehmungen traditionell Lagerfelds Job waren.

»Kriminalhauptkommissar Haderlein?«, meldete er sich.

»Hier Siebenstädter, Gerichtsmedizin. Wie geht es Ihnen, Herr Kommissar?«, flötete ihm sein Lieblingspathologe entgegen.

Siebenstädter. Mist, den hatte er völlig vergessen anzurufen. Er war mit seinen Gedanken so bei dem Gespräch mit dem bayerischen Umweltminister gewesen, dass er den Pathologen total verdrängt hatte. Schleycher spukte ihm immer noch im Kopf herum. Jovial und zuvorkommend hatte er bereitwillig Auskunft gegeben, aber die eine oder andere Reaktion des Politikers hatte Haderlein stutzig werden lassen. Er konnte es noch nicht auf den Punkt bringen, aber irgendetwas störte ihn an diesem Mann gewaltig. Doch darüber musste er später nachdenken, jetzt galt es, Siebenstädter zufriedenzustellen.

»Mir würde es besser gehen, wenn Sie mir aufschlussreiche Neuigkeiten servieren könnten, Herr Oberarzt. Wissen Sie etwas, was ich noch nicht weiß, Sie Leichenöffner?«, konterte er. Einen kurzen Moment lang herrschte Stille am anderen Ende der Leitung, dann hörte man eine Art Schnaufen und tiefes Luftholen.

»Ich würde sagen, Herr Menschenverhafter, dass mein Wissensstand den Ihrigen in so ziemlich allen Lebensbereichen übersteigt. Gerade im Moment bin ich im Besitz wertvoller Informationen, die sich aus dem Umstand der Leichenöffnung ergeben haben. Deshalb sind Leichenöffner, wie Sie sich so schön auszudrücken beliebten, nicht selten in der Lage, den ein oder anderen Kommissar in seiner unnützen Tätigkeit komplett zu ersetzen. Können Sie mir folgen, Herr Haderlein?«, beendete Siebenstädter seinen selbstverherrlichenden Monolog.

Haderlein hatte den Kopf an die Kopfstütze gepresst und die freie Hand schützend über die Augen gelegt. Dieser Typ schaffte es mit einer kaum zu glaubenden Leichtigkeit, bei ihm immer wieder Kopfschmerzen auszulösen. »Kommen Sie einfach zur Sache, Siebenstädter«, forderte er ihn entnervt auf.

»Meistens kommen die Sachen zu mir, mein lieber Kriminalhauptkommissar«, ließ Siebenstädter nicht locker, »vor allem dann, wenn sie tot sind. Das liegt in der Natur des Faktischen.«

»Siebenstädter, verdammt! Entweder Sie kommen jetzt rüber mit Ihren überlegenen Erkenntnissen, oder ich lasse Sie verhaften.« Haderlein explodierte.

Lagerfeld schaute ihn erstaunt von der Seite aus an. Ein erregter Kollege? So ein Schauspiel gab's nicht allzu oft. Er würde sich eine metaphorische Kerbe in seinen Notizblock machen müssen.

Haderlein hörte Siebenstädter durchs Telefon lachen.

»Na gut, Herr Kommissar, ich weiche der Androhung von nackter Gewalt. Apropos nackt, vor mir liegt ein Haufen toter Gewebeteile, der den Namen Hubertus Graetzke trägt. Zumindest steht das so auf dem Zettel an seinem Fuß.«

»Ja und? Dass diese Gewebeteile tot sind, ist nun wirklich nichts Neues.«

»Das stimmt, Herr Kommissar, aber die Umstände seines Ablebens wurden durch meine Wenigkeit kreativ und originell gelöst, so würde ich es formulieren. Da hat sich jemand Unbekanntes die Mühe gemacht, meine analytische Leistungsfähigkeit herauszufordern. Nicht dass ich vor Ehrfurcht erstarren muss, denn dazu war die Methode dann doch zu simpel …«

»Herr Siebenstädter, bitte!« Haderlein hatte keine Lust

mehr, sich dieses selbstbeweihräuchernde Gesülze noch länger anzuhören.

»Nun gut, wie Sie meinen, Herr Polizeirat. Nur so viel: Ertrunken ist der gute Mann nicht. Er war schon längst tot, als er Bekanntschaft mit den Wassern des Mains machte.«

»Wirklich?« Haderlein horchte auf. »Und wie wurde er dann umgebracht? Und jetzt bitte keine pseudowissenschaftlichen Abhandlungen mehr, Siebenstädter, ich habe Kopfschmerzen.«

»Der Mann wurde mithilfe eines Giftstoffs umgebracht, der sowohl genial einfach zu beschaffen, weil überall erhältlich, als auch absolut tödlich ist. Nur damit das klar ist, nachweisen wird Ihnen dieses Gift nur ein hervorragend ausgebildeter Gerichtsmediziner, der …«

»Siebenstädter!«, fauchte Haderlein drohend. »Schluss jetzt. Was für ein Gift?«

»Nikotin«, kam es endlich kurz, schmerzlos und präzise von Siebenstädter.

»Äh, wie jetzt? Mit Nikotin umgebracht?« Haderlein war platt. Auf dem Nebensitz bekam Lagerfeld einen spontanen Hustenanfall und spuckte dabei ganz aus Versehen seine Zigarette aus dem Fenster.

»Hat man den Mann zu Tode geraucht, oder wie muss ich mir das vorstellen?«, fragte Haderlein hilflos.

»Oh nein, Herr Kommissar, über die Luftwege würde das viel zu lange dauern. Gehen tut das schon, aber es dauert ein paar Jahre, sich selbst durch Tabakkonsum einen Krebs zu erzeugen. Da fragen Sie mal besser Ihren impertinenten Hilfssheriff Schmitt, der ist bald so weit, Ihnen in dieser Frage anschauliche Auskunft erteilen zu können.«

»Ich werd's ihm ausrichten, wenn ich ihn sehe«, Haderlein schielte besorgt zu Lagerfeld hinüber. »Aber jetzt bitte die Fakten auf den Tisch, ich bin gleich in der Dienststelle.«

»Also gut. Kurz und knapp, nach meiner Analyse des Magen- und Darminhalts ist der Exitus durch eine Überdosis Nikotin herbeigeführt worden, welche in gelöster Form eingenommen wurde. Noch einfacher und zum Mitschreiben: Jemand hat ungefähr zwei Schachteln Zigaretten in Wasser aufgelöst und dem Kerl zu trinken gegeben. Ende des Fachvortrags.«

»Aber Moment mal!«, rief Haderlein. »So was schmeckt man doch, oder nicht? Das trinkt doch keiner freiwillig?«

Siebenstädter lachte wiehernd. »Da würde ich nicht drauf wetten, Herr Kommissar. Es gibt Biere, da können Sie reinschütten, was Sie wollen, und es würde den Geschmack sogar noch verbessern. Kennen Sie nicht den uralten Spruch? Nirgends schmeckt das Bier so bitter wie das der Herrn von Karmeliter! Dieser Mann hier hat jedenfalls nikotinverseuchtes Bier getrunken und sich deswegen auch ins Jenseits davongemacht, so viel steht fest.«

»Danke, Siebenstädter«, würgte Haderlein den Pathologen ab und klappte sein Handy zu. Er war einigermaßen perplex. »Das wirst du nicht glauben, Bernd. Da zieht aber jemand wirklich alle Register«, murmelte er vor sich hin.

*

Nikolai hatte lange genug Pause gemacht. Seine wenige persönliche Habe war schnell eingeräumt. Er hatte sich noch einmal das Dossier über die Zielperson eingeprägt und alles, was er brauchte, in den BMW geladen, mit dem er nun das ehemalige Katharinenkloster in der Nürnberger Straße durch den Großen Sandsteinbogen verließ. Nikolai steuerte den Wagen aus der Stadt hinaus auf die Autobahn Richtung Norden, und das fünfhundert Jahre alte hölzerne Standbild der heiligen Katharina blickte ihm wortlos hinterher.

*

Clemens Martin und Peter Nickles kamen als Letzte zum Treffpunkt für die Busabfahrt, dem Haupteingang des Ottonianums. Alle Augen der CADAS waren auf sie gerichtet, als sie sich zum Rest der Klasse gesellten, aber niemand stellte Fragen. Beide sahen aus, als hätte man sie eine Stunde lang durch den Fleischwolf gedreht.

Natürlich hatten sich alle gefragt, was die mysteriösen Andeutungen von Clemens zu bedeuten hatten, und jeder hatte gemerkt, dass zwischen dem Regens und den beiden eine ganz üble Nummer ablief, die Unheil bringen würde. Eine imaginäre große, dunkle Wolke hing über dem Ottonianum, und es schien, als sollten sich aus dieser Wolke bald gefährliche Blitze für sie alle entladen. Für die Mitglieder würde es ganz sicher Strafen geben. In der Vergangenheit wurden Schüler schon aus weit geringeren Anlässen vom Regens in der Luft zerrissen. Aber hier drohten weder Stubenarrest noch Gartenarbeit, das hier war ein ganz anderes Kaliber.

Alle waren froh, als der Bus endlich kam und sie einsteigen konnten. Clemens war der Letzte. Kurz bevor er den Bus betrat, bemerkte er, wie ein schwarzer Mercedes vorfuhr. Ein Chauffeur öffnete dienstbeflissen die Tür des Fonds, aus dem ein Mann in schlichter schwarzer Robe zum Vorschein kam. Jeder am Ottonianum kannte ihn.

»Der Bischof!«, rief Edwin Rast mit überraschter Stimme.

»Was will der denn hier?«, fragte Alfred Schneidereit verblüfft.

Clemens schlüpfte schnell in den Bus und setzte sich auf den freien Platz neben Peter Nickles, während die anderen Schüler des Abschlussjahrgangs 1974 sich ihre Nasen an den Fensterscheiben platt drückten und aufgeregt durcheinanderschnatterten.

Nur den Mitgliedern des CADAS schwante, warum der Bischof gekommen war.

»Jedenfalls hat er heute nicht wie sonst seinen geilen Fummel an«, flüsterte Mozart und lächelte Clemens an. »War eine starke Nummer heute früh mit dem Regens. Respekt, Alter.«

Clemens lächelte kurz zurück, aber Mozart konnte sehen, dass sich seine Finger so fest in den Ledereinband seines Tagebuchs gruben, dass die Fingerkuppen bereits weiß waren. Aufmunternd klopfte er ihm noch einmal auf die Schulter, dann folgte er der Aufforderung der Lehrkraft, sich wieder auf seinen Platz zu setzen.

Als sie endlich losfuhren, konnte Clemens sehen, wie der Regens aus dem Eingang des Ottonianums trat und den Bischof begrüßte. Sekunden später drehte sich Schleycher noch einmal um und blickte dem Bus mit merkwürdigem Gesichtsausdruck hinterher.

Clemens musterte Peter. Das alles zehrte an dem armen Kerl. Binnen Sekunden war er an seiner Schulter eingeschlafen. Aber auch er selbst war mit seinen Nerven am Ende. So etwas wie im Büro des Regens hatte er in seinem kurzen Leben noch nicht erlebt. Die Angst drohte ihn zu überwältigen. Er hatte nur deshalb nicht zu weinen angefangen, weil er für Peter stark sein musste. Er hatte doch sonst niemanden, nur ihn. Alles war so schrecklich.

Der Regens hatte sein Buch gefordert, doch Clemens hatte sich geweigert. Als er ihm das Tagebuch mit Gewalt hatte abnehmen wollen, war Gott sei Dank der Hausmeister ins Zimmer getreten. Wegen des Krachs, wie er ihnen gesagt hatte. Dann hatte er sie mit einem merkwürdigen Blick angeschaut. »Der Bus wartet auf euch.« Das hatten sich Clemens und Peter nicht zweimal sagen lassen. Schnell waren sie zwischen dem großen Hausmeister und dem Türrahmen hindurchgeschlüpft und die Treppe hinuntergerannt. Es war ihnen egal gewesen, dass der Bus merkwürdigerweise noch gar nicht da war. Hauptsache, sie waren dem furchtbaren Büro entkommen.

Der Regens wollte sein Tagebuch. Aber er würde es nicht bekommen. Niemals. Clemens schaltete seine Emotionen ab, so gut er konnte. Das machte er immer, wenn er schwierige Aufgaben in der Schule zu lösen hatte. Indem er die Welt um sich herum komplett ausblendete, wurde er ganz ruhig. Nur noch er und das Problem, das gelöst werden musste, existierten dann. Es fühlte sich so an, als würde er in seinem eigenen Kopf sitzen. Aus seinem Ausflugsrucksack kramte er einen Schreibblock und einen Bleistift hervor. Diesmal würde er den Spieß umdrehen und selber die Aufgabe stellen. Etwas, an dem sich der Regens die Zähne ausbeißen sollte. Das Buch würde er jedenfalls nie bekommen.

*

Emil Büttner hatte minutenlang wie betäubt auf dem Rollfeld gekniet. War es jetzt tatsächlich so weit? Es war doch eigentlich schon alles vorbei gewesen. Das musste doch ein Missverständnis sein oder besser noch ein schlechter Witz. Ein schrilles und hysterisches Lachen entrang sich seiner Kehle. Wie gerne würde er jetzt solch einem Scherz aufsitzen. Aber er kannte die Regeln. Er war dabei gewesen, als sie damals in der letzten Nacht aufgestellt worden waren. Niemanden ruft jemals wieder ein anderes Mitglied aus der Gruppe an. Niemals. Außer im Falle der Gefahr. Sie hatten es geschworen. Über dreißig Jahre hatte er nichts mehr aus der Vergangenheit gehört. Und nun das.

Er erhob sich. Es hatte ja doch keinen Sinn. Er musste schnell nach Hause und mit seiner Frau reden, obwohl sie ihm bestimmt nicht glauben würde. Sie glaubte ihm ja nie etwas. Ihm musste etwas einfallen.

Büttner lief in Richtung Tower zurück. Aus dem Laufen

wurde nach ein paar Metern ein Joggen, und bald rannte er, so schnell er konnte.

*

Die beiden Kommissare hatten sich an Haderleins Schreibtisch in der Dienststelle gesetzt.

»Und? Wie geht's jetzt weiter?«, wollte Lagerfeld wissen.

Haderlein verzog seinen Mund, während er überlegte. »Ich sag dir mal was, Bernd, ich trau diesem Minister nicht. Hast du bemerkt, wie der zusammengezuckt ist, als ich seine Zeit im Kloster erwähnt habe?«

»Ich würde sagen, er hat sich einfach nur wie ein typischer Politiker benommen. Die reden sich doch dauernd wegen allem raus. Das ist bei denen doch ganz normal. Außerdem find ich den Schleycher gar nicht so unsympathisch, der macht wenigstens gute Gesetze.« Mit diesen Worten grinste Lagerfeld breit und legte seine Schuhe auf den Schreibtisch.

»Füße runter!«, befahl Haderlein geistesabwesend. »Ich könnte mir vorstellen, dass bei dieser Anglergemeinde noch irgendwas anderes dahintersteckt. Ist nur so ein Gefühl.«

Lagerfeld nahm seufzend die Krokolederstiefel vom Tisch und betrachtete seinen Chef stirnrunzelnd. Wenn Haderlein ein Gefühl hatte, meinte er meistens Verdacht. Und wenn er Verdacht meinte, lag er damit meistens richtig. Fast immer hatte er den richtigen Riecher. Nur ein Mal hatte er völlig danebengegriffen, als er einen mutmaßlichen Mörder festnehmen ließ, der sich im Nachhinein als eine an Demenz erkrankte Rentnerin entpuppte, die einfach nur phantastische Geschichten erzählt hatte. Sie hatte ihren eigenen Unsinn so überzeugend vorgetragen, dass der Kommissar alles geglaubt hatte. Erst beim Verhör hatte sich herausgestellt, dass die gute Frau nicht mehr ganz dicht gewesen war. Letztendlich hatte es in diesem Fall nicht mal eine Leiche gegeben, sondern nur einen blamierten Haderlein und ein Bamberger Revier, das sich königlich über seinen Hauptkommissar amüsierte. Sogar bis in die Sitte war die Geschichte gedrungen. Aber das war der einzige Lapsus, von dem Lagerfeld in all der Zeit wusste. Hinter dem konzentrierten Gesicht ihm gegenüber arbeitete es jetzt sichtbar.

»Lagerfeld, du wirst dich wieder nach Coburg begeben müssen und den Schreibtisch von Graetzke untersuchen. Wer weiß, vielleicht ist da ja was zu finden. Außerdem muss ja jemand seinen Chefs dort Bescheid geben.«

»Wird sofort erledigt, Franz!«, rief der Kollege mit erfreuter Stimme, und Bilder von schlanken Frauenbeinen schwirrten durch seine Gedanken. Ihm wurde sogleich heiß in seinen Stiefeln.

»Und dann«, fuhr Haderlein spitzbübisch lächelnd fort, »wenn du wieder hier bist, wirst du deine Angelprüfung ablegen.«

»Meine was?« Bernd Schmitt glaubte sich verhört zu haben. Seine gute Laune trübte sich sofort wieder ein. »Was denn für eine Angelprüfung? Du verscheißerst mich doch, oder?«

Haderlein behielt den lächelnden Gesichtsausdruck weiter bei. »Nein, kein Witz. Ich muss wissen, was so in Anglerkreisen geredet wird. Und du wirst das – quasi undercover – herausfinden. Hast du nicht mal gesagt, dass du als Kind immer mit deinem Onkel geangelt hast?«

»Ja, schon«, versuchte Lagerfeld abzuwehren, »aber …«

»Fischerprüfung oder Siebenstädter, du hast die freie Wahl, liebster junger Kollege.« Haderlein machte sich gar nicht erst die Mühe, seinen Spott zu verbergen.

Lagerfeld nickte grimmig, sagte aber kein Wort. Stumm wandte er sich um und machte sich auf den Weg nach Coburg.

Kaum hatte er die Tür hinter sich geschlossen, trat Cesar Huppendorfer an Haderleins Tisch.

»Ich habe hier die Telefonverbindungen von Rasts Handy«, berichtete er.

»Zeigen Sie mal her«, forderte Haderlein und breitete die Computerausdrucke vor sich aus.

»Da gibt's eine signifikante Auffälligkeit, Chef. Den Besitzer der Nummer hier konnten wir noch nicht ermitteln, es ist 'ne Geheimnummer. Aber schauen Sie mal, wie oft Rast die gewählt hat.«

Auch Haderlein war das auf der Verbindungsliste schon aufgefallen. Bis Mitte Juli hatte Rast die Handynummer fast täglich angerufen. Dann war urplötzlich Schluss. Vier Wochen lang Funkstille. Anschließend hatte es nur noch ein einziges Telefonat mit der Nummer gegeben, und zwar an Rasts Todestag. Das stand klipp und klar auf dem Papier. Haderlein nahm sein Handy heraus und wählte kurzerhand die mysteriöse Nummer. Es klingelte am anderen Ende der Leitung. Dann wurde der Anruf angenommen. »Hallo?«, hörte er eine männliche Stimme sagen. »Wer ist da?« Haderlein legte auf.

»Warum haben Sie denn nicht gefragt, wer dran ist?«, wunderte sich Huppendorfer laut.

Haderlein lächelte das breiteste Siegerlächeln, das er lächeln konnte. »Weil ich bereits weiß, mit wem ich gesprochen habe, mein lieber Huppendorfer.« Mit nachdenklichem Blick ließ er sich zurück in seinen Stuhl fallen. »Soso«, murmelte er in seinen nicht vorhandenen Bart. Haderleins Augen leuchteten. »Der Herr Umweltminister hat mich also angelogen.«

*

Kolonat Schleycher schaute verärgert auf das Display seines Handys. Die Nummer kannten nur drei Menschen, und einer davon war tot. Missbilligend schüttelte er den Kopf und steckte das Handy zurück in seine Jackentasche. Die Gesellschaft war zutiefst verkommen. Höflichkeit war wohl offensichtlich zu einem Fremdwort geworden, nicht mal gemeldet hatte sich der Anrufer. Dann blickte er nach vorne zum Podium und lauschte wieder interessiert dem Vortrag des Wirtschaftswissenschaftlers.

*

Emil Büttner war in voller Arbeitsmontur zu seinem Auto gehetzt und losgefahren. Er wohnte am anderen Ende der Stadt in einer unauffälligen Siedlung in einem unauffälligen Haus. Seine Frau war das Einzige, was in seinem Leben nicht unauffällig war. Eigentlich war sie genau das Gegenteil.

Frau Büttner war die selbst ernannte Managerin der Familie. In dieser Eigenschaft erfüllte sie auch die Posten der Finanzministerin, Einkaufsleiterin, Urlaubsbucherin, Verwaltungschefin und Neuanschaffungsbeauftragten in der Familie in Personalunion. In diesem Haus passierte nichts, was nicht vorher von ihr mündlich und schriftlich abgesegnet worden war, das war kein Geheimnis. Selbst die Nachbarn und die Verwandten wussten darüber Bescheid. Emil Büttner war das recht so. Da er keine Lust auf Stress hatte, war er dankbar, dass all die schwierigen Sachen, die das Leben so unnötig verkomplizierten, von seiner Frau erledigt wurden. Er brauchte eigentlich nur seine Familie um sich, dazu noch sein Bier und seinen Fernseher und ab und zu einen Kneipengang mit ein paar Arbeitskollegen, dann hatte er nichts zu beklagen.

*

Rosemarie Büttner zählte gerade zum dritten Mal hintereinander die Sahnejoghurts im Kühlschrank. Das Ergebnis stand eindeutig fest. Über Nacht waren drei davon spurlos verschwunden. Das konnte nur bedeuten, dass ihr Mann sich schon wieder nicht an die Rationierungsliste gehalten hatte. Die Kinder waren im Ferienlager, sie konnten für den Verlust also nicht verantwortlich gemacht werden. Es musste Emil gewesen sein. Eine Unverschämtheit! Da opferte man seine besten Jahre für diesen unselbstständigen Faulenzer, und dieser dankte es einem mit Vertrauensbruch. Na warte, Bürschchen. Dir werde ich heimleuchten, wenn du heute nach Hause kommst, dachte sie sich mit stiller Befriedigung. Wahrscheinlich würde dieser charakterschwache Sack wieder alles abstreiten, aber sie konnte es ihm beweisen. Sie hatte eine lückenlose Buchführung, die sie jederzeit unabhängigen …

Ein Klingeln an der Tür schreckte sie auf. Das konnte nur die Nachbarin sein. Allerdings etwas früh, eigentlich war der Kaffeeklatsch erst für morgen geplant. Aber die hatte sich noch nie Termine merken können. Egal. Mit energischem Schwung öffnete Rosemarie Büttner die Tür.

Sie war verwundert. Vor ihr stand nicht die vermutete Nachbarin, sondern ein ordentlich gekleideter junger Mann im Anzug.

»Sind Sie Frau Rosemarie Büttner?«, fragte er höflich und lächelte sie verbindlich an.

»Ja, junger Mann, die bin ich, aber Vertreterbesuche bitte nur nach Voranmeldung. Von welcher Firma sind Sie denn?«

»Entschuldigung, wenn Sie gestatten, Kai Neumann. Ich bin von keiner Firma im eigentlichen Sinne.«

»Und wovon sind Sie dann, wenn ich fragen darf?« Rosemarie Büttner machte keine Anstalten, ihn ins Haus zu bitten.

»Frau Büttner, Sie spielen doch Lotto?«, Kai Neumann blickte lächelnd auf einen Zettel. »Mittwochslotto, wenn ich das hier richtig lese. Ich habe eine außerordentlich erfreuliche Nachricht für Sie.«

Rosemarie Büttner wurden die Knie weich. Alle widerrechtlich vertilgten Sahnejoghurts dieser Welt waren mit einem Schlag vergessen.

»Oh mein Gott, oh mein Gott!« Sie befürchtete, vor Aufregung ohnmächtig werden zu müssen. »Ja, aber bitte, kommen Sie doch herein.« Mit sanfter Gewalt schob sie den Überbringer der frohen Botschaft in den Wohn- und Essbereich. »Setzen Sie sich doch. Möchten Sie etwas trinken, vielleicht?«, plapperte sie aufgeregt.

»Ein Wasser wäre nett, vielen Dank.«

Sie eilte in die Küche, um den Wunsch des jungen Manns zu erfüllen, verschüttete in ihrer Aufregung jedoch die Hälfte der Flasche. Das würde sie in der Getränkebilanzierung natürlich auf ihrem eigenen Konto verbuchen müssen, dachte sie beiläufig, während sie in die Wohnstube zurückeilte.

Der Mann hatte seine Aktentasche geöffnet. Sicher um die Urkunden und Papiere zur Unterschrift herauszuholen, spekulierte sie. Mein Gott, war das aufregend. Sie wusste gar nicht mehr, was sie mit ihren Händen anstellen sollte.

»Ist denn Ihr Mann nicht hier?«, fragte der Lottogesandte neugierig. »Ich bräuchte nämlich von ihm auch eine Unterschrift.«

»Ach der, nein«, winkte Rosemarie ab, »der ist noch auf der Arbeit. Aber die kann er doch sicher nachreichen?«

»Und Ihre Kinder, sind die auch nicht da?«, fragte Neumann mit immer noch ausgesuchter Höflichkeit.

»Nein, die sind im Ferienlager in Österreich. Warum? Müssen die etwa auch unterschreiben?«, fragte sie verwundert.

»Nein, nein«, beruhigte sie Kai Neumann. »Es reicht völlig aus, dass Sie hier sind, Frau Büttner.« Während er sprach, zog er seine Waffe aus der Aktentasche und richtete sie auf die sprachlose Familienmanagerin. »Das hier haben Sie gewonnen«, sagte er, dann drückte er ab.

Rosemarie Büttners Kopf wurde von der Kugel, die sie in die Stirn traf, nach hinten geworfen. Die Arme baumelten rechts und links am Körper hinunter, ihr Blut tropfte langsam, aber stetig auf die Terrakottafliesen. Nikolai legte seine Halbautomatik auf die Seite und betrachtete die soeben verstorbene Frau. Gekonnt ist eben doch gekonnt, dachte er sich und bewunderte die Lage des Einschussloches auf der Stirn seines Opfers. Dann machte er sich ohne weitere Umschweife daran, die Wohnung gründlich zu durchsuchen.

*

Endlich hatte sich der elende Stau aufgelöst, und Emil Büttner konnte weiterfahren. In der Zwischenzeit hatten sich vor seinem geistigen Auge allerlei Horrorszenarien abgespielt. Das schlimmste von allen war, dass er seiner Frau beichten musste, das dunkle Geheimnis all die Jahre für sich behalten zu haben. Sie würde ihn vernichten, so viel stand fest. Rosemarie duldete keine Geheimnisse. Trotzdem hatte er ihr klarzumachen, dass sie erst mal verschwinden mussten. Vermutlich würde sie ihn für völlig übergeschnappt erklären und sich gegen seine Anordnung wehren. Niemand vertrieb Rosemarie Büttner so einfach aus ihren eigenen vier Wänden. Aber sie würde verblüfft reagieren, wenn er seine Koffer packte.

Mein Gott, was war eigentlich die ganzen letzten Jahre mit ihm los gewesen? Er war doch Ingenieur, er hätte auswandern können, auf die Kapverdischen Inseln, nach Galapagos, auf den Mond. Aber nein, er musste ja in Franken bleiben.

Immer in Reichweite von »Mordor und seinem dunklen Herrscher«. Hatte er denn wirklich geglaubt, das Hofer Land wäre ein anderer Planet? Na gut, von der Temperatur her hätte man das sogar glauben können, aber ansonsten …

Er bog in seine Straße ein und hielt direkt vor der Gartentür. Alles war ruhig, Gott sei Dank. Er seufzte erleichtert.

*

Nikolai hatte alles, aber auch wirklich alles ausgeräumt, und wieder war nichts zu finden gewesen. Er hatte ein verstecktes Bierlager in der Hobbywerkstatt aufgetan und die geheime schwarze Kasse der Hausherrin entdeckt, aber kein Buch, das auch nur im Entferntesten so aussah wie auf der Beschreibung, die man ihm gegeben hatte.

Er stand in der Küche. Der einzig unberührte Ort in diesem Haus war jetzt noch der Kühlschrank. Als er ihn öffnete, hüpfte sein Herz vor Freude. Sahnejoghurts! Er hatte zwei Schwächen: Gummibärchen und Sahnejoghurts, und zwar in genau dieser Reihenfolge. Was hatte er während seiner Zeit in Tschetschenien gelitten. Dort gab es nichts dergleichen.

Aber hier in Deutschland, da hatte man Kultur, in diesem Fall linksdrehend. Er nahm sich einen Joghurt mit Kirschgeschmack und setzte sich zu Rosemarie an den Tisch im Wohnzimmer. Routiniert löste er den Aludeckel und hob den Becher zum Gruß. *»Na zdrowje, Büttnerowa!«* Dann genoss er den Sahnejoghurt und wartete.

*

Emil Büttner öffnete die Tür und erschrak. Wie sah es denn hier aus? »Rosemarie?«, rief er mit Angst in der Stimme. Doch niemand antwortete. Dafür wurde ihm von hinten ein kalter Gegenstand an den Hinterkopf gepresst, und eine Stimme sagte: »Und jetzt schön an den Essplatz, du Held.«

Instinktiv hob Emil Büttner die Arme und ging langsam Richtung Wohnzimmer. Wie hatte er nur so blöd sein können? Jetzt tanzten farbige Punkte vor seinen Augen, und er machte sich gleich in die Hose vor Angst. Sein schlimmster Alptraum war Wirklichkeit geworden.

»Arme runter, du Idiot, ich bin doch nicht von der Polizei«, blaffte die Stimme ihn an.

Ruckartig ließ er sie nach unten fallen. Als er durch den offenen Türbogen den Tisch sah, traf ihn der Anblick seiner Frau wie ein Keulenschlag. Er sackte zusammen und übergab sich. Unbarmherzig packte ihn Nikolai an seinen Haaren und zerrte ihn auf den Stuhl, der gegenüber der Toten stand, und zwang ihn, sie anzusehen.

Dann stellte er sich hinter sein wehrloses Opfer und drückte ihm den Schalldämpfer ins Genick. »Wo ist das Buch?«, zischte er ihm ins Ohr.

»Ich weiß es nicht, wirklich!«, heulte Emil auf.

»Aber du weißt, wovon ich rede, oder?«, fragte Nikolai.

Emil Büttner nickte heftig. Er hatte Todesangst.

»Wenn du es nicht hast, Emil, wer hat es dann? Ich habe nämlich keine Lust mehr, andauernd sinnlos Mobiliar zu durchwühlen, verstehst du?«

Emil Büttner nickte wieder und schaute verzweifelt seine tote Rosemarie an. »Aber ich hab doch keine Ahnung«, wimmerte er. »Clemens hat es irgendwo versteckt und niemandem etwas gesagt. Und wenn, dann hätte ich es sowieso nicht erfahren, denn …«

Die Rechtfertigungsversuche waren das Letzte, was Emil Büttner im Diesseits noch verrichten konnte. Nikolai hatte genug gehört, und Emil Büttners Gedanken explodierten in einem bunten Feuerwerk.

Aus-Schussverfahren

Lagerfeld betrat den ihm schon bekannten Eingangsbereich der HUK-Coburg. Angemeldet war er diesmal nicht, aber der Pförtner hatte ihm versichert, die Leiterin der Revisionsabteilung, Ute von Heesen, sei an ihrem Arbeitsplatz anzutreffen. In freudiger Erregung war er bereits ein halbes Stockwerk hochgestiegen, als er innehielt. Seine Miene verfinsterte sich, und er machte eine Kehrtwendung. Der Pförtner schaute ihn verwundert an, als er wieder vor ihm stand. »Stimmt irgendetwas nicht, Herr Kommissar?«

Lagerfeld musterte den Pförtner von oben bis unten. Die gleiche Größe und auch ungefähr die gleiche Figur, wunderbar.

»Ich brauche leider Ihre Schuhe und Ihr Jackett«, forderte er ihn auf.

»Wie bitte?« Der Pförtner glaubte sich verhört zu haben. »Sie können doch hier nicht so einfach …«

»Ich bin im Dienst, guter Mann, und das hier ist ein Notfall. Sie wollen doch nicht, dass ich wegen dieser Lappalie eine Streife herbeordern muss, oder?« Lagerfeld zückte demonstrativ seinen Ausweis.

»Nein, natürlich nicht«, der Pförtner war erfolgreich eingeschüchtert.

»Sie bekommen Ihre Klamotten auch später wieder zurück«, beruhigte ihn Lagerfeld. »Und in der Zwischenzeit haben Sie bitte auf meine ein Auge.«

Die Jacke passte wie angegossen, nur die Schuhe waren etwas groß, stellte Lagerfeld fest. Aber den Zweck, sein äußeres Erscheinungsbild zu harmonisieren, erfüllten sie voll und ganz. Er ging zwei Stufen auf einmal nehmend wieder die Treppe hinauf, während der Pförtner der HUK ein Paar Krokodillederstiefel naserümpfend in die entfernteste Ecke stellte.

Ute von Heesen war indes nicht in ihrem Büro. Enttäuscht schlenderte Lagerfeld von Zimmer zu Zimmer. Am letzten Raum war draußen ein kleines Schild mit »H. Graetzke« angebracht, und drinnen sah der Kommissar ein höchst attraktives, grau bekleidetes Hinterteil hinter der Schreibtischoberkante hervorragen, welches in Zusammenarbeit mit den restlichen Körperteilen offensichtlich damit beschäftigt war, die Schubfächer auszuräumen.

Leise betrat Lagerfeld das Zimmer und betrachtete fasziniert die kostenlose Darbietung HUK'scher Büroerotik. Nach ein paar Momenten wurde es aber sogar ihm peinlich, und er räusperte sich.

Sofort hörte man einen dumpfen Rumms, eine weibliche Stimme rief laut: »Aua!«, und die sich soeben noch anmutig bewegenden Körperteile erstarrten. Dann tauchte ein schmerzverzerrtes Gesicht hinter dem Schreibtisch auf und anschließend der Rest des »Engels von Heesen«. Dieser hielt eine blaue Plastikwanne in den Händen, die er erst einmal auf den Schreibtisch stellte, um sich den Hinterkopf zu befühlen. »Ist das eine Art, sich so anzuschleichen, Herr Kommissar?« Der Engel blickte ihn vorwurfsvoll an.

»Aber nein. Ich wollte einfach nicht mit der Tür ins Haus fallen und eine dezentere Erscheinung abgeben als das letzte Mal.« Dabei zupfte er bedeutungsvoll an seiner Leihjacke und wartete auf eine stilistische Anerkennung, die aber nicht kam.

»Na ja, wenn Sie schon mal hier sind, dann können Sie mir ja gleich beim Ausräumen helfen. Eine schreckliche Geschichte. In was ist Herr Graetzke da bloß hineingeraten?« Ihre Miene wurde ernst.

»Das wissen wir leider noch nicht«, erklärte Lagerfeld wichtig. »Aber wir werden es natürlich herausfinden, darauf können Sie sich verlassen. Ich muss Sie übrigens bitten, die persönlichen Sachen von Hubertus Graetzke zuerst einmal mir zu überlassen. Sie müssen auf der Dienststelle noch untersucht werden.«

»Ach du lieber Himmel, ja natürlich. Daran hatte ich ja gar nicht gedacht.« Impulsiv trat sie einen Schritt von der blauen Kiste zurück.

»Dann nehme ich sie später mit, okay?«, versicherte sich Lagerfeld.

»Ja, natürlich. Möchten Sie einen Kaffee?«, fragte sie. Ihr war jetzt nach einer Pause.

»Gern«, erwiderte der Kommissar, während er die letzten Sachen von Graetzke einräumte, und lächelte sie möglichst unverschämt an.

Sie räusperte sich verlegen. »Ich lass den Kaffee in mein Büro bringen und, ähm, warte dann mal dort«, sagte sie und verließ dann den Raum.

Lagerfeld grinste in sich hinein und warf alles achtlos in die Kiste. Seine Gedanken waren mehr bei Frau von Heesen als beim alten Graetzke. Ach, war das schön, diesmal in der Offensive zu sein.

Als er fertig war, ließ er die Kiste auf dem Schreibtisch stehen und eilte zum Engelsbüro. Die Namensgeberin saß gerade mit ungläubigem Gesichtsausdruck am Schreibtisch und telefonierte. Als sie ihn erblickte, hörte er gerade noch ein erstauntes »Ist nicht wahr?«, dann legte sie auf. Sie grinste schon wieder so komisch wie beim letzten Mal. Sehr verdächtig, fand Lagerfeld. Provisorisch klopfte er noch einmal gegen den Türrahmen und grinste zurück.

»Herein«, sagte sie lachend, lehnte sich in ihrem Bürostuhl nach hinten und schlug endlich wieder die Beine übereinander.

*

Honeypenny legte den Telefonhörer auf die Gabel und rief triumphierend zu Haderlein hinüber: »Ich weiß jetzt, was das Wort ›Kurwa‹ bedeutet, das die Frau Rast sich gemerkt hat, als sie dem einen Killertypen in den Finger gebissen hat.«

Haderlein hob den Kopf. Er war so in Gedanken versunken, dass er sie fast überhört hätte. Aber anscheinend war Honeypennys Ärger verraucht, sie hörte sich auf jeden Fall gar nicht mehr giftig an.

»Hervorragend – und?«, wollte Haderlein gespannt wissen.

»Das Wort ist russisch und bedeutet ›Hure‹.« Sie bedachte ihren Hauptkommissar mit einem bedeutungsvollen weiblichen Blick. Haderlein tat so, als würde er ihn nicht bemerken.

»Russisch also«, überlegte er laut. Er dachte kurz nach und ging dann eilends zu seinem Chef ins Büro.

»Sie haben mir doch freie Hand für die Sonderkommission gelassen?«, fiel er mit der Tür ins Haus, ohne sich auf die üblichen Begrüßungsformalitäten einzulassen.

Fidibus schaute erschrocken von einem Bericht auf, den er gerade kontrollierte. »Ja, ja, mein lieber Haderlein, jetzt setzen Sie sich doch erst einmal. Nicht das Kind mit dem Hammer ausschütten, mein Lieber. Wen brauchen Sie denn?«

»Jemanden, der sich mit Russen auskennt. Am besten Mafiaszene, Auftragsmörder, Drogenhandel, einfach alles, was infrage kommt.« Der Hauptkommissar schaute seinen Chef abwartend an.

In diesem Moment wich sämtliche Schusseligkeit von Robert Suckfüll. Er hatte eine konkrete Aufgabenstellung, ein Problem, er war in seinem Element. So eine Situation hatte nichts mit der hinderlichen Alltagswirklichkeit zu tun, die meistens dann auftrat, wenn man vergessen hatte, Alkohol zu trinken. Er brauchte nur kurz zu überlegen.

»Da habe ich den absolut richtigen Mann für Sie, Haderlein. Ich muss allerdings erst die Kollegen in Nürnberg anrufen, ob sie ihn freigeben. Sonst noch was auf dem Herzen?«

Haderlein nickte. »Wir werden mit ziemlicher Sicherheit gegen eine Person ermitteln müssen, die durch Immunität geschützt ist.«

»Wie bitte?«, fragte er ungläubig und lehnte sich über den Schreibtisch. Dann straffte er wieder seinen Rücken und rollte seine feuchte Zigarre im Mund hin und her. Wenn Haderlein mit solch einem Ansinnen an ihn herantrat, war die Ermittlung sicher nicht grundlos, dessen war er sich sicher. Trotzdem galt es, vorsichtig zu sein.

»Gegen wen?«, wollte er wissen.

»Den bayerischen Umweltminister Kolonat Schleycher.«

Fidibus zeigte keine äußerliche Regung. Er legte nur seine Zigarre weg und faltete die Hände vor sich auf der Glasplatte des Schreibtischs. »Haderlein, drei Dinge«, äußerte sich Fidibus in selten konzentrierter Weise. »Ich muss Ihnen ja wohl erstens nicht sagen, dass das bitte mit absoluter Diskretion zu erfolgen hat, weil wir zweitens hier schon genug Ärger mit der Presse haben. Also seien Sie bitte so gut und nehmen das drittens selbst in die Hand. Überlassen Sie diese delikate Geschichte nicht etwa Herrn Schmitt. Eine Immunitätsaufhebung ist eine äußerst heikle Sache. Da braucht der

Staatsanwalt schon etwas mehr als Wahrscheinlichkeitsrechnungen, Haderlein. Haben wir uns verstanden?«

Haderlein nickte. Er hatte bekommen, was er wollte.

*

Lagerfeld schlürfte gerade den Milchschaum von seinem Kaffee. Ute von Heesen blickte belustigt hinter ihrem Cappuccino hervor und sagte dann völlig unvermittelt: »Fünfunddreißig.«

»Wie bitte?« Der Kommissar stellte seine Tasse zurück auf den Schreibtisch und blickte sie hilflos an.

»Fünfunddreißig«, wiederholte sie mit ernsthafter Miene. »Sie wollten doch das letzte Mal wissen, wie alt ich bin.«

Es war mal wieder so weit: Lagerfelds Haupt änderte sich in Richtung des roten Spektralfarbenbereichs. »Ähem, ach so, ja …«, stotterte er.

»Ich finde es übrigens gut, dass Sie Ihren Modeberater gewechselt haben«, lobte sie schnell, um die für ihn unerquickliche Situation zu beenden.

Na endlich. Er strahlte über das ganze Gesicht. Es war ihr also doch aufgefallen. Ha! Jetzt war die Gelegenheit, um mit dem zweiten Schritt seines ausgeklügelten Plans fortzufahren.

»Nun, liebe Ute, ich darf doch Ute sagen«, faselte er in durchsichtiger Pseudocharmantheit, »nun, ich habe am Samstag dienstfrei, und da habe ich gedacht, wenn Sie … äh, du … äh … also noch an dem gemeinsamen Bier interessiert wärst, könnten wir doch am Samstagabend … weil, es ist doch nämlich Sandkerwa in Bamberg …« Irgendwie wurde Lagefeld schon wieder heiß, und er vermisste schmerzlich seine Sonnenbrille.

Ute von Heesen platzte fast bei seinem bemitleidenswerten Anblick. Trotzdem schaffte sie es noch, relativ formal zu wirken, und beschloss, ihn erst mal etwas hinzuhalten.

»Sie meinen diese übervölkerte Massensauna in der Altstadt?«, fragte sie, ohne auf seine Duzerei einzugehen.

Lagerfeld zupfte mit einem Zeigefinger heftig an seinem Hemdkragen herum. Der war doch vorhin noch signifikant weiter gewesen.

»Nun … äh … du, Sie … ich meine, wir könnten ja auch woanders hingehen und müssen nicht, also nicht unbedingt …«

Sie konnte einfach nicht mehr. Lauthals fing sie zu lachen an, und im gleichen Moment setzte sich ihr Bürostuhl kreisförmig in Bewegung. In Sturzbächen liefen ihr die Tränen das Gesicht hinunter.

Lagerfeld wusste nicht genau, ob er bleiben oder die Flucht ergreifen sollte. Seine Gesichtsfarbe hatte sich für ein leichtes Purpur entschieden, und die Körpertemperatur war auf Dampfbadniveau gestiegen. Dabei hatte es doch so gut angefangen …

Mit letzter Kraft zog Ute von Heesen ein Kleenex aus der Schachtel auf ihrem Schreibtisch hervor, tupfte sich das nasse Gesicht ab, musste aber sofort wieder das Lachen anfangen, als sie in das verstörte Gesicht von Lagerfeld blickte. Ein neutraler Beobachter hätte den Eindruck gewinnen können, dass das junge Kommissarengehirn gerade damit beschäftigt war, Radiowellen zu empfangen und die Sender zu sortieren. Anscheinend eine anstrengende Aufgabe.

»Okay, okay, okay«, keuchte Ute von Heesen vollkommen außer Atem. »Ich mach dir jetzt einen Vorschlag, Bernd. Du holst mich am Samstag um acht vor dem Bahnhof ab und bringst mich nach der Veranstaltung auch wieder hierher zurück. Ich habe keine Lust, danach noch Auto zu fahren. Sandkerwa ist vollkommen okay, ich liebe das Getümmel.

Falls was dazwischenkommt, ruf mich bitte an. So, und jetzt muss ich wieder an die Arbeit.« Und dann fing sie schon wieder an zu kichern.

Lagerfeld nahm die nackten Informationen zur samstäglichen Abendgestaltung in seiner Perplexheit zwar wahr, konnte sie aber von der Syntax her nicht in einen logischen Zusammenhang bringen. Aus seinem Blick sprach ein großes, deutliches Fragezeichen. Als er sich mit einem schiefen Lächeln verabschieden wollte, hielt sie ihn wie beim letzten Mal auf und flüsterte ihm ins Ohr: »Und vergiss nicht, dem armen Pförtner sein Jackett wiederzugeben.« Mit diesen Worten schloss sie sanft, aber bestimmt die Tür hinter ihm, und Lagerfeld konnte hören, wie sie sich drinnen noch weiter amüsierte.

Er war wieder im gleichen Kino, wieder im gleichen Film, und wieder lief ihm die eigene Soße ins Fußbett.

»Ein Wasser?«, fragte ihn die besorgte Sekretärin.

Lagerfeld nickte hilflos.

*

Die Gangolfskirche in Bamberg ist ein spätromanischer Bau aus dem Jahre 1063 und damit die älteste Kirche in Bamberg.

Dies und noch vieles mehr wurde auch den Jungen des Ottonianums auf dem Tagesausflug von ihren Lehrkräften erläutert. Nun beschäftigte sich die Ausflugsgruppe gerade mehr oder weniger intensiv mit dem »schwebenden Jesus« und seinem »Volto Santo«, dem heiligen Antlitz, in der Nebenkirche. Zuvor hatte man nach der Begehung des Kreuzgangs und der anschließenden Kapelle die sechs Seitenaltäre der Kirche besichtigt, die alle verschiedenen Heiligen geweiht worden waren.

Clemens hatte vom bisherigen Ausflug nicht viel mitgekriegt. Er kümmerte sich um Peter Nickles, und die CADAS kümmerte sich um ihn. Dem Kleinen ging es hundsmiserabel. Alle spürten, dass hier eine ganz üble Geschichte ablief. Obwohl sie noch immer nicht kapierten, was genau los war, wussten die Mitglieder doch, dass sie im Zweifel erst mal Clemens und Peter unterstützen würden, egal was mit dem Regens war. Der Leiter des Ottonianums war ihnen nicht mehr geheuer. Stattdessen war allgemeine Solidarität angesagt.

Lediglich Rast und Graetzke wurden vom solidarischen Geist nicht ganz eingefangen. Die anderen hatten sie im Verdacht, dass sie die CADAS an den Regens verraten hatten. Ein absolut unverzeihliches Vergehen, wenn sich die Vermutung bewahrheiten würde. Verrat schrie nach Rache. Und nun, da sie in der Gangolfskirche in der Nürnberger Straße unterwegs waren, bot sich endlich Gelegenheit dazu.

Die Führung durch die Kirche neigte sich dem Ende zu, und alles war bereit zur Weiterfahrt zum Dom. Nur Hubertus Graetzke und Edwin Rast fehlten noch. Die Lehrkräfte wurden langsam unruhig.

Plötzlich machte einer der Lehrer den Ausflüglern ein Zeichen zu schweigen. Dumpfes Klopfen und leise Rufe waren zu hören. Die Lehrkräfte gingen den Rufen nach und entdeckten die beiden Vermissten schließlich im Kreuzgang der Stiftskirche hinter dem schmalen Chorgestühl. Rast und Graetzke waren mit hellbraunem Paketband säuberlich verschnürt und auf die Holzstufen der Betstühle gelegt worden. Rast war es schließlich gelungen, das Paketklebeband vom Mund wegzubeißen und um Hilfe zu rufen. Eine Mischung aus Zorn und Panik im Blick der Delinquenten empfing die Lehrkräfte, als sie die beiden Sträflinge schließlich befreiten.

Auch wenn die Lehrer nachbohrten, konnten oder wollten die beiden nach ihrer blamablen Rettung nicht sagen, wer sie da ihrer Freiheit beraubt hatte. Der allgemeine Anschiss an die Gruppe fiel dementsprechend umfangreich aus, allerdings konnte sich das eine oder andere Mitglied der CADAS ein Grinsen nicht verkneifen.

*

Nach der Auslöschung des Büttner-Ehepaars war Nikolai wieder in sein Versteck ins ehemalige Katharinenspital zurückgekehrt. Erschöpft warf er sich auf die Couchgarnitur und ließ den Tag im Schnelldurchlauf Revue passieren. Im Prinzip lag er gut im Zeitplan. Er war sogar zügiger, als er geplant hatte. Allerdings wäre es ihm lieber gewesen, wenn er schon gefunden hätte, wonach er suchte. Immerhin wusste er nun, dass das Buch tatsächlich existierte. Er jagte also keinem Hirngespinst hinterher. Das Ergebnis würde ihm zwar den versprochenen Sonderbonus einbringen, aber zuerst noch ein gehöriges Stück Arbeit aufbürden, das er sich gerne erspart hätte. Er griff sich das hauseigene Telefon und wählte die eingespeicherte Nummer mittels Kurzwahltaste. Die Stimme seines Auftraggebers meldete sich sofort.

»Nummer drei ist eliminiert«, gab Nikolai kurz und knapp zu Protokoll. »Gefunden habe ich nichts, allerdings scheint es das besagte Buch wirklich zu geben. Es war ihm bekannt.«

Einen Moment lang herrschte Schweigen am anderen Ende des Telefons, dann erklang eine Aufforderung, die an Deutlichkeit nichts zu wünschen übrig ließ.

»Finde dieses Buch. Finde es!« Dann legten beide Gesprächsteilnehmer auf. Nichts Maßgebliches hatte sich durch den Anruf verändert, nur seinem Auftraggeber war ein Teil von seinem sonst so ausgeglichenen Wesen verloren gegangen. Nikolai holte sich den Wodka aus dem Schrank und nahm sich das Dossier seines nächsten Objekts vom Schreibtisch. Auf der Couch liegend blätterte er in den Unterlagen herum. Die Beschreibungen und Angaben waren jedes Mal vorbildlich, exakt und detailliert. Auch die Fotos erwiesen sich als scharf und eindeutig. Er musste nur die angegebenen Adressen aufsuchen und seine Arbeit verrichten. Eigentlich war alles wie in Russland. Nur dass die Bezahlung hier wesentlich besser war. Er kippte den Wodka in einem Zug hinunter.

*

Lagerfeld steuerte mit der Kiste unter dem Arm auf seinen Honda zu. Er konnte sich noch kurz über die lauter werdende deutsche Schlagermusik wundern, bevor er des festen Stands beraubt wurde und quer durch die Luft segelte. Während er mit dem Rücken unsanft auf dem Teer aufschlug, sah er über sich in Zeitlupe ein ältliches Fahrrad schweben. Knapp neben ihm krachte ein dröhnender Ghettoblaster auf die Straße, der sofort verstummte, als er in tausend Teile zersprang. Dann spürte er einen dumpfen Schlag auf seinem Körper, und ein ihm wohlbekanntes Gesicht kam auf dem seinen zu liegen.

Bitte nicht, betete Lagerfeld stumm, während er aus dem Augenwinkel sah, wie sich der Inhalt seiner Graetzke-Kiste über den Bahnhofsvorplatz verteilte. Derselbe singende Fanatiker wie zwei Tage zuvor glotzte ihn eine Sekunde lang verständnislos an, bevor auch er begriff. Dann schwollen die Adern an seinem Hals an, und ein unmenschlicher Schrei entrang sich seiner Kehle. Knochige Hände legten sich um Lagerfelds Hals, doch der hatte keine Lust, sich auch nur einen Moment länger als nötig mit diesem Irren aufzuhalten. Mit geübter Hand griff er nach hinten in seinen Gürtel, holte mit leichtem Schwung seine Handschellen hervor und ließ sie um die rechte Hand des Manns schnappen, der schreiend und grapschend auf ihm lag. Mit magischer Wirkung. Sofort verstummte er und blickte verstört auf seine Handfessel, ein Augenblick der Verwirrung, den Lagerfeld eiskalt ausnutzte, um herumzuwirbeln und nun seinerseits auf dem Rücken des Sängers zu liegen zu kommen.

»Ende der Vorstellung!«, fauchte der Kommissar. Er erhob sich und schleppte die laut protestierende Last unter dem Beifall der Umstehenden zum Stahlrohrgeländer, das er gerade erst überstiegen hatte. Mit einem hörbaren Klack schloss sich der andere Teil der Handschellen um das kühle Metall. Dann sprang Lagerfeld flugs einen Schritt zurück, um dem fuchtelnden Arm des Sangesmeisters zu entkommen. Er holte sein Handy hervor und rief Honeypenny an.

»Honeypenny, ich stehe hier an der HUK in Coburg, Bahnhofsplatz, und habe eine Festnahme. Tätlicher Angriff auf einen Polizeibeamten. Sag doch bitte den Kollegen hier, sie möchten ihn abholen und sehr, sehr lange in ein sehr, sehr tiefes schwarzes Loch wegsperren. Ich wiederhole, Honeypenny: sehr tiefes schwarzes Loch!« Damit klappte er selbstzufrieden sein Handy zu und begann erneut seine Kiste zu füllen. Es würde knapp werden mit seiner Prüfung, so viel war mal klar.

Seufzend schaute er zu seinem Gefangenen zurück, der sich vergeblich bemühte, die Stahlrohre samt Betonfundament zu bewegen. Das Singen war ihm gründlich vergangen. Die Umstehenden waren reichlich amüsiert und betrachteten zufrieden das vorläufige Ende einer hoffnungsvollen Gesangskarriere in Coburg.

*

Haderlein konzentrierte sich auf die Rast'schen Zeitungsausschnitte. Er hatte das Gefühl, als ob sie ihm etwas sagen wollten, aber er ihre Sprache nicht verstand. Verdammt, es war zum Wahnsinnigwerden. Der Hauptkommissar fühlte sich wie eine Katze, die ihrem eigenen Schwanz hinterherlief. Dann fasste er einen Entschluss. Bevor er hier hinter seinem Schreibtisch kauerte und Löcher in sein Gehirn dachte, war es definitiv besser, sich mit jemandem zu unterhalten. Immerhin mussten sowieso noch Lücken in der Befragungsliste gefüllt werden. Entschlossen stand er auf.

»Wo wollen Sie denn jetzt hin?«, fragte Honeypenny erstaunt.

»Ich werde mal die Kirche aufsuchen«, antwortete er nebulös. »Vielleicht habe ich da ja eine Erleuchtung.«

Honeypenny starrte ihn sprachlos an. Franz Haderlein war kein Kirchgänger. Noch nie gewesen.

Als der Ermittler die Klinke greifen wollte, kam ihm Cesar Huppendorfer auf der anderen Seite zuvor und stolzierte mit seinem Laptop unter dem Arm zur Tür herein.

»Na, Huppendorfer, schöne Bildchen erstellt?«, erkundigte er sich.

»Ja, ging ganz gut. Die Bilder waren eigentlich ganz schnell fertig.«

Schnell? Haderlein schaute auf die Uhr. Huppendorfer war fünf Stunden weg gewesen. War denn unter allen seinen Mitarbeitern heute die Faulenzia ausgebrochen? Doch der Kollege lieferte gleich eine Erklärung.

»Außerdem hab ich Frau Rast noch geholfen, ihre Blumentöpfe rüber in Ihre Wohnung zu tragen, Chef.«

»Blumentöpfe?«, fragte Haderlein misstrauisch. »Was denn für Blumentöpfe?«

Huppendorfer stellte seinen Laptop ab.

»He, ich rede mit Ihnen!«, fuhr ihn Haderlein in seiner Verwirrung an.

»Na ja, eben die Blumentöpfe aus der zerstörten Wohnung von Frau Rast«, rechtfertigte sich Huppendorfer. »Die Pflanzen müssen ja gegossen werden, und es wäre doch

Quatsch, nur deswegen dauernd hin und her zu laufen, oder? Da hat Manuela schon recht.«

»Manuela?«, echote Haderlein undefinierbar.

»Und dann hat sie auch noch Mittagessen gekocht für mich und die von der Streife, die ich als Personenschutz abgestellt habe«, fuhr Huppendorfer ungerührt fort.

Haderlein brachte nur ein ungläubiges »Aha« hervor, was Huppendorfer zu weiteren Ausführungen zu ermuntern schien.

»Und wir drei Männer haben ihr dann schließlich noch bei den Möbeln geholfen, die sie umgestellt haben wollte. War ein echtes Stück Arbeit, Chef, und Ihre Wohnung sieht jetzt tatsächlich viel sch…« Weiter kam Cesar Huppendorfer nicht, weil sein Vorgesetzter wortlos und mit ängstlichem Blick zur Tür hinausmarschierte und in großer Eile das Haus verließ.

Der Computerexperte zuckte mit den Achseln und begab sich zu seinem Schreibtisch, um die Phantombilder der Russen auszudrucken.

*

Franken ist Bierland. Diesem Umstand verdanken unzählige Brauereien Frankens ihre Existenz. Von den ungefähr sechshundert in Deutschland sind über dreihundert im fränkischen Dreieck Bamberg, Kulmbach, Bayreuth angesiedelt. Überregional wurde in der Historie vor allem Kulmbach durch seine großen Brauereien bekannt und wohlhabend. Die anderen Betriebe waren und sind eher klein oder mittelständisch. Tag für Tag fahren sie ihre Produkte von Gasthof zu Gasthof, um damit ihre Existenz zu sichern. In den letzten Jahren gab es zum Glück den Trend, dass selbst große Getränkemärkte wieder häufiger kleine, lokale Biere anboten, was der fränkische Kunde äußerst dankbar annahm. So also verhielt sich die fränkische Brauereilandschaft, sodass es bisher für den Nachwuchs einer Brauereifamilie nicht die dümmste Entscheidung war, sich in der Berufswahl für die Fortführung des elterlichen Betriebs zu entscheiden.

Diese Gedanken an eine gesicherte Zukunft mochten auch Pankraz Peulendorfer gekommen sein, als er trotz des absolvierten Architekturstudiums die Braustätte seines Vaters übernahm. Die kleine Brauerei am Fuße der Plassenburg war in gewinnreiches Fahrwasser geraten, als Peulendorfer dem Ruf seiner Familie gefolgt war und die Brauerei zu dem gemacht hatte, was sie heute war. Eine kleine, aber feine Biermanufaktur mit einem sehr guten Namen in Fachkreisen.

Regelrecht berühmt war das Bockbier mit dem anzüglichen Namen Deflorator. Das Gebräu mit sechzehn Prozent Alkohol und beinahe feststoffartiger Viskosität wurde der Familie Peulendorfer im Frühjahr schon fast aus den Händen gerissen, bevor sie den Krug gefüllt hatten. Der Bockbier-Anstich in der Kommunbräu in Kulmbach löste alljährlich völkerwanderungsartige Menschenbewegungen aus, sodass in der Gaststube und dem kleinen Biergarten Belagerungszustand angesagt war. Die Peulendorfers hatten dann alle Hände voll zu tun. Was für andere Gewerbe dieser Welt das Weihnachtsgeschäft ist, war für sie inzwischen das Deflorator.

Jetzt im August war es zwar auch nicht wirklich leer, aber viele der Gäste verteilten sich bei schönem Wetter lieber auf die Biergärten und Keller im fränkischen Land. Das war nicht schlimm, sondern ganz normal. Auch Pankraz Peulendorfer suchte gerne ab und zu eine andere Brauerei oder einen anderen Biergarten auf, um sich selbst etwas zu gönnen. Als fränkischer Brauer und Wirt stand man über dem kleinkarierten Konkurrenzdenken und freute sich im

Gegenteil über die mehr als reichliche Geschmacksvielfalt im Oberfränkischen. Woanders wurde schließlich auch gutes Bier gebraut, pflegte er selbstlos und ehrlich seinen Gästen zu erzählen.

Heute hatte er mit seiner Frau beschlossen, am Wochenende die Bamberger Sandkerwa zu besuchen. Sein ältester Sohn war bereits in die Fußstapfen des Vaters getreten und hatte eine Brauerlehre im elterlichen Betrieb begonnen, sodass er am Wochenende zum ersten Mal die Wirtschaft und den Laden mit Ausschank und Küche allein schmeißen würde. Pankraz Peulendorfer war gespannt, ob sein Junior alles allein hinbekommen würde, freute sich aber zuvorderst auf den freien Abend mit seiner Frau. Freizeit war in dem Familienbetrieb ansonsten eher ein Fremdwort.

Jetzt musste er jedoch noch mal richtig ran. Abends würde es wieder voll in der Gaststube werden, und bis dahin hatte er sich noch um seinen Sud zu kümmern. Die Frau war mit den Kindern zum Basketball nach Bamberg gefahren und würde sicher nicht vor Mitternacht nach Hause kommen. Heute blieb wirklich alle Arbeit an ihm hängen. Peulendorfer seufzte einmal schwer, stand dann auf und begab sich zu seinen Gästen und seinem Bier.

*

Lagerfeld war unter Missachtung sämtlicher Geschwindigkeitsbegrenzungen die neue Autobahn nach Bamberg entlanggerast. Überraschenderweise war der Bamberger Stadtverkehr ihm dann so freundlich gesinnt, dass er verdächtig früh den Spezi-Keller erreichte. Sogar das größte aller Wunder, ein freier Parkplatz in der Nähe, war passiert. So begab es sich also, dass Bernd Schmitt völlig unvorbereitet und ahnungslos, aber auf jeden Fall pünktlich zu seiner Sportfischer-Prüfung erschien. Um wenigstens ein bisschen auf Prüfung und Spickzettel zu machen, hatte er sich seinen Vernehmungsblock unter den Arm geklemmt.

Ausnahmsweise schien sein äußeres Erscheinungsbild hier kein optisches Ereignis darzustellen, welches beim Gegenüber Augenkrebs auslöste, nein, unter den Anglern konnte er sich sogar allen Ernstes als dezent gekleidet bezeichnen. Um ihn herum standen hauptsächlich Männer, die teils tarnfarbene Latzhosen, schrille T-Shirts oder auch ganzkörperkondomähnliche Anglerkleidung trugen. Lagerfeld war erleichtert, er konnte sich also ungestört unters Anglervolk mischen. Um Kontakte zu schließen, pickte er sich eine Gruppe von drei Prüflingen heraus, die schon etwas älter waren, und stellte sich dazu.

»Na, auch nervös?«, fragte er gleich mal unverfänglich in die Runde.

»Geht so«, stellte ein bleichgesichtiger Rothaariger ihm gegenüber fest. »Und, wo kommst du her?«

»Aus Coburg«, antwortete Lagerfeld, ohne lügen zu müssen. »Unsere Prüfung ist abgesagt worden wegen dem Tod vom Rast. Deswegen sind da alle ziemlich durch den Wind.«

»Der Rast, dieser Idiot, der hätte mal besser nicht so angeben sollen«, erzürnte sich daraufhin sein linker Nachbar, ein schwarzhaariger Angelkandidat von circa dreißig Jahren. »Erst große Töne spucken, er hätte die Bootsfahrer im Sack, und dann passiert nichts. Der Angeber.«

»Du spinnst doch«, echauffierte sich sein rothaariges Gegenüber. »Ohne den Rast würden die Kanufahrer doch machen, was sie wollen, oder? Wenn du mich fragst, stecken die hinter allem, und die waren es auch, die den Edwin umgebracht haben.«

»Ihr redet vielleicht ein Blech zusammen«, stieg nun auch der Dritte der Gruppe auffallend ruhig ins Gespräch ein. Er war mit Abstand der Älteste und auch der Größte.

»Wieso Blech?«, wollte Lagerfeld neugierig wissen.

Der Große mit den langen, verfilzten Rastalocken schaute auf seine Schuhe und meinte dann: »Ich hab so was läuten hören – von Erpressung und so. Und so was geht nie gut. Der Rast und der Graetzke haben sich das selber eingebrockt, wenn ihr mich fragt. Wer alles oder nichts spielt, muss sich im Zweifel halt auch mit nichts begnügen können.«

Bevor Lagerfeld nachhaken konnte, wurden sie leider schon in die Gaststube des Spezi-Kellers gebeten, und jeder suchte sich einen Platz. Der Kommissar setzte sich direkt vor den großen Fenstern auf eine Bank, von der aus man in Zeiten der Muße einen wunderschönen Blick nach draußen werfen konnte. Doch Muße war das Letzte, was Lagerfeld im Moment vergönnt war, denn wenige Augenblicke später legte ihm jemand die Prüfungsbögen und einen Bleistift auf den Tisch.

Erpressung?, schoss es ihm noch kurz durch den Kopf, dann läutete ein Gong die Prüfungszeit ein. Stirnrunzelnd widmete sich Lagerfeld der ersten Frage.

*

Haderlein warf einen misstrauischen Blick auf den leeren Streifenwagen vor seinem Haus und öffnete die Tür. Drinnen wehte ihm der Geruch von Kaffee und Pfannkuchen entgegen, und aus der Küche ertönte fröhliches Quieken und Gelächter. Dann nahm er allen Mut zusammen, schaute sich in seiner Wohnung um – und war sprachlos.

Heute Morgen noch hatte er eine saubere, ordentliche und vor allem übersichtliche Wohnung in der Judenstraße verlassen. Jetzt stand er inmitten eines Pflanzendschungels und asymmetrisch verrückter Möbelstücke. Manuela Rast hatte aus seinen seit Jahren unveränderten Geometrien einen grünen Urwald gemacht. Nicht dass er die Veränderungen unästhetisch fand, eigentlich nicht, das Ganze hatte schon Stil, wie er zugeben musste, aber es machte ihm auch irgendwie Angst. Wo waren die rechten Winkel hin, an die er sich so gewöhnt hatte?

Er wurde durch Riemenschneider unterbrochen, die sich aus der Küche auf ihn stürzte und ihn aufs Heftigste begrüßte, indem sie ihm den Schuh ableckte.

»Na, du Schwein, was hast du denn aus meiner Wohnung gemacht?« Er nahm sein kleines Ferkel auf den Arm und ging in die Küche.

Drinnen saßen die zwei Streifenbeamten beim fröhlichen Plausch, während Manuela die wer weiß wievielte Runde Kaffee servierte. Ansonsten hatte die grüne Wildnis hier genauso Einzug gehalten wie im Rest der Wohnung. Kein Wunder, dass Huppendorfer so lange beschäftigt gewesen war.

»Ah, der Herr des Hauses.« Der eine Streifenbeamte hob symbolisch die Tasse zum Gruß.

»Hallo, Herr Kommissar!« Manuela Rast streckte ihm einen großen Humpen Kaffee entgegen. »Ich hoffe, ich habe Ihre Wohnung nicht zu stark verändert? Aber ich wusste einfach nicht, wohin mit meinen Pflanzen.«

Bevor Haderlein noch etwas erwidern konnte, äußerten sich bereits ungefragt die Herren Polizisten. »Eine tolle Wohnung haben Sie da, Herr Kommissar. So grün, so freundlich!«

»Und diese cleveren Linienführungen mit den Möbeln, Donnerwetter! So was hätte ich Ihnen gar nicht zugetraut, Herr Kommissar«, mischte sich der andere in die Lobhudelei ein und nickte ihm mit offener Bewunderung zu.

Haderlein blickte von einem zum anderen, räusperte sich vernehmlich und meinte dann nur kurz: »Tja, Geschmack muss man eben haben und Mut zur Veränderung.« Dann nahm er einen großen Schluck Kaffee und blickte Manuela Rast ratlos an. Er konnte selbst nicht glauben, was er da redete. Franz Haderlein? Mut zu Veränderung? Es war wohl besser, zuerst einmal der Arbeit nachzugehen. Da befand er sich wenigstens auf sicherem Gebiet. Über die neue Wohnsituation musste er später in Ruhe nachdenken.

»Tja, ich wollte mich eigentlich sowieso nur vergewissern, dass hier auch alles in Ordnung ist«, meinte er beiläufig. »Ich geh dann mal wieder.« Er stellte seine noch halb volle Kaffeetasse auf den Küchentisch, der neuerdings mit einer Tischdecke bedeckt und einer Blumenvase verziert wurde, und verabschiedete sich freundlich, aber ohne weiteres Aufheben Richtung Geistlichkeit.

*

Lagerfeld saß tief gebeugt über seinen Prüfungsfragen und hatte schon die ersten Schwierigkeiten.

Nennen Sie drei typische Fischkrankheiten!

Er hatte keine Ahnung. Sicherheitshalber tippte er mal auf Grippe, Pest und Schuppenschimmel. Was Blöderes fiel ihm gerade nicht ein, und irgendwas musste er ja hinschreiben, ansonsten würde er auffallen. Nächste Frage.

Zu welcher Familie der Fische gehört der Blei?

Ach du lieber Gott! Von einem Fisch namens Blei hatte Lagerfeld in seinem ganzen Leben noch nie etwas gehört. Hätte man nicht nach Aal, Karpfen oder Hecht fragen können? Blei, was für ein bescheuerter Name für einen Fisch.

»Der Blei gehört gewichtsbedingt zur Gattung der Sinkfische«, schrieb er schließlich, ohne Hoffnung auf Korrektheit der Antwort zu haben.

Wie heißt das weibliche Geschlechtsprodukt beim Fisch?

Lagerfelds Stimmung besserte sich. Endlich mal eine Frage, die man auch mit seinem gesunden Menschenverstand beantworten konnte. Die war ja einfach. Die Antwort lautete ganz eindeutig »Kind«. Zumindest das klang richtig. Durch seinen Erfolg ermutigt stürzte Lagerfeld sich auf den Rest der Prüfungsfragen.

*

Altbischof Manfred Griebel saß in seinem Stuhl im Lesezimmer, als ihm die Haushälterin Besuch meldete. Der achtundsiebzigjährige Bischof war verwundert. Es hatte sich kein Gast angemeldet, wie es doch in der Regel üblich war. Er legte seine Schrift, die er gerade studiert hatte, auf die Seite und bedeutete seiner Haushälterin, den Besuch vorzulassen. Altbischof Griebel war immer noch außerordentlich rüstig für sein Alter und von herausragender Gesundheit. Nur die Augen wollten nicht mehr so, wie er wollte, weshalb er mit einer starken Brille nachhelfen musste. Eigentlich brauchte er auch keine Haushälterin, aber da die Kirche sie ihm bezahlte, fand er sich mit ihr ab. Im Grunde seines Herzens nervte ihn das geschwätzige Weib ganz gehörig. In seiner dunklen Robe ging er in die Mitte des Raums, um den Gast willkommen zu heißen, den seine Haushälterin als Hauptkommissar Haderlein vorstellte.

»Sie dürfen sich jetzt zurückziehen, Gertrud«, wies er seine Haushälterin an, die keine Anstalten machte, sie allein zu lassen. Widerwillig verließ sie nach der Aufforderung das Zimmer. Wenn schon mal jemand Interessantes vorbeikam, hätte sie auch gerne gewusst, warum. Meistens passierte hier rein gar nichts.

»Sie müssen entschuldigen, Herr Kommissar«, sagte Altbischof Griebel mit resigniertem Gesicht. »Dieses aufdringliche Weibsstück bringt mich noch ins Grab.«

Haderlein schmunzelte, beschloss aber, nicht auf die Bemerkung einzugehen, sondern erst mal die Formalien einzuhalten.

»Schön wohnen Sie hier, Herr Bischof«, begann er. »Ist das ein besonderes Haus?«

»Nun, nur eine alte Villa aus der Gründerzeit. Sie gehört der Diözese Bamberg. Man hat mir die Ehre erwiesen, dieses Anwesen samt Haushälterin als privates Altersheim einzurichten.« Der Bischof a.D. ließ Haderlein Platz nehmen und setzte sich selbst ihm gegenüber in einen alten, hochlehnigen Sessel.

Der Hauptkommissar blickte sich im Raum um. Er kam sich vor wie bei seinem lang zurückliegenden Besuch in Rom. In den Palästen rund um das Forum Romanum waren die Zimmer ähnlich prunkvoll gewesen. Dieser Raum hier hatte eine Raumhöhe von über fünf Metern, schätzte er, vor allem die Decke war reichhaltig verziert. Beeindruckend.

»Was kann ich denn für Sie tun, Herr Kommissar?«, fragte Bischof Griebel ruhig und blickte ihn aus leicht wässrigen Augen an.

Haderlein überlegte.

»Das ist gar nicht so einfach«, gab er dann zu, »aber es gibt in Bamberg zwei Menschen, die umgebracht wurden. Die Gründe dafür liegen noch im Dunkeln, was heißt, dass wir noch keine Spur haben, die zu einem Verdächtigen führt.«

Der Bischof blickte ihn schweigend und unbewegt an. Dann runzelte er die Stirn, so als habe er nur ein bisschen Zeit gebraucht, um die Informationen zu verarbeiten.

»Nun, ich habe von der Geschichte in der Zeitung gelesen. Es geht um Angler und Bootsfahrer, wenn ich mich recht entsinne. Aber inwieweit kommt da die katholische Kirche und insbesondere meine Person ins Spiel, Herr Kommissar?«, wollte Griebel wissen.

Ja, das war tatsächlich eine sehr gute Frage, musste Haderlein zugeben. Er trat die Flucht nach vorne an und kramte die Kopie einer Zeitungsseite hervor.

»Diesen Ausschnitt habe ich auf dem Schreibtisch des ersten Opfers gefunden«, erklärte Haderlein und reichte ihm den Artikel, in dem auf einem Foto der Bischof mit dem damaligen Regens Kolonat Schleycher abgebildet war. Es handelte sich um die Verabschiedung Schleychers als Seminarleiter des Ottonianums in den siebziger Jahren.

Der Altbischof nahm das Papier, setzte seine Brille auf und studierte die Seite langsam und sorgfältig. Als er sie dem Kommissar zurückgab, spiegelte sich eine gewisse Ratlosigkeit auf seinem Gesicht wider.

»Ich erinnere mich gut daran, Herr Kommissar. Das war eine kurze Zeremonie, mit der der damalige Leiter des erzbischöflichen Knabenseminars verabschiedet wurde. Das war in den Siebzigern, wenn ich mich nicht irre. Aber ich wüsste nicht, was diese Begebenheit mit Ihrem Mordfall zu tun haben könnte.«

»Warum wurde Kolonat Schleycher damals eigentlich entlassen? Auf dem Bild sehen Sie beide ja nicht besonders glücklich aus«, tastete sich Haderlein vorsichtig weiter.

»Nun, das sind kircheninterne Angelegenheiten, Herr Kommissar«, wehrte Griebel ab, »andererseits ist es auch nicht von so großem Belang, als dass ich Ihnen diese Informationen vorenthalten müsste. Ich habe Kolonat Schleycher damals nahegelegt, sich einen neuen Wirkungskreis zu suchen, da es Probleme mit seinem Führungsstil gab. Dem einen oder anderen war er etwas zu liberal im Umgang mit den Schülern.«

»Zu liberal?«, hakte Haderlein nach.

»Zu nachlässig mit seinen jungen Schäfchen«, formulierte Griebel die Antwort um. »Wir konnten uns da nicht einigen.«

Doch Haderlein wollte sich mit der Erklärung nicht abspeisen lassen. »Der Trennungsschmerz war offensichtlich so groß, dass Schleycher es vorzog, für eine längere Zeit im Kloster unterzutauchen. Das ist ungewöhnlich für einen Menschen, der doch einen gewissen Ehrgeiz entwickelt hat, was seine berufliche Zukunft anbelangt, finden Sie nicht?«

Der Bischof seufzte laut und vernehmlich und schüttete sich ein Häufchen Schnupftabak auf den Handrücken seiner linken Hand. »Wollen Sie auch eine Portion?«, bot er dem Kommissar an.

Haderlein konnte sich ein Lächeln nicht verkneifen. »Nein, vielen Dank. Ich rauche nicht und beabsichtige auch nicht, mir andere Laster zuzulegen, Herr Bischof.«

»Nun, wie Sie wollen, Herr Kommissar.« Mit einem lauten Geräusch wurde der Schnupftabak vom linken Nasenloch des Bischofs eingeatmet. Der Mangel an Restsubstanzen im Umgebungsbereich der Nase zeugte von der großen Routine im Umgang mit dem braunen Stoff. Anschließend schüttelte Altbischof Manfred Griebel sein weißes Haupt und nieste genussvoll.

»Gesundheit!«, rief Haderlein amüsiert.

»Vielen Dank. Das sind die Freuden alter Männer, Herr Haderlein«, erklärte ihm der Bischof. »Aber um auf Ihre Frage zurückzukommen: Ich habe mich damals auch gewundert und Kolonats Entscheidung nicht verstanden. Eine große Karriere in der klerikalen Hierarchie lag vor ihm. Aber so sind sie, die jungen Leute. Immer revolutionäre Ideen im Kopf. Was soll man da machen?«

»Und wie finden Sie Ihren ehemaligen Regens so als Politiker? Offensichtlich hat er ja großen Erfolg mit seinem zweiten Berufsweg.«

Griebel verzog das Gesicht. »Meiner Meinung nach soll sich die katholische Kirche aus politischen Ämtern heraushalten. Die Politik ist ein Sündenpfuhl und nichts für uns Seelsorger, die über den Dingen stehen sollen. Ein Kirchenmann muss ein Vorbild mit tugendhaftem Lebenswandel sein. Und so etwas geht in der Politik nun mal einfach nicht, glauben Sie mir. Immerhin ist Kolonat in der richtigen Partei«, meinte er mit einem Zwinkern.

Beide Männer mussten lachen, dann erhob sich Haderlein. »Herr Bischof, ich danke Ihnen für die Zeit, die Sie mir geopfert haben. Ich habe Sie jetzt lange genug belästigt.«

Bischof Griebel gab Haderlein seine faltige Hand. »Es war mir eine Freude, junger Mann. Ich wünsche Ihnen, dass Sie die Bösewichter fangen, bevor sie noch mehr Unheil in dieser Welt anrichten können. Gertrud wird Sie hinausbegleiten.«

Draußen griff Haderlein sich sein Handy und versuchte Lagerfeld zu erreichen, doch dessen Telefon war abgeschaltet. Offensichtlich saß er noch immer in der Angelprüfung fest.

*

Nikolai trat aus der Tür. In der einen Hand hatte er eine kleine Mappe, in der anderen trug er eine schwarze Sporttasche. Unauffällig schaute er sich um. Doch es herrschte Ruhe. Im hintersten Winkel des ehemaligen Katharinenspitals kümmerte sich niemand um das kleine alte Haus und seinen Bewohner. Das hier war eine der verlassensten Ecken der Bamberger Innenstadt. Nikolai stieg in seinen BMW, warf

Mappe und Tasche auf den Beifahrersitz und gab die Zieladresse in sein Navigationssystem ein.

Die Berechnung dauerte nur wenige Sekunden, dann erklärte ihm sein Display, dass er bis Kulmbach genau einundvierzig Minuten brauchen würde. Gelassen startete Nikolai den Motor.

*

Was ist ein Gaff?

Lagerfeld war froh, nach einer Stunde endlich bei der letzten Frage angekommen zu sein. Er hatte die Prüfung satt. Das Einzige, was sein Onkel ihm in seiner Kindheit erklärt hatte, war, wie man eine Angelrute halten musste. Auf den Fragebögen war allerdings von Dingen die Rede, die genauso gut bei der Konservenherstellung oder dem polnischen Kartoffelanbau Verwendung hätten finden können. Seiner Meinung nach.

Was also war ein Gaff? Ja, das hätte er auch nur zu gerne gewusst. Spontan schrieb er hilflos »Freundin, die beim Angeln zuschaut« aufs Papier. Erleichtert legte er seinen Stift weg. Das Gesicht des Menschen, der seinen Prüfungsbogen kontrollieren musste, würde er gerne sehen. Lagerfeld faltete die Arme hinter seinem Kopf zusammen und betrachtete den Rest der grübelnden Prüflinge an den anderen Tischen. Er stutzte. Der Mann am Tisch ganz rechts an der Wand kam ihm seltsam bekannt vor. Er trug gefleckte Tarnkleidung und hatte an seinem Gürtel ein großes Messer in einer Lederscheide hängen. Als er nachdenklich aufblickte und auf seinem Bleistift kaute, entdeckte Lagerfeld eine längliche Narbe am Hals.

*

Lagerfeld hatte den Prüfungssaal verlassen und wartete im Vorraum mit einer Zigarette in der Hand. Nach und nach erschienen mehr oder weniger erschöpfte Angler und gesellten sich zu ihm. Schließlich entdeckte er auch den älteren mit den langen Haaren wieder.

»Na, wie war die Prüfung?«, fragte Lagerfeld.

Der Angesprochene blickte ihn belustigt an und meinte: »Hör mal zu, Bruder. Ich wurde nicht geprüft, ich habe geprüft. Ich bin Vorsitzender der Prüfungskommission, falls du das nicht mitbekommen hast.«

Lagerfeld war überrascht. Dieser Rastafari-Typ war Vorsitzender einer Prüfungskommission? Unglaublich, was es alles gab.

»Stefan Wurm«, stellte sich sein Gegenüber vor. »Und wie ist es bei dir gelaufen?«

Lagerfeld winkte ab und schnippte den Stummel seiner Zigarette auf den Bürgersteig. »Glaube nicht, dass ich zur Wissenselite dieses Anglerjahrganges gehöre«, meinte er ohne Bedauern. »Sag mal, wie hast du das eigentlich vorhin gemeint mit der Erpressung vom Rast? Womit soll denn der Edwin jemanden erpresst haben?«

Stefan Wurm konzentrierte sich wieder auf die Spitzen seiner Schuhe. »Ihr in Coburg kriegt wohl überhaupt nichts mit, oder?« Flüsternd fuhr er fort: »Der Rast hat angeblich den neuen Umweltminister mit irgendwas im Sack gehabt. Jedenfalls hat er das in jedem Vorstand rumerzählt, der es hören wollte oder auch nicht. Die meisten haben es natürlich als bloße Angeberei abgetan, aber ich glaub, da war was dran. Auf jeden Fall war der Rast größenwahnsinnig, wenn du mich fragst. Wer zum Schwert greift, na ja, du weißt schon.«

Mit diesen Bemerkungen blinzelte er ihm zu und ging wieder in den Gastraum, den der letzte Prüfling gerade verlassen hatte. Der Angelschüler schaute Lagerfeld an,

Lagerfeld erwiderte seinen Blick, aber die Freude des Wiedersehens war eher beschränkt.

Mit einer unglaublichen Schnelligkeit spurtete der Mann Richtung Tür. Obwohl Lagerfeld nicht der Langsamste war, kam er nicht hinterher. Zwar lag der Spezi-Keller auf Höhe der alten Sternwarte, von der es nur bergab ging, trotzdem verlor er seinen Freund schließlich aus dem Blick. Der Mann mit der Narbe war in einen schmalen Weg eingebogen, der in den Wald führte.

Lagerfeld atmete schwer und hielt es für das Beste, erst mal seinen Chef anzurufen.

*

Als Siebenstädter bei der Gerichtsmedizin eintraf, stand der schwarze Wagen des Bestattungsunternehmens schon wartend vor der Tür. »Das hätte also nicht bis morgen Zeit gehabt, oder wie?«, maulte der Pathologe den armen Mann an, der soeben die Heckklappe öffnete. Im Wagen lagen zwei »Pakete«, wie er sich gerne ausdrückte. Missmutig holte Siebenstädter von drinnen einen Rolltisch aus Edelstahl und hievte mit Hilfe des Fahrers die beiden schwarzen Leichensäcke darauf.

Dann schickte er den Wagen weg und schob seine Fracht in den Sezierraum. Er drapierte die »Pakete« auf je einen Edelstahltisch, öffnete die Säcke und speicherte beim ersten Anblick bereits ungerührt erste Fakten ab. Die weibliche Leiche hatte eine Schusswunde in der Stirn, der Projektilaustritt war am Hinterkopf erfolgt. Er öffnete den Reißverschluss bis zu den Füßen, zog ihn aber gleich wieder angewidert bis auf Kehlkopfhöhe zu. Was für ein unförmiger, älterer Frauenkörper! Da hatte er aber schon weitaus Hübscheres hier liegen gehabt. Das musste er sich heute nicht mehr geben. Er ging zur anderen Person hinüber. Männliche Leiche mit Schussverletzung am Genickansatz und Projektilaustritt an der Nasenwurzel. Das Gesicht sah aus, als hätte jemand von innen den Wangenknochen weggesprengt. Seufzend schloss Siebenstädter den Sack und schob den Toten namens Büttner ins Kühlfach Nummer zehn. Als er die Frauenleiche ins Kühlfach Numero elf schieben wollte, hielt er plötzlich inne.

Er legte seine Stirn in Falten und öffnete den Sack erneut, um das Einschussloch auf der Stirn der Frau genauer zu betrachten. Hatte er's doch gewusst. Erneut überflog er das Datenblatt der Leiche. Aus Hof kamen die beiden also. Sehr merkwürdig und genau deswegen interessant.

Eilends ging er zum Kühlfach Nummer sieben und holte die verbrannten Knochen einer männlichen Person hervor, die ihm Haderlein geschickt hatte. An dem verkohlten Skelett war wirklich nicht mehr viel zu erkennen, jedoch schien das arme Schwein den gleichen Tod erlitten zu haben wie die beiden Neuen. Siebenstädter schaltete die große Sezierlampe ein und beugte sich über den Schädel. Tatsächlich, genau das Gleiche. Sicherheitshalber holte er noch eine hochpräzise Schieblehre aus dem Schubfach und überprüfte seine Annahme.

»Heureka!«, rief er so laut, dass es im Raum hallte, und klopfte sich selbst auf die Schulter. Wieder so ein armer Irrer, der glaubte, er sei schlauer als er. Das Negative an seinem Befund war leider die Tatsache, dass er schon wieder mit diesem proletarischen Kommissar reden musste. Allerdings würde er diesmal das Kriminalistengesindel herbeordern. Sollten die Herren doch mal sehen, wozu die moderne Gerichtsmedizin fähig war und wie wertlos jegliche Ermittlungsarbeit in Franken ohne ihn wäre, ohne Professor Dr. Thomas Siebenstädter.

*

Pankraz Peulendorfer überprüfte am offenen Sudkessel die Konsistenz seines künftigen Biers. Er war davon überzeugt, dass es eine weitaus bessere Reifung erfuhr, wenn man ihm eine liebevolle Behandlung angedeihen ließ – so ähnlich wie bei Pflanzen auch. Es kam nicht selten vor, dass er mit seinem Sud sprach. Wie mit einem guten Freund plauderte er dann gute Stimmung ins Gebräu. Er wusste, dass Bier eine Seele hatte. Die Zuwendung würde man am Ende der Gärung auch rausschmecken, so predigte er schon seit vielen Jahren. Ob es nun tatsächlich stimmte oder nicht – der Erfolg gab ihm jedenfalls recht. Die fränkische Mehrheit war von seinem Bier begeistert.

In der Gaststube erhob sich derweil ein elegant gekleideter Mann und machte sich mit zügigem Schritt auf den Weg zu den Toiletten. Kurz vor der Tür mit der Aufschrift »Herren« schaute sich der große Mann noch einmal um. Niemand beobachtete ihn. Dann stieß er schnell die metallene Tür auf, die nach rechts führte. Beißender Maischegeruch schlug ihm aus dem schummrigen Gebäude entgegen, und vom anderen Ende der Brauhalle konnte er ein Klappern und die leise Stimme eines Manns hören. Nikolai zog seine Waffe und schraubte gewissenhaft den Schalldämpfer auf.

»Du wirst ein ganz ausgezeichnetes Bier werden«, prophezeite Pankraz Peulendorfer seinem Sud. »Ein richtig schönes Sommerbier, mein Liebes«, turtelte er verliebt. »Nicht zu stark und auch nicht zu schmalbrüstig im Geschmack. Mit dir wird nicht lange gefackelt werden«, flötete er, während er den Inhalt gleichmäßig umrührte.

»Sehr richtig bemerkt«, hörte er plötzlich eine Stimme von hinten, und kaltes Metall schmiegte sich an seinen Hinterkopf. »Umdrehen«, befahl die Stimme.

In der Gaststube klingelte hinter der Theke das Telefon, doch niemand kümmerte sich darum. Das war Sache der Wirtsleute, und die waren nicht da. Also hallte das Klingeln so lange gedämpft durch den Lärmpegel des gut besuchten Wirtshauses, bis es schließlich wieder unbeachtet verstummte.

Pankraz Peulendorfer drehte sich langsam um. Ihm war kalt, er konnte nicht mehr atmen. Vor ihm stand ein großer, dunkel gekleideter Mann und hielt ihm eine Pistole mit Schalldämpfer an die Stirn.

»Pankraz Peulendorfer?«, fragte der Mann, als ob er ein Einschreiben abgeben wollte.

Er nickte, während der Mann ihn mit einem Foto verglich, das er in der Hand hielt.

»Du weißt, warum ich hier bin?«, fragte er Peulendorfer und drückte ihm den Schalldämpfer fester gegen die Stirn. Der Brauer nickte wieder, unfähig, auch nur die kleinste Silbe über die Lippen zu bringen. Gedanken schossen ihm durch den Kopf: Warum denn jetzt? Nach über dreißig Jahren war die ganze Geschichte doch vergeben und vergessen – oder nicht? Todesangst übermannte ihn, und er begann am ganzen Leib zu zittern.

»Also, was ist? Ich frage dich nur ein Mal. Wo ist das Buch?«, erkundigte sich der Mann mit schneidend kalter Stimme.

Pankraz Peulendorfer konnte nicht mehr an sich halten. Ein dunkler Fleck erschien zwischen seinen Beinen und breitete sich aus. Er begann zu schluchzen. Dann brach die Anspannung als einziger Wortschwall aus ihm heraus.

»Ich hab das Buch nicht. Ich hatte es noch nie in der Hand. Ich weiß nur, dass etwas Gefährliches drinsteht, aber nicht was. Ich hab den ganzen Schmarrn doch nur mitgemacht, war Mitläufer. Um Gottes willen, ich habe doch Frau und Kinder, lassen Sie mich leben, bitte! Das ist doch alles schon so lange her!« Er fiel auf die Knie und umklammerte die Knöchel des Mannes, der ihn mit der Waffe bedrohte.

Nikolai stieß ihn mit den Füßen weg und trat einen Schritt zurück. »Also gut. Aber wenn du das Buch nicht hast, wer hat es dann?« Er zielte mit der Waffe wieder auf den Kopf des Braumeisters, während dieser sich wackelig wieder erhob.

Pankraz Peulendorfer verließ der Mut. Schwankend und mit blutleerem Gesicht stand er da und zuckte nur hilflos mit den Schultern. »Da müssen Sie andere fragen. Ich kann Ihnen nicht weiterhelfen, aber ...«, flehte er verzweifelt, wurde aber unterbrochen.

»Das scheint mir leider auch so«, pflichtete Nikolai ihm bei und drückte ab.

Vom Treffer der Kugel in die Stirn wurde Peulendorfers Kopf nach hinten gerissen und schlug mit einem dumpfen Knall gegen den Kupferkessel. Dann sank der leblose Körper auf den gefliesten Boden und fiel zur Seite. Nikolai hob die Leiche hoch, ließ sie durch die Öffnung des Sudkessels in die Maische gleiten, schloss dann den Deckel und steckte die Waffe weg. Der Kreis wurde allmählich enger. Der hier hatte wirklich nichts gewusst, so viel war klar.

Nikolai machte sich gar nicht erst die Mühe, die Wohnung zu durchsuchen, sondern verließ die Brauerei durch den Hinterausgang.

Am Stammtisch in der Gaststube machte sich langsam Unmut breit. Die Krüge waren leer, und es war weit und breit niemand zu entdecken, der diesen Zustand hätte ändern können. Der mächtigste Autohändler von Kulmbach ergriff schließlich die Initiative, stand auf und schob seinen dicken Bauch durch die Tür der Brauhalle. Nichts. Niemand war da, doch er bemerkte, dass die Tür des Hintereingangs offen stand. Er ging durch die Halle und rief vergeblich nach dem Wirt. Befremdet wollte er schon wieder zurück in die Gaststube gehen, als er neben dem Sudkessel eine große rote Pfütze bemerkte, von der sich eine Schleifspur gleicher Farbe bis hinauf zum großen Deckel des Sudkessels zog. Ohne zu zögern, öffnete er ihn und blickte in die leblosen Augen seines langjährigen Wirts.

*

Alfred Schneidereit legte den Telefonhörer auf. In der Gastwirtschaft von Peulendorfer ging niemand ran. Das allein musste noch nichts heißen, aber nachdem er vor einer Stunde vom Ableben Emil Büttners und seiner Frau erfahren hatte, machte sich langsam Panik in ihm breit. Beim Tod von Rast und Graetzke hatte man schon die allergrößten Befürchtungen hegen müssen, aber nun war es zur Gewissheit geworden: Den ehemaligen Mitgliedern der CADAS ging es an den Kragen. Bei Peulendorfer würde er es später noch einmal probieren, jetzt musste er erst mal Mozart warnen. Der war ein besonders schwerer Fall. Von allen anderen besaß er wenigstens die Adresse, um sie im Ernstfall verständigen zu können, nur Mozart war auf Nimmerwiedersehen abgetaucht. Kein Max Schiller nirgendwo. Wie vom Erdboden verschluckt. Er dachte nach.

Es half nichts. Die Sache wuchs ihm einfach über den Kopf. Entschlossen nahm er den Telefonhörer und atmete tief durch. Dann wählte er die Nummer in Bamberg, die er schon viel früher hätte anrufen sollen. Sehr viele Jahre früher.

*

Haderlein hatte sich schon fast an die grüne Wildnis in seiner Wohnung gewöhnt. Da er heute Abend keine Lust mehr auf irgendetwas hatte, was auch nur im Entferntesten mit Polizeidienst zu tun hatte, beorderte er die beiden »Leibwachen« aus seiner Küche wieder höflich nach draußen vors Haus. Erledigt ließ er sich auf einem Stuhl am Küchentisch nieder. Manuela Rast und Riemenschneider sahen ihn besorgt an.

»War wohl ein harter Tag für Sie, wie?«, erkundigte sie sich mitfühlend.

»Das kann man wohl sagen«, erwiderte Haderlein und rieb sich die brennenden Augen. »Und wenn's ganz dumm läuft, ist er noch nicht mal zu Ende. Ich habe Bereitschaft. Falls es Neuigkeiten gibt, werde ich sofort informiert und muss mich drum kümmern. Als ich noch jung und hübsch war, so um die dreißig, da war ich sogar scharf auf die Bereitschaft. Damals fand ich das wahnsinnig spannend.« Er lachte bei der Erinnerung daran.

»Vielleicht kann ich dem Kommissar ja etwas Gutes tun? Irgendwie muss ich meine Miete ja abarbeiten«, meinte sie lächelnd. »Ich mach mal einen guten Rotwein auf. Ich hab ein paar Flaschen rübergeholt.«

Haderlein lächelte zurück. Er konnte es nicht verhehlen, diese Frau zog ihn an. Nach so langer Zeit ohne Hang zum weiblichen Geschlecht begann sich in ihm Interesse zu regen. Was genau er an ihr fand, konnte er gar nicht mal sagen. Vielleicht die unbekümmerte, frische Art, die ihm als megakorrektem Südbayern so imponierte? Vielleicht der elegante Gang, der ihn auch jetzt wieder faszinierte, als sie in ihrer Jeans und der weiten weißen Bluse den Rotwein plus zwei Gläser auftischte. Er hatte Mühe, seine Blicke von ihrer Figur abzuwenden. Rettung suchend griff er nach dem Weinglas.

»Prost, Manuela!« Er stieß sein Glas an das ihre. »Ich habe keine Lust mehr auf diesen förmlichen Quatsch, also: Ich bin der Franz.«

Die Angesprochene weitete überrascht die Augen und verschluckte sich dann prompt.

»Oh ja … Manuela … Franz … Husthusthust.«

Haderlein musste grinsen. Endlich einmal war er es, der sie überrascht hatte. Das kam bestimmt nicht allzu oft vor. Er nahm einen Schluck von seinem Rotwein und blinzelte Riemenschneider zu, die die Entwicklung mit allergrößter Befriedigung zur Kenntnis nahm. Ihre Ohren hatte sie so gerade aufgestellt, als hätte sie jemand mit einer Schnur an die Decke genagelt. Hier konnte man ja tatsächlich noch was lernen, grunzte sie zu sich selbst.

*

Honeypenny musste noch genau eine Stunde Dienst schieben, Lagerfeld lag bestimmt schon im Bett, und Haderlein hatte sich in die Bereitschaft abgemeldet. Vielleicht war es ja in dieser Nacht zu schaffen, etwas zu schlafen, dachte sie. Schön wäre es schon, es konnte ja nicht immer so weitergehen. Aber da klingelte das Telefon. Hilflos hob sie die Augen gen Himmel. Wäre ja auch zu gut gewesen. Hoffentlich war es wenigstens wichtig. Sie nahm ab und erfuhr, dass es tatsächlich wichtig war. Es war auch nicht der letzte bedeutungsvolle Anruf, den sie an diesem schwülen Augustabend noch erhalten sollte.

*

Haderlein hatte sich mit Manuela Rast auf sein Sofa zurückgezogen. Er musste schmunzeln. Das war ja fast eine familiäre Stimmung hier. Dann klingelte das Telefon. Verzweifelt schloss er die Augen und atmete tief durch. Das hatte ihm gerade noch gefehlt. Bestimmt wollte ihm irgendjemand seinen Feierabend verderben. Er konnte nicht ahnen, wie recht er damit hatte. Als er den Hörer abnahm, wurde sein Blick ernst. Er griff sich den Stift und den Notizblock, die immer neben dem Telefon lagen, kritzelte etwas mit und musste sich dann setzen.

»Nein«, sagte er. »Geben Sie den Kollegen dort Bescheid und wecken Sie Lagerfeld. Er soll sich einen Haftbefehl besorgen und gleich ausführen. Es hilft ja nichts.« Er legte auf und schaute mit versteinerter Miene zu Manuela Rast hinüber. Sie stellte ihr Glas Wein auf die Seite.

»Was ist passiert?«, fragte sie besorgt.

Haderlein nahm ihre Hand. »Wir haben soeben die Nachricht bekommen, dass eine E-Mail-Adresse entschlüsselt wurde.«

»Was denn für eine E-Mail-Adresse?«, fragte sie verwirrt.

»Es gab einen geheimen Chatroom im Internet auf einem versteckten Server. In diesem Chatroom wurde verabredet, deinen Mann an den Betonpfeiler zu binden, allerdings ohne die Absicht, ihn zu töten, so wie es aussieht. Zwei der Täter haben sich bereits gestellt, aber zwei weitere fehlten noch. Die Kollegen in Nürnberg hatten bisher kein Glück mit ihrer Internetrecherche und konnten keine der E-Mail-Adressen zuordnen. Zu clever versteckt. Tja, heute haben sie doch eine geknackt. Wir haben den Namen des Manns soeben übermittelt bekommen, und er wird gerade verhaftet.«

Manuela Rast sprang auf. »Wer ist es? Eigentlich sollte man dem einen Orden verleihen.« Dann bemerkte sie den seltsamen Blick Haderleins. »Aber warum schaust du mich so komisch an?«

»Weil du denjenigen kennst, den wir gerade in Bayreuth verhaften. Die E-Mail-Adresse ›Peter 69‹ gehört Sven Rast, deinem Sohn.«

Entsetzt und fassungslos schaute sie ihn an. »Sven?«, brachte sie gerade noch ungläubig über ihre Lippen, bevor sie von ihren Gefühlen übermannt wurde. In Sturzbächen liefen ihr die Tränen über das Gesicht, und sie schluchzte hemmungslos. »Nein!«, schrie sie dann. »Nein, nein, nein, nein …«

Haderlein hatte Mühe, sie aufrecht zu halten. Riemenschneider verdrückte sich wegen der Aufregung in die hinterste Ecke des Zimmers.

Es war zwar so schon schlimm genug, allerdings hatte der Hauptkommissar ihr nicht die ganze Wahrheit erzählt. Er hatte verschwiegen, dass es einen weiteren Mord gegeben hatte, diesmal in einer Brauerei in Kulmbach. Ob dieser etwas mit seinem Fall und dem Sohn von Manuela Rast zu tun hatte, war noch nicht klar, aber es roch förmlich danach. Und ob er wollte oder nicht: Er musste jetzt auf die Dienststelle.

Er rief die beiden Streifenbeamten wieder herbei, damit sie sich um Manuela Rast kümmern konnten, und verließ dann eiligst seine Wohnung.

*

Nikolai hatte heute Nacht eine Doppelschicht zu erledigen. Dieser Wirt war eine leichte Übung gewesen, das hatte ihm sein Auftraggeber schon prophezeit. Was für ein erbärmlicher Mensch dieser Brauer gewesen war. Wie konnte man nur so um sein Leben winseln? Verächtlich spuckte er aus dem Fenster. Nun ja, ihm konnte das letztendlich egal sein. Er hatte sich nur um seinen Auftrag zu kümmern. Es blieben noch zwei Objekte übrig, von denen eins das Buch haben musste. In dieser Nacht würde er sich noch demjenigen zuwenden, der nur wenige Kilometer entfernt wohnte. Bis Kronach war es nur ein Katzensprung.

*

Als Haderlein auf der Dienststelle eintraf, herrschte dort schon reges Treiben. Honeypenny kam mit dem Telefon in der Hand auf ihn zugelaufen, und ihre Lippen formten ein lautloses »Siebenstädter«, während sie mit einer Hand die Sprechmuschel abdeckte.

Haderlein stöhnte auf, der hatte ihm gerade noch gefehlt. Genervt griff er sich das Telefon.

»Was wollen Sie, Siebenstädter?«, raunzte er ihn unfreundlich an. »Sie arbeiten doch um diese Zeit offiziell gar nicht mehr. Gerichtsmediziner haben doch amtliche Arbeitszeiten, oder etwa nicht?«

Siebenstädter beschloss, die nächtliche Provokation mit Gelassenheit zu ertragen. Schließlich war er in puncto Erkenntnis weit im Vorteil. »Also«, erwiderte er mit außerordentlicher Ruhe, »ich wollte Ihnen nur mitteilen, Herr Kommissar, dass ich hier zwei weitere Leichen aus Hof habe, die vom selben Täter erschossen wurden wie Ihr verbrannter Bösewicht, den Sie mir geschickt haben.«

Haderlein brauchte einige Sekunden, um diese Nachricht zu verdauen. »Sind Sie ganz sicher, Siebenstädter?«, fragte er gefasst.

»Völlig sicher«, erwiderte dieser nicht ohne eine gehörige Portion Arroganz in der Stimme. »Ihr Fall hat sich um zwei weitere Abgelebte vermehrt, Herr Kommissar. Ich bin dafür, dass Sie morgen hier vorbeikommen, dann kann ich Ihnen alles genauestens erläutern.«

Haderlein brauchte nicht lange zu überlegen. »Sind Ihre Beweise gerichtsfest, Siebenstädter?«

»Selbstverständlich«, kam es beleidigt zurück.

»Dann sind wir um circa zwölf Uhr bei Ihnen.« Haderlein legte auf, ohne die Antwort abzuwarten.

Sofort klingelte das Telefon erneut. Haderlein verdrehte die Augen. Er war jetzt wirklich gestresst und hatte keine

Zeit mehr für gerichtsmedizinisches Geplänkel. »Siebenstädter, Sie können mir für heute den Buckel runterrutschen!«, fauchte er ins Telefon.

»Äh, bin ich richtig bei der Kriminalpolizei in Bamberg?«, ertönte aus dem Hörer eine dunkle Stimme, die so gar nicht zum Pathologen passte.

»Oh, Entschuldigung, ich habe Sie verwechselt. Bitte verzeihen Sie. Kriminalhauptkommissar Haderlein am Apparat.«

»Sind Sie der, der die Ermittlungen im Fall Rast leitet?«, fragte die Stimme.

»Ja, der bin ich«, antwortete Haderlein. »Um was geht's denn?«

Mit einem Auge schielte er schon ins Büro. Jeden Tag riefen hier etliche Spinner an, die sich wichtigmachen wollten. Wahrscheinlich zählte auch der Anrufer dazu. Um diese Uhrzeit war er sicherlich auch noch betrunken. »Haben Sie irgendwelche Hinweise?«, fragte er ungeduldig.

»Sie müssen sich um jemanden in Kulmbach kümmern, er ist in allerhöchster Gefahr.« Die Stimme klang unaufgeregt und souverän.

Haderlein stellten sich die Nackenhaare auf. Sofort schaltete er auf Freisprechen, sodass alle mithören konnten. »Können Sie mir den Namen nennen?«, fragte er so unbefangen wie möglich.

»Der Mann heißt Pankraz Peulendorfer und leitet die Kommunbräu unterhalb der Plassenburg. Bitte beeilen Sie sich, wahrscheinlich schwebt er in Lebensgefahr!« Jetzt wurde der Mann drängender.

Haderlein bekam von Honeypenny eine Aktennotiz gereicht. Tatsächlich. Das gerade aufgefundene Mordopfer in Kulmbach hieß Pankraz Peulendorfer, Wirt der besagten Brauerei. Haderlein stockte kurzfristig der Atem. Er hatte hier jemanden in der Leitung, der ganz offensichtlich mehr über diesen Fall wusste. Auf gar keinen Fall durfte er auflegen. Ehrlichkeit schien ihm die beste aller Varianten zu sein, um weiter mit dem Mann zu reden.

»Ihr Anruf kommt leider zu spät. Pankraz Peulendorfer wurde heute Abend erschossen aufgefunden … Hallo? Sind Sie noch dran?« Haderlein wartete angespannt.

»Ja«, kam schließlich eine leise Antwort.

»Was ist mit Ihnen? Sind Sie auch in Gefahr? Wenn ja, wäre es besser, Sie würden mir Ihren Namen sagen, dann können wir uns um Sie kümmern.« Es kam auf einen Versuch an.

»Wer ich bin, tut nichts zur Sache«, wehrte der Anrufer ab. »Aber Sie haben recht, auch ich bin in allerhöchster Gefahr. Und genau aus diesem Grund werden Sie auch nichts mehr von mir hören, wenn ich aufgelegt habe.«

»Nein, bleiben Sie dran!«, rief Haderlein so schnell wie möglich. »Sagen Sie, was Sie zu sagen haben oder sagen wollen. Aber legen Sie nicht auf.«

Für einen Moment breitete sich Totenstille im Raum aus. Auch vom Anrufer war für mehrere Sekunden nichts zu hören.

»Es gibt noch jemanden, den Sie retten müssen«, hörte Haderlein dann wieder den Mann am anderen Ende der Leitung. »Sein Name ist Max Schiller, Spitzname Mozart.«

»Wo finden wir diesen Mozart?«, fragte der Hauptkommissar sofort.

»Das kann ich Ihnen nicht sagen. Ich konnte ihn jedenfalls nicht ausfindig machen. Aber Sie haben da sicher andere Möglichkeiten. Ich muss jetzt wirklich Schluss machen. Finden Sie Max Schiller. Und finden Sie das Buch, bevor es andere tun.«

»Halt«, rief Haderlein erregt, »Sie müssen uns doch irgendeinen Anhaltspunkt geben können, wo wir mit dem Suchen anfangen sollen. Wann haben Sie diesen Max Schiller das letzte Mal gesehen, wie sieht er aus und so weiter?« Haderlein hielt den Hörer krampfhaft an sein Ohr gepresst. Dieser Mann schien der Schlüssel zu allem zu sein, er durfte nicht auflegen. Er durfte einfach nicht.

»Die Toten bilden einen Kreis«, sagte die Stimme. »Zählen Sie Ihre Leichen, Herr Kommissar. Sie werden sehen, ihre Zahl ist zu klein. Ich muss jetzt ...« Die Stimme verklang, aber der Mann hatte nicht aufgelegt. Die Verbindung war unterbrochen worden. Alle im Raum schauten sich unsicher an.

*

Alfred Schneidereit drehte sich um. Noch immer hielt er den Hörer in der Hand, aber vom Telefon selbst war nicht mehr viel übrig. Die Kugel hatte den Plastikkorpus des alten grünen Telekomgeräts in Tausende von kleinen schwarzen Splittern zerfetzt. Einige davon steckten in seiner Hand, die den Hörer umklammerte. Aber er spürte keinen Schmerz. Er hatte es vorausgeahnt.

»Soso, Max Schiller hat also das Buch. Dann kann ich mir ja die Mühe sparen, dein Büro umzugraben, sehr praktisch.« Nikolai lächelte und hob die Waffe.

»Du wirst Max niemals vor der Polizei finden«, entgegnete Alfred Schneidereit ohne sichtbare Furcht.

Nikolai lachte laut auf. Was waren diese Kerle doch alle naiv. Was glaubten die denn, mit wem sie es hier zu tun hatten?

»Dein Max Schiller ist schon lange nicht mehr unsichtbar«, klärte Nikolai ihn mit spöttischer Überlegenheit auf. »Ich weiß zwar nicht, wo er wohnt, aber ich weiß, wo er arbeitet. Und genau da werde ich ihn morgen erwischen.«

Lachend ließ er die Pistole sinken und blickte in seiner überheblichen Heiterkeit einen kurzen Moment lang zur Decke.

Dieser kurze Moment reichte Alfred Schneidereit aus. Mit einer schnellen, entschlossenen Bewegung schlug er mit der freien linken Hand die Pistole auf die Seite und drosch mit der rechten Hand dem Killer mit voller Wucht den Telefonhörer auf den Kopf. Der Hörer brach entzwei, und Nikolai ging zu Boden. Alfred Schneidereit überlegte nicht lange. Er schnappte sich seinen Autoschlüssel und rannte zur Tür hinaus zu seinem Wagen. Mit zittrigen Fingern öffnete er die Fahrertür seines Opel Astras, der Gott sei Dank sofort ansprang. Die Reifen quietschten, als Alfred Schneidereit so schnell losfuhr, wie er konnte.

Sekunden später sah der Pförtner der gegenüberliegenden Firma Loewe aus Schneidereits Haus einen weiteren Mann kommen, der sich den blutenden Kopf hielt, in einen grauen BMW stieg und ebenfalls davonraste.

Im Rückspiegel konnte Alfred Schneidereit beobachten, wie die Scheinwerfer des BMWs näher kamen. Er biss die Zähne zusammen und drückte das Gaspedal seines Opels bis zum Anschlag durch. Der grüne Astra schoss mit über hundertzwanzig Stundenkilometern über die große Weinbergbrücke, die die Bahnstrecke überspannte, in Richtung Lichtenfels davon. Am Ortsrand von Kronach hatte ihn der BMW jedoch bereits eingeholt. Ein Opel war eben kein Rennwagen, egal wie viel Gas man auch gab.

Fieberhaft überlegte Schneidereit, wie er den Killer loswerden konnte. Doch dann vernahm er einen lauten Knall, und sein Astra begann heftig zu schlingern.

Nikolai war wütend, sehr wütend sogar. Nicht auf das Objekt, sondern auf sich selbst. Ihm war ein riesiger Anfängerfehler unterlaufen. Wie konnte er nur so unprofessionell sein? Sein Kopf blutete aus einer Platzwunde. Die dunkelrote Flüssigkeit floss ihm ins linke Auge und irritierte ihn. Dabei war alles wunderbar nach Plan gelaufen, und er hatte die Villa am Kehlgraben sofort gefunden. Alfred Schneidereit wohnte als Geschäftsführer einer großen Teppichhandlung im teuersten Wohngebiet Kronachs, am Kreuzberg nahe der oberen Stadt. Nachdem er ihn in seiner Villa nicht angetroffen hatte, war Nikolai durch die Altstadt an der Feste Rosenberg vorbeigefahren, die vor vielen Jahren einmal Charles de Gaulle im Krieg beherbergt hatte. Dann hatte er seinen Wagen durch den unteren Teil der Dreiflüssestadt Kronach gesteuert und direkt vor der Firma Loewe, dem großen Hersteller von Elektronikgeräten, geparkt. Gegenüber hatte Schneidereits Teppichfirma ihren Sitz, und in seinem Büro war noch Licht gewesen. Gerade noch rechtzeitig hatte Nikolai ihn belauschen können, wie er die wichtigen Informationen auch noch freiwillig ausplauderte. Mein Gott, er hätte ihn einfach nur abknallen müssen. Stattdessen hatte er sich zu einer Überheblichkeit hinreißen lassen, die sofort bestraft worden war. Das hatte er nun davon. Aber noch war es nicht zu spät, seinen Fehler auszubügeln.

Kurz hinter der Brücke hatte er den Astra eingeholt. Noch einmal würde er seinen Auftrag nicht versauen. Links von ihm verlief die Bahnstrecke nach Neuses, dahinter lag eine große Kunststofffirma. Die Straße führte hier auf freier Strecke einen Abhang hinunter. Ideal, um kurzen Prozess zu machen. Nikolai ließ das Fenster auf der Fahrerseite herunter, dann steuerte er nur noch mit der rechten Hand, während er mit der anderen die Waffe hielt und auf den linken Hinterreifen des Astras zielte. Der zweite Schuss saß. Der Reifen fuhr sich sofort pfeifend platt, und das Auto schlingerte wild hin und her. Er passte den richtigen Moment ab und gab dem Heck des Opels mit dem BMW einen leichten

Stoß. Es war zwar eigentlich nur ein kleiner Schubser, aber er reichte aus, um den Wagen quer zur Fahrbahn zu drehen. Mit hundertzwanzig Stundenkilometern schoss er sich überschlagend den Abhang Richtung Bahngleise hinunter, wo er wie eine zerdrückte Konservendose auf dem Dach liegend zum Stehen kam. Auch Nikolai hielt seinen BMW mit einer Vollbremsung an. Er schaltete die Warnblinkanlage ein, stieg aus und rutschte auf seinem Hosenboden den Abhang hinunter. Alfred Schneidereit hing verkehrt herum in seinem Gurt und stöhnte hilflos auf, als er ihn wahrnahm.

Ohne zu zögern, schoss ihn Nikolai in den Kopf und in die Brust. Dieses Mal wollte er auf Nummer sicher gehen. Dann machte er sich auf den Weg zurück zu seinem Auto. Er musste schnell hier verschwinden, bevor die ersten Gaffer oder gar Beamte der Polizei eintrafen.

*

Haderlein legte den Telefonhörer weg und musste sich erst mal setzen. »Was war das denn?« Keiner seiner Kollegen antwortete. Alle waren schockiert. Dann drückte er eine Taste auf dem Telefon und hörte sich das ganze Gespräch noch einmal an.

»Die Toten bilden einen Kreis. Zählen Sie Ihre Leichen, Herr Kommissar. Sie werden sehen, ihre Zahl ist zu klein.«

Im Raum hätte man eine Stecknadel fallen hören, als Haderlein das Aufnahmegerät abschaltete. Schweigend ging er zum Flipchart an der Wand und schrieb in Großbuchstaben »MAX SCHILLER« aufs Papier. Dann setzte er sich wieder auf seinen Stuhl.

»Meine Damen und Herren, kurz vor diesem Anruf habe

ich die Mitteilung von unser aller Liebling, Herrn Gerichtsmediziner Siebenstädter, erhalten, dass in Erlangen zwei weitere Personen aus Hof liegen, die seiner Meinung nach vom selben Täter umgebracht wurden. Das heißt, wir haben jetzt innerhalb von vier Tagen sieben Tote. Fünf männliche und zwei weibliche Opfer aus ganz Nordbayern, die irgendwie in diesem Fall mit drinhängen. Und wenn es für unseren Anrufer dumm gelaufen ist, kommt er als achtes Opfer noch dazu. Hat irgendjemand von Ihnen eine Idee, was er uns mit der Botschaft mitteilen wollte?«

Cesar Huppendorfer meldete sich vorsichtig. »Also, meine Mutter stammt ja aus Brasilien, und als ich vor zwei Jahren mit ihr zu Hause war, hatten wir ein Problem.«

Haderlein runzelte die Stirn. Worauf wollte denn sein dunkelhäutiger Exot jetzt schon wieder hinaus?

»Ihre Schwester war gestorben«, fuhr Huppendorfer fort, »und in einem ihrer Schuhkartons haben wir die Namen von lauter verschiedenen Männern gefunden. Erst haben wir gedacht, das wäre so was wie ihre private Liebhaberkartei, aber meine Tante war sehr katholisch und hat sich aus Liebeleien nichts gemacht – zumindest soweit uns bekannt war.«

»Wirklich eine sehr schöne Geschichte, Huppendorfer, aber was wollen Sie uns damit sagen?« Haderlein hatte keine Lust auf brasilianische Familienepen.

»Nun, wir rätselten eine Woche lang vor uns hin, bis ein Cousin von mir auf die Idee kam, die Namen bei Google einzugeben und zu schauen, was dann passierte.«

»Und, ist denn was passiert?«, fragte Lagerfeld ungeduldig.

»Allerdings«, antwortete der Computerexperte sofort. »Wie sich herausstellte, waren die Männer die Schulkameraden meiner Tante. Wir haben sogar ein Bild der Klasse gefunden, auf der meine Tante als einzige weibliche Schülerin abgebildet war. Was ich damit sagen will, ist, dass wir doch einfach mal die Namen in die Suchmaschine eingeben könnten und dann …«

Er wurde von Haderlein unterbrochen, der so rasch aufsprang, dass sein Stuhl zwei Meter weit in die Ecke flog. »Ich bin doch so ein Idiot!«, rief er, schlug sich mit der flachen Hand gegen die Stirn und rannte zu seinem Schreibtisch. Die restliche Mannschaft schaute ihm entgeistert hinterher, doch Haderlein wühlte schon in verschiedenen Zetteln herum und hatte binnen Sekunden gefunden, was er suchte. Den Zeitungsausschnitt mit dem Abschlussjahrgang des Ottonianums von 1974. Um den Hauptkommissar hatte sich schnell ein Kollegenkreis gebildet. Keiner traute sich, etwas zu sagen.

»Die Liste mit den Ermordeten, aber dalli!«, forderte Haderlein. Honeypenny reichte sie ihm. »Ich bin doch so ein Idiot«, wiederholte Haderlein wütend. Schnell überflog er den Artikel – dann traf ihn der Schlag. Da standen sie tatsächlich alle: Edwin Rast, Hubertus Graetzke, Pankraz Peulendorfer und auch ein gewisser Max Schiller. Jede Wette, dass der Name der männlichen Leiche in Erlangen auch auf der Liste zu finden war. Haderlein markierte mit Leuchtstift alle Namen und heftete den Artikel auf das Flipchart.

»Das ist unser Opferkreis, Herrschaften«, verkündete er. »Der Abschlussjahrgang des Ottonianums aus dem Jahre 1974. Und der Leiter des Ottonianums in diesem Jahr war ein gewisser Kolonat Schleycher, der jetzige bayerische Umweltminister«, fügte er triumphierend hinzu.

»Soll das bedeuten, dass da draußen ein Irrer herumrennt und die ganze Klasse abknallen will?«, fragte Lagerfeld.

»Ob die ganze Klasse oder nur einen Teil davon, das steht noch nicht fest«, sagte Haderlein vieldeutig. »Aber bevor wir hier weiter herumrätseln, will ich, dass alle noch lebenden

Klassenmitglieder gefunden und mit ihren Familien in Sicherheit gebracht werden. Das übernehmen Sie, Huppendorfer. Lagerfeld und ich stürzen uns mal auf diesen Max Schiller. Irgendwo muss der doch zu finden sein.«

»Wir werden ganz bestimmt einen Max Schiller finden. Ist ja auch ein total seltener Name«, bemerkte Lagerfeld zynisch, während er sich erhob.

»Wir werden ihn trotzdem finden, Bernd!« Haderlein schaute seinem jungen Kollegen tief in die Augen. »Und dieses verdammte Buch auch!« Es war nicht zu übersehen, dass Haderlein Feuer gefangen hatte. Er stand in der Mitte des Raumes wie ein Racheengel aus vergangenen Zeiten und loderte innerlich.

»Ich weiß nicht, was damals in diesem Ottonianum passiert ist, Lagerfeld«, meinte Haderlein dann wieder ruhiger, »aber ich werde das herausfinden, und wenn es das Letzte ist, was ich in meiner beruflichen Laufbahn tue!«

Mozart

Der Schulausflug der Abschlussklasse des Ottonianums näherte sich seinem Ende. Clemens Martin hatte den Tag bedrückt verbracht, seine Gedanken waren woanders. Die Stimmung in der ganzen Klasse war angespannt. Auch außerhalb der CADAS spürten die Jungen, dass etwas Ungutes in der Luft lag. Ausgerechnet Max Schiller kümmerte sich fast liebevoll um Clemens und Peter. Trotzdem blieben seine Versuche, die beiden aufzumuntern, vergeblich. Der Verlauf des Tages war stimmungsmäßig eine Katastrophe für die beiden gewesen. Des Öfteren hatte man sie in einer dunklen Ecke stehen und miteinander reden sehen, wobei Clemens seinen kleineren, schmächtigen Mitschüler nicht selten stützen musste, damit dieser nicht einfach zusammenbrach. Jeder konnte es sehen: Peter Nickles war am Ende seiner Kräfte.

Mozart stand mit dem Rest der Klasse in der Mitte des großen Kirchenschiffs und ließ sich deren Besonderheiten erklären. Mit Begeisterung erzählte ihnen ihr Klassenlehrer von architektonischen Sensationen und vielen versteckten Details des Gotteshauses. Nur wenige Schüler interessierte der Vortrag über die Bamberger Vorzeit wirklich, die meisten freuten sich schon auf das alljährliche Eis am »Gablmo«, dem traditionellen Treffpunkt am Neptunbrunnen, zum Abschluss des Tages.

Er schaute sich um. Clemens hatte ihn vorhin gebeten, kurz auf Peter aufzupassen, und war dann verschwunden. Dieser Tag hatte für das persönliche Verhältnis der beiden mehr gebracht als vier Jahre Ottonianum. Erst jetzt hatte er begriffen, was Clemens Martin wirklich für ein Mensch war. Er war nicht der versnobte Streber, für den er ihn immer gehalten hatte. Nein, er hatte in nur wenigen Stunden einen äußerst mitfühlenden Clemens erlebt, der sich wegen eines schwächeren Kameraden mit der Obrigkeit des Ottonianums angelegt hatte, und das imponierte Max Schillers rebellischer Natur gewaltig. Impulsiv und spontan, wie er war, fühlte er sich nun beiden gegenüber verpflichtet und wollte sie unterstützen, wo es nur ging. Aber so richtig ließen sie ihn nicht an sich ran. Mozart hatte das Gefühl, als wollten sie die anderen nicht in ihre schreckliche Welt mit hineinlassen.

Sein Blick flog suchend durch die Kirche. Wo war Clemens nur hin? Bald war der Klassenlehrer mit seinem Vortrag zu Ende, und alle mussten wieder zum Bus. Viel Zeit hatte er nicht mehr.

Während im Hintergrund eine männliche Stimme Dinge erklärte, die ihm schon längst bekannt waren, machte er sich daran, das Buch in das speckige Papier einzuwickeln, sodass von dem hellen Ledereinband nichts mehr zu sehen war.

Hastig knotete er das kleine Paket kreuzförmig mit einer Schnur zusammen, die er in weiser Vorahnung mitgenommen hatte.

Er blickte sich vorsichtig um.

Die anderen waren schon ein ganzes Stück vorausgegangen und konnten ihn nicht mehr sehen. Ihm blutete das Herz bei dem Gedanken, sein Buch aus der Hand zu geben, aber es musste sein. Schließlich war es seine Lebensversicherung. Dann begann er zu klettern …

*

Nikolai parkte seinen Wagen vor seinem Versteck im ehemaligen Katharinenspital. Als die schwere Tür hinter ihm zufiel, ging er zuerst ins Bad, um sich zu verarzten. Nachdem er sich das Gesicht mit kaltem Wasser gewaschen hatte, betrachtete er skeptisch die klaffende Wunde unter seiner linken Augenbraue. Dieser verfluchte Teppichhändler hatte ihn doch tatsächlich im falschen Moment erwischt. Immerhin war der jetzt Geschichte, und das geronnene Blut, das noch an Nikolai klebte, war das Letzte, was diese Welt von ihm vererbt bekommen hatte. Er ging zu seiner Tasche, die auf dem Bett stand, und entnahm dem Bodenfach ein kleines metallenes Kästchen, in dem sich Nadel, Faden und eine kleine Tube mit Desinfektionsmittel befanden. Wieder im Bad, begann er den medizinischen rosafarbenen Faden durch das Öhr zu fädeln. Vier Stiche müssten reichen. Er griff nach der Flasche mit dem teuren Wodka, die er vorsichtshalber auf den Toilettendeckel gestellt hatte, und nahm einen langen Zug. Das würde jetzt unangenehm werden. Er lächelte grimmig dem Gesicht im Spiegel zu. Sein Lächeln wurde zum lauten Lachen, und er nahm einen weiteren Schluck. Dann setzte er die Nadel an den oberen, äußeren Wundrand und drückte sie durch das Fleisch.

*

Ihr Lehrer hatte seine Erklärungen beendet und rief seine Schüler, sich zu sammeln. Mozart blickte sich hektisch um. Hinter einer der großen Säulen, die das Gewölbe des Gotteshauses stützten, sah er Clemens endlich hervorkommen und sich durch die hölzernen Kirchenbänke schleichen.

Verschwitzt und außer Atem stieß er gerade noch rechtzeitig zum Rest der Klasse hinzu. Mozart schaute ihn kopfschüttelnd an.

»Sag mal, was hast du eigentlich gemacht?«, fragte er ihn. »Immer wenn wir in alten Kirchen Predigten über Architekturhistorie anhören müssen, machst du dich vom Acker. Tust du heimlich beten, oder was?« Das erste Mal an diesem Tag huschte so etwas wie ein Lächeln über Clemens' Gesicht.

»Nein«, antwortete er leise. »Ich habe nur Sicherheitsvorkehrungen getroffen. Vielleicht erklär ich's dir später.« Mit dieser mysteriösen Andeutung wandte er sich wieder seinem Schützling zu, der es ziemlich eilig hatte, aus der Kirche zu verschwinden.

Im Bus sprachen sie nicht mehr miteinander, doch selbst Peter schien sich jetzt auf das Ende des Ausflugs und das obligatorische Eis zu freuen.

Vielleicht nahm dieser unselige Tag doch noch ein friedliches Ende, hoffte Mozart und sah den Schleckereien am »Gablmo« ebenfalls optimistisch entgegen.

*

Haderlein und Lagerfeld saßen bei Fidibus im Glashaus und erstatteten Bericht. Es war nach Mitternacht geworden, bis der Chef eingetroffen war. Mit ausdruckslosem Gesicht saß er in seinem schwarzen Ledersessel, rollte eine sündhaft teure Zigarre zwischen den Fingern und hörte sich die Sachlage an.

Als Haderlein seinen Bericht beendet hatte, starrte Suckfüll mehrere Sekunden lang auf einen imaginären Punkt an der Glaswand hinter Haderlein und Lagerfeld, dann hielt er sich die Havanna auf Kinnhöhe vors Gesicht und betrachtete sie nachdenklich.

»Also, wenn ich Sie richtig verstanden habe, mein lieber

Haderlein, dann läuft ein Killer russischer Herkunft durch die fränkischen Lande und bringt Mitglieder einer Schulklasse aus dem Jahr 1974 um, und der bayerische Umweltminister Kolonat Schleycher steckt da auch irgendwie mit drin, weil er von Edwin Rast erpresst wurde?« Fidibus wandte den Blick von seiner Havanna ab und richtete ihn auf Haderlein.

»Richtig«, stimmte ihm sein Kommissar kurz und knapp zu.

»Und das Motiv der ganzen Angelegenheit liegt zwar noch völlig im Dunkeln, aber es sieht so aus, als wären wir einer Riesensauerei auf der Spur?«

»Auch richtig«, erwiderte Haderlein.

»Und dieser Max Schiller alias Mozart ist der Schlüssel zu allem, und keiner weiß, wo er ist, aber ohne ihn geht's nicht weiter, und die Chance, ihn zu finden, bevor auch er umgebracht wird, ist eher gering?«

»Richtig«, kam es diesmal von Lagerfeld und Haderlein unisono. Sie waren ein gutes Team.

Fidibus legte seine Zigarre auf die Seite und blickte seine beiden Kommissare stirnrunzelnd an. »Nun gut, dann würde ich Folgendes vorschlagen: Zuerst werden wir morgen in den Medien einen bundesweiten Aufruf starten, dass dieser Max Schiller sich melden soll. Das wird einen Riesenaufstand geben, aber der scheint mir bei dieser Anzahl von Ermordeten auch angemessen. Da das über das Innenministerium in München laufen muss, werde ich mich selbst drum kümmern.«

Haderlein nickte zustimmend. Wenn Fidibus das so hinbekommen würde, wäre es tatsächlich die beste Methode, diesen Mann zu finden. Und da der bestimmt wusste, worum es ging, würde er sich womöglich selbst melden oder aber zumindest versuchen, nicht umgebracht zu werden. Das wäre schon mal ein Fortschritt.

»Des Weiteren werden Sie sich morgen früh mit einem Spezialisten für Auftragskiller in Nürnberg in Verbindung setzen, den ich für Sie freigestellt habe. Sein Name ist Hannes Driesel. Sie können mir glauben, Haderlein, das war gar nicht so einfach. Der Mann wird bundesweit gebraucht.«

Das war mal eine gute Nachricht. Wie Fidibus es geschafft hatte, Driesel loszueisen, war sein Geheimnis. Der Hauptkommissar kannte ihn noch aus seiner Münchner Zeit. Sie hatten oft im Fraunhofer zusammengesessen und das eine oder andere Glas Bier geleert. Dann hatten sich ihre Wege getrennt. Driesel blieb in München und wurde Spezialist für Undercover-Einsätze und Kronzeugenschutzprogramme, doch als die Spezialeinheit für organisierte Kriminalität in Nürnberg gegründet wurde, hatte man ihn als Leiter dorthin versetzt. Haderlein freute sich auf ein Wiedersehen.

In diesem Moment stürzte Honeypenny ins Zimmer. »Es gibt schon wieder einen Toten! In Kronach ist ein Mann in seinem Auto erschossen worden.«

»Das darf doch wohl nicht wahr sein!«, rief Fidibus. »Geht das denn immer so weiter? Jetzt ist aber langsam Schacht im Schicht.« Er grübelte noch kurz diesem Satz hinterher, dann stöhnte er: »Die Presse wird mich vernichten, wenn wir nicht bald Ergebnisse veröffentlichen. Honeypenny, wie ist der Name von dem Mann?«

Haderlein ließ die Sekretärin nicht zu Wort kommen, indem er sich einschaltete: »Wie auch immer er heißt, Chef, ich wette größere Geldbeträge, dass wir diesen Namen in der Abschlussklasse von 1974 finden. Beten wir, dass es nicht dieser Max Schiller Mozart ist. Los geht's, Lagerfeld, auf zu den Kollegen nach Kronach. Geschlafen wird am Ende des Monats.«

»Äh, Schneidereit, Alfred«, tröpfelte es noch aus dem

Mund von Honeypenny, aber nur noch Fidibus war im Büro, um ihr zuzuhören.

*

Weit nach Mitternacht herrschte undurchsichtige Dunkelheit im Tiergarten im Nürnberger Osten. Auch in den Gehegen war weitestgehend Ruhe eingekehrt. Der Publikumsverkehr war seit achtzehn Uhr vorbei, und auch die meisten Pfleger genossen zu Hause bei ihren Familien den Feierabend. Nur er und zwei Kollegen waren noch als Nachtwache eingeteilt worden. Normalerweise ein mehr als ruhiger Job, aber mit Flocke war alles anders geworden. Fotografen brachen nachts in den Zoo ein, Journalisten versteckten sich in Gebüschen, dazu kamen noch die Perversen, die es auf irgendwelche anderen Tiere abgesehen hatten. Nein, die einstmals gemütliche nächtliche Wache im Tiergarten Nürnberg hatte sich zu einer anstrengenden Nachtschicht gemausert.

Heute war er an der Reihe, so wie immer ein Mal im Monat. Alles schien ruhig zu sein. Vielleicht hatte er ja Glück und konnte pünktlich morgens um acht Uhr nach Hause gehen. Dann durften die Besucher gern in Massen kommen, er würde wohlverdient in seinem Bett den Schlaf des Gerechten schlafen. Er unterbrach seinen Rundgang, um sich auf eine Bank vor dem großen See mit den afrikanischen Steppentieren zu setzen, und betrachtete die schlafenden Zebras. Der Nürnberger Tiergarten war ein einziges Bild der Ruhe und Harmonie. Versonnen zählte Max Newman die Sterne.

*

Die Klasse hatte ihren Tag mit einem ausführlichen Stopp an der Eisdiele beendet. Auch die beiden Gelackmeierten, Rast und Graetzke, wirkten wieder etwas friedvoller. Mozart saß mit Clemens und Peter etwas abseits. Er und Clemens hatten ihr Eis bereits vertilgt, nur Peter hatte seins nicht aufgegessen, sondern beiseitegelegt. Er schwieg vor sich hin und kümmerte sich nicht um die Eispfütze, die neben ihm entstand.

»Ich wollte dir danken«, sagte Clemens unvermittelt zu Max.

»Aber wofür denn?«, wollte Mozart verwundert wissen. So kannte er Clemens Martin gar nicht.

»Dafür, dass du uns wegen dem Regens Beistand leistest und überhaupt«, erklärte Clemens leise und schaute ihn mit einem solch resignierten Blick an, dass Mozart erschrocken zusammenzuckte. Unsicher strich er sich mit beiden Händen durch seine schwarzen Locken.

»Willst du mir nicht endlich sagen, was genau los ist?«, schlug er vor.

Ohne zu antworten, blickte Clemens erst in die Sonne und dann zu Peter an seiner Seite, der bleich und schweigsam dasaß. Er schien mit sich zu kämpfen, bewahrte aber wie immer die Fassung. Plötzlich stand er auf, packte Mozart am Arm und zerrte ihn auf die Rückseite des Neptunbrunnens, der vom Mann mit dem Dreizack beherrscht wurde. Clemens versicherte sich, dass ihnen niemand gefolgt war, dann griff er in seine Hosentasche, holte einen Zettel heraus und faltete ihn zusammen. Anschließend wickelte er ihn in ein pergamentartiges Butterbrotpapier. Wortlos hielt er das Päckchen Max hin.

»Was ist das?«, fragte Mozart misstrauisch und betrachtete das Eingewickelte von allen Seiten.

»Steck es einfach weg und behalte es für dich«, sagte Clemens eindringlich, und seine Hand krallte sich schmerzhaft in Mozarts Arm. Dann flüsterte er ihm ins Ohr: »Falls Peter und mir irgendwas passieren sollte, wirst du mit dieser Hilfe das Buch finden. Dann wirst du alles verstehen.« Und ohne eine Reaktion von Mozart abzuwarten, ging er wieder zurück zu Peter.

Mozart lief es eiskalt den Rücken hinunter. Erst jetzt war ihm aufgefallen, dass Clemens sein Tagebuch nicht mehr bei sich hatte. Das hatte er in der ganzen Zeit im Ottonianum nicht erlebt. Aber warum sollte Clemens etwas passieren? Er seufzte und steckte das kleine Papierpaket weg, ohne sich noch länger damit zu beschäftigen. Er würde es später lesen, wenn er allein war. Wahrscheinlich war sowieso alles ausgemachter Quatsch. Clemens beliebte häufiger zu übertreiben. Hoffentlich auch jetzt. Mozart schüttelte den Kopf und ging zu den anderen zurück.

*

Haderlein und Lagerfeld standen vor dem zertrümmerten Opel Astra und schwiegen. Alfred Schneidereits Leiche war gerade abtransportiert worden.

»Da kennt aber jemand keine Gnade, was?«, murmelte Lagerfeld erschüttert. »Das ist ja jedes Mal eine regelrechte Hinrichtung.«

»Wir werden ihn finden, verlass dich drauf«, meinte der Hauptkommissar entschlossen. Auch er war geschockt von der hemmungslosen Brutalität des Killers.

»Kommissar Haderlein?« Ein Streifenpolizist war an sie herangetreten und räusperte sich. »Wir haben gerade einen Anruf erhalten. Wahrscheinlich gibt es einen Zeugen.«

Als Haderlein und Lagerfeld an der Pforte der Firma Loewe in Kronach eintrafen, war der Pförtner bereits in ein Gespräch mit zwei Streifenpolizisten vertieft, die alles genauestens notierten.

»Kriminalpolizei Bamberg«, sagte Haderlein und schob seinen Ausweis dazwischen. »Sie haben ihn also gesehen?«

»Ja, das hab ich«, rief der kleine kahlköpfige Pförtner aufgeregt. »Da drüben, es war wie im Fernsehen. Erst kam der Herr Schneidereit vom Teppichlager rausgerannt und ist wie der Teufel weggefahren, und dann kam dieser große Kerl hinterher und ...«

»Sah er etwa so aus?«, fragte Haderlein und hielt ihm das erste von Manuela Rasts Phantombildern unter die Nase.

»Ja, ja, kann gut sein. Das ganze Gesicht konnte ich nicht sehen. Er hat sich den Kopf gehalten, weil er so geblutet hat, aber das könnte er tatsächlich sein.«

Lagerfeld hob erstaunt den Kopf. »Geblutet? Dann hat ihm Schneidereit wohl eine verpasst, oder wie?«

»Mit was für einem Wagen ist er denn weggefahren?«, wollte Haderlein wissen.

»Mit einem dunkelgrauen BMW. Das Nummernschild konnte ich in der Dunkelheit aber nicht erkennen.«

Die beiden Kommissare bedankten sich, überließen den Pförtner wieder den Streifenpolizisten und stiegen ins Auto. Lagerfeld steckte sich eine Zigarette an und fuhr los.

»Eine Fahndung nach einem dunkelgrauen BMW. Davon fahren doch Hunderte hier herum. Das hat doch keinen Sinn, Bernd, wir müssen diesen Max Schiller finden, bevor der Killer ihn umbringt«, sagte Haderlein zerknirscht. »Wenn wir ihn nicht retten können, nimmt er das Geheimnis der Geschichte mit ins Grab, und der Killer verschwindet auf Nimmerwiedersehen. Und das war's dann für uns.«

Lagerfeld nickte nachdenklich. »Das stimmt wohl. Aber jetzt geht's erst mal ins Bett. Auch Kommissare müssen schlafen, Franz.«

Sein Kollege hatte recht. Haderlein fühlte sich wie gerädert. Aber wie sollte er in dieser Nacht Schlaf finden? Das war der brutalste Fall, den er jemals zu lösen gehabt hatte.

*

Nikolai schaute ein letztes Mal in den Spiegel. Draußen wurde es langsam hell, und er wollte seinen Auftrag heute endgültig zu Ende zu bringen. Es wurde ja auch Zeit. Dieser Job hatte von Anfang an keinen richtigen Spaß gemacht. Es war alles so einfach und anspruchslos gewesen, dass er sich nicht konzentriert und von einem hilflosen Teppichhändler einen Telefonhörer an den Kopf gedonnert bekommen hatte. Er befühlte die Naht. War gar nicht mal so schlecht geworden. Nur dass die Wunde pochte wie eine Heavy-Metal-Band, störte ihn. Aber er hatte gelernt, Schmerzen zu ignorieren, und er hatte bei Gott schon Schlimmeres ertragen.

Er packte seine Sachen und warf sie ins Auto. Hierher würde er nie wieder zurückkehren. Heute würde er seinen Auftrag beenden und nach Wien fahren, wo schon die nächste Aufgabe wartete. Hoffentlich diesmal ohne Teppichhändler, dachte Nikolai und startete den BMW. Bis Nürnberg brauchte er ungefähr fünfundvierzig Minuten. Er würde am Eingang vom Zoo warten, bis geöffnet wurde, und den Job dann abwickeln. Entweder er hatte das Buch, was einen saftigen Bonus für ihn bedeuten würde, oder aber der Typ würde gleich ein Loch in seiner Stirn haben. Inzwischen war Nikolai auch das recht. Hauptsache weg hier.

*

Das Abendessen im Ottonianum war fast vorbei, doch Max Schiller konnte Clemens und Peter nirgends entdecken. Wieso waren die beiden nicht hier? Er hatte noch lange über den Satz nachgedacht, den er von Clemens am Neptunbrunnen gehört hatte. Wieso sollte ihm etwas passieren? Er hatte so verdammt ernst geklungen. Was meinte er damit? Mozart würde ihn nachher fragen. Es musste endlich Schluss mit diesen ganzen Andeutungen und Hinweisen sein. Er wollte wissen, was hier verdammt noch mal los war.

Plötzlich ging die Tür zum Speisesaal auf, und der Regens betrat mit ernstem Gesicht den Raum. Schlagartig wurde es still. Schleycher postierte sich an der Stirnseite des Saales. Mit schwer zu deutendem Blick musterte er die Schüler, bevor er zu sprechen begann.

»Ich habe etwas bekannt zu geben.«

Mozart hatte ein ungutes Gefühl in der Magengegend, nachdem Kolonat Schleycher ihnen alles mitgeteilt hatte.

Als der Regens wieder den Saal verließ, setzte aufgeregtes Getuschel unter den Jungen ein. Max musste sich an der Tischplatte festhalten. Ihm war schlecht. Hatte Clemens mit seinen Vermutungen doch recht gehabt? Vorsichtig glitt seine linke Hand in die Hosentasche und befühlte das eingewickelte Papier. Er tat wohl gut daran, auf den Zettel sehr gut achtzugeben. Schweigend verließ er den Saal.

*

Es war kurz vor acht Uhr am Morgen. Im Tiergarten Nürnberg herrschte schon seit zwei Stunden reges Treiben, und in fünf Minuten würden die Pforten für die Besucher öffnen. Seine Nachtwache war offiziell vorbei, er war hundemüde und freute sich aufs Bett. Drüben am Eingang sah Max Newman bereits, wie sich die Schulklassen und frühe Besucher drängten. Als das Tor geöffnet wurde, fluteten die Menschen herein.

In dem Moment, als ein großer Mann mit Sonnenbrille und Pflaster über dem linken Auge durch den Eingang trat und sich suchend umsah, verließ Max Newman den Nürnberger Zoo nur fünfzehn Meter weiter entfernt durch einen Nebeneingang des Personals, um lange und ausgiebig auszuschlafen.

*

Haderlein, Lagerfeld und Manuela Rast saßen am Frühstückstisch. Manuela hatte die Verhaftung ihres Sohns immer noch nicht verdaut, doch Haderlein konnte sie beruhigen. Jedem war klar, dass Sven Rast genauso von einem Unbekannten benutzt worden war wie Scheidmantel und dessen Freundin. Jetzt fehlte ihnen nur noch die vierte Person der nächtlichen Gemeinschaft, die Sven Rast aber auch nicht kannte. Haderlein hatte angeordnet, Manuelas Sohn nach Bamberg verlegen zu lassen, damit er von dem noch unbekannten Mann eine Phantomzeichnung anfertigen konnte. Vielleicht war das der Mosaikstein in der ganzen Sache, der die Kriminalpolizei weiterführen würde, wer wusste das schon? Außerdem konnte Manuela ihren Sohn so wenigstens ab und zu sehen. Generell waren Besuche während der Untersuchungshaft zwar nicht so einfach zu regeln, aber Haderlein würde ihr zuliebe tun, was er konnte.

»Vielleicht sollten wir mal den Fernseher einschalten?«, schlug Lagerfeld vor, während er seinen Kaffee schlürfte. »So wie ich Fidibus kenne, hat der doch schon Himmel und Hölle in Bewegung gesetzt, um diesen Mozart-Aufruf in die Medien zu bringen.«

»Das stimmt. Unser Chef ist leider ein poetischer Amokläufer, aber wenn's darum geht, Unmögliches möglich zu machen, ist er erste Wahl.« Haderlein grinste verschlafen.

Sein Kollege rieb mit beiden Daumen grüblerisch an seiner Tasse herum. »Vielleicht braucht man ja genau seine Psyche, um diesen Idioten von den Medien und vom Ministerium in München Paroli bieten zu können.«

»Ich mach mal den Fernseher an«, ergriff Manuela die Initiative. »Es kommen gleich Nachrichten, vielleicht bringen die ja schon was.«

Alle, Schwein inklusive, begaben sich ins Wohnzimmer.

»Nette Idee mit den Pflanzen übrigens, Franz«, meinte Lagerfeld, während er sich vor dem Sofa auf dem Boden niederließ, um Riemenschneider Gesellschaft zu leisten.

Haderlein verdrehte die Augen, aber Lagerfelds Bemerkung schaffte es, wieder ein kleines Lächeln auf Manuelas Gesicht zu zaubern.

»Hier ist das Erste Deutsche Fernsehen mit der Tagesschau«, tönte es plötzlich aus den Lautsprechern, und alle drei hielten ihren Atem an.

*

Nikolai wusste, wo er zu suchen hatte. Zielstrebig hielt er sich am Eingang rechts und schlenderte den breiten Weg Richtung Delphinarium entlang. Beeilen musste er sich nicht, die erste Vorführung war für neun Uhr angesetzt. Es hoffte, dass viele Besucher versammelt sein würden, um den Delphinen bei ihren Spielereien mit den Pflegern zuzusehen. Dann wäre es nicht weiter auffällig, wenn einer von ihnen plötzlich nicht mehr da war, und Nikolai hätte genügend Zeit, unerkannt zu verschwinden.

Während er am Giraffenhaus vorbeischlenderte, musste er sich eingestehen, dass er mit seinen Gedanken schon in Wien war. Auf der anderen Seite sah er große und kleine Kängurus die frühe Sommersonne genießen. Er wählte den Weg, der an der kleinen Eisenbahn vorbeiführte, und betrachtete den großen Affenberg links von sich. Das Delphinarium war jetzt nur noch wenige Meter entfernt, aber bis zum Beginn der Vorstellung waren es noch fünfundvierzig Minuten. Entspannt lehnte sich Nikolai an die Umzäunung des Affenbergs und stellte sich vor, wie er einen behaarten Primaten nach dem anderen mit gezielten Schüssen in den Affenhimmel schickte. Bewegliche Ziele. Eine wahrhaft sportliche Herausforderung. Seine Lippen verzogen sich zu einem amüsierten Lächeln. Das würde ein ruhiger Freitag werden.

*

Max Newman öffnete die Tür zu seiner kleinen Wohnung am Frauentorgraben in Nürnberg. Sie lag im ersten Stock und war sogar relativ günstig für die Größe, wobei der Preis auf die Wohngegend zurückzuführen war. Der Frauentorgraben war in etwa das fränkische Pendant zur Reeperbahn in Hamburg. Kleiner und auch billiger für die Kundschaft, aber nichtsdestotrotz weithin bekannt. Derartige Umgebungen haben überall auf der Welt preissenkende Wirkungen auf den Mietspiegel.

Doch Max Newman machte sein soziales Umfeld überhaupt nichts aus. Im Gegenteil. Er liebte es hier. Seine aufrührerische Natur zog es zum Bodensatz der Gesellschaft, mit dem er sich eher verbunden fühlte als mit dem sogenannten Establishment. Er hatte sich schon oft anhören müssen, dass er hier überhaupt nicht hergehöre. Schließlich besaß er einen Doktortitel und hatte in den USA studiert. Da wäre es doch ein Einfaches für ihn, sich in besseren Kreisen der Nürnberger Gesellschaft zu bewegen. Aber er zog es vor, mit den Nutten aus der Nachbarschaft vor dem Haus eine Zigarette zu rauchen und sich Geschichten aus dem Strichermilieu erzählen zu lassen. Das war das richtige Leben und nicht irgendwelche wichtigen Veranstaltungen der feinen Gesellschaft im Bratwursthäusle unterhalb der Burg. Max Newman hatte keine Lust, eine Familie zu gründen, Rasen zu mähen und samstags sein Auto zu waschen.

Er hatte sich seines Hemds entledigt und schaute sich im Badezimmerspiegel an. Die schwarzen Kringellocken hatten sich im Laufe der Jahre Richtung Hinterkopf verzogen, sodass seine Stirn immer höher wirkte. Als Ausgleich hatte er irgendwann während seines Studiums in Kalifornien beschlossen, sich nicht mehr zu rasieren. Seitdem schmückte ein dichter schwarzer Vollbart sein Gesicht, was auch den Vorteil hatte, dass die Delphine ihn unter Wasser von allen Kontaktpersonen am besten erkennen konnten. Nicht dass er als Leiter des Delphinariums die Tiere noch oft trainierte, aber den einen oder anderen Delphin neckte er noch manchmal zum Spaß. Und umgekehrt taten es die Delphine genauso.

Er schmunzelte sein Konterfei im Spiegel an und befühlte intuitiv die kleine Lederkapsel, die an einer feingliedrigen Silberkette um seinen Hals baumelte. Bei der Berührung verloren seine Gesichtszüge sogleich ihre Leichtigkeit. Selbst nach so vielen Jahren legte sich ein Schatten auf sein Gemüt, wenn er die Kapsel berührte und an das Geschehene dachte. Er beugte sich über das Waschbecken und spritzte sich kaltes Wasser ins Gesicht. Irgendwann würde er auch diese Geschichte vergessen können. Aber nicht heute, nicht jetzt.

*

Dass dies die letzte Sitzung der CADAS sein würde, wusste in diesem Moment noch niemand. Alle waren geschockt und verwirrt. Der Regens hatte öffentlich verkündet, dass Clemens und Peter des Ottonianums verwiesen worden waren. Angeblich wegen erneuter Nichteinhaltung der Heimregeln.

Als die Schüler sich von den beiden verabschieden wollten, hatten sie feststellen müssen, dass ihre Zimmer bereits geräumt und sämtliche persönlichen Sachen der beiden verschwunden waren. Niemand konnte oder wollte ihnen sagen, wohin sie gegangen waren. Die Mitglieder der CADAS wussten, dass, hätten Clemens und Peter die Möglichkeit gehabt, sich zu verabschieden, sie es mit Sicherheit getan hätten. Sie mussten gezwungen worden sein, schnellstens zu verschwinden.

Am nächsten Morgen saßen alle zusammen im Musikzimmer und berieten die Lage. Jeder hatte einen Brief vom Regens bekommen, in dem stand, dass ihnen dasselbe Schicksal blühte, wenn sich die CADAS noch einmal treffen sollte. Die Drohung saß. Zudem fehlte mit Clemens sowieso der Spiritus Rector der Gruppe. Mozart versuchte zwar verzweifelt, einen Neuanfang zu proklamieren, aber die Gesichter seiner Mitschüler sprachen eine eindeutige Sprache. Die CADAS war Vergangenheit. Es war vorbei.

Immerhin beauftragten sie Alfred Schneidereit damit, die Adressen und Namen für etwaige Treffen in späteren Jahren zu notieren. Doch im Moment waren alle viel zu sehr mit der aktuellen Situation beschäftigt, als dass sie an die Zukunft denken konnten. Die Mischung aus Verunsicherung und Angst, die Kolonat Schleycher gesät hatte, tat ihre Wirkung.

Mozart konnte seine Wut und Verzweiflung kaum noch im Zaun halten. Da war doch etwas oberfaul. Das stank doch aus allen Löchern, das mussten die anderen doch auch erkennen. Aber die waren Feiglinge. Mit denen wollte er nichts mehr zu tun haben. Er entschied, das Geheimnis von Clemens' kleinem Zettel erst einmal für sich zu behalten, und ging resigniert auf sein Zimmer.

*

Als in der Tageschau der Suchaufruf für Max Schiller verkündet wurde, klingelte Haderleins Handy, und Cesar Huppendorfer meldete bereits erste Erfolge. Der Hauptkommissar hörte aufmerksam zu und notierte sich die wichtigsten Stichpunkte.

»Okay, alle mal herhören!«, rief er in die Runde und klappte sein Handy zu. »Huppendorfer hat eine erste Spur, was diesen Mozart anbelangt.«

Schnell schaltete Manuela Rast den Fernseher aus und

wartete genauso gespannt auf Haderleins weitere Ausführungen wie Lagerfeld und die Riemenschneiderin.

»Also«, räusperte sich der Hauptkommissar, »dieser Mozart hat nach dem Abitur wohl das Medizinstudium geschmissen und ist in die USA abgedampft. Dort verliert sich erst mal seine Spur, aber Huppendorfer bleibt dran, und Fidibus hat schon die ersten Kontakte in die Vereinigten Staaten geknüpft. Wir werden auf dem Laufenden gehalten. Und für uns, mein lieber Kollege, wird es jetzt Zeit für die Tagesaufgabe.«

»Ich hab aber überhaupt keine Lust auf Siebenstädter«, maulte Lagerfeld.

»Ich auch nicht«, stimmte ihm Haderlein zu, »aber das muss jetzt egal sein. Am besten halten wir's in der Gerichtsmedizin Erlangen so kurz wie möglich und holen dann schnellstens den Kollegen Driesel in Nürnberg ab.«

»In Ordnung«, kapitulierte Lagerfeld. »Hauptsache, wir sind bis morgen Abend mit dem Fall fertig. Ich habe eine wichtige Verabredung auf der Sandkerwa.«

Haderlein blickte seinen Kollegen mitleidig an. »Bernd, ohne den Pessimisten spielen zu wollen, aber aus deiner Verabredung wird wohl nichts werden. Es sei denn, sie ist eine Kollegin von der Polizei, dann könnte sie uns vielleicht helfen.«

Lagerfeld überlegte kurz, dann kam ihm ein seiner Meinung nach genialer Einfall. »Es ist schon dienstlich, ich meine, sie ist eine wichtige Zeugin, die ich befragen muss …«

Zum zweiten Mal an diesem Morgen rollte Kriminalhauptkommissar Haderlein verzweifelt die Augen.

*

Nikolai begab sich auf die große Tribüne des Delphinariums. In der Hand hielt er das Foto eines schwarzhaarigen Mannes mit einem dichten Vollbart. Das Bild musste schon älter sein, denn es hatte den typischen Rotstich der späten siebziger Jahre, und der Mann und die Frau, die neben ihm abgebildet war, trugen unleugbar Hippieklamotten. Er konnte sich nicht vorstellen, dass ein Mitarbeiter des Nürnberger Zoos gut dreißig Jahre später immer noch so rumlief. Aber er würde ihn schon erkennen. Im Zweifelsfall wusste er ja seinen genauen Namen. Max Newman. Da Nikolai bekannt war, dass er in irgendeiner leitenden Tätigkeit hier im Delphinarium arbeitete, beschloss er, während der Vorführung hier zu warten. Irgendwann würde sein letztes Objekt schon auftauchen.

*

Dr. Max Newman setzte sich auf die Bettkante und stellte seinen Radiowecker auf siebzehn Uhr. Acht Stunden Schlaf würden genügen müssen. Dann hatte er sich wieder auf die normale Montagsschicht im Tiergarten vorzubereiten. Es war zwar Wochenende, aber die Zeitumstellung nach einer Nachtschicht dauerte bei ihm immer zwei Tage.

Hoffentlich machte ihm der Wecker nicht wieder einen Strich durch die Rechnung. Mal funktionierte er, mal nicht. Vor allem mit der Einstellung haperte es gewaltig. Wenn er ihn erst mal programmiert hatte, war alles wunderbar, aber das konnte dauern. Natürlich gab es inzwischen in jedem Elektronikmarkt wesentlich zuverlässigere Teile für wenig Geld, aber er mochte die knallroten Leuchtziffern einfach zu sehr. Max Newman hatte ihn noch aus Kalifornien mitgebracht und hing an ihm. Wenn er von ihm geweckt wurde, hatte das noch etwas von »California Dreaming«. Wenn er diesen vermaledeiten Kasten nur dazu bringen könnte, schneller seinen Eingaben zu folgen, wäre alles gut. So aber musste er sich immer erst zwei Minuten sinnloses Gedudel anhören, bevor er ihn stumm schalten konnte. Seit Kurzem ließ er sich deshalb mit B5 aktuell wecken. Da kamen wenigstens Informationen, mit denen er ab und zu was anfangen konnte. Auch wenn die spannenden Neuigkeiten sich alle fünfzehn Minuten wiederholten.

»… stehen heute folgende Bundesligapartien auf dem Programm …«, sonderte der Radiowecker in diesem Moment ab. Geduldig hielt Max Newman die gewohnte Tastenkombination gedrückt. »… auch der 1. FC Nürnberg muss heute Abend in seinem zweiten Heimspiel …« Max Newman wusste, dass er die Tasten mehrmals betätigen musste, bis das Gerät endlich reagierte. »… hier noch die Wetteraussichten der nächsten Tage …«

*

Nikolai hatte sich die Vorstellung im Delphinarium bis zum Schluss ansehen müssen, da Max Newman nicht aufgetaucht war. Ein Teil der Zuschauer war bereits gegangen, der Rest saß noch verstreut auf der Tribüne herum, als Nikolai sich erhob und hinunter zum Beckenrand ging, wo eine junge Frau die Utensilien der Show einsammelte. Er schlenderte an ihr vorbei zu einer Informationstafel, an der alle Mitarbeiter des Delphinariums vorgestellt wurden. Sofort erkannte er seine Zielperson.

»Dr. Max Newman, Leiter des Delphinariums des Tiergartens Nürnberg«, las er auf der Namenstafel unter dem Mitarbeiterbild.

Kurzentschlossen ging Nikolai zu der jungen Frau, die jetzt die Fischreste der Fütterung aufsammelte.

»Entschuldigung?«

Die junge Frau schaute auf und blickte ihn nicht gerade freundlich an. »Dieser Bereich ist für das Publikum verboten«, wies sie ihn zurecht. »Es könnten Keime eingeschleppt werden, die die Delphine krank machen.« Die Leute waren so unvernünftig, dass sie den Spruch jeden Tag mehrmals runterrattern musste. Und jetzt stand hier schon wieder ein Typ der ganz besonders neugierigen Sorte rum.

Nikolai blickte unauffällig auf ihr Namensschild. Melanie Probst, Praktikantin. »Hallo, Melanie«, versuchte er es nun mit einem breiten Lächeln. »Sie müssen entschuldigen, ich habe vergessen, mich vorzustellen. Mein Name ist Dr. Wladimir Rasputin vom Delphinarium in Kiew. Ich suche Dr. Newman. Können Sie mir vielleicht sagen, wo ich ihn finde?« Er grinste sie so warmherzig und treudoof an, wie er nur konnte.

»Oh, entschuldigen Sie«, rief die Praktikantin nun erschrocken. »Das konnte ich ja nicht ahnen, Herr Doktor. Wissen Sie, ich bin erst eine Woche hier, da kenne ich noch nicht jeden.« Ganz offensichtlich war es ihr peinlich, einen so wichtigen Gast dumm angeredet zu haben. Gut so.

»Aber das ist doch kein Problem«, erwiderte Nikolai freundlich. »Ich müsste Dr. Newman allerdings dringend noch einmal in einer sehr wichtigen Angelegenheit sprechen, da ich morgen schon abreise.«

»Oh ja, natürlich, dann schau ich mal auf den Dienstplan«, bot Melanie Probst an und wischte sich ihre vom Fisch verschmierten Finger an der Hose ab. »Kommen Sie ruhig mit, dann kann ich Ihnen gleich sagen, wann der Herr Doktor Dienst hat.«

Nikolai folgte in den Gemeinschaftsraum des Delphinariums bis zum großen Wandkalender, in dem alle Dienste des Personals eingezeichnet waren.

Melanie Probst fuhr mit dem Finger darauf herum, bis sie gefunden hatte, was sie suchte.

»Ah, da steht es ja«, rief sie erfreut aus. »Dr. Newman hatte heute Nachtwache im Zoo und um acht Uhr Dienstschluss. Das ist Pech, den haben Sie gerade verpasst. Und er kommt erst am Montag früh wieder zur Arbeit, nach dem Wochenende.« Bedauernd zuckte sie mit den Schultern.

Am liebsten hätte Nikolai seine Waffe gezogen und diese naive Nuss auf der Stelle erschossen. Die Überbringer schlechter Nachrichten waren zu früheren Zeiten der Menschheitsgeschichte schon für weniger umgebracht worden. Aber er musste sich zusammenreißen, er war nicht bereit, schon aufzugeben, trotzdem konnte er bis zum Montag auf gar keinen Fall warten. Völlig unmöglich.

»Das ist aber wirklich schlecht«, sagte er mit herzerweichendem Blick. »Es wird Jahre dauern, bis Dr. Newman und ich wieder Gelegenheit haben werden, persönlich miteinander zu sprechen. Haben Sie vielleicht seine Adresse? Ich würde auch selbst bei ihm vorbeifahren.«

»Selbst wenn ich wollte, Dr. Rasputin, könnte ich sie Ihnen nicht geben. Dr. Newman ist da sehr eigen, das hab ich schon mitgekriegt. Seine Adresse weiß nur das Personalbüro.« Sie schüttelte ihren Kopf.

Nikolai kochte innerlich. Seine rechte Hand umklammerte fest den Griff seiner Waffe. Wenn diese Ziege ihm nicht bald lieferte, was er wollte, dann war sie fällig. Er hatte keine Lust mehr.

»Aber ich kann Ihnen die Handynummer von ihm geben«, fiel Melanie plötzlich ein, und ihre Augen leuchteten. »Er hat sie für Notfälle hiergelassen.« Stolz zeigte sie auf den kleinen blauen Zettel, der unten links am Wandkalender mit einer Reißzwecke aufgespießt worden war.

Nikolai atmete tief durch, um sich zu beruhigen, dann griff er sich ein Blatt Papier vom Schreibtisch, der neben dem Kalender unter einem Fenster stand, und notierte die Nummer. Als er wieder seine Sonnenbrille aufgesetzt hatte, lächelte er Melanie Probst herzlich an. Wenn diese kleine

Mauerblume wüsste, was sie gerade für ein unglaubliches Glück gehabt hatte.

»Liebe Melanie, ich bin Ihnen sehr zu Dank verpflichtet. Ich wünsche Ihnen noch eine schöne Zeit mit diesen wundervollen Tieren«, säuselte er. »Ich werde ein paar lobende Worte bei Dr. Newman für Sie verschwenden.«

Melanie Probst wurde knallrot. »Oh, ich bin nur froh, dass ich Ihnen helfen konnte«, sagte sie verlegen.

Nikolai nickte ihr noch einmal kurz zu, drehte sich um und ging nach draußen. Er lief um das Delphinarium herum, bis er an einem Zaun stand, an dem ein Schild mit »Pater-David-Hirsch« angebracht worden war. Ohne sich um den majestätischen Geweihträger dahinter zu kümmern, holte er sein Handy heraus und wählte die Nummer.

*

»Fränkischer Tag«/19.7.1974/Rubrik »Von der Polizei notiert«

Von der Leitung des Bischöflichen Knabenseminars im Ottonianum wurden der Polizei zwei Knaben als vermisst gemeldet. Es handelt sich dabei um die minderjährigen Jungen Clemens Martin und seinen Freund Peter Nickles, welche nach dem Ausscheiden aus dem Seminar in der letzten Woche nicht bei ihren Erziehungsberechtigten angekommen sind. Die Bamberger Polizei bittet um Ihre Mithilfe. Die Knaben waren zuletzt wie folgt gekleidet …

*

Dr. Max Newman mühte sich länger als sonst mit seinem Radiowecker ab. Entweder stellte er sich heute besonders blöd an, oder das Ding war endgültig hinüber. »… Nachrichten aus Bayern …«, vermeldete B5 aktuell gerade, als sein Handy klingelte. Dieser Tag wollte offensichtlich nicht, dass er ihn verschlief. Seufzend stellte er den quäkenden Radiokubus auf das Nachtkästchen und drückte die Annahmetaste seines Handys.

»Dr. Newman im Schlaf, was gibt's?«, gab er mürrisch zum Besten.

»Hallo, Dr. Newman, hier ist Dr. Rasputin vom Delphinarium in Kiew. Ich müsste Sie dringend sprechen.«

Max Newman horchte auf. Rasputin? Aus Kiew? Noch nie gehört. Außerdem besaß Kiew kein Delphinarium, soweit er informiert war.

»Ach, wird in Kiew jetzt ein Delphinarium gebaut?«, fragte er im gleichen mürrischen Ton nach. Eigentlich hatte er jetzt keine Lust auf Fachsimpeleien. Vor allem nicht mit jemandem, den er nicht kannte. Konnten diese Wissenschaftlerkollegen denn keine Termine machen? Allerdings musste er sich eingestehen, dass auch er nicht der Beste in solchen Sachen war.

»Äh, genau, wir haben den Bau gerade fertiggestellt. Nächste Woche lassen wir das Wasser einlaufen. Ich würde gerne bei Ihnen vorbeikommen, Dr. Newman, es wird auch nicht lange dauern. Mein Flugzeug nach Kiew geht schon in drei Stunden vom Flughafen in Nürnberg.«

Newman ließ sich erweichen. Hauptsache, es würde nicht lange dauern. Aber wenn sein Flieger in drei Stunden abhob, hatte das Gespräch ja schon naturbedingte Grenzen.

»Also gut«, gab er nach. »Kommen Sie vorbei: Am Frauentorgraben 3, zweite Klingel von unten. Finden Sie das?«

»Natürlich, kein Problem. In dreißig Minuten bin ich bei Ihnen.« Nikolai legte auf und schaute zufrieden auf die Uhr. In zwei Stunden würde der Job erledigt sein und er auf dem Weg nach Wien. Zügig lenkte er seine Schritte Richtung Ausgang.

*

Haderlein und Lagerfeld standen am Hintereingang der Gerichtsmedizin in Erlangen. Sie mussten nicht lange warten, bis Prof. Dr. Siebenstädter herbeieilte, um sie persönlich zu begrüßen. Man konnte ihm schon am Gesicht ablesen, dass ihm dieses Treffen einen ganz besonderen Genuss bereitete. Die beiden Kommissare aus Bamberg sahen dem Gespräch eher mit gemischten Gefühlen entgegen, um es mal optimistisch zu formulieren.

»Willkommen, meine Herren, in der Welt der geöffneten Leiber«, begrüßte er Haderlein und Lagerfeld und gab beiden euphorisch die Hand.

Siebenstädter war ein typischer Emporkömmling vom Land. Tatsächlich war er gelernter Metzger und hatte sich auf dem zweiten Bildungsweg bis zu diesem Posten durchgebissen. Seine Arroganz und Durchsetzungsfreudigkeit waren weithin bekannt – seine Komplexe, die er wegen seiner ländlichen Herkunft züchtete, ebenfalls. Dafür war er schon während seiner Zeit in Heidelberg bekannt gewesen, bevor man ihn nach Erlangen weggelobt hatte. Prof. Dr. Siebenstädter konnte auch mit keinen Freunden im engeren Sinne aufwarten. Er hatte nur sein Hobby, die Jägerei im Bayerischen Wald, wo er vor Kurzem eine Jagd gepachtet hatte. Wann er nur Zeit fand, ging er in seiner Freizeit dort seiner waidmännischen Leidenschaft nach. Aber jetzt musste er erst mal diesen Landeierkommissaren zeigen, wozu die moderne, städtische Gerichtsmedizin imstande war, und zwar besonders dann, wenn sie von ihm geleitet wurde.

Haderlein und Lagerfeld folgten Siebenstädter in den Sektionssaal, der sich im Erdgeschoss befand.

Auf dem hellgrau gefliesten Boden standen vier Tische aus Kunstmarmor in einer Reihe nebeneinander. Auf der rechten Seite waren an den Fenstern entlang die Stahlwagen mit Proben und allerlei Utensilien aufgebaut, von denen man als Laie nicht wirklich wissen wollte, wozu sie eigentlich gut waren. Der Pathologe führte sie an den ersten Tisch und rief die Gruppe Medizinstudenten herbei, die sich am Ende des Raums mit einem geöffneten Körper beschäftigten.

Wunderbar, der Herr Professor hat sich also Publikum für seine glanzvolle Vorstellung organisiert, dachte Lagerfeld säuerlich.

»Meine Damen und Herren, Sie sehen hier eine männliche Leiche aus Kulmbach. Die haben wir erst heute früh hereinbekommen, ist sozusagen noch ganz frisch, haha.« Selbstzufrieden lachte Siebenstädter über seinen Witz. Als er bemerkte, dass niemand seinen Humor zu teilen schien, fuhr er mit einem verärgerten Räuspern fort. »Also, betrachten Sie hier bitte die Einschussöffnung, mein lieber Kommissar«, wandte er sich nun Haderlein zu und deutete auf die Stirn des Toten.

Der Hauptkommissar beugte sich über den Kopf und schaute dann wieder Siebenstädter fragend an. »Eine Schusswunde, würde ich sagen?«, meinte er in einem Ton, der irgendwo zwischen Verärgerung und Hilflosigkeit angesiedelt war. Er hatte es eilig und wollte diese alberne Frankensteinvorstellung schnellstmöglich hinter sich bringen. Siebenstädter schaute ihn mit einem überlegenen Grinsen an und führte die Gruppe zum nächsten Tisch. Dort lag eine weibliche Tote, ebenfalls mit Loch im Kopf.

»So, Herr Junior-Kommissar«, sagte Siebenstädter süffisant zu Lagerfeld, »und was fällt unserem Bamberger Kriminalisten an dieser Toten auf?«

Lagerfeld hatte Mühe, überhaupt über die riesigen Brüste hinwegzuschauen, die schlaff an den Seiten der Leiche hinunterhingen. Sicherheitshalber steckte er seine Sonnenbrille weg. Er hatte Angst, dass sie aus Versehen in eine der geöffneten Leichen hineinfiel. So wie er Siebenstädter einschätzte, würde er sie dann bestimmt selbst wieder aus den Eingeweiden herauspopeln müssen. Dann konzentrierte er sich auf die Verletzungen der Frau, konnte aber auch nur ein Einschussloch in der Stirn feststellen. Der siegessichere und arrogante Gesichtsausdruck von Siebenstädter verstärkte sich zusehends.

»Gut, meine Damen und Herren«, rief er fröhlich, »wenden wir uns nun dem dritten Opfer zu.«

Auf sein Geheiß hin marschierte die ganze Mannschaft zu dem Tisch, auf dem die verkohlten Überreste des Mannes aus dem ausgebrannten Auto vom Staffelberg lagen.

»Herr Kommissar, wenn Sie mal genau hinschauen möchten«, bat Siebenstädter Lagerfeld, sodass sich dieser wieder über den Tisch beugen musste, um die Einschussöffnung am Kopf des Opfers zu betrachten. Der skelettierte, verkokelte Leichnam roch dermaßen penetrant, dass sich mehrere der umstehenden Studenten die Nase zuhalten mussten, um sich nicht zu übergeben, doch Lagerfeld machte das nichts aus. Ausgiebig betrachtete er das kleine Loch und zuckte dann mit den Schultern.

»Hm«, sagte er. Sonst nichts. Weder gab er würgende Geräusche noch sonstige Kommentare des Ekels von sich.

Siebenstädter schaute ihn ehrlich enttäuscht an. Schade, hier hatten sich schon ganz andere ihres Mageninhalts entledigt. Verärgert räusperte er sich erneut und begann seinen sorgfältig vorbereiteten Vortrag.

»Nun, meine lieben ahnungslosen Anwesenden, als Erstes fiel mir als langjährigem Gerichtsmediziner und Leiter dieses in der Fachwelt hochgeachteten Hauses auf, dass die

Einschussöffnung etwas zu groß für ein gängiges Kaliber ist. Als ich exakt nachmaß, stellte ich ein Kaliber von 9,7 Millimetern fest. Und zwar bei allen Opfern, die wir hier sehen. Das heißt, dass diese Menschen mit der gleichen Waffe getötet wurden. Übrigens kommt noch ein Teppichhändler aus Kronach hinzu, aber der liegt noch unten im Kühlraum. Doch damit nicht genug«, beifallheischend suchte er die Blicke der Anwesenden, um seinen Triumph auszukosten, »wenn Sie die Einschussöffnung exakt vermessen, so stellen Sie fest, dass der Schütze ein außerordentliches Auge besitzen muss. Die Stirn der Opfer wurde nämlich nicht mittig getroffen, sondern jedes Mal um circa fünf Millimeter nach links versetzt. Besonders an diesem verkohlten Kopf hier ist das gut zu erkennen.« Er blickte um sich, aber niemand der Umstehenden schien Lust zu verspüren nachzumessen.

»Bei der Leiche aus Kronach, die sich noch im Keller befindet, liegt das Einschussloch interessanterweise fünf Millimeter rechts von der Mitte. Dies verwirrte mich im ersten Moment tatsächlich, aber nur bis zu dem Augenblick, als ich erfuhr, dass der Mann kopfüber in seinem Auto gehangen hatte. Dann war mir alles klar. Na, was sagen Sie jetzt?«

Mit vor Stolz geschwellter Brust drehte er sich einmal um dreihundertsechzig Grad, und die Studentenschaft der Universität Erlangen klatschte pflichtschuldig Beifall.

Während Siebenstädter sich in der ihm zuteilwerdenden Anerkennung sonnte, zog Haderlein Lagerfeld von hinten an seinem Hemd. »Los, lass uns abhauen!«, zischte er seinem jungen Kollegen zu. »Das war doch sowieso schon klar, deswegen hätten wir hier gar nicht auflaufen müssen. Der wollte lediglich seine Egoshow vor uns abziehen. Sehen wir zu, dass wir unauffällig wegkommen.«

Als sich beide Kommissare davonschlichen, konnte Lagerfeld es sich nicht verkneifen, noch schnell eine Art Tortenhaube hochzuheben, die auf einem stählernen Rolltisch neben der Eingangstür thronte. Schon beim Betreten des Raumes hatte er wissen wollen, was sich darunter verbarg.

»Lagerfeld, lass das!«, warnte Haderlein, doch es war schon zu spät. Von unter der Haube erhob sich ein Insektenschwarm, und ein unerträglicher Gestank breitete sich in der Gerichtsmedizin aus.

»Schmitt? Was machen Sie da?«, rief Siebenstädter streng vom anderen Ende des Raums. Erschrocken ließ Lagerfeld die Abdeckung aus Acryl fallen. Mit lautem Dadingdadong hüpfte sie auf dem hellgrauen Boden hin und her.

»Was zum Teufel ist das?«, stieß Lagerfeld entsetzt aus und fuchtelte mit beiden Händen, um sich die Armee von Fliegen vom Leib zu halten.

»Sie haben meine Drosophila melanogaster befreit, Sie schwachsinniger Beamter. Das ist der Mageninhalt eines gewissen Hubertus Graetzke, Sie unfähiger Blödmann! Und die Fliegen sollten herausfinden, ob der Mageninhalt vergiftet war oder nicht. Aber Sie, Sie Volltrottel, Sie haben ja nichts Besseres zu tun, als meine Versuchsanordnung zu zerstören. Los, alle hier fangen jetzt die Fliegen wieder ein, bevor eine Eiablage in den Körpern der Toten stattfindet. Die Leichen hier abdecken, aber zack, zack!«, rief er den Studenten zu, die bereits wie aufgeschreckte Hühner durcheinanderliefen und nach Tüchern suchten.

In der sonst so gediegenen Erlanger Gerichtsmedizin ging es plötzlich zu wie auf dem Terminal eines Großflughafens. Das allgemeine Getümmel nutzten Haderlein und Lagerfeld dafür, sich nach draußen zu verdrücken, wo Kommissar Schmitt sich in den Rasen des Bohlenplatzes übergab.

*

Max Newman setzte sich auf die Bettkante und widmete sich wieder seinem störrischen Radiowecker. »... Suchmeldung der Polizei ...«, plärrte das Radio. Jetzt konnte er sich damit auch Zeit lassen. Das mit dem Schlafen musste sowieso noch warten. »... gewisser Max Schiller, Spitzname Mozart, wird gebeten, sich bei der Polizei in Bamberg zu melden oder bei jeder anderen Polizeidienststelle. Ich wiederhole ...«

Max Newman zog es den Boden unter den Füßen weg. Ungläubig starrte er den amerikanischen Radiowecker an, der in seinen Händen zitterte.

Am Frauentorgraben parkte Nikolai seinen Wagen am Straßenrand gleich neben der alten Stadtmauer. Dann lief er die letzten hundert Meter bis zu der angegebenen Adresse zu Fuß. Das zweite Schild von unten war leer. Auch gut. Ohne zu zögern, drückte er auf den Klingelknopf. Ach, was war das schön, wenn man von seinen Opfern auch noch freiwillig hineingelassen wurde. Selbstzufrieden wartete er auf den Türsummer.

Max Newman alias Schiller alias Mozart saß wie versteinert auf seinem Bett. Seine Gedanken hetzten von der einen Ecke seines Verstands in die nächste, sein Herz hämmerte. Die Polizei in Bamberg suchte ihn. Und zwar unter seinem alten Namen. Was hatte das zu bedeuten? Seit Kalifornien gab es den Namen Max Schiller nicht mehr. Damals hatte er seine Freundin in San Diego geheiratet und ihren Namen angenommen. Und woher kannte die Polizei seinen alten Spitznamen? Zitternd legte er sich aufs Bett. Es gab nur eine Möglichkeit: Die Polizei musste ihn von einem seiner alten Schulkameraden bekommen haben. Er dachte an die CADAS und griff sofort wieder nach der Kette. Ein kalter Schauer durchlief ihn. Sollte die Vergangenheit ihn ausgerechnet jetzt einholen?

Es klingelte an der Tür. Panisch fuhr Newman herum. Der Doktor aus Kiew! Den hatte er ja ganz vergessen. Verdammt, der fehlte ihm gerade noch. Zitternd drückte er auf den Schalter der Gegensprechanlage.

»Hallo?«, rief er hinein.

»Ja, hier Dr. Rasputin«, kam es von draußen. »Wir waren kurzfristig verabredet.«

»Ja, einen kleinen Moment noch«.

Nikolai trat einen Schritt zurück. Max Newman war also tatsächlich zu Hause. Jetzt konnte nichts mehr schiefgehen. Seine rechte Hand lag bereits auf dem Kolben seiner Sonderanfertigung, die er unter seiner Jacke trug. Bald würde er sie ein letztes Mal in diesem Auftrag abfeuern.

Max Newman zog sich hektisch an. Diesen Doktor aus Kiew musste er schnellstmöglich loswerden. Er hatte jetzt wirklich anderes zu tun, als sich mit diesem Rasputin über Delphine in der Ukraine zu unterhalten. Was war Rasputin überhaupt für ein bescheuerter Name? War das nicht ein russischer Tyrann gewesen, der reihenweise Leute umgebracht hatte? Newman hielt inne. Voller Angst starrte er auf die Gegensprechanlage. Verdammt, von diesem Rasputin hatte er in Fachkreisen noch nie etwas gehört. Zitternd drückte er wieder die Sprechtaste.

»Dr. Rasputin?«, fragte er.

»Ja, ich warte«, hörte er eine freundliche Stimme.

»Sagen Sie, haben Sie Ihnen in Kiew auch diese überteuerten Süßwasserdelphine aus Vietnam anzudrehen versucht?« Er ließ die Taste los und wartete auf eine Antwort, die Klarheit schaffen würde.

Es klickte: »Ja, genau, die ziehen mit diesen Viechern anscheinend von Haustür zu Haustür. Irgendwann werden sie bestimmt einen Dummen finden, der die ihnen abkauft.«

Zufrieden mit seiner Antwort ließ Nikolai die Taste los und wartete. Wozu brauchte der Typ eigentlich so lange? Wieder drückte er die Taste der Gegensprechanlage. »Dr. Newman, jetzt machen Sie doch auf, ich werde Sie schon nicht umbringen«, scherzte er ins Mikrofon. Natürlich war das glatt gelogen, aber langsam verließ ihn die Geduld. Wahllos drückte er alle Klingelknöpfe an der Hausfront, bis sich die Tür zum Treppenhaus endlich öffnete. Im ersten Stock gelangte er an eine Tür, an der wie schon am Hauseingang ein namenloses Schild prangte. »Dr. Newman?«, rief er und klopfte.

Niemand öffnete. Da war doch etwas faul. Er zog seine Waffe und warf sich kurz und heftig gegen die Tür. Krachend flog das Schloss aus dem Türfutter in den Wohnraum. Nikolai spürte den warmen Luftzug und folgte ihm bis zu dem geöffneten Fenster, das in den Innenhof ging. Unten sah er ein Hemd im Gras liegen, das jemand in aller Eile verloren haben musste. Mit den wüstesten russischen Flüchen, die ihm einfielen, sprang Nikolai vom Fenstersims hinunter auf den Rasen. So schnell er konnte, rannte er Richtung offene Toreinfahrt. Max Newman durfte ihm nicht entkommen.

Im zweiten Stock des Mietshauses saß Mozart auf den alten, hölzernen Treppenstufen und zitterte am ganzen Körper. Mit seiner rechten Hand hielt er krampfhaft die lederne Kapsel umklammert, die er seit über dreißig Jahren um den Hals trug. In Vietnam gab es keine Süßwasserdelphine. Hatte es dort noch nie gegeben. Dafür wollte ihn dieser Typ da offensichtlich umbringen.

Nikolai hatte die Toreinfahrt durchquert und schaute sich auf der Straße um. Rechts und links gab es nur eine circa hundert Meter lange gerade Häuserzeile. Nirgends war jemand zu sehen. Er war wütend. Versuchte der Blödmann, ihn zu verarschen? Ruckartig drehte er sich um und betrachtete nachdenklich das offene Fenster von Newmans Wohnung im ersten Stock. Dann rannte er über die Wiese des Innenhofs zurück zum Haus.

Mit weichen Knien ging Max Newman zurück in seine Wohnung und spähte vorsichtig aus dem Fenster. Im selben Moment drangen von unten das laute Plopp einer Kugel und das hässliche Splittern eines alten eichenen Fensterrahmens an sein Ohr.

Reflexartig zuckte er zurück und knallte mit dem Rücken gegen die Tür seines Kleiderschrankes. Sein Manöver hatte offensichtlich nur kurz gewirkt. Ihm musste jetzt etwas einfallen, und zwar flott. Er rannte aus seiner Wohnung und wollte die Treppe hinunterstürzen, als er hörte, wie von unten jemand heraufgerannt kam. Starr vor Schreck drückte er sich an die Wand des Treppenhauses. Wie eine Maus saß er in der Falle.

Nikolai stürmte die Treppe hinauf. Mit geschultem Blick sondierte er die Lage. Rechts befand sich die zweite Wohnungstür auf diesem Stockwerk, daneben führte die Treppe weiter nach oben in den zweiten und dritten Stock. Er hielt inne und horchte konzentriert. Kein Laufen, kein Atmen und auch sonst kein Geräusch war zu hören. Mit kurzen, schnellen Schritten überprüfte er die offene Wohnung von Newman und versicherte sich, dass sein Objekt sich nicht versteckt hatte. Dann klopfte er laut an die Wohnungstür gegenüber.

»Ja doch, Moment«, antwortete ihm eine weibliche Stimme. Dann öffnete sich die Tür, und eine überschminkte Frau mit dicken schwarzen Haaren stand vor ihm.

»He, Süßer«, begrüßte sie ihn mit mitleidigem Lächeln. »Stell dich bitte hinten an, ja? Ich hab die nächste Stunde noch zu tun. Also sieh zu, dass du ...« Bevor sie noch weiterreden konnte, packte Nikolai sie auch schon mit der linken Hand an der Kehle, sodass sie keinen Ton mehr herausbrachte, und drückte sie brutal gegen die Wand. Den rechten Zeigefinger nahm er vom Abzug der Waffe und legte ihn ihr bedeutungsvoll auf den Mund.

»Schsch, keinen Ton, Kurwa. Bleib hier und rühr dich nicht vom Fleck.«

Mit weit aufgerissenen Augen fixierte die Prostituierte die Waffe und nickte lautlos. Nikolai ließ von ihr ab und arbeitete sich leise durch die Wohnung vor, bis er vor dem letzten Raum, dem Schlafzimmer, stand.

Von drinnen hörte er Geräusche. Mit einem Ruck öffnete er die Tür und hechtete mit erhobener Waffe in den Raum. Mit einem lauten Schrei des Entsetzens zogen zwei junge Frauen die Bettdecke über ihre nackten Körper. Offensichtlich hatte er sie beim lustvollen Liebesspiel überrascht. Er öffnete den Schrank neben dem Bett, doch darin befanden sich nur Lederklamotten, Eisenringe mit Sporen und ähnliches Dominaspielzeug. Ohne sich um die schreienden Nutten zu kümmern, ging Nikolai aus dem Schlafzimmer hinaus und an der verängstigten Herbergsmutter vorbei und verließ die Wohnung.

Im Treppenhaus überlegte er. Nach unten konnte Newman nicht entkommen sein, in seiner Wohnung war er nicht und auch nicht in dem privaten Puff gegenüber. Allerdings hatte er vergessen, unter dem Bett der Prostituierten nachzusehen, wie ihm jetzt einfiel. Es war mit einer schweren roten

Samttagesdecke bedeckt gewesen, die an den Seiten bis zum Boden hinunterhing. Nikolai wollte gerade wieder zurück in die Wohnung der Vertreterin des horizontalen Gewerbes, als er einen Stock höher ein Geräusch hörte. Ganz eindeutig eine zufallende Stahltür.

Er ließ die Tagesdecke Tagesdecke sein und spurtete in den zweiten Stock. Hier gab es nur zwei Wohnungstüren, beide aus Holz, aber die Treppe führte noch weiter. Als er in der letzten Etage angekommen war, stand er einer schmalen, alten, verrosteten Eisentür gegenüber. Sie ließ sich mit einem kreischenden Geräusch öffnen, und Nikolai betrat eine Dachterrasse. Aus den Augenwinkeln sah er gerade noch, wie hinter einem der großen Kamine eine Gestalt verschwand.

In großem Bogen, die Waffe im Anschlag, umrundete er den Abzug und richtete die Waffe auf die Person, die vor ihm stand. Es war eine Frau mittleren Alters. Sie war mindestens genauso überschminkt wie die Madame aus dem ersten Stock. Die Menge des Make-ups, das sie im Gesicht trug, stand im diametralen Gegensatz zum dürftigen Kleidungsoutfit, das sich nur aufs Allernötigste beschränkte. In der Hand hielt sie eine Zigarette und starrte ihn mit einem Ausdruck grenzenloser Verblüffung an.

»Aber ich hab doch gesagt, dass ich zum Rauchen aufs Dach gehe!«, verteidigte sie sich schüchtern.

Noch ehe Nikolai etwas erwidern konnte, hörte man von der Straße, wie ein Tor polternd aufgezogen wurde. Der Killer stürzte zur betonierten Umrandung der Terrasse, blickte nach unten und sah gerade noch, wie der lockige Haarschopf von Newman in der Garage verschwand.

Sofort drehte sich Nikolai um und hetzte durch die Eisentür wieder zurück das Treppenhaus hinunter.

Max Newman hatte Blut und Wasser unter dem Bett geschwitzt. Einerseits wegen der Angst, andererseits herrschte unter der Tagesdecke eine schier unerträgliche Hitze. Aber lieber schwitzen als umgebracht zu werden.

Als er vorhin völlig verzweifelt draußen auf dem Flur gestanden hatte, war die Tür der Nachbarwohnung aufgegangen, und Domina Beata hatte ihn in ihr Apartment gezogen. Offenbar hatte sie die Ausweglosigkeit seiner Lage sofort erkannt und gehandelt.

»Schnell, komm rein, Doktorchen«, flüsterte sie und zog heftig an seinem gebatikten T-Shirt.

Noch gestern Nachmittag hatte er mit ihr und der restlichen weiblichen Belegschaft einen fröhlichen Umtrunk auf der Dachterrasse zelebriert. Domina Beata hatte immer einen vorzüglichen Rotwein auf Lager. Die Festivität fand immer am Tag statt, bevor er Nachtschicht hatte, denn dann hatte auch er nachmittags frei. Die »Stoßzeiten« im horizontalen Gewerbe waren ja sowieso eher die Abendstunden. Newman verstand sich prächtig mit seinen Nachbarinnen – ganz platonisch natürlich.

Unter dem Bett hörte er über sich die Schreie von Olivia und Mandy, die seinetwegen zu schauspielerischen Höchstleistungen aufliefen. Er bekam auch mit, wie die Schranktür aufgerissen wurde und der Mann ohne Umschweife wieder hinausging. Sekunden später wurde die Bettdecke gehoben, und der mit Goldreifen behangene Arm von Beata fingerte und zerrte an ihm.

»Schnell, Dr. Max. Rosalie ist auf dem Dach und lenkt ihn ab«, keuchte sie. Er krabbelte hervor, so schnell er konnte, und versuchte sich noch zu bedanken, aber Beata winkte ab.

»Hier, nimm!« Sie drückte ihm einen Autoschlüssel in die Hand. »Unten in der rechten Garage steht unser Betriebsauto. Sieh zu, dass du wegkommst! Und viel Glück, Dr. Max!«

Sie schob ihn aus der Wohnungstür, und Max Newman hechtete die Treppe hinunter. Neben der Haustür befanden sich zwei Garagen. Er öffnete die rechte und entdeckte einen alten Golf mit mehr Rostflecken als orangener Farbe. Er klemmte sich hinter das Lenkrad, startete den Wagen, fuhr ihn vorsichtig aus der Garage und gab Gas.

Plötzlich splitterte hinter ihm Glas. Die Frontscheibe seines Wagens war auf der Beifahrerseite von einer Kugel getroffen worden. Eine weitere zerschmetterte den Beifahrerspiegel. Schnell bog er rechts ab und war damit erst mal aus dem Schussfeld. Er überlegte fieberhaft. Mit dem Auto brauchte er erst gar nicht zu versuchen, jemanden abzuhängen, und sein Handy hatte er auch nicht dabei. Wo zum Geier saß in Nürnberg eigentlich die Polizei? Er hatte sich nie darüber Gedanken gemacht. Aber jetzt war es sowieso zu spät. Er musste dem Verfolger entkommen, und es gab nur einen Ort, an dem er sich gut auskannte und an dem er halbwegs sicher war.

Kurzentschlossen schlug er den Weg zum Tiergarten ein. Vier Fahrzeuge hinter ihm fädelte sich ein dunkelgrauer BMW in den Verkehrsfluss ein und folgte ihm unauffällig.

*

Haderlein und Lagerfeld hatten auf dem Parkplatz im Hof des Polizeipräsidiums Mittelfranken in Nürnberg ihren Wagen abgestellt. Der große Gebäudekomplex des Präsidiums, der an die St.-Elisabeth-Kirche mit ihrer patinagrünen Kuppel grenzte, war Haderlein nicht unbekannt. Er war schon einige Male hier gewesen, um an Besprechungen teilzunehmen. An der Pforte mussten sie kurz warten, aber wenige Minuten später kam eine gemütlich wirkende Gestalt in legerer Trachtenjacke und Jeans die Treppe herunter und lächelte den Hauptkommissar erfreut an.

»Hallo, Hannes, du alter Knochen«, begrüßte Haderlein seinen Bekannten aus früheren Tagen.

»Da müssten wir aber erst mal abstimmen lassen, wer von uns beiden der ältere Knochen ist«, sagte Driesel lachend und klopfte Haderlein auf die Schulter.

»Das hier ist mein junger Kollege Bernd Schmitt«, wurde nun auch Lagerfeld vorgestellt, und die beiden schüttelten sich die Hand.

»Ihr habt in Bamberg ja richtig die Kacke am Dampfen, wie ich gehört hab.« Hannes Driesel strich sich nachdenklich durch seinen angegrauten Seemannsbart. »Na, aber kommt erst mal mit nach oben in mein Büro, da haben wir mehr Ruhe zum Reden.«

Während sie die Treppe hinauf in den dritten Stock gingen, unterhielten sich Haderlein und Driesel über die guten alten Zeiten und den einen oder anderen Unsinn, den sie damals in München und im Fraunhofer getrieben hatten.

Lagerfeld konnte es kaum glauben. Dieser fröhliche Herr mit der kräftigen Bassstimme und dem bescheidenen Auftreten sollte der führende Experte Bayerns für schwere Kriminalität und Auftragsmörder sein? Der wirkte eher wie ein langjähriger Globetrotter oder ein Seemann auf Landurlaub. Konnte man heutzutage überhaupt noch seinem ersten Eindruck vertrauen?

Das Büro von Driesel war ungefähr doppelt so groß wie das von Haderlein und mit zwei Computern und einer großen Schrankwand ausgestattet. Durch die hohen Fenster flutete das Licht in den Raum, und wenn man hinausblickte, konnte man die Jakobskirche am anderen Ende des vorgelagerten Platzes erkennen.

Driesel bat die Kollegen, sich zu setzen. »Also Franz,

womit kann ich dir weiterhelfen?«, fragte er. »Wenn ich auf unbestimmte Zeit für euch freigestellt werde, muss das ja einen dramatischen Grund haben.«

Haderlein zog einen gefüllten Aktenordner aus seiner Tasche und ließ ihn auf den Schreibtisch fallen.

»Das ist alles Wichtige, was wir bis jetzt zusammengetragen haben. Das Warum liegt noch einigermaßen im Dunkeln, aber sicher ist, dass ein russischsprachiger Killer durch die Gegend läuft und mehrere Schüler eines kirchlichen Heims in Bamberg von 1974 regelrecht hinrichtet. Einer fehlt ihm offensichtlich noch, er heißt Max Schiller, und den versuchen wir gerade verzweifelt zu finden, bevor der Russe ihn auch noch erwischt. Ob noch mehr gefährdet sind, können wir im Moment noch nicht sagen.«

»Und was wisst ihr über den Mann?«, erkundigte sich Driesel interessiert.

»Hier.« Lagerfeld zog die Phantomzeichnung von Manuela Rast aus der Tasche, auf die der Pförtner von Loewe angesprungen war. »Groß, dunkel gekleidet, spricht sehr gut deutsch und verwendet ein ungewöhnliches Kaliber.«

»Ein ungewöhnliches Kaliber?« Driesel hob fragend die Augenbrauen.

»9,7 Millimeter. Damit trifft er seine Opfer immer nur wenige Millimeter von der Gesichtsmitte in die Stirn.«

»9,7 Millimeter«, überlegte Driesel laut, während er sich die Phantomzeichnung genauer anguckte. »Das bedeutet, dass er sich seine ganze Munition von Hand anfertigen lassen muss. So viele Killer gibt es nicht, die das machen.«

»Aber 9,7 Millimeter ist doch schon sehr ungewöhnlich, oder?«, hakte Lagerfeld nach.

Driesel nickte. »Natürlich ist das ungewöhnlich. Allerdings denken Profikiller in ganz anderen Kategorien, was ihre Waffen anbelangt. Sie sind ihr Arbeitsgerät und zugleich ihr liebstes Spielzeug. So emotionslos sie ihre Arbeit auch verrichten, so intensiv ist die Bindung an ihre Waffe. Haben Sie einmal beobachtet, wie ein Biathlet mit seinem Gewehr umgeht? Wahrscheinlich wären die Ehefrauen derselben glücklich, genauso liebevoll behandelt zu werden. Und was die Kalibersondergrößen angeht, gibt es gleich mehrere Berufsmörder, die besondere Munitionsgrößen verwenden. Nicht viele, aber immerhin. Im russischen Kulturkreis ist das übrigens eher unüblich.« Hannes Driesel legte eine kurze Pause ein. »Ich bin mir nicht sicher«, sagte er dann, »aber ich habe tatsächlich einen Verdacht. Wenn der Typ der ist, von dem ich glaube, dass er es ist, dann haben wir ein Problem.«

»Und was für eins?«, erkundigte sich Lagerfeld.

»Ein sehr großes Problem«, sagte Driesel, ging zu einem seiner Computer und schaltete ihn ein. »Es gibt kein Foto von ihm, und in der Szene wird mehr oder weniger ehrfürchtig von ihm gesprochen, so als sei er ein Phantom.«

Haderlein und Lagerfeld sahen den Experten gespannt an. »Das heißt«, schlussfolgerte Haderlein, »es wird ihn niemand erkennen, weil ihn noch niemand gesehen hat?«

»Doch. Ich würde ihn erkennen.« Mit diesen Worten drehte Driesel sich auf seinem Stuhl um und blickte Haderlein und Lagerfeld mit einem plötzlich sehr ernsten und versteinerten Gesichtsausdruck an. Dann stand er plötzlich auf, legte die Trachtenjacke ab, sodass die beiden Kommissare das Schulterhalfter und die Pistole darin sehen konnten. Anschließend krempelte er auch noch den rechten Ärmel seines Hemds hoch und zeigte auf eine vier Zentimeter lange Narbe knapp oberhalb seines rechten unteren Rippenbogens.

»Das hat er mir vererbt«, sagte er kühl.

»Was ist passiert?«, fragte Haderlein.

»Vor drei Jahren in München«, begann sein alter Kollege ohne Umschweife und setzte sich wieder, »hatten wir einen

Kronzeugen in einem Uranschmuggelprozess. Einen russischen Wissenschaftler. Eine Stunde vor seiner Verhandlung wollten wir ihn von Stadelheim ins Gericht verlegen. Wenige Meter vom Gebäude entfernt schlug der Mann zu. Drei meiner Kollegen starben, einer wurde schwer verletzt, der Zeuge mit Kopfschuss getötet. Ich habe nur überlebt, weil ich schon fast im Gericht war und mich auf die Treppe werfen konnte. Der Mann war nur mit einer Pistole bewaffnet, hat aber unglaublich zielsicher und kaltblütig agiert. Obwohl ich sein Gesicht nicht richtig sehen konnte, werde ich nie vergessen, wie er seine Waffe hielt. Als wäre sie sein verlängerter Arm. So unglaublich ruhig und konzentriert, mit leicht geneigtem Kopf. Als würde er nichts um sich herum wahrnehmen.« Die Stimme von Driesel stockte, und er musste schlucken, bevor er weitererzählen konnte. »Aus über dreißig Metern hat er einem nach dem anderen in den Kopf geschossen. Gegen so eine Zielsicherheit hilft auch keine schusssichere Weste. Nicht mal ein Helm.«

Haderlein sah seinen früheren Kollegen an. »Und wie heißt er? Wer ist der Kerl?«

Aber Driesel winkte nur ab. »Zuallererst muss ich ein paar Erkundigungen einholen, bevor ich die Pferde scheu mache. Das Bild hier sieht ihm zwar ähnlich, aber das allein ist mir zu vage. Vielleicht weiß Interpol was über ihn, zum Beispiel wo er sich gerade aufhält.« Damit tippte er ein paar Zugangsdaten in die Maske der Homepage von Interpol ein. Noch bevor die nächste Seite des Intranets von Interpol auftauchte, klingelte das Telefon des Hauptkommissars.

»Haderlein«, meldete er sich kurz angebunden.

»Hallo, Chef, Huppendorfer hier. Wir haben gute Neuigkeiten. Sitzen Sie?«

Haderlein stand der Sinn gerade überhaupt nicht nach Komfortdiskussionen. »Huppendorfer, wir sind hier weder bei Pilawa noch bei Jauch. Wenn Sie was zu sagen haben, dann sagen Sie es einfach – und zwar gleich!«

»Okay, dann übergebe ich mal an den großen Chef«, hörte er den Halbbrasilianer noch sagen, dann war Fidibus in der Leitung.

»Haderlein, wo sind Sie gerade?«

»Im Polizeipräsidium Mittelfranken in Nürnberg. Wir stimmen uns mit dem Kollegen Driesel ab. Was gibt's denn?« Jetzt wurde Haderlein doch neugierig. Wenn Suckfüll persönlich mit ihm sprechen wollte, musste es etwas Wichtiges sein.

»Es gibt Neuigkeiten in Sachen Mozart«, verriet ihm Fidibus.

»Und welche?«, rief er aufgeregt und sprang auf. Driesel und Lagerfeld schauten gespannt zu ihm herüber.

»Ich habe mit dem FBI in den USA Kontakt aufgenommen, und dort konnte man mir weiterhelfen«, berichtete Suckfüll. Haderlein glaubte, sich verhört zu haben. Sein Chef verblüffte ihn immer wieder. Zu zerstreut, die eigene Haustür zu finden, aber telefonierte einfach mal so mit dem FBI in den USA. »Es war eigentlich ganz einfach«, wurde dem Hauptkommissar mitgeteilt. »Dieser Max Schiller hat nach seiner Ausreise aus Deutschland 1977 in San Diego Zoologie studiert und war dort jahrelang in einem Delphinarium angestellt. Dann hat er an der Universität von Princeton seinen Doktor gemacht, wo er auch seine spätere Frau Nicole Newman kennenlernte, heiratete und ihren Namen annahm. Anschließend ging er mit ihr wieder zurück ans Delphinarium von San Diego. Seit der Scheidung leitet es seine Exfrau alleine. Max Newman lebte von da an von Gastvorlesungen und Gutachten mehr schlecht als recht. Er tingelte regelrecht durch Kalifornien.«

Haderlein wartete ungeduldig auf das Ende der Geschichte.

»Sind Sie noch dran, Haderlein?«, fragte Fidibus besorgt.

»Ja, natürlich«, antwortete Haderlein und nickte seinen beiden Kollegen zu, die ihn fragend anschauten.

»Also«, fing Fidibus wieder an, »vor zwei Jahren kam Dr. Max Newman wegen eines lukrativen Arbeitsvertrages nach Deutschland zurück.«

»Haben Sie auch die Adresse herausgefunden, Chef? Da muss man doch sofort jemanden hinschicken!«, ereiferte sich Haderlein. Lagerfeld und Driesel waren jetzt ebenfalls aufgestanden und verhielten sich bereits etwas mehr als nur nervös. Da schien sich etwas Spannendes anzubahnen.

»Deswegen rufe ich Sie ja an, Haderlein«, sagte Fidibus väterlich. »Wir haben gerade herausgefunden, dass Max Newman seit zwei Jahren Leiter des Delphinariums im Nürnberger Tiergarten ist. Na, was sagen Sie jetzt?«

Aber Haderlein sagte gar nichts, sondern legte sofort auf.

»Hannes, Bernd, ich weiß jetzt, wo wir Mozart finden. Erklärungen folgen auf der Fahrt, wir müssen sofort los.«

Er sprintete nach draußen, und Lagerfeld und Driesel folgten ihm auf der Stelle. Im Auto setzte Haderlein das Blaulicht aufs Dach, und Lagerfeld bretterte los. »Nicht mal Zeit, eine zu rauchen«, grantelte er in sich hinein.

*

Max Newman hielt vor dem Haupteingang an. Es herrschte ein Riesengedränge. Mehrere Schulklassen wollten gleichzeitig in den Nürnberger Zoo. Plötzlich schoss ein grauer BMW mit quietschenden Reifen auf den Parkplatz. Im Inneren saß ein einzelner Mann mit Sonnenbrille.

Newman wurde abwechselnd heiß und kalt. Er hatte ihn also mitnichten abgehängt. Jetzt musste er improvisieren. Gehetzt blickte er sich um, dann stieg er aus und rannte nach links um den Haupteingang herum und Richtung Nebeneingang eine kleine Anhöhe hinauf. Er warf einen Blick über die Schulter und musste mit ansehen, wie der BMW wieder ausparkte und hinter ihm den geteerten Weg herauffuhr. Verdammt. Gegen ein Auto hatte er keine Chance, es bis zum Nebeneingang zu schaffen. Außer Atem blieb er vor dem alten Hotel stehen, das den Tiergarten auf der Rückseite begrenzte. Wieder blickte er sich um. Mit einem Affenzahn bog der BMW um die Ecke. Newman hatte keine andere Wahl. Er sprintete zum alten Hotelgebäude, aus dem gerade irgendwelche Rockmusiker ihr Equipment vom Auftritt des letzten Abends heraustrugen. Der Löwensaal war in Nürnberg sehr beliebt bei berühmten Bands und solchen, die es noch werden wollten. Newman kannte sich ein wenig in dem Gebäude aus, da hier die Feierlichkeiten und Ehrungen des Tiergartens stattfanden. Damals hatte er die Ehre gehabt, seine Antrittsrede hier halten zu dürfen. Jetzt aber stürzte er in die Mitte des kreisrunden Saals und überlegte fieberhaft, wie er weiterverfahren sollte. Eine zehnköpfige Musikgruppe schaute ihn verwundert an, aber er kümmerte sich nicht darum und rannte die halbrunde Bühne hinauf, überquerte sie nach hinten rechts und flüchtete dann hinunter in die Katakomben. Die rüden Kommentare der Roadies hörte er nicht.

Nikolai brachte seinen BMW vor dem Eingang des Löwensaals geräuschvoll zum Stehen. Das war's. Jetzt saß Max Newman in der Falle. Nur diese Musikerfiguren, die hier rumliefen, störten ihn ein wenig. Zeugen konnte er jetzt wirklich nicht gebrauchen. Alles, was er wollte, war, endlich seinen Job zu erledigen. Entschlossen ging er auf den Eingang des Hotelsaals zu.

Newman durchsuchte einen Raum nach dem anderen. Hier unten gab es aber auch nichts, wo er sich verstecken konnte. Vielleicht fand er ja so etwas wie einen Hinterausgang? Plötzlich stand er im Aufenthaltsraum der Künstler. Ein Tisch brach unter Whiskeyflaschen beinahe zusammen, und zwei der Herren Musiker lagen im alkoholischen Wachkoma auf abgewetzten Sesseln und schnarchten laut. Angewidert wollte er wieder verschwinden, machte dann aber an der Tür auf dem Absatz kehrt. Er blickte die schlafenden Musiker an und schlug sich an den Kopf.

Als Nikolai durch die Eingangstür ging, lag seine Hand bereits an der Waffe.

»Pass doch auf, Alter«, wurde er angepöbelt, als einer der Roadies mit einem Flightcase an ihm hängen blieb. Nikolai ignorierte ihn. Von diesen Rockern ging keine Gefahr aus. Wichtig war, dass Max Newman sich hier irgendwo rumdrückte und ihm nun nicht mehr entkommen würde.

Der runde Saal des Hotels war genauso wie die Nebenräume relativ übersichtlich. Er durchsuchte einen nach dem anderen und musste feststellen, dass sich der Herr Doktor wohl in den Keller verkrümelt hatte. Er grinste. Großer Fehler. Er ließ noch zwei weitere Kistenschlepper an sich vorbei, dann schlich er sich mit gezogener Waffe die kleine Treppe hinunter und begann sich durch die Räume vorzuarbeiten. Da. Aus dem nächsten Zimmer hörte er Geräusche. Mit der Waffe im Anschlag stürzte er durch die Tür.

Doch von Max Newman war nichts zu sehen. Dafür schnarchten auf den Sesseln zwei Rocker, einem der beiden fehlten die Lederklamotten. Immerhin lagen neben ihm eine Jeans und ein gebatiktes Hemd. Newmans Hemd. Wütend schrie Nikolai auf. Dieses miese Hippieschwein hatte ihn schon wieder versetzt. Voller Zorn trat er gegen einen der verschlissenen Sessel. Von draußen drang leise eine Polizeisirene an sein Ohr. Schnell wurde sie lauter. Verdammt, jetzt war er es, der er in der Falle saß.

Max Newman hatte die Mikrofonständer geschultert, die er in der Künstlergarderobe gefunden hatte, und eine Sonnenbrille aufgesetzt. Am Treppenabsatz hatte ihn sein Verfolger höchstpersönlich vorbeigelassen. Das Herz hatte ihm bis zum Hals geklopft, als er ihn mit gesenktem Kopf passiert hatte. Als er sich vorsichtig umschaute, sah er, wie der Mann in den Tiefen der Bühne verschwand. Noch vor Erreichen des Ausgangs ließ Newman die Mikrofonständer fallen und rannte nach draußen. Er lief den gleichen Weg zurück, den er gekommen war, bis er am Haupteingang auf ein ziviles Polizeifahrzeug traf, das gerade mit Blaulicht und Sirene am Eingang hielt. Ihm kamen fast die Tränen. Es gab also doch noch einen Gott. Mit wild fuchtelnden Armen lief er auf das bremsende Auto zu und kam gerade rechtzeitig, als auf der Beifahrerseite ein großer, hagerer Beamter ausstieg. Vollkommen verängstigt packte er ihn an seiner Lederjacke.

»Sie müssen mir helfen«, rief er völlig außer Atem. »Ein Mann will mich umbringen, Sie …«

»Sie sind Max Newman, genannt Mozart?«, fragte der Mann und packte ihn an den Schultern, damit er nicht so zitterte.

»Ja, der bin ich«, schluchzte Max.

Lächelnd betrachtete Haderlein das Häufchen Elend, das da vor ihm stand. »Sie sind in Sicherheit, Doktor. Sehen Sie zu, dass Sie sich im Zoo aus der Schusslinie bringen. Kommissar Schmitt wird bei Ihnen bleiben, und wir kümmern uns um Ihren Verfolger.«

Lagerfeld nickte beruhigend, zog seine Waffe und bugsierte Newman sogleich Richtung Kassenwärterhäuschen.

Die Besucher, die den Eingang blockierten, betrachteten erschreckt die Szenerie und wichen beim Anblick der Pistole sofort zurück. Haderlein stieg mit Driesel wieder in den Polizeiwagen. Sie schafften es gerade noch, über Funk Verstärkung anzufordern, als der Multipla auch schon genau neben dem grauen BMW zum Stehen kam. Die beiden erfahrenen Kommissare stiegen aus und entsicherten ihre Waffen. Driesel nahm den noch steckenden Zündschlüssel des BMWs an sich. Als aus dem Hotelsaal irgendwelche Musiker ihr Equipment nach draußen schleppten, klappte Driesel seinen Ausweis auf und befahl dem Oberroadie, seine Leute schleunigst in Sicherheit zu bringen, es würde jetzt gefährlich werden.

»Aber im Keller liegen noch der Gitarrist und der Drummer und pennen«, warf der schnauzbärtige Mann besorgt ein.

»Um die kümmern wir uns schon«, meinte Haderlein genervt. »Jetzt pack deine Leute ein und sieh zu, dass ihr verschwindet.«

Der Roadieboss zuckte mit den Schultern, bedeutete den anderen, sich zu beeilen. Während Haderlein und Driesel vorsichtig durch den Eingang lugten, verließen immer mehr Tourhelfer das Gebäude. Gespenstische Ruhe breitete sich aus.

»Gibt's hier einen Hinterausgang?«, flüsterte Haderlein leise zu Driesel.

Dieser schüttelte den Kopf. »Dahinter ist nur der Zoo. Er sitzt in der Falle. Oder er muss aus dem dritten Stock springen.«

Haderlein lächelte grimmig und nickte. Die beiden Kommissare mussten sich nicht absprechen, um zu wissen, was sie zu tun hatten. Haderlein ging den linken Halbkreis an der Saalwand entlang, Driesel den rechten. An der Bühne angekommen nickte Driesel Haderlein kurz zu. Daraufhin sprang dieser auf die Bühne, und Driesel gab ihm Deckung. Mit gehobener Waffe ging Haderlein die Treppe hinunter in die Löwensaalunterwelt, Driesel folgte ihm. Mit größter Vorsicht durchsuchten sie Raum für Raum, bis nur noch eine einzige geschlossene Tür übrig blieb, über die jemand vor langer Zeit das Wort »Künstlergarderobe« gepinselt hatte.

Driesels Puls raste. Er hatte ein äußerst ungutes Gefühl. Wenn sich der Mann da drin versteckte, von dem er es vermutete, dann wurde es jetzt extrem gefährlich.

Vorsichtig griff Haderlein nach der Türklinke und nickte Driesel zu. Mit einem plötzlichen Stoß öffnete er die Garderobentür, und Driesel kniete sich sofort in den Anschlag, um ihn gegebenenfalls zu schützen. Doch der Raum war leer. Fast.

Zwei halb nackte, tote Musiker, jeder mit einem kleinen Loch in der Stirn, lagen in einer großen Blutlache auf dem Teppich. Neben den beiden Leichen entdeckten die Ermittler zwei Kleiderhaufen. Einer davon bestand unter anderem aus einem Hippiehemd, der andere aus einer sehr teuren schwarzen Stoffhose, dunkelgrauen Lederschuhen und einem schwarzen Satinhemd.

*

Zur selben Zeit starrten zehn am Straßenrand stehende Roadies ihrem bunt bemalten Transporter hinterher, der gerade die Autobahnauffahrt Nürnberg/Mögeldorf Richtung Bamberg hinauffuhr.

Das Buch

Mozart saß mit Kriminalhauptkommissar Haderlein, Lagerfeld und Hannes Driesel in dessen Büro. Inzwischen hatte er frische Kleider bekommen und war auch bereits geduscht. Allerdings war auf die Schnelle keine Zivilkleidung zu besorgen gewesen, sodass er mit einer Polizeiuniform hatte vorliebnehmen müssen.

Einerseits fühlte er sich wie neugeboren, andererseits total beschissen. Um ein Haar wäre sein Leben heute zu Ende gewesen. Und das nur aufgrund einer Episode von damals, als er noch nicht einmal volljährig gewesen war. Dankbar trank er das kühle Bier, das man ihm gereicht hatte, und versuchte sich zu beruhigen.

»Ich muss mich bei Ihnen bedanken. Sie haben mir im letzten Moment das Leben gerettet«, sagte er nun schon zum zigsten Mal.

»Es war uns eine Ehre«, erwiderte Lagerfeld lässig.

»Leider ist Ihr Verfolger entkommen«, knirschte Haderlein grimmig.

»Aber wir haben immerhin einen wichtigen Teilerfolg erzielt«, stellte Lagerfeld zufrieden fest. »Sein wichtigstes Ziel lebt noch.«

Haderlein fixierte Driesel, der sich die ganze Zeit schweigend den Bart rieb. Dann stand er auf, stützte die Hände auf den Tisch, an dessen gegenüberliegender Seite Max Newman saß, und sah ihn ernst an.

»Ich möchte ja nicht drängeln, aber es wird nun, glaube ich, höchste Zeit, dass Sie uns sagen, wo das Buch ist.«

»Genau, dieses ominöse Buch, das diesen ganzen verdammten Fall endlich aufklären kann«, unterstützte Lagerfeld seinen Chef.

Erstaunt blickte Newman von einem zum anderen, stellte das Bier neben sich auf den Boden und erhob sich.

»Aber ich habe das Buch nicht«, sagte er.

Haderlein runzelte verständnislos die Stirn. Aber warum dann der ganze Aufstand? Warum dann dieser brutale Mörder?

»Wie? Was soll das heißen: Sie haben das Buch nicht?«, regte sich Lagerfeld auf. »Aber dieser Teppichhändler aus Kronach hat uns doch angerufen und gesagt, wir sollen Sie aufsuchen und das Buch finden.« Haderlein legte ihm beschwichtigend die Hand auf die Schulter.

»Aber ich habe Clemens' Buch wirklich nicht«, beteuerte Max Newman.

»Wer ist denn schon wieder Clemens?«, fragte Lagerfeld frustriert.

Mozart schaute nochmals in die Runde, dann griff er mit beiden Händen unter sein Hemd, holte eine silberne Kette mit einer Lederkapsel hervor und legte sie zum Erstaunen aller vorsichtig in die Tischmitte.

»Ich habe nur das hier«, sagte er. Dann setzte er sich mit dem erleichterten Gefühl wieder auf seinen Stuhl, das auch Frodo empfunden haben musste, als er Saurons Ring endlich in der Vulkanglut versinken sah.

»Und was ist das?« Jetzt kam auch Hannes Driesel an den Tisch, um sich die Kette genauer zu betrachten.

»Das«, sagte Mozart nachdenklich, »ist Clemens' letzte Botschaft.«

Als Dr. Max Newman seine Geschichte über die Zeit im Ottonianum beendet hatte, saßen alle schweigend um den Tisch herum.

»Was könnte da vorgefallen sein?«, fragte Haderlein nach einer Weile.

»Tja, genau die Frage hab ich mir auch immer gestellt«, antwortete Newman. »Misshandlungen, Demütigungen, Züchtigungen? Keine Ahnung. 1974 waren noch ganz andere Zeiten. Da hatte man in unserem Gottesdienst gerade erst die Geschlechtertrennung abgeschafft, und kurz zuvor wurde die Messe noch auf Lateinisch gelesen. Damals widersprach man nicht einfach so seinem Regens, da fragte man nicht einmal nach. Clemens und ich, wir waren die Einzigen, die sich das manchmal getraut haben. Aber so konsequent wie er bin ich nie gewesen. Und er hat mir gegenüber auch nie die leiseste Andeutung gemacht, was da zwischen ihm, Peter und dem Regens vorgefallen ist. Ich weiß nur, dass sie an unserem letzten Abend spurlos verschwunden sind. Als ob sie sich in Luft aufgelöst hätten. Noch nicht einmal bei der Zeugnisübergabe wurden sie noch erwähnt. Ich hab wirklich keine Ahnung, was da damals los war.« Sichtlich mitgenommen von der Erinnerung griff Mozart sich sein halb volles Bier und trank es in einem Zug aus. Die Kommissare brachten kein Wort raus.

»Nun«, ergriff Haderlein nach ein paar Minuten des Schweigens das Wort, »was auch immer es war, irgendjemandem ist das, was passiert ist, jedenfalls so viel wert, dass er den bestbezahlten Mörder, den man finden kann, auf die Vernichtung der Hinweise ansetzt. Und, meine Herren, ich finde, dass wir auch aufgrund der Aussagen von Dr. Newman hier immer dringender davon ausgehen müssen, dass dieser Auftraggeber Umweltminister Kolonat Schleycher ist. Leider haben wir außer der Tatsache, dass er Kontakt zu Edwin Rast hatte und der damalige Regens war, bisher keinerlei Beweise.«

Der Hauptkommissar griff zum Telefon, wählte die Nummer der Dienststelle in Bamberg und besprach sich kurz mit Fidibus, der die Meinung vertrat, dass es auch nach so vielen Jahren und trotz miserabler Erfolgsaussichten besser wäre, sofort eine Fahndung nach Clemens Martin und Peter Nickles einzuleiten.

»Okay«, sagte Lagerfeld schließlich, nachdem Haderlein aufgelegt hatte, kurz entschlossen. »Okay, spricht also irgendetwas dagegen, dieses kleine Lederding aufzumachen, damit wir endlich erfahren, was auf dem Zettel steht?«

»Nein, überhaupt nicht«, sagte Dr. Newman. »Aber Sie werden es genauso wenig begreifen wie ich, dessen bin ich mir sicher. Und ich denke jetzt schon über dreißig Jahre darüber nach.« Mit einer schnellen, geübten Handbewegung griff er nach der Kapsel und öffnete sie mit einer Hand. »Sie ist wasserdicht, und das noch nach Jahrzehnten. Ohne Gummi, ohne Plastik. Indianische Handarbeit aus Kalifornien.« Er nahm das klein zusammengefaltete Stück Papier heraus, legte es auf den Tisch und strich es mit der rechten Hand glatt. Die Schrift darauf war irgendwann einmal mit dokumentenechtem Filzstift nachgezeichnet worden und deswegen noch gut leserlich.

»Hier ist es. Vielleicht sagt Ihnen das ja mehr als mir.« Er lehnte sich in seinem Stuhl zurück und verlangte das nächste Bier. Irgendwie war ihm nach diesem Tag danach, sich sinn- und hemmungslos zu besaufen.

Die drei Ermittler beugten sich über das so lange gesuchte Stück Papier. Aber in der Tat, was darauf geschrieben stand, machte offenkundig keinen Sinn. Haderlein grübelte stumm vor sich hin, während auch Driesel und Lagerfeld das Geschriebene zu deuten versuchten.

Der tote Bischof von Rom
Begraben in Ludwigs Dom
Im Hort mit dem Garten am Fluß
Zertreten von schwedischem Fuß

3 – 3
1 – 20
2 – 17
1 – 8
4 – 25

Auf Alchimie gelegt als Laster
Der Tod aus Eisen und Alabaster

Haderlein stellte schon nach kurzer Zeit seine Überlegungen ein. Das konnte alles oder nichts bedeuten. Er versuchte lieber, die Sachlage zu ordnen.

»Das heißt, wenn ich das richtig verstehe, hat dieser Clemens sein Tagebuch an dem Tag des Klassenabschlussausfluges irgendwo versteckt. Richtig?« Haderlein schaute Newman fragend an.

»Sicher weiß ich nur, dass er das Buch noch hatte, als wir am Morgen in den Bus stiegen. Und als er mir den Zettel am Brunnen gegeben hat, war es verschwunden. Was dazwischen passiert ist, kann ich nicht sagen. Aber in jeder Kirche ist Clemens in den hintersten Ecken herumgekrochen. Was er da gemacht hat?« Hilflos hob er die Schultern. »Keine Ahnung.«

Hannes Driesel nahm den Zettel in die Hand und ging zum Scanner. »Ich werde das Teil jetzt mal für jeden von uns kopieren, und dann geb ich es runter zu unseren Spezialisten. Vielleicht ist da ja noch auf andere Art und Weise eine Botschaft versteckt. Und wenn das wirklich so ein cleveres Kerlchen war, wie der Doktor behauptet, dann finden wir vielleicht noch andere Spuren.«

Haderlein war zum Haareraufen zumute. Dieser Clemens hatte der Nachwelt eine geheime Botschaft hinterlassen, um sein Buch zu finden, so viel war klar. Doch es schien beinahe so, als hätte das junge Genie zu gut gearbeitet. Da half nur System.

»Wo genau hielt sich die Klasse denn bei diesem Ausflug auf?«, fragte Haderlein und zückte seinen Notizblock. »Wissen Sie das noch, Dr. Newman?«

Der musste nicht lange überlegen. Diesen Tag würde er sein Leben lang nicht vergessen. »Wir waren eigentlich nur im Bus und haben drei Kirchen besucht«, sagte er. »Zuerst haben wir die Gangolfskirche besichtigt, dann waren wir auf dem Michelsberg und zum Schluss im Dom. Am längsten haben wir uns, glaub ich, in der Gangolfskirche aufgehalten, weil wir da an Rast und Graetzke Rache genommen haben.« Er lächelte bei dem Gedanken. »Die mussten ja erst noch gesucht werden. Leider hat man die zwei Idioten dann doch irgendwann gefunden.«

»Das wäre eine gute Gelegenheit gewesen, etwas zu verstecken«, meinte Lagerfeld nachdenklich, während ein Polizist hereinkam, Driesel etwas ins Ohr flüsterte und ihm einen Zettel übergab.

Haderlein konzentrierte sich auf Lagerfelds Vermutung und schüttelte den Kopf. »Das ist nur eine Ahnung, Bernd. Drei so große Baudenkmäler können wir nicht auf bloßen Verdacht hin untersuchen lassen. Wir müssen das Rätsel dieser Zeilen hier lösen. Das ist unser Problem.«

»Das ist leider nur das eine Problem«, warf Driesel mit ernster Miene ein, während er besorgt den Text auf dem Zettel studierte, den man ihm gerade gereicht hatte. »Das Problem hier ist womöglich das größere von beiden«, sagte er. »Ich habe gerade die Ergebnisse der Spurensicherung vom Löwensaal bekommen. Zwei Fingerabdrücke aus der Künstlergarderobe und dem Auto stimmen mit den Fingerabdrücken von meinem damaligen Fall aus München überein.«

Haderlein schaute in Driesels plötzlich gealtertes Gesicht und wusste, was das für seinen Kollegen bedeuten musste.

»Der Mann heißt Nikolai. Nikolai Dassajew. Siebenunddreißig Jahre alt, geboren in Gießen, Deutschland. Sohn russlanddeutscher Eltern. Nach mehreren Verurteilungen nach dem Jugendstrafrecht wegen Raub, Körperverletzung und Mitgliedschaft in einer kriminellen Vereinigung ist er aus Deutschland verschwunden und im Tschetschenienkrieg wieder aufgetaucht. Machte sich in der russischen Armee einen Namen durch besondere Kaltblütigkeit und als ausgezeichneter Scharfschütze. Inzwischen sehr gut bezahlter Auftragskiller, der europaweit tätig ist. Gesucht vom Bundeskriminalamt, Interpol und so ziemlich allen internationalen kriminalpolizeilichen Organisationen dieser Welt. Er ist der Beste seiner Zunft und auch der Teuerste. Er wird nur angeheuert von Auftraggebern, die keine Zeit, aber viel zu verlieren haben. Wo er auftaucht, gibt es kein Entkommen und viele Tote. Bis jetzt hat er angeblich noch jeden Auftrag erfolgreich abgeschlossen. Und gerade heißt sein Auftrag offensichtlich Dr. Max Newman.« Driesel schwieg einen kurzen Moment, schaute den Doktor an und ließ seine Worte wirken. »Nikolai Dassajew. Das ist unser Mann.«

Für Dr. Max Newman waren die Informationen über seinen Verfolger mehr, als er verkraften konnte, sodass er sich neben den Tisch auf den taubenblau gefliesten Boden des Polizeipräsidiums übergab.

*

Nikolai stellte den Kleintransporter der Band am Nürnberger Hauptbahnhof ab. Zügig und ohne sich umzuschauen, betrat er die Bahnhofshalle. Mehrere Reisende betrachteten seinen Aufzug schmunzelnd und kichernd. Er sah aus wie ein Rockmusiker in viel zu kurzen Hosen. Sofort lenkte er seine Schritte in Richtung der Schließfächer am Ende der Halle. Unauffällig sah er sich um. Niemand war ihm gefolgt, und niemand konnte ihn vom Eingang aus beobachten. Er zog seinen rechten Schuh aus, dann folgte der Strumpf. Schon seit Beginn des Auftrags hatte er unter seiner Fußsohle einen Schlüssel versteckt gehabt. Einen Schlüssel für Plan C, den Plan, der in Aktion treten würde, wenn etwas fürchterlich schiefgelaufen war. So wie jetzt. Er öffnete das dritte Schließfach von oben und von rechts. So brauchte man sich keine Nummern zu merken. Nikolai zog alles wieder an, bevor er die schwarze Ledertasche aus dem Fach holte. Schnell verschwand er im Toilettenbereich und schloss sich in der Kabine für Behinderte ein. Hier hatte er wenigstens den Platz, den er brauchte.

Als er sich der schwarzen Lederkleidung des Musikers entledigt hatte, nahm er den Akkurasierer mit dem Langhaarschneider und stellte ihn auf zehn Millimeter ein. Er setzte das Gerät an und kürzte seine Haare. Als Nächstes griff er nach dem durchsichtigen Plastikbeutel, der eingeschweißtes Gel enthielt. Das würde jetzt mit Sicherheit brennen. Aber Nikolai war wütend, sehr wütend sogar, und mit Wut im Bauch ließ sich einiges ertragen. Mit der Flüssigkeit in den Haaren sammelte er die abgeschnittenen Haarbüschel ein und stopfte sie zusammen mit den Ledersachen in einen robusten Müllbeutel. Dann zog er sich die frische Kleidung an, die er als Back-up-Maßnahme im Schließfach deponiert hatte. Eine helle Leinenhose, ein rosafarbenes Hemd und ein Leinensakko, das farblich zur Hose passte. Als er auch noch die randlose Sonnenbrille aufsetzte, ähnelte er dem blonden Bullen aus »Miami Vice«.

Mit warmem Wasser wusch er das Wasserstoffperoxid aus,

die reinste Wohltat! Als er die Haare frottiert hatte, blickte ihm aus dem Spiegel ein lässig gekleideter Tourist mit hellblonden, sehr kurzen Haaren entgegen.

Zufrieden stopfte Nikolai die verschmierte Plastiktüte zum Rest in den Müllsack, den er fest verschnürte. Schnell überprüfte er nochmals den restlichen Inhalt der Tasche: eine Walther P22 Target mit Munition 5,6 Millimeter, fünfzigtausend Euro in Scheinen, Travellerschecks, drei Kreditkarten, ein Handy, zwei gefälschte Ausweise auf seinen Namen und mit seiner jetzigen kurzen, blonden Haarpracht. Dazu noch eine kleine, elektronische, mit wichtigen Nummern und Kontaktadressen versehene Datenbank, die nur mit Zugangscode zu öffnen war.

Den Müllsack deponierte er in einer Ecke der Behindertentoilette. Bis der jemandem auffiel, würde er schon längst verschwunden sein.

Nikolais Puls hatte sich wieder im normalen Bereich eingependelt, sodass er sich besser fühlte. Das zweite Sicherungspaket hatte er noch nie gebrauchen müssen, aber irgendwann war schließlich immer das erste Mal. Doch jetzt musste er sich wieder auf seinen Auftrag konzentrieren. Die weitere Vorgehensweise war eigentlich klar. Die Polizei hatte diesen Doktor gerettet, und der wusste, wo das vermaledeite Buch war. Sollten sie es doch für ihn finden, er konnte warten. Er musste nur schnellstens ein Auto mieten.

*

Obwohl es bereits früher Abend war, saßen die drei Kommissare noch immer mit Max Newman in Driesels Büro zusammen und beugten sich über das Blatt Papier von Clemens Martin. Aber wie zu erwarten war, führte es zu nichts. Irgendwann sah Haderlein ein, dass sie nicht mehr weiterkamen, und fasste einen Entschluss.

»Wir brauchen jemanden, der sich mit dieser Materie auskennt«, sagte er frustriert, lächelte dann aber leicht. »Und wie das so ist nach so vielen Dienstjahren, habe ich für diese schwierige Aufgabe einen kompetenten Nothelfer an der Hand.«

»Ach, und wer soll das sein?«, fragte Lagerfeld mittlerweile demotiviert. Er hatte das dumpfe Gefühl, dass jedes gelöste Problem gleich zwei neue aufwarf.

»Das wird nicht verraten«, sagte Haderlein verschmitzt. »Jetzt bringt ihr beide erst mal unseren Doktor nach Bamberg auf die Dienststelle, und ich geh den Experten besorgen. Und passt bitte auf, dass ihr unterwegs nicht umgebracht werdet.«

Driesel grinste müde. »Uns wird das nicht passieren, Franz. Nicht in unserem Dienst-BMW. Wir haben wenigstens ein richtiges Auto. Im Gegensatz zu dir kriegen wir keinen Augenkrebs, wenn wir unseren fahrbaren Untersatz anschauen.«

Nur Dr. Newman alias Mozart war nicht nach Lachen zumute. Irgendwie sehnte er sich gerade in diesem Moment extrem stark zu seinen Delphinen in Kalifornien zurück.

*

Nikolai musste nicht lange warten, bis nacheinander zwei Autos vom Hof des Nürnberger Präsidiums auf den Jakobsplatz bogen. Und in einem saß ganz eindeutig dieser Dr. Newman in einer Polizeiuniform. Alles noch mal gut gegangen, freute er sich.

Mit gebührendem Abstand folgte er den beiden Fahrzeugen in seinem frisch gemieteten Land Rover auf die Autobahn.

Kurz vor Bamberg trennten sich die beiden Fahrzeuge der Polizei, und Nikolai beschloss, sich an den BMW mit

Dr. Newman zu hängen. Dieser Mann war der Schlüssel zum Glück, also galt es, ihm auf den Fersen zu bleiben. Als das Auto der Kommissare vor der Bamberger Dienststelle parkte, fuhr er daran vorbei, wendete und stellte seinen Wagen fünfzig Meter weiter auf einem Parkplatz auf der gegenüberliegenden Straßenseite ab. Von hier aus konnte er den Haupteingang der Polizeiinspektion einsehen und vor allem das grüne Rolltor mit der roten Ampel im Auge behalten, hinter dem das Polizeifahrzeug mit dem Delphindoktor verschwunden war. Er würde hier warten, bis irgendetwas passierte, und er war sich ganz sicher, dass es das tun würde.

*

Driesel und Lagerfeld gingen mit Newman die Treppe zu den Büros der Kripo hinauf und wurden von den Kollegen freudig, aber auch mit besorgten Blicken empfangen. Besonders das potenzielle Opfer wurde neugierig gemustert.

Fidibus persönlich holte sie an der Eingangstür ab und geleitete sie in seinen Glaskubus. Im Vorbeigehen sah Lagerfeld am Schreibtisch von Huppendorfer Manuela Rast mit ihrem Sohn Sven sitzen, der unter Bewachung gerade ein Phantombild vom vierten Rast-Attentäter erstellte, der in der Nacht der Flutwelle mit dabei gewesen war. Dann schloss Fidibus die Tür hinter ihnen und bat sie, doch Platz zu nehmen.

»Sie glauben ja gar nicht, wie erleichtert ich bin, Sie hier zu sehen, Dr. Newman«, sagte er mit einer raumgreifenden Handbewegung, die wohl andeuten sollte, wie groß seine Erleichterung war. »Und machen Sie sich keine Sorgen, diesen Russen haben wir auch bald gefasst. Viele Hasen sind des Igels Tod, wie man so schön sagt.«

Driesel runzelte die Stirn und schaute Lagerfeld mit vielen Fragezeichen im Blick an. Der legte ihm schnell beruhigend die Hand auf den Arm und schüttelte dabei leicht den Kopf.

Doch Fidibus hatte sich gerade erst warmgelaufen. Jetzt kam er richtig in Fahrt.

»Oder wie ein früher Dichter zu sagen pflegte«, meinte er seiner Meinung nach aufmunternd, »wenn du glaubst, es geht nicht mehr, kommt von irgendwo ein Gedichtlein her, hahaha.« Begeistert von sich selbst rollte er die obligatorische feuchte Zigarre zwischen seinen Fingern hin und her.

»Ich schau mal draußen, was das Phantombild macht«, entschuldigte sich Lagerfeld und überließ die beiden Nürnberger Gäste ihrem Schicksal im Glaspalast.

»Alles klar?«, fragte er Manuela Rast, die ziemlich still neben ihrem Sohn saß. Müde nickte sie dem Kommissar zu, als der versuchte, sie aufzumuntern. Immerhin hatte das Phantombild schon ziemlich konkrete Züge angenommen.

»Aber das gibt's doch nicht!«, rief Lagerfeld plötzlich fassungslos, als ihm klar wurde, wen das Bild darstellte. »Der heißt Wurm, Stefan Wurm aus Forchheim! Ich besorge sofort einen Haftbefehl.«

*

Haderlein hatte gerade seinen Multipla auf dem Parkplatz neben der Gangolfskirche abgestellt. Sein Retter in der Not wohnte in dem Haus am Gangolfsplatz mit der alten Hausnummer 913. Schon lange war das nicht mehr die richtige Nummer, aber in den Jahren 1803 bis ungefähr 1850 waren in Bamberg alle Häuser mit Zahlen versehen worden – ohne sich an Straßennamen zu orientieren. So konnte es in jener Zeit vorkommen, dass das Haus 21 vom Haus 22 durch die gesamte Innenstadt getrennt war. Der Unsinn hatte ein Ende, als niemand mehr per Hausnummer gefunden werden konnte. Auch dieses Wissen verdankte Haderlein dem Mann, der ihm gerade die Tür öffnete.

»Der Herr Kriminalhauptkommissar? Was verschafft

mir denn die unverhoffte und unangemeldete Ehre?«, begrüßte ihn Prof. Dr. Egidius Habermehl, seines Zeichens Kulturhistoriker und Spiritus Rector der Bamberger intellektuellen Bierkellerszene. Prof. Dr. Habermehl pflegte ein Erscheinungsbild, als wäre er soeben der Rühmann'schen Feuerzangenbowle entsprungen. Er trug Schnauzbart, eine bräunlich karierte Weste, Stoffhose und hatte eine kleine Nickelbrille auf der nicht zu übersehenden Nase sitzen. Einen Führerschein besaß der Professor ebenso wenig wie Verständnis für das strenge bayerische Nichtrauchergesetz, weshalb Franz Haderlein auch bei jedem seiner Besuche eine Wolke Zigarettenqualm aus der geöffneten Haustür entgegendampfte. In der Raucherfrage verstand sich Habermehl definitiv besser mit Lagerfeld, in allen anderen Fragen das Leben betreffend dagegen eher nicht.

»Wissen Sie wieder mal dienstlich nicht weiter, Herr Kommissar?«, stellte Professor Habermehl mehr fest, als dass er fragte. Eigentlich freute er sich immer, wenn Haderlein vor seiner Tür auftauchte, wollte es aber nicht so offensichtlich zugeben.

»Da haben Sie den Nagel auf den Kopf getroffen, aber ich muss Sie leider bitten, mit mir zu kommen. Das Problem, das wir diesmal zu lösen haben, duldet keinen Aufschub«, erklärte er.

Der Professor musterte ihn kurz hinter seiner Nickelbrille. Dann seufzte er und griff scheel grinsend nach seinem Mantel. »Die Spesen trägt doch wie immer die Bamberger Polizei?«

Aha, lächelte Haderlein in sich hinein, der Professor war mal wieder pleite. Das passierte ihm öfter. Doch sein chronisches Loch im Geldbeutel rührte mitnichten, wie man vermuten könnte, von fehlendem Sachverstand, sondern von der unglaublichen Sturheit her, mit welcher der Professor

Lehraufträge und Expertisen ablehnte. Wenn ihm der Auftraggeber oder die angebotene Aufgabe an sich nicht passte, schlug er demjenigen sein Ansinnen ohne Rücksicht auf Verluste metaphorisch um die Ohren. Aus diesem Grund fanden sich in Bamberg etliche Leute, die mit Professor Habermehl nichts mehr zu tun haben wollten. Die einzige Bevölkerungsgruppe, die ihn wirklich gern hatte, waren die Bamberger Wirte und Weinstubenbesitzer. Aber auch das schien sich zu ändern, denn seit der Einführung des Rauchverbots war er schon mal der einen oder anderen Gaststube verwiesen worden, weil er den Wirt als nichtrauchenden Speichellecker beschimpft hatte. Kurz gesagt: Der Umgang mit Prof. Dr. Egidius Habermehl war nicht immer vergnügungssteuerpflichtig.

»Was gibt's denn so Wichtiges, dass Sie mich von meiner wohlverdienten Sandkerwa abhalten wollen, Herr Kommissar?«, wollte Habermehl mehr Details wissen.

»Nun, das ist eine lange Geschichte mit extrem vielen Toten, Herr Professor. Aber wenn Sie uns nicht weiterhelfen können, wüsste ich nicht, wer sonst. Allerdings macht es wenig Sinn, wenn ich jetzt versuchen würde, Ihnen alles zu erklären«, sagte Haderlein. »Es ist besser, Sie schauen sich das Problem auf der Dienststelle selbst an. Haben Sie heute noch etwas vor?«

Professor Habermehl schüttelte den Kopf, vergaß dabei anscheinend seine Sandkerwa und beschloss, nichts mehr zu fragen, bis er das Rätsel persönlich in Betracht nehmen konnte.

Als sie in der Bamberger Dienststelle ankamen, bat Haderlein Lagerfeld und Professor Habermehl, ihm zu folgen.

»Wir borgen uns mal Fidibus' Büro«, sagte er. »Das hat schließlich den größten Tisch.«

Als sie eintraten, hielt ihr Chef dem genervten Auditorium in Gestalt von Driesel und Newman gerade einen ausschweifenden Vortrag über die dialektischen Feinheiten von Limericks. Dass Haderlein diese Ausführungen brüsk beendete, brachte ihm die allgemeine Anerkennung der Anwesenden ein – natürlich ausgenommen der von Fidibus.

»Darf ich vorstellen, Professor Habermehl, anerkannter Kulturhistoriker aus Bamberg. Er wird uns bei der Suche nach dem Tagebuch unterstützen.« Nach der Vorstellung bat Haderlein Newman, noch einmal eine Kurzfassung der Geschichte zu erzählen, was dieser – allerdings schon mit leichten alkoholischen Formulierungsschwierigkeiten – gerne tat. Anschließend überreichte Driesel dem Professor den Zettel mit der kryptischen Botschaft. Die Spezialisten aus dem Nürnberger Präsidium hatten sich inzwischen gemeldet und keinerlei verborgene Zeichen entdeckt, dafür aber Spuren von Haschisch, was, als Driesel dieses Ergebnis ratlos verkündete, bei Dr. Newman einen roten Kopf auslöste.

Professor Habermehl nahm das Papier vorsichtig an sich und betrachtete die Zeilen äußerst konzentriert. Nachdem er reglos mehrere Minuten lang überlegt hatte, las er sich den Text nochmals mehrere Male durch. Die Spannung im Glaspalast war mit den Händen zu greifen. Als er sich schließlich räusperte, um etwas zu sagen, kam aber nur ein »Könnte ich bitte ein Bier haben?« aus des Professors Mund.

Haderlein kam Fidibus zuvor, der schon widersprechen und auf die allgemeine Dienstordnung im Haus verweisen wollte, und drückte die Sprechtaste auf dem Schreibtisch. »Honeypenny, bitte ein Bier für Professor Habermehl.«

Fidibus schaute Haderlein ungläubig an, aber der hatte sich schon wieder dem Professor zugewandt, der nun etwas Substanzielles äußern zu wollen schien.

»Nun, das Ganze ist in der Tat knifflig beziehungsweise

widersprüchlich.« Er legte das Papier auf den gläsernen Tisch und schaute grüblerisch in die Runde. »›Der tote Bischof von Rom‹ bezieht sich ganz offensichtlich auf das Papstgrab im Bamberger Dom. Denn wie Sie alle wissen, ist der Papst zugleich auch immer der Bischof von Rom. Gemeint ist also meiner Meinung nach das Grab von Clemens II. Die zweite Zeile wirft aber auch eine große Frage auf: ›Begraben in Ludwigs Dom‹ ist nämlich erst mal, entschuldigen Sie, wenn ich mich so ausdrücke, großer Blödsinn.«

»Warum das denn?«, wollte Lagerfeld wissen.

»Na, weil der Bamberger Kaiserdom von keinem Ludwig gebaut wurde«, ereiferte sich Habermehl. »Es gab einen Heinrich, eine Kunigunde, einen Ekbert und von mir aus auch noch einen Veit Stoß und einen Tilman Riemenschneider, aber das war's dann auch schon. Sonst hat niemand großartig an dieser Kirche mitgebaut. Weder handwerklich noch politisch. Punkt.«

»Hm, gut und schön, aber irgendwas muss er ja mit dem Namen und dieser Anspielung bezweckt haben«, warf Haderlein ein. Doch der Professor ignorierte ihn und fuhr einfach fort.

»Dann geht's mit diesem Garten und dem schwedischen Fuß weiter. Irgendwas klingelt da bei mir, aber ich weiß noch nicht, was.« Seine nachdenkliche Miene verwandelte sich in einen verkrampften Gesichtsausdruck. Er erhob sich und begann den Raum zu durchschreiten. »Meine Herren, so geht das nicht weiter. Ich kann nicht arbeiten, wenn mir tausend Augen über die Schulter schauen. Außerdem fehlt mir die authentische Umgebung. Herr Haderlein, wäre es vielleicht möglich, das Ganze im kleinen Kreis vor Ort zu besprechen? Vielleicht im Dom? Ich brauche Ruhe und Inspiration, sonst wird das nichts.«

Haderlein nickte. »Natürlich, warum nicht? Und aus

wem sollte Ihrer Meinung nach der Kreis bestehen, Herr Professor?«

»Ich bleib gerne hier und führe noch ein paar Telefonate, während mir der Chef des Hauses dabei zur Hand geht«, erklärte sich Driesel bereit. »Außerdem müssen wir uns noch um Nikolai Dassajew kümmern. Vielleicht gibt's da ja schon Fahndungserfolge. Wäre das möglich?«

»Äh, ja, natürlich«, antwortete Fidibus, obwohl man ihm ansah, dass er liebend gerne zur geheimen Besprechung in den Dom mitgegangen wäre. Driesel zwinkerte Haderlein unauffällig zu, der das mit einem unmerklichen Lächeln quittierte.

»Gut«, fasste Haderlein zusammen, »dann wären wir noch zu viert. Kollege Schmitt, Dr. Newman, Sie und ich, Herr Professor. Schade, dass Sie jetzt nicht zu Ihrem Bier gekommen sind, aber draußen wird es bald dunkel, also beeilen wir uns.«

Von seinem Wagen aus beobachtete Nikolai, wie vier Personen die Dienststelle verließen und in den Fiat Multipla des großen, hageren Kommissars stiegen, der vor einer knappen Stunde hier mit einem merkwürdig gekleideten Mann mit Schnauzbart aufgekreuzt war.

Na also, dachte sich Nikolai, es geht also los. In seinem Land Rover folgte er dem Wagen des Kommissars in sicherem Abstand. Wie sein Auftraggeber, mit dem er gerade kurz Rücksprache gehalten hatte, vermutet hatte, schlugen die vier den Weg zum Dom ein.

*

Am Dom stellte Haderlein sein Fahrzeug direkt vor dem großen Sandsteinbau mit den vier gewaltigen Türmen ab. Normalerweise war Parken auf dem gepflasterten Platz vor dem Bamberger Dom strengstens verboten, sodass die Gruppe etliche Blicke der Missbilligung erntete, während Haderlein das Fahrzeug abschloss.

In der einsetzenden Dämmerung machte der Kirchenbau einen imposanten Eindruck. Die untergehende Abendsonne leuchtete noch zwischen den Türmen hindurch, und die letzten Sonnenstrahlen spitzten über die Dächer der alten Hofhaltung. Eine fast unwirkliche Stimmung lag über der mittelalterlichen Szenerie des Dombergs. In früheren Zeiten mussten die Bischofskirche und die nicht minder mächtige Kulisse, die sie umgab, große Ehrfurcht unter den Bamberger Bürgern ausgelöst haben. Nicht umsonst zählte der Bamberger Dom zu den bedeutsamsten Bauwerken des hohen Mittelalters in Europa.

Unter der Führung des Professors begaben sie sich in die Mitte unter das gewaltige Deckengewölbe. Die Konturen des kahlen Innenraums verschwammen langsam im diffusen Dämmerlicht der untergehenden Sonne.

Still verharrte Professor Habermehl auf der Stelle und hatte den Blick starr auf das Blatt Papier mit den rätselhaften Zeilen gerichtet. Er kam einfach nicht weiter, aber vielleicht sah er die ganze Sache auch zu eng? Dieses kleine Genie hatte bestimmt einen gar nicht so schweren Kniff eingebaut, auf den er nur gerade nicht kam.

»Begraben in Ludwigs Dom«, wiederholte er halblaut.

»Vielleicht stammt der Dom ja gar nicht von Heinrich und Kunigunde«, frotzelte Lagerfeld. »Vielleicht ist er ja ein Kunstwerk unseres geliebten bayerischen Märchenkönigs Ludwigs II.?«

Habermehl brachte ihn mit einem genervten Blick zum Schweigen. Es war so schon alles kompliziert genug, da brauchte einem dieses fachfremde Hirn mit seinen ungebildeten … aber halt! Mit einer Geschwindigkeit, die man seinem Feuerzangenbowlenkörper gar nicht zugetraut hätte, drehte sich Habermehl um. »Was haben Sie da gesagt, Schmitt?«, fuhr er ihn nervös an.

»Ich, äh, ja, mein Gott, was ist denn jetzt so schlimm da dran? Mer döff ja wohl noch amal …«, versuchte er sich auf Fränkisch zu rechtfertigen, wurde aber erbarmungslos unterbrochen.

»Ludwig II.? Schmitt, Sie sind klasse, nein, Sie sind geradezu genial. Das ist es! Ihre kulturhistorische Einfältigkeit ist tatsächlich zu etwas nutze!«

Lagerfeld verstand nur Bahnhof und konnte Habermehl einzig mit einem selten dämlichen Gesichtsausdruck anstarren, dem die anderen jedoch in nichts nachstanden.

Der Professor brach in lautes Lachen aus, das im Kirchenschiff widerhallte. »Nicht schlecht, der Kleine«, meinte er anerkennend, während er sich noch immer lachend mit ausgebreiteten Armen im Kreis drehte. Dann musste er sich auf eine Kirchenbank setzen, weil ihm schwindlig geworden war. »Also«, klärte er, begeistert von Clemens' Kreativität, die anderen auf, »dieser Dom wurde zwar nicht von einem Ludwig gebaut, aber Ludwig I. von Bayern hat dieses Gotteshaus um 1830 herum völlig renovieren lassen. Alles, was nicht zum Mittelalter gehörte – also Stuck und das ganze Barockzeugs –, wurde herausgerissen oder in die Klosterkirche der Benediktiner St. Michael gebracht. Die ganzen Innereien des Doms befinden sich also auf dem Michelsberg. Damals gab es eine Gegenbewegung zum Barock. Wir sind hier also ganz und gar falsch. Ludwigs Dom ist die Benediktinerkirche St. Michael. Und der Bischof von Rom ist auch nicht Clemens II., sondern der heilige Bischof Otto von Bamberg, der auf dem Michelsberg begraben liegt. Der Namenspatron des Ottonianums. Wenn wir diese Zeilen verstehen wollen, müssen wir jetzt auf den Michelsberg.«

In der heraufziehenden Dämmerung beobachtete Nikolai die vier Männer, wie sie in aller Eile aus dem Dom herauskamen und eifrig diskutierten. Ein Buch hatten sie, so viel er sehen konnte, nicht dabei, dafür aber verfügten sie offensichtlich über neue Erkenntnisse. Während der Fiat an ihm vorbei Richtung Torschuster den Berg hinaufschoss, startete Nikolai seinen Wagen und ließ den Land Rover langsam aus der alten Hofhaltung herausrollen. Er hatte es im Gefühl, dass das Geheimnis dieses verschwundenen Buchs bald gelüftet werden würde. Mit ausgeschalteten Scheinwerfern folgte er dem Auto der Bamberger Polizei.

*

Lagerfeld bremste direkt vor den Stufen der Freitreppe, die zur Benediktinerkirche St. Michael hinaufführte. Habermehl sprang als Erster aus dem Auto und lief die Stufen Richtung Eingang im Eiltempo hinauf.

»Moment mal, Herr Professor«, rief Haderlein ihm hinterher. Doch Habermehl witterte die Lösung des Rätsels und war, so hatte Haderlein den Eindruck, gerade nicht für vernünftige Argumente zu haben.

Dank der exponierten Lage auf dem Hügel war es in der Michaeliskirche noch etwas heller als im Dom. Als Habermehl zur Gewölbedecke aufschaute, musste er schon wieder kichern.

»Ein wirklich ungewöhnlich cleveres Kerlchen«, brachte er heraus. »Der ›Hort mit dem Garten am Fluß‹. Sehen Sie hinauf, da oben haben Sie ihn.«

Die anderen, die es nun auch in die Kirche geschafft hatten, blickten planlos an die Decke. Zwar waren irgendwelche Gemälde von Pflanzen zu erkennen, aber von einem Garten oder einem Fluss fehlte jede Spur.

Doch Professor Habermehl erlöste sie gnädig aus ihrer

Unwissenheit. »Das, was Sie da oben sehen, meine Herren, ist eine Pflanzensammlung von fünfhundertachtzig Exemplaren. Aufgebracht als Verzierung des Deckengewölbes. Das Mittelschiff, die Seitenschiffe, das Querschiff, die Vierung und sogar die Westempore sind mit diesen Pflanzen ausgemalt worden. Ein einmaliges Deckengemälde. Einzigartig in Europa.« Habermehl verlor sich in seinem eigenen Staunen und seiner Ehrfurcht.

»Aber wo soll denn da ein Fluss sein?«, fragte Lagerfeld verzweifelt. »Ich seh keinen.« Die anderen nickten zustimmend.

Wie durch einen Zauber erwachte Habermehl aus seiner Selbstvergessenheit. »Hier ist auch kein Fluss zu finden«, erklärte er stolz. »Den gibt es nur im übertragenen Sinne. Dieses Deckengemälde zeigt die Pflanzen eines realen Gartens um 1600 an der Altmühl. Den sogenannten ›Hortus Eichstättensis‹ des Fürstbischofs von Gemmingen, der als Kupferstich überliefert wurde. Der Garten wurde um 1600 im Dreißigjährigen Krieg von den Schweden zerstört und existierte somit nur wenige Jahre: ›Zertreten von schwedischem Fuß‹.«

»Der Fluss ist also die Altmühl, und wir sind hier definitiv richtig?« Jetzt begann es auch bei Lagerfeld langsam zu dämmern. War er bisher den Gedankensprüngen von Habermehl nur mühsam oder überhaupt nicht hinterhergekommen, so reifte in ihm nun die vermeintliche Lösung heran. »Der Bischof!«, rief er voller Erregung. »Na klar! Das Buch ist in dem Grabdurchgang vom Otto!«

Mit diesen Worten rannte er zum Grabdenkmal von Bischof Otto von Bamberg. Haderlein und Newman ließen sich von Lagerfelds Begeisterung mitreißen und folgten ihm. Das reich verzierte Grab des heiligen Otto am anderen Ende des Kirchenschiffs war mit einem Durchlass versehen, durch den man gebückt gerade so gehen konnte und der angeblich Rückenleiden heilen konnte. Ein richtiger Kreuzgang, im wahrsten Sinne des Wortes. Lagerfeld, Newman und Haderlein krochen erst durch ihn hindurch, dann auch unter und selbst über das Grab. Ein Buch allerdings fanden sie nicht. Erst als alle drei erschöpft neben dem Grab des heiligen Otto standen, vor Rückenschmerzen stöhnten und Habermehl verständnissuchend ansahen, meldete sich dieser wieder zu Wort.

»Sind Sie jetzt fertig?«, fragte der Professor grinsend. »Jetzt seien Sie doch nicht so ungeduldig und schalten bitte einmal Ihr Gehirn ein, ja? Natürlich werden Sie das Buch hier nicht finden. So einfach hat es uns das junge Genie nicht gemacht. Und jetzt kommen Sie wieder da runter, bitte, Sie werden sich sonst noch wehtun.«

Kleinlaut versammelten sich alle wieder um den Professor.

»So, jetzt passen Sie mal auf. Gleich haben wir es.« Habermehl legte den Zettel auf den Boden der Kirche und zückte einen Bleistift. Dann fing er an, Buchstaben abzuzählen, und schrieb einen nach dem anderen unter Clemens' Text. Als er fertig war, nickte er voller Bewunderung. Ob über sich oder über Clemens, konnte man nicht so genau sagen. »Gut versteckt, Clemens, wirklich gut versteckt. Gerade gut genug für mich.«

Die anderen drei schauten hilflos auf die Buchstabenfolge, die der Professor notiert hatte.

»Und was hat das zu bedeuten?«, machte Dr. Newman, dem die Kirchen nicht ganz geheuer waren, zum ersten Mal den Mund auf. Die Gotteshäuser lösten unangenehme Erinnerungen aus. Seit dem Schulausflug damals war er nicht mehr hier gewesen.

Habermehl pochte mit dem Bleistift auf das Papier. »Aber das ist es doch. Können Sie es denn nicht sehen?«

Der tote Bischof von Rom
Begraben in Ludwigs Dom
Im Hort mit dem Garten am Fluß
Zertreten von schwedischem Fuß

3 – 3
1 – 20
2 – 17
1 – 8
4 – 25

Auf Alchimie gelegt als Laster
Der Tod aus Eisen und Alabaster

H M S B F

»Die erste Ziffer bezeichnet die Zeile des Textes, eins bis sechs, von oben nach unten. Die zweite Zahl die Stelle im Satz, an welcher der Buchstabe steht, den wir nach Clemens zu notieren haben.«

»Und was heißt das jetzt?« Lagerfeld war mittlerweile nicht nur ungeduldig, sondern auch genervt. »Das ergibt doch schon wieder kein vernünftiges Wort. H M S B F? Der will uns doch nur verarschen!«

»Natürlich scheint das für den Laien keinen Sinn zu machen«, meinte Habermehl. »Aber Clemens legte diese Spur für jemanden mit Sinn für Kirchenhistorie.«

»Ja, aber – wo zum Teufel ist jetzt das Buch?«, fragte Dr. Newman, dem überhaupt nicht mehr wohl in seiner Haut war. Die Kirche versank langsam im Dunkel der Nacht.

»Nun, wenn ich mich nicht völlig irre, ist der Hinweis

jetzt relativ eindeutig. Ich weiß, wo Clemens das Buch versteckt hat. Er war in Eile, er war verzweifelt, und er war allein. Doch trotz allem war er noch in der Lage, dieses geniale Versteck in einem Rätsel zu verklausulieren. Das Buch ist dort«, sagte Habermehl schlicht und deutete nach links in das dunkle Seitenschiff der Michaelskirche.

»Dort? Aber wo?«, fragte Haderlein.

»Kommen Sie mit«, forderte Habermehl ihn auf. Im immer düsterer werdenden Seitenschiff blieb er vor einem über vier Meter großen Steinrelief stehen. »Sehen Sie hier«, sagte er und deutete auf den Sockel des Epitaphs, auf dem groß und deutlich »H M S B F« eingemeißelt war.

»Hans Matthes Sebert. Er baute dieses Epitaph für Melchior Otto Voit von Salzburg, dem mutmaßlichen Gründer der Universität Bamberg. Und jetzt kommt das Beste, der letzte Beweis.« Habermehl kniff die Augen zusammen, um im letzten Licht die untersten Zeilen auf dem Blatt lesen zu können. »Passen Sie gut auf! ›Auf Alchimie gelegt als Laster / der Tod aus Eisen und Alabaster‹: Schauen Sie genau hin, da haben Sie Ihren Tod aus Alabaster.«

Alle folgten seinem Blick nach oben. Auf Kopfhöhe war ein Skelett auf dem Epitaph zu sehen, das mit Draht zusammengehalten wurde. Der Schädel des Skeletts lag auf einer Alabasterkugel, die mit fremdartigen, alchemistischen Schriftzeichen verziert war.

»Wahnsinn«, sagte Dr. Newman. »Alchemistische Schriften in einer katholischen Kirche. Und wo ist jetzt das Buch?«

»Tja, ach ja, das Buch. Irgendwo da oben wird es wohl sein, wenn ich mich nicht völlig irre.« Der Professor lächelte zufrieden.

»Das übernehme ich«, meldete sich Lagerfeld sofort. Am Rande des Epitaphs konnte er sich festhalten und zog sich hoch. Oben angelangt, begann er das Skelett zu untersuchen, war aber erfolglos.

»Beeilen Sie sich!«, rief ihm Dr. Newman zu. »Es ist gleich dunkel.«

In der Tat war in der Kirche fast nichts mehr zu sehen. Lagerfeld fingerte an dem Relief entlang, bis er oberhalb des Skeletts auf eine Mitra aus Alabaster stieß. Er griff von oben hinein, doch umsonst. Dann fasste er nach hinten in einen schmalen Spalt zwischen Mütze und Epitaph und erstarrte.

»Hier ist etwas!«, rief er aufgeregt und griff zu. Mit der freien Hand zog er ein kleines Bündel hinter der Mitra hervor, das in Papier eingewickelt und mit einer Schnur zugeknotet war. Alle starrten ungläubig das kleine Paket an. Das Tagebuch von Clemens war gefunden. Wegen dieses kleinen Bündels Papier hatten also so viele Menschen sterben müssen. Fast ehrfürchtig steckte es Lagerfeld in seine Jackentasche und kletterte wieder zurück.

»So, und jetzt nichts wie raus hier«, sprach Newman aus, was alle dachten.

Nach einigen Schritten hielt Haderlein inne und bedeutete den anderen wortlos, stehen zu bleiben.

Aus dem Dunkel des Eingangsbereiches war ein Mann ins letzte Dämmerlicht getreten, das noch durch die Kirchenfenster nach innen fiel. Der Mann in der hellen Leinenkleidung und mit dem strohblonden, kurzen Haar hielt eine Waffe in der Hand, mit der er ruhig auf sie zielte. »Ende gut, alles gut, nicht wahr?«, sagte er mit leicht schiefgelegtem Kopf.

»Nikolai«, erkannte ihn Haderlein. »Nikolai Dassajew.«

Er war keineswegs verblüfft, dass man seine Identität herausgefunden hatte. Nach dem Debakel im Nürnberger Löwensaal hatte er damit gerechnet. Doch jetzt war es ihm egal. Sein Auftrag stand kurz vor dem Ende. Er ging noch drei Schritte auf die Gruppe zu, die wie erstarrt in der Mitte des Hauptgangs stand. Nur wenige Meter von ihm entfernt.

»Das Buch«, sagte Nikolai und streckte fordernd die Hand aus.

»Was für ein Buch?«, versuchte sich Lagerfeld hilflos in Ablenkung.

»Rede keinen Mist und gib es ihm«, wies ihn Haderlein zurecht. »Bloß keine Heldentaten, bitte.«

Aus den kalten Augen des Profikillers sprach Ungeduld, und Haderlein wollte nicht noch ein weiteres Leben riskieren. Also zog Lagerfeld das Buch aus seiner Jacke und machte einen Schritt auf Nikolai zu.

»Halt«, hallte es durch das Kirchenschiff. »Dr. Newman soll es mir bringen.«

Alle blickten den Biologen an. Wer nun aber befürchtete, dass diesem jetzt endgültig die Nerven streiken und ihn in eine gnädige Ohnmacht entlassen würden, der wurde eines Besseren belehrt. Newman hatte es richtiggehend satt, sich vor Angst in die Hosen zu scheißen, und er hatte es auch satt, schon wieder davonzulaufen. Außerdem hatte er noch den Rest der Biere intus, die er nicht erbrochen hatte, was ihm zu einer entspannteren Einstellung verhalf.

»Na klar, wer denn sonst?«, sagte er zynisch und nahm Lagerfeld entschlossen das Buch aus der Hand. Selbstbewusst ging er auf Nikolai zu, bis dessen kühler Pistolenlauf seine Stirn berührte. Der Killer nahm ihm das Buch ab und verbarg es sofort in der Innentasche seines Leinensakkos. Dann funkelten seine Augen hasserfüllt in die seines anscheinend furchtlosen Gegenübers.

»Das war schon eine coole Nummer, die Sie da im Löwensaal abgezogen haben«, sagte er zu Newman. »Deshalb werde ich das mal sportlich sehen und Sie nicht erschießen.«

Newman, der mit seinem Leben eigentlich schon abgeschlossen hatte, blickte erstaunt auf.

»Doch dafür musst du mir schon einen Gefallen tun, lieber Doktor. Ihr da, da rüber!«, kommandierte er die anderen in den großen Beichtstuhl auf der rechten Seite.

»Handschellen«, forderte er Newman auf und deutete auf die Kommissare in der engen Kammer. Der Doktor nahm Lagerfeld und Haderlein die Handschellen ab und schloss dann den Beichtstuhl auf Nikolais Anweisung hin, der wiederum die Handschellen so an der Tür befestigte, dass Haderlein, Lagerfeld und der Professor nicht an das Schloss herankamen und eingesperrt waren. Sicherheitshalber rüttelte Nikolai noch einmal an der Tür, aber das eichene Gestühl hielt.

»Das war's dann«, sagte er zu Max Newman und schlug ihm den Knauf seiner Waffe so kurz und heftig auf den Kopf, dass er niederging. Er lächelte den Eingeschlossenen noch kurz zu und verschwand anschließend im Dunkel des Eingangsbereichs. Kurz darauf hörte man die schwere Tür der Michaelskirche ins Schloss fallen und nur wenig später ein Auto so schnell starten, dass der Kies spritzte. Einige Sekunden lang traute sich niemand, etwas zu sagen.

»Scheiße«, meldete sich dann Lagerfeld.

»Wer war das denn?«, wunderte sich Professor Habermehl. »Von einem Mörder hatten Sie mir ja gar nichts erzählt.«

Bevor er sich noch weiter über zu lasche Informationsübermittlung beschweren konnte, hörte man erneut, wie die Tür der Kirche geöffnet wurde.

»Das war's«, sagte Newman, der noch benommen am Boden lag. »Er hat sich's doch noch anders überlegt und macht jetzt mit uns allen Tabula rasa.« Dann lachte er irre auf. Hatte der Horror denn niemals ein Ende?

Hallende Schritte näherten sich dem Beichtstuhl. Haderlein versuchte durch das enge Gitter irgendetwas zu erkennen, aber es war nun endgültig zu dunkel.

»Wer ist da?«, rief er in der Hoffnung, dass es nicht Nikolai, sondern ein Tourist oder Kirchenangehöriger war. Die Person antwortete nicht, dafür kamen ihre Schritte direkt auf das enge Gefängnis zu und verstummten direkt davor. Man hörte ein metallisches Klicken. Sie machte sich an den Handschellen zu schaffen.

»Na, da steckt die Bamberger Polizei ja wieder in ziemlichen Schwierigkeiten, was?«, tönte eine basslastige Stimme plötzlich durch die Dunkelheit.

»Mensch, Hannes, wo kommst du denn her?«, begrüßte Haderlein hocherfreut den Kollegen, und Augenblicke später öffnete sich der Beichtstuhl.

Im Überschwang der Erleichterung machte Newman Anstalten, Driesel zu küssen, was dieser jedoch zu verhindern wusste.

»Wir hatten das Buch schon. Dank Dr. Habermehl hatten wir es gefunden. Aber Nikolai Dassajew …«

»… ist abgekochter, als die Polizei erlaubt«, beendete Driesel den Satz. »Ich weiß, ich habe gesehen, wie er draußen weggefahren ist.«

»Wie? Du hast es gesehen und nichts unternommen?«, rief Haderlein ungläubig.

»Doch, natürlich«, beruhigte Driesel seinen alten Kollegen. »Aber kann ich dir das vielleicht draußen erklären? Hier drinnen kann man ja die eigene Hand vor Augen nicht mehr erkennen.«

»Da hast du recht«, gab Haderlein zu, und alle begaben sich nach draußen.

»Und bevor hier doch noch Menschen zu Schaden kommen, verschwinden die Zivilisten jetzt erst mal von der

Bildfläche«, befahl Haderlein. »Sagen Sie, Herr Professor, könnten Sie unseren Doktor hier vielleicht bis morgen bei sich aufnehmen? Wird bestimmt nett – so unter Rauchern.«

Doch Habermehl reagierte nicht, mit seinen Gedanken war er immer noch bei dem gerade Erlebten. Wortlos drückte Haderlein ihm seinen Autoschlüssel in die Hand.

»Keine Zeit für Diskussionen, Habermehl, Abmarsch!«, bedeutete er ihm. »Nehmen Sie Newman einfach mit.«

»Aber ich habe doch keinen Führerschein«, protestierte jetzt der Professor.

»Dann soll der Doktor eben fahren, in Gottes Namen«, forderte Haderlein ungeduldig. »Und jetzt los!«

Sogleich wandte er sich an Driesel.

»So, und nun zu dir, du Superbulle. Du hast Dassajew also einfach wegfahren lassen? Na, das nenn ich gründliche Polizeiarbeit. Und was machen wir jetzt? Das Buch ist weg, der Mörder ist weg ... Sollen wir jetzt einfach alle auf die Sandkerwa und uns betrinken, oder wie stellst du dir das vor?« Franz Haderlein war echt sauer. Auf Driesel, auf die Welt, auf sich und seine naive Vorgehensweise – einfach sauer. Das hier war die Champions League des Verbrechens, und er hatte das Spiel gerade verloren. Superklasse.

»Bevor du dich weiter aufregst, setzt euch erst mal in meinen Wagen, okay?«

Da Haderlein keine alternativen Ideen vorzuweisen hatte, nahm er auf dem Beifahrersitz des BMWs Platz, nicht ohne die Tür laut und deutlich zuzuknallen. Bei Kollege Lagerfeld ging das gleiche Prozedere wesentlich geräuschärmer vonstatten.

»Irgendwelche Ideen?«, fauchte Haderlein Richtung Windschutzscheibe. Er konnte und wollte nicht akzeptieren, von diesem Mörder sauber abgeledert worden zu sein.

»Jetzt reg dich erst mal ab und schau dann her«, sagte

Hannes Driesel in seiner ruhigen, sonoren Seemannsstimme. Dann tippte er irgendwas ins Dunkel des Armaturenbretts. Sofort flammte mit einem hellen Ping der Bildschirm eines Navigationsgeräts auf. Auf dem Display sah man einen roten Pfeil, der sich auf einer Straße bewegte.

»Was soll das denn schon wieder? Machen wir jetzt Schnitzeljagd, oder was?«, äußerte sich Lagerfeld von der Rückbank. Auch er hatte von der misslungenen Aktion die Nase voll. Bei der Sitte war er nie mit einer Waffe bedroht worden, und Todesangst war für ihn bis dato auch nur eine Erfahrung vom Hörensagen gewesen. Ein Erfolgserlebnis täte gerade echt nicht schlecht.

»Dieser Pfeil auf dem Bildschirm ist das Fahrzeug von Nikolai Dassajew. Während ihr euch da drin mit Literatursuche vergnügt habt, habe ich euren Verfolger verfolgt.«

Haderlein schaute Driesel mit grenzenloser Verblüffung an. »Aber woher wusstest du, dass …«

»Das wusste ich nicht, das habe ich vermutet. Schließlich mache ich den Job schon seit ein paar Jahren und nicht ohne gewisse Erfolge. Man muss immer ein Stück abgebrühter sein als sein Gegenüber. Und als Nikolai in der Kirche verschwand, habe ich mein Auto drüben bei der italienischen Gaststätte geparkt und eine GPS-Senderfolie auf das Dach seines Land Rovers geklebt. Ich war gerade damit fertig, als die Tür aufging und er schon wieder herauskam. War ganz schön knapp. Den Rest kennt ihr ja.«

»Ich will ja nicht unhöflich erscheinen, aber dürfte man erfahren, wo der Typ gerade hinfährt?«, erkundigte sich Lagerfeld jetzt schon deutlich besser gelaunt.

Driesel beugte sich näher zum Display. »Nun, ich würde sagen, er ist jetzt auf der Autobahn und fährt nach Norden in Richtung Staffelstein.«

Haderlein nickte. »Na schön, Nikolai, ich glaube, ich

weiß, wo du hinwillst. Zu deinem Herrn und Meister, um deine Silberlinge abzuholen, stimmt's? Aber da werden wir dir jetzt etwas Salz in deine Suppe streuen müssen.«

Lagerfeld klopfte seinem älteren Vorgesetzten von hinten auf die Schulter. »Nach Norden kann ja von hier bis nach Oslo bedeuten. Wo fährt unser Verbrecher denn deiner Meinung nach hin, wenn ich fragen darf?«

Haderlein schnallte sich an. »Na dahin, wo wir jetzt auch hinfahren. Nach Kloster Banz. Wir werden unserem Umweltminister einen kleinen Besuch abstatten.«

Noch bevor sie die Stadtgrenze von Bamberg erreicht hatten, zeigte das Spezialdisplay des Navigationssystems an, dass Haderlein recht gehabt hatte. Mit unglaublicher Geschwindigkeit raste der Pfeil die Autobahn entlang und bog bei Staffelstein ab, fuhr nördlich am Kurpark vorbei, um dann in Unnersdorf rechts abzubiegen und den Banzberg hinaufzufahren. Auf dem Klosterparkplatz, der sich auf der anderen Straßenseite befand, blieb er stehen und rührte sich keinen Millimeter mehr vom Fleck. Nikolai hatte seinen Wagen abgestellt.

Haderlein holte sofort sein Handy heraus, während Driesel mit quietschenden Reifen die Auffahrt zur Autobahn am Bamberger Hafen nahm.

»Hallo, Chef«, begrüßte er seinen Dienststellenleiter. »Wir hatten das Buch gefunden, aber durch eine unerwartete Begegnung mit unserem Russen ist es uns schon wieder abhandengekommen. Wir verfolgen die Zielperson gerade per Peilsender und haben das Fahrzeug auf dem Parkplatz von Kloster Banz lokalisiert. Chef, ich brauche alle verfügbaren Kräfte der Bepo auf dem Parkplatz der Kurtherme in Bad Staffelstein. Außerdem einen Hundeführer; wenn's geht, zwei. Die sollen keinen Krach machen und sich unauffällig verhalten. Ich möchte erst mal mit Lagerfeld und Driesel diskret in Banz vorgehen, um Verwicklungen zu vermeiden. Auf jeden Fall will ich einen vorläufigen Haftbefehl für den Umweltminister Kolonat Schleycher. Aus der Aussage von Dr. Newman ergeben sich jetzt ausreichende Verdachtsmomente. Haben Sie alles verstanden, Chef?«

Robert Suckfüll hatte natürlich verstanden und sicherte Haderlein seine volle Unterstützung zu. Und die war wichtig, denn einen bayerischen Minister verhaftete selbst Haderlein nicht alle Tage. Als er aufgelegt hatte, konnte er die Autobahnausfahrt Staffelstein-Kurzentrum auf sich zurasen sehen. Driesel war im Vergleich zu Nikolai nicht minder schnell unterwegs.

*

Nikolai stellte seinen Land Rover auf dem hintersten und dunkelsten Parkplatz ab, den das Areal zu bieten hatte. Er folgte der Beschreibung seines Auftraggebers, überquerte die Straße und ließ den Banzer Biergarten links liegen. Die bewaffneten Polizisten, die die Hauptzufahrt zum Kloster bewachten, beäugte er zwar misstrauisch, ging aber selbstbewusst an ihnen vorbei zu dem kleinen Nebeneingang unterhalb der Hauptzufahrt. An der Tür mit dem Schild »Geschlossen wegen Renovierungsarbeiten« musste er lächeln. Ein wirklich ausgesucht ungewöhnlicher Treffpunkt, den sein Auftraggeber da gewählt hatte. Aber ihm sollte es recht sein. Ungewöhnlich war meistens auch sicher.

Als er auf die Klingel drückte, bemerkte er rechts vom Eingang eine grell gemusterte Hundeleine und wunderte sich. Wie auch immer, er würde jetzt das Buch abgeben, sein Geld in Empfang nehmen und dann nach Wien abreisen. Die Geschichte hatte nun wirklich lange genug gedauert. Endlich ertönte der dezente Türsummer. Er war noch gar nicht eingetreten, da rief eine Stimme schon: »Kommen Sie, Nikolai!«

Er durchquerte den kleinen Innenhof, auf dem gerade Pflasterarbeiten durchgeführt wurden, und betrat durch eine offene Tür einen riesigen beleuchteten Raum, der mit Versteinerungen aller Art und großen Ausstellungsstücken vollgestopft war. An der Wand bemerkte er einen mindestens zwei Meter großen Fischsaurierschädel, der über einem Glaskasten hing. Als er genauer hinschaute, erkannte er in dem Kasten eine leibhaftige ägyptische Mumie. Am Ende des Raums sah er eine Person hinter einem massiven Schreibtisch stehen.

Eine alte Stehlampe erhellte den Arbeitsbereich, der mit architektonischen Zeichnungen und Skizzen bedeckt war. Sein Auftraggeber war gerade damit beschäftigt, Blätter auf die Seite zu räumen, sodass Nikolai Gelegenheit hatte, ihn unauffällig zu betrachten.

Irgendwie hatte er sich sein Gegenüber anders vorgestellt. Nicht immer lernte man sich ja in diesem Geschäft persönlich kennen. In der Regel diente die Anonymität vor allem der Sicherheit beider Geschäftspartner. Mit dem Auftrag wurde eine Anzahlung überwiesen, der Restbetrag folgte dann später auf ein Konto nach seinen Angaben. Damit war für ihn normalerweise die Sache beendet, doch diesmal war es für Nikolai eine Frage der Ehre, den Auftraggeber persönlich aufzusuchen. Immerhin war ihm das Ding zwei Mal aus dem Ruder gelaufen, und fast hätte ihn die deutsche Polizei in Nürnberg erwischt.

»Setzen Sie sich, Nikolai«, sagte sein Gegenüber und bot ihm einen Stuhl an. Beide nahmen Platz.

»Nun, da Sie ohne weiteren Anruf gekommen sind, kann ich davon ausgehen, dass Sie das Buch gefunden haben?«, fragte sein Auftraggeber und machte eine erwartungsvolle Pause.

Wortlos griff Nikolai in die Innentasche seines Leinensakkos und holte das immer noch zusammengeknotete Bündel heraus.

»Hier«, sagte er und legte es auf den Schreibtisch. Sein Gegenüber nahm eine Schere aus der Utensilienablage des Architektentischs und schnitt die Schnur des Einbands durch. Als er die Schutzhülle aus Butterbrotpapier abgewickelt hatte, kam ein Tagebuch mit hellbraunem Einband zum Vorschein. Auf der offenen Seite wurde es von einer kleinen Lasche mit Messingknopf zusammengehalten.

Der Mann nickte und legte das Buch zurück auf den Tisch. Dann bückte er sich und holte einen Aktenkoffer aus Aluminium aus einem Schreibtischfach hervor. Wortlos stellte er ihn auf die Tischplatte, und Nikolai nahm ihn an sich.

»Wollen Sie das Buch nicht öffnen?«, fragte er verwundert.

»Nein, wozu denn? Ich weiß ja, was drinsteht. Wollen Sie nicht Ihren Koffer öffnen?«, fragte er im Gegenzug.

Nikolai lächelte mit schmalen Lippen. »Nein, wozu? Ich weiß ja, was drin ist«, antwortete er mit einem Anflug von Humor.

Der Mann lächelte breit. »Touché«, zollte er dem Profi Respekt für dessen Schlagfertigkeit. »Gut, dann wäre unser Geschäft beendet. Ich habe zwar keinen Wodka, um den Erfolg zu besiegeln, aber ein gutes fränkisches Bier dürfte ja wohl auch genügen.«

Nikolai war keineswegs überrascht über das Angebot. In Russland wurden Geschäfte immer mit einem guten Wodka abgeschlossen. Nicht selten wurden auch sehr offenherzige Damen angemietet, um den Deal sozusagen abzurunden. Auch in Deutschlands großen Firmen wie VW oder Siemens waren solche Geschäftspraktiken ja inzwischen nicht mehr unüblich, wie er im Fernsehen gesehen hatte, deshalb griff Nikolai gerne nach dem bereits gefüllten Krug, den ihm der

Mann hingestellt hatte. Sich selbst schenkte dieser gerade ein.

»*Na zdrowje*«, sagte Nikolai, als er das Bier zum Gruß hob, und nahm dann einen tiefen Schluck. Es schmeckte wirklich hervorragend.

»Was ist das für ein Stein?«, fragte er den Mann, der seinen Krug neben einem Sandsteinquader von circa vierzig Zentimeter Kantenlänge abstellte.

Die Augen des Mannes begannen zu leuchten. In schwärmerischem Ton sagte er: »Das ist der Stein von Dendur. Der Schlussstein aus der Vorderfront eines ägyptischen Tempels, der inzwischen im Metropolitan Museum in New York steht. Dorthin geht er auch in den nächsten Wochen zurück, aber dafür kriegen wir von den Amerikanern dieses Museum hier für dreihunderttausend Euro renoviert. So werden Geschäfte gemacht.«

Nikolai schaute ihn verständnislos an, während er einen weiteren Schluck von seinem Bier nahm. Der Mann seufzte nachsichtig und fuhr fort. »Herzog Max von Bayern, der Vater der berühmten österreichischen Kaiserin Sissi, brachte 1837 dieses Artefakt von seiner Reise nach Ägypten mit nach Bayern. Genauso wie diese mumifizierte Königstochter, an der Sie vorhin vorbeigelaufen sind, oder dieses Ungetüm hier.« Damit deutete der Mann auf ein etwa vier Meter langes Nilkrokodil, das auf der gegenüberliegenden Seite des Schreibtischs an der Wand stand.

Nikolai betrachtete das Tier und schüttelte ungläubig den Kopf. »Und was machen diese ganzen Sachen hier in dieser gottverlassenen Gegend?«, fragte er in geringschätzigem Ton.

»Seien Sie bloß vorsichtig mit derartigen Verunglimpfungen!«, erwiderte sein Gegenüber verärgert. »Gott hat diese Gegend alles andere als verlassen. Einige der wertvollsten

Sakralbauten Bayerns wie Vierzehnheiligen oder der Bamberger Dom stehen hier in dieser ›gottverlassenen Gegend‹, wie Sie sich auszudrücken beliebten.«

Nikolai schaute den Mann verwundert an. Dass sein Geldgeber als Kirchenmann agierte, war ihm schon vorher klar gewesen, doch die moralische Schizophrenie, sich über angebliche Gotteslästerungen zu erregen, aber gleichzeitig Mordaufträge zu erteilen, war dann doch zumindest belustigend. Nun ja, in seinem Geschäft gab es Spinner aller Art. Da war er als ausführendes Organ im Mordgewerbe psychisch jedenfalls noch einigermaßen im grünen Bereich, was man von seinem Arbeitgeber nicht zweifelsfrei behaupten konnte. Er erhob sich, trank mit einem letzten, langen Zug sein Bier aus und stellte den Krug zurück auf den Schreibtisch.

»Mein Auftrag ist beendet«, sagte er. »Ich werde nun gehen.«

Auch der Mann erhob sich und legte plötzlich wieder eine außerordentlich verbindliche Art an den Tag. »Ich wünsche Ihnen eine angenehme Abreise«, sagte er und lächelte Nikolai wissend an.

Der griff sich seinen Geldkoffer, um zu gehen, spürte aber plötzlich, wie sein Puls nach oben ging und eine unerklärliche Hitze in ihm hochstieg. Er wischte sich den Schweiß von der Stirn und musste sich mit beiden Händen auf dem Schreibtisch abstützen, um nicht umzukippen. Direkt vor ihm stand der leere Bierkrug, und er begriff. Er sah noch, wie der Mann höhnisch seine Mundwinkel verzog, dann verschwamm Nikolai der Blick, sein Herz raste, und er griff instinktiv zu seiner Waffe.

*

Driesel hielt sich nicht lange mit Parkplatzsuche auf und stoppte seinen BMW direkt vor dem großen Torbogen der

Klostereinfahrt. Als sie ausstiegen, forderte einer der wachhabenden Bereitschaftspolizisten sie sofort auf, die Zufahrt zu räumen, doch Haderlein konnte ihn schnell mithilfe des Dienstausweises über seinen Status aufklären und befragte ihn auch gleich zum Verbleib von Nikolai.

Überraschenderweise sagte dem Polizisten das Phantombild überhaupt nichts. Seinen Angaben nach waren an diesem Abend viele Menschen unterwegs gewesen, doch ohne Ausweiskontrolle wurde hier niemand durchgelassen.

»Gibt es sonst noch Eingänge?«, fragte Lagerfeld.

Der Beamte schüttelte den Kopf. »Nein, nicht mehr. Entweder sind sie zugemauert oder verschlossen. Höchstens noch den dort links unten. Das ist der Zugang zur Petrefaktensammlung, aber die hat zu, weil da gerade renoviert wird. Wer ins Kloster will, muss entweder hier durch oder mit Sturmleitern über die Außenmauer klettern.«

Haderlein überlegte fieberhaft.

»Es bleiben ihm zwei Möglichkeiten: Er hat sich in irgendeiner Verkleidung und mit gefälschtem Ausweis durchgeschlichen, oder er hat einen anderen Weg gefunden, hier reinzukommen«, vermutete Driesel.

»Ja, oder jemand hat ihm aufgemacht«, ergänzte Haderlein. Es wurde Zeit zu handeln, bevor Nikolai ihnen erneut entwischen konnte. »Hannes, Bernd. Ihr beiden seht zu, dass ihr den Land Rover von diesem Kerl findet. Ich werde Banz absperren lassen, damit niemand mehr hier rauskommt.«

Ungläubig strich sich Driesel durch seinen Bart. »Du willst die ganze Belegschaft einsperren lassen? Aber die komplette Staatsregierung ist hier versammelt, einschließlich bayerischem Ministerpräsidenten«, sagte er verblüfft.

Haderlein nickte grimmig. »Hannes, ich glaube, du ahnst nicht, wie egal mir das im Moment ist. Irgendwo hier drin ist ein professioneller Serienkiller unterwegs, der von einem

Mitglied dieses hohen Hauses gedungen worden ist. Ich werde diesen Mann und seinen Auftraggeber heute nicht mehr entkommen lassen. Außerdem werde ich niemanden einsperren, sondern die Herrschaften höflichst bitten, sich nicht fortzubewegen. Besser?«

Driesel nickte nun doch zustimmend und ging mit Lagerfeld über die Straße zu den Parkplätzen des Banzbergs hinüber.

Kriminalhauptkommissar Haderlein griff sich erneut sein Handy und gab kurze und knappe Anweisungen durch. Mit den Beamten der Polizei im Kloster kam er überein, vorerst niemanden mehr rauszulassen. Außerdem klärte er sie im Groben über die Sachlage sowie über Nikolai auf und machte sie mit der Gefahr vertraut, die ihnen von diesem Mann drohen konnte.

Als er exakt zwölf Minuten später die Nachricht von Lagerfeld erhielt, dass er den Land Rover gefunden und sichergestellt hatte, trafen im gleichen Moment die Fahrzeuge der angeforderten Bereitschaftspolizei ein. Die Streifenwagen mit Blaulicht, aber ohne Sirenenlärm, wurden im großen Halbkreis um das Kloster postiert, womit sämtliche Zufahrtswege abgesperrt waren. Die Mauern von Kloster Banz leuchteten blau im Licht der Einsatzfahrzeuge.

Suckfüll kam mit dem Einsatzleiter der Bepo und Staatsanwalt Edelmann auf Haderlein zu. »Ich hoffe doch sehr für Sie, dass Sie wissen, was Sie tun«, sagte der Staatsanwalt ohne Begrüßungsfloskel. Dann schüttelte er Haderlein doch noch die Hand.

»Das weiß ich allerdings«, erwiderte der Hauptkommissar entschlossen. »Ich möchte keine Fehler mehr machen. Ich bin jetzt lange genug verarscht worden. Sind die Hundeführer schon da?« Er wandte sich an den Einsatzleiter.

»Wir haben nur einen dabei. Da drüben kommt er gerade«, entgegnete der und deutete auf einen Mann, der mit einem Deutschen Schäferhund die Straße überquerte.

»Okay«, wies Haderlein den Hundeführer an. »Drüben am hinteren Ende des Parkplatzes steht ein schwarzer Land Rover Freelander. Zwei Beamte sind schon dort und werden Sie einweisen. Lassen Sie den Hund Witterung aufnehmen. Wir warten dann hier auf Sie.« Der Hundeführer trabte mit seinem Vierbeiner davon, und Haderlein nahm seinen Chef wieder ins Visier.

»Vielleicht wäre es besser, wenn Sie unseren Herrn Innenminister bitten würden, kurz zu uns zu kommen, damit er nicht aus allen Wolken fällt. Ich denke, wir sollten ihn in die Sache einweihen«, schlug Haderlein vor.

Fidibus nickte ergeben, holte sein Handy aus der Tasche und wählte eine eingespeicherte Nummer. Nachdem er eindringlich mit jemandem gesprochen hatte, legte er auf. »Der Herr Innenminister kommt umgehend heraus. Er klang sehr überrascht und erwartet eine hieb- und stichfeste Darlegung der Situation. Sonst könnte das für uns alle in einem ziemlichen Desaster enden. Ich hoffe, Sie haben mich verstanden, Haderlein!«

Der Ermittler nickte beeindruckt. Er hatte seinen sonst so zerstreut wirkenden Chef noch nie so abgeklärt und bestimmt erlebt.

Einen Augenblick später öffnete sich auch schon der Haupteingang oberhalb der großen Freitreppe des Klosters, und der bayerische Innenminister Erlmayer kam ihnen mit einem seiner Staatssekretäre entgegen. Offensichtlich war auf Banz gerade irgendeine Festivität im Gange, denn der Herr Minister trug feinen Zwirn und hatte um seinen weißen Hemdkragen die für ihn so typische Fliege gebunden.

Er schüttelte Suckfüll, dem Staatsanwalt und dann auch Haderlein die Hand, als dieser ihm vorgestellt worden war.

Plötzlich war von der gegenüberliegenden Straßenseite Hundegebell zu hören, dann konnte man den Hundeführer mit Driesel und Lagerfeld im Schlepptau sehen, wie sie im Eiltempo versuchten, dem Hund zu folgen. Alle verfolgten gebannt, wie das Tier zielstrebig mit der Nase am Boden die Straße überquerte und sich am großen Torbogen der Klostereinfahrt rechts hielt. Ohne zu zögern, ging es um eine Gebüschreihe herum bis zur Eingangstür der Petrefaktensammlung. Dort kratzte es an der Tür und bellte heftig. Der Einsatzleiter der Bereitschaftspolizei bedeutete dem Hundeführer, den wild anschlagenden Vierbeiner von der Tür zu entfernen, und postierte seine Beamten mit ihrer Spezialausrüstung. Fragend blickte er zu Haderlein, der nickte.

Nikolai schaffte es noch, die Waffe zu ziehen, bevor ihn ein brutaler Schlag auf die Hand traf. In hohem Bogen flog seine umgebaute Walther P22 gegen die Wand und blieb außerhalb seiner Reichweite liegen. Die Umrisse des Angreifers verschwammen zu einer unförmigen Masse, und das höhnische Gelächter des Manns hallte in seinem Kopf wider und wider. Nikolai wusste, dass er bei diesem Auftrag nun endgültig einen Fehler zu viel gemacht hatte. Mit einem röchelnden Schrei, der sich aus seiner Kehle quälte, stürzte er sich mit letzter Kraft auf sein nur noch schemenhaftes Gegenüber. Als er dessen Kleidung zu fassen bekam, gruben sich die Finger seiner rechten Hand in das Fleisch eines Unterarmes. Dann rutschte er, das präparierte Nilkrokodil mit sich reißend, hilflos zu Boden. Er konnte noch den kokelnden Geruch von Feuer wahrnehmen und wie aus einer anderen Welt einen Hund bellen hören, dann wurde sein Geist für immer von einer undurchlässigen Dunkelheit umhüllt.

Nachdem das Spezialkommando mit einem großen Brecheisen die Eingangstür zur Petrefaktensammlung aufgestemmt hatte, drang einer nach dem anderen der schwer bewaffneten Männer in das kleine Museum ein. Als sie den aufgegrabenen Innenhof gesichert hatten, blieb nur noch ein Raum übrig, aus dem Flammen schlugen. Doch als sie hineinstürmten, gab es nichts weiter als einen brennenden Schreibtisch zu bekämpfen. Im Zimmer konnten sie keinerlei Personen mehr finden. Zumindest keine lebenden.

Als Haderlein und Lagerfeld vor der angesengten Leiche Nikolais standen, kniete sich der Hauptkommissar nieder, befühlte dessen Schlagader und schaute in seine geweiteten Pupillen.

»Der Mann hat bis vor wenigen Sekunden noch gelebt«, stellte er fest, dann ließ er den Arm sanft auf den Boden gleiten und blickte sich um. Auf den schwarzen Brettern des Schreibtischs lag ein angeschwärzter Sandsteinquader mit ägyptischen Schriftzeichen, aber kein Buch. Als Haderlein versuchte, den Stein zu sichern, krachte der verkohlte Schreibtisch in sich zusammen, der mindestens zwei Zentner schwere Stein polterte zu Boden und kam direkt neben dem Kopf von Nikolais Leiche zum Liegen. Der Quader ist bestimmt irre wertvoll, dachte Haderlein, aber irgendwie nicht gerade mein aktuelles Hauptproblem.

Frustriert umrundete er den Schreibtisch und ging in eine kleine Kammer voller Rauch, in der ihm ein Schwerbewaffneter der Sondereinheit ein offenes Fenster zeigte, das in den Innenhof der Klosteranlage führte. Der herbeigerufene Hundeführer schüttelte, ohne eine Frage abzuwarten, den Kopf. In einem verbrannten Zimmer war es für das Tier unmöglich, die Witterung eines unbekannten Flüchtigen aufzunehmen.

Als Haderlein wieder zu Fidibus, Staatsanwalt und Innenminister stieß, erstattete er Bericht. Der Minister blickte ihn herausfordernd an und fragte ihn streng, was er denn nun zu tun gedenke. Schließlich müsse er den Ministerpräsidenten informieren.

Haderlein hielt seinem Blick stand. »Herr Innenminister, in diesem Kloster befindet sich der Initiator einer beispiellosen Mordserie. Das Gebäude und seine derzeitigen Bewohner stehen von jetzt an unter Quarantäne, bis wir den Auftraggeber gefunden haben, würde ich sagen.«

Der Innenminister schaute ihn ungläubig an. Dann wanderte sein Blick hilfesuchend zum Bamberger Polizeichef Suckfüll, der nur mit den Schultern zuckte und sagte: »Ich habe vollstes Vertrauen zu meinem dienstältesten Beamten, Herr Innenminister. Auf Kloster Banz hat jemand schwere Schuld auf sich geladen, und ich werde jede Maßnahme unterstützen, die dazu dient, diese Person zu finden. Tut mir leid.«

Der Innenminister war außer sich. »Aber das hier ist die Bayerische Staatsregierung. Das gesamte Kabinett ist hier versammelt, inklusive bayerischem Ministerpräsidenten. Es gibt Termine und Verpflichtungen. An den zukünftigen Aufstand in den Medien gar nicht zu denken. Wie stellen Sie sich das vor, Herr Haderlein?«

Innenminister Erlmayer war wütend und aufgebracht. Diese kleinen Strafverfolger hatten ja keine Ahnung, was das in der Presse für einen Wirbel auslösen würde. Die gesamte Führung der CSU in Sippenhaft? Völlig undenkbar. Nach dem Debakel des Rauchverbots in Bayern konnte sich die Partei keine weiteren Stimmenverluste mehr leisten. Was war denn ein flüchtiger Serienmörder im Vergleich zu einer verhunzten Politikerkarriere? Nichts! Er beschloss, erst einmal eine Krisensitzung mit Justizministerin Falter abzuhalten, bevor er die Pferde scheu machen und den Ministerpräsidenten belästigen würde. Vor Wut dampfend drehte sich Erlmayer um und marschierte mit seinem Staatssekretär schnurstracks zurück zum CSU-Ball ins Prunkzimmer des Klosters.

Vaterunser

Haderlein wandte sich dem Staatsanwalt zu, der zusammen mit Fidibus, Driesel und Lagerfeld unter dem großen Torbogen der Klostereinfahrt stand. »Haben Sie den Haftbefehl für den Umweltminister?«, fragte er ihn.

Der Staatsanwalt kniff die Lippen zusammen und schaute in die Nacht Oberfrankens. »Es tut mir leid, Herr Kommissar. Nach genauer Prüfung der Umstände bin ich zu der Überzeugung gelangt, dass Ihre Beweise noch nicht stichhaltig genug für einen Haftbefehl sind. Schließlich geht es hier um die Aufhebung der Immunität eines Ministers, und das ist ein sehr hohes und schwerwiegendes Rechtsgut. Da ich aber auch Ihrer Meinung bin, dass der Auftraggeber der Morde hinter diesen Mauern zu finden ist und gefasst werden muss, billige ich Ihre Aktion für zwölf Stunden. Dann brauche ich Beweise, ansonsten werde ich den Hausarrest aufheben lassen, und jeder der hier Anwesenden geht seiner Wege. Alles klar, Herr Kommissar?«

Haderlein nickte. Feigling, dachte er sich. Nicht dass er die Ängstlichkeit von Edelmann nicht verstand. Der hatte auch einen Job zu verlieren. Aber ein bisschen mehr Courage hätte er sich schon gewünscht. Also blieb wieder mal alles an ihm hängen. Zwölf Stunden. Das hieß, er musste Ergebnisse vorweisen, und zwar schnell.

Ernst Ruckdeschl von der Spurensicherung unterbrach ihn in seinen Gedanken. »Haderlein, wir haben hier was.

Würden Sie bitte mal mitkommen?« Er ging in das abgesperrte Museum zur Leiche von Nikolai Dassajew voraus. Haderlein folgte und war gespannt, was Ruckdeschl gefunden hatte. In der jetzigen Situation konnte der kleinste Hinweis wichtig sein.

Der Spurensicherer bückte sich und hob die rechte Hand des Toten. Haderlein versuchte zu erkennen, was er ihm zeigen wollte, doch erst nach zweimaligem Hinschauen sah er es. Unter den Fingernägeln des Zeige- und Mittelfingers von Dassajew klebten Blut und kleine Hautfetzen.

»Das Blut hier ist noch frisch, höchstens eine Stunde alt. Dieser Nikolai hat einem anderen Menschen – wahrscheinlich seinem Mörder – noch eine Verletzung beigebracht, wobei sich Haut und Blutreste unter seinen Fingernägeln festgesetzt haben«, erklärte Ruckdeschl.

»Reicht das für eine DNA-Probe?«, fragte Haderlein hoffnungsfroh.

»Das reicht sogar locker«, erwiderte Ruckdeschl lächelnd. »Jetzt brauchen wir nur noch Genmaterial von unserem Flüchtigen, und dann können wir ihn eindeutig festmachen.«

Voller Dankbarkeit klopfte der Ermittler dem Leiter der Spurensicherung auf die Schulter. Endlich mal eine uneingeschränkt positive Nachricht an diesem Tag voller Fehlschläge.

»Gut gemacht, wirklich gut gemacht. Jetzt wird's ernst. Zum ersten Mal in meinem bisherigen Leben werde ich jetzt mit Freude und Ungeduld unseren lieben Gerichtsmediziner anrufen.« Grinsend drehte sich Ruckdeschl wieder zu seiner Leiche um.

Während er nach draußen eilte, wählte Haderlein die Notrufnummer der Gerichtsmedizin in Erlangen.

»Siebenstädter«, meldete sich ein ziemlich verschlafener Chef der Gerichtsmedizin.

»Hallo, Siebenstädter«, meldete sich Haderlein im freundlichsten Ton. »Hier ist Ihr Lieblingskommissar aus Bamberg.«

Sofort war Siebenstädter hellwach. Allerdings war er alles andere als erbaut, den Ermittler am anderen Ende der Strippe zu haben.

»Haderlein!« Siebenstädter spuckte den Namen förmlich durch das Telefon. »Wissen Sie eigentlich, was Sie und Ihr dilettantischer Knecht in meinem Sezierraum angerichtet haben? Sie Wahnsinnige, Sie! Die Drosophila hat das ganze Stockwerk verseucht. Überall Eiablage, sogar im Geschlechtsorgan des …«

Haderlein hatte keine Lust, die delikaten Einzelheiten des angerichteten Malheurs zu erfahren. Aufregen durfte sich Siebenstädter später, jetzt musste er ihnen helfen. »Siebenstädter, jetzt halten Sie mal die Luft an«, fuhr er ihn an. »Wir haben hier Proben für einen DNA-Test, der möglichst schnell gemacht werden muss. Ich würde gerne jetzt mit Kommissar Schmitt vorbeikommen und Ihnen …«

Doch Siebenstädter unterbrach ihn sofort. Alles würde er ertragen können, nur nicht noch einmal diese Elefanten in seiner Gerichtsmedizin. Dafür war er sogar bereit, das größte Opfer überhaupt zu bringen.

»Nein, nein, nein. Um Gottes willen! Wo sind Sie gerade mit Ihren Proben, Herr Kommissar?«, fragte er ungewohnt eilig und hilfsbereit.

»Auf Kloster Banz bei Bad Staffelstein«, gab Haderlein bereitwillig Auskunft. »Warum?«

»Nun, ich würde Ihnen vorschlagen, dass ich mit unserem Laborfahrzeug bei Ihnen vorbeikomme und Ihre Proben vor Ort analysiere. Dann haben Sie schneller Ihre Ergebnisse, und ich behalte ein unverwüstetes Institut. Ich brauche nur einen sauberen Raum auf Kloster Banz und natürlich etwas

Zeit. Was meinen Sie? Ich könnte in circa einer Stunde da sein.«

»Dann schwingen Sie mal die Hufe, Siebenstädter«, nahm Haderlein fast ein wenig amüsiert das Angebot an und legte auf. Was es heutzutage alles gab? Fliegende DNA-Labors, unfassbar. Der unerwartete Zeitgewinn brachte ihn auf eine Idee. Da er jetzt nicht nach Erlangen fahren musste, konnte er sich um die erlauchte Gesellschaft vor Ort kümmern. Innenminister hin oder her, wenn der Prophet nicht zum Berg kam, dann hatte der Berg eben zum Propheten zu kommen. Es musste auch irgendwie ohne Haftbefehl gehen. Improvisation war gefragt.

»Hannes, Lagerfeld, Chef, Herr Staatsanwalt? Ich glaube, es wird Zeit, der Gesellschaft dort drinnen mal einen Besuch abzustatten.«

Nachdem der Staatsanwalt erst etwas skeptisch das Gesicht verzogen hatte, schloss er sich doch der kleinen Gruppe an, die nun unter der Führung von Haderlein die Treppe zum Eingang hinaufschritt.

»Jetzt werden wir mal auf diesen extrem großen Busch klopfen«, sagte Haderlein voller Vorfreude und öffnete das Eingangsportal.

*

Das war verdammt knapp gewesen. Sein Puls raste noch immer. Er hatte es gerade so aus dem Fenster der Petrefaktensammlung geschafft und war, ohne dass es jemandem aufgefallen wäre, wieder hier auf dem Ball der CSU gelandet. Wie zum Teufel war dieser Kommissar Nikolai auf die Spur gekommen? In allerletzter Sekunde hatte er alle Spuren beseitigt und Nikolai zum Schweigen gebracht. Schade eigentlich, er war ein außergewöhnlicher Meister seines Fachs gewesen.

Und jetzt stand die Polizei draußen vor der Tür und hatte alles abgeriegelt. Noch nicht mal eine Maus konnte das Kloster verlassen, ohne dass die Polizei es bemerkt hätte. Doch er hatte keine Angst, es gab keine Beweise gegen ihn. Dieser Haderlein konnte anstellen, was er wollte, irgendwann würde er unverrichteter Dinge wieder abziehen müssen, und die Sache war gelaufen. Abseits der Gäste sah er den Innenminister heftigst mit der Justizministerin diskutieren. Wahrscheinlich ging es um den Polizeiauflauf. Aber das war nicht sein Problem. Er musste nur cool bleiben und abwarten.

Er lächelte kurz Gabi Haier zu, die ihm unauffällig zurücklächelte. In dem Moment, in dem er sich einen Sekt greifen wollte, sah er aus den Augenwinkeln, wie sich die Tür öffnete und Kommissar Haderlein zusammen mit mehreren anderen Männern den Raum betrat. Er war überrascht. Was sollte das denn jetzt werden?

*

Als der Hauptkommissar und seine Gefolgschaft den Raum betreten hatten, stürmte der Innenminister sogleich mit puterrotem Kopf auf ihn zu.

»Was zum Teufel denken Sie sich dabei?«, zischte er aufgebracht Haderlein entgegen und schob ihn unauffällig in eine Ecke des Prunksaals. »Ich hatte doch gesagt, dass ich zuerst mit der Justizministerin reden möchte!«

»Dazu hatten Sie doch bis jetzt genügend Zeit«, erwiderte Haderlein ungerührt. »Aber seien Sie beruhigt, wir werden uns ganz unauffällig verhalten und nur ein paar Fragen stellen. Aber vielleicht wären Sie so freundlich, den Herrn Ministerpräsidenten zu informieren, bevor hier etwas stattfindet, von dem er besser vorher gewusst hätte.«

Der Innenminister schaute ihn empört an, dann drehte

er sich auf der Stelle um und flüchtete in Richtung seines Regierungschefs. Haderlein musterte bereits unauffällig die Anwesenden. Den Umweltminister entdeckte er nicht, dafür aber Altbischof Griebel, der ihm bereits fröhlich zuwinkte. Der Kripobeamte griff sich einen Saft von einem der Tischchen, die überall im Raum herumstanden, und begab sich zum Altbischof, der gerade angefangen hatte, sich mit etwas Alkohol plus Lachsschnittchen seine Zeit zu vertreiben.

»Herr Kommissar, was für eine Freude!«, begrüßte ihn Griebel mit einem freundlichen Lachen. »Was führt Sie denn in die Niederungen der Politik?«

»Nun, ich bin leider dienstlich hier. Und Sie?«, lächelte er zurück, suchte dabei aber mit unruhigem Blick dezent weiter nach dem Umweltminister.

»Nun, der Herr Ministerpräsident war so freundlich, mich zur Tagung einzuladen. Außerdem habe ich heute die Abendandacht für die Abgeordneten gehalten. Sie konnte ich dort leider nicht entdecken.« Griebel schmunzelte.

»Äh, nein«, erwiderte Haderlein geistesabwesend. »Sagen Sie, Herr Bischof, Sie haben nicht zufällig den Umweltminister gesehen?«

»Den Umweltminister? Nun, den finden Sie immer im dichtesten Gewühl bei seinen Schäfchen.« Er deutete diskret in die Raummitte, wo Haderlein Umweltminister Schleycher sogleich mit einem Glas Sekt in der feiernden Menge stehen sah. Offensichtlich hatte der ihn schon lange vorher entdeckt, denn er erwartete ihn mit eisigem Blick.

Haderlein verabschiedete sich dankend bei Griebel und ging auf Schleycher zu. Als sie sich gegenüberstanden, schauten sie sich so intensiv in die Augen wie Profiboxer kurz vor dem entscheidenden Kampf.

»Ach, der Herr Kommissar Haderlein«, bemerkte der

Umweltminister kühl. »Haben Sie noch Fragen, oder wollen Sie mir nur diesen festlichen Abend versauen?«

»Nun, ich werde Ihnen diesen Abend ganz sicher verderben«, lächelte Haderlein selbstbewusst und ließ seinen Blick nicht von Schleycher. »Es hängt allerdings ganz von Ihnen ab, wie sehr und inwieweit die Öffentlichkeit davon Wind bekommt, Herr Umweltminister.«

Schleycher nippte kurz an seinem Glas, dann fragte er ungeduldig: »Also, was wollen Sie, Haderlein?«

»Ganz einfach. Ich hätte gern ein Haar von Ihnen«, tat der Hauptkommissar seinen Wunsch kund.

Dem Umweltminister fiel fast das Sektglas aus der Hand. War dieser Dorfcolumbo jetzt vollkommen durchgedreht? Für wie blöd hielt der ihn eigentlich?

»Sie wollen was? Was zum Kuckuck wollen Sie denn mit einem Haar von mir anstellen, Herr Kommissar?«, fragte er spöttisch.

Ein wirklich abgebrühter Schauspieler, dachte Haderlein. Aber schließlich war der Mann Politiker, da gehörte die Fähigkeit wahrscheinlich zur Grundausstattung. Doch Haderlein war schon zu lange im Geschäft, um sich von so etwas beeindrucken zu lassen.

»Herr Umweltminister, wir wollen nur einen kleinen DNA-Test durchführen, um Ihre Unschuld endgültig beweisen zu können, wenn Sie damit einverstanden sind?«

Kolonat Schleycher wartete mit einer Antwort. Dann fragte er mit unterdrücktem Zorn: »Und wenn ich mich weigere, Herr Kommissar, was wollen Sie dann machen? Mich verhaften lassen? Hier auf Kloster Banz? Ohne irgendwelche Beweise und im Beisein des Ministerpräsidenten?« Er lächelte den Kriminaler geringschätzig an. Haderlein verspürte nicht üble Lust, ihm eine reinzuschlagen.

Er musste sich jetzt entscheiden, ob er klein beigeben oder

bluffen wollte. Er war stocksauer, und die Zeit rann ihm davon, also entschied er sich fürs Bluffen. Und ein bisschen Munition zum Verschießen hatte er ja.

Haderlein zückte sein Handy und wählte eine Nummer. Kurz darauf begann es in der Anzugjacke vom Umweltminister zu summen. Irritiert zog dieser sein geheimes Telefon heraus und blickte entgeistert auf die Nummer des Anrufers.

»Woher wissen Sie das?«, fragte er. Er war plötzlich blass geworden.

»Nun, die Nummer habe ich auf dem Handy unseres leider viel zu früh verstorbenen Anglerfreundes Edwin Rast gefunden«, sagte Haderlein mit großer Genugtuung. »Das ist ein sogenannter Beweis, Herr Umweltminister.« Er nickte in Richtung Edelmann, der etwas missmutig in einer Ecke stand und an einem Saft schlürfte. »Sehen Sie dort drüben den Mann im dunkelblauen Anzug? Das ist der leitende Staatsanwalt. Wenn Sie nicht freiwillig zu diesem Test bereit sind, Herr Schleycher, werde ich Sie mit großem Getöse verhaften. Und ich habe das Recht, Sie selbst dann vierundzwanzig Stunden lang festzuhalten, wenn die Beweise nicht reichen. Seien Sie also versichert, Herr Umweltminister, ich kann verdammt großes Getöse machen. Einen Krach, den Sie, politisch betrachtet, nicht überleben werden, wenn Sie verstehen, was ich meine.« Nun war es an Haderlein, das arroganteste Lächeln zu lächeln, das er aufzubieten hatte.

Dieser kleine Drecksack von Kommissar! Was bildete der sich eigentlich ein? Bei der nächsten Gelegenheit würde es ein Echo geben, das dieser Schmierenkomödiant nicht vergessen würde. Aber jetzt würde er erst mal nachgeben müssen. Sollte Haderlein doch seinen kleinen Platz an der Sonne genießen, später würde er noch sein blaues Wunder erleben.

»Das werden Sie bitter bereuen, das verspreche ich Ihnen hoch und heilig«, sagte Kolonat Schleycher mit einem Unterton, der die Hölle zufrieren lassen konnte. Dann stellte er seinen Sekt ab. »Ein Haar bekommen Sie allerdings nicht, sondern das hier.« Mit diesen Worten zog er ein Tempotaschentuch aus der Hose, schnäuzte einmal kräftig hinein und gab das klebrige Teil Haderlein unaufgefordert in die Hand.

»Jetzt werden Sie doch nicht kindisch, Herr Umweltminister! Aber reichen tut das, vielen Dank. Vielleicht war das ja wirklich das letzte Mal, dass ich Sie belästigen musste«, sagte Haderlein gegen jede Überzeugung, drehte sich wortlos um und verließ die feiernden Politiker. Für den unbeteiligten Beobachter hatte die Szene bis auf die Rotzfahnenübergabe so ausgesehen wie eine intensive politische Diskussion.

Im Foyer blickten ihn alle erwartungsvoll an. Triumphierend hob er das Taschentuch.

»Wir haben ihn!«, sagte Haderlein im befriedigten Brustton der Überzeugung. »Und Siebenstädter wird ihn überführen.«

»Das will ich auch schwer hoffen, Herr Kommissar«, sagte Edelmann, der noch nicht ganz überzeugt schien. »Denn wenn nicht, dann dürfen wir uns alle nach einem neuen Beruf umsehen.« Mit einem düsteren Gesichtsausdruck drehte er der Gruppe den Rücken zu und ging nach draußen.

*

Als sie alle wieder vor der Toreinfahrt an der Straße standen, schaute Haderlein suchend nach rechts und links, aber von Siebenstädter und seinem rollenden Labor war weit und breit nichts zu sehen. Dafür klingelte das Handy von Lagerfeld. Huppendorfer war gerade dabei, den Vorsitzenden der Anglerprüfungskommission Stefan Wurm zu verhören.

»Bernd, es gibt richtig dramatische Neuigkeiten! Kannst

du dich noch an diese mysteriöse Internetseite erinnern, über die das nächtliche Komplott gegen Rast gelaufen ist?«, fragte ihn Huppendorfer.

Lagerfeld konnte sich sogar sehr gut daran erinnern. Verzweifelt hatten sie versucht, den Provider und somit den Urheber der ganzen Aktion ausfindig zu machen. Leider war alles zu clever verschleiert gewesen und alle digitalen Spuren gründlich beseitigt worden. Die Internetplattform www.rast-los.com war zu hundert Prozent nicht mehr nachvollziehbar.

»Also, dieser Wurm hier sagt, er habe einmal mit der Initiatorin dieses Chatrooms gesprochen und deren Handynummer auch noch in seiner Anruferliste gespeichert.«

Lagerfeld warf seine Zigarette weg. »Hast du die Nummer überprüft?«, fragte er hellwach.

»Hab ich, ja, aber die verhält sich wie diese Nummer vor ein paar Tagen. Die ist so angelegt, dass kein Inhaber beziehungsweise keine Inhaberin ermittelbar ist. Ich geb sie dir mal durch.«

Lagerfeld zog mit einer Hand umständlich seinen Notizblock aus der Tasche, gab ihn Driesel und bedeutete diesem, für ihn die Nummer zu notieren, während er die Zahlen von Cesar Huppendorfer laut wiederholte. Nach dem Ende des Telefonats riss er den Notizzettel heraus, gab ihn an Haderlein weiter und erklärte ihm die Sachlage.

»Eine Sie also, sagt Huppendorfer?« Der Hauptkommissar war überrascht. Er war eigentlich davon überzeugt gewesen, dass auch hier der Umweltminister dahintersteckte. Aber in ihm reifte ein Verdacht.

Doch er kam nicht dazu, weiter über die Vermutung nachzudenken, denn in dem Moment hielt Siebenstädter mit seinem Kleinlabor in Form eines beigen Ford-Kleintransporters vor ihnen. Haderlein ließ ihn gleich in den Innenhof fahren und mittig vor der großen Treppe parken. Als Siebenstädter ausstieg, vermied es Haderlein tunlichst, den verkorksten Besuch in der Gerichtsmedizin zu erwähnen. Wenn er im Moment etwas nicht gebrauchen konnte, dann war es Zeitverlust durch Streitereien.

In wenigen Worten weihte er Siebenstädter in die Sachlage ein und bemerkte mit Befriedigung dessen verblüfftes Gesicht, als er erfuhr, gegen wen hier ermittelt wurde. Sein grenzenloses Erstaunen verstärkte sich noch, als niemand Geringeres als der bayerische Ministerpräsident Kohlhuber in Begleitung des Innenministers und der Justizministerin die Treppe herunterkam. Kohlhubers Blick verhieß beileibe nichts Angenehmes. Haderlein stellte sich Kohlhuber vor und versuchte, ihm möglichst objektiv die Lage zu erklären.

Der Politiker nahm seine Ausführungen wortlos zur Kenntnis und sagte nach kurzem Überlegen: »Herr Kommissar, ich möchte von Ihnen keine großen Erklärungen. Laut den Informationen, die mir der Herr Innenminister und die Frau Justizministerin haben zukommen lassen, kann ich Sie an Ihrer Aktion nicht hindern. Aufgrund der juristischen Lage haben Sie genau zwölf Stunden Zeit, um stichhaltige Beweise für Ihre Anschuldigungen zu sammeln. Wenn Sie danach keine Fakten für ein Vergehen eines unserer Gäste vorlegen können, wovon ich mit tiefster Überzeugung ausgehe, werden Sie so schnell von hier verschwinden, wie Sie gekommen sind. Haben Sie mich verstanden, Herr Kommissar?«

Haderlein wurde zwar beim Gedanken an die versammelte bayerische Politprominenz etwas unwohl, doch focht es ihn im Grunde nicht an. Er würde hier nur seinen Job erledigen. Den Druck hatte er eben auszuhalten.

»Herr Kommissar, ich möchte Sie noch einmal dringendst auf den Paragraphen 46 des Grundgesetzes über die Immunität von Abgeordneten hinweisen«, schaltete sich jetzt die Justizministerin ein. »Ich hoffe sehr, dass Sie und Ihr Staatsanwalt wissen, was Sie hier tun. Denn wenn nicht, wird das für Sie sehr ernste Konsequenzen haben.« Mit einem giftigen Blick Richtung Staatsanwalt trat sie wieder zurück ins Glied, während Edelmann mit rotem Kopf hinter Haderlein Schutz suchte.

»Herr Ministerpräsident«, ergriff nun Haderlein das Wort. »Ich kann Ihnen versichern, dass wir die Angelegenheit so diskret und vor allem auch so schnell wie möglich hinter uns bringen werden. Dazu hätte ich nur noch eine Bitte.« Der Ministerpräsident hob schweigend die Augenbrauen, sodass Haderlein fortfuhr. »Wir bräuchten einen Raum im Kloster, in dem Herr Siebenstädter von der Erlanger Gerichtsmedizin ungestört seine Arbeit verrichten kann. Er wird nur wenige Stunden benötigen. Schließlich ist er der Beste seines Faches.«

Neben ihm wuchs Siebenstädter zehn Zentimeter in die Höhe, räusperte sich und lächelte befriedigt. Kommissar Haderlein hatte soeben einen ganzen Haufen Pluspunkte bei ihm gesammelt. Von nun an wusste selbst der bayerische Ministerpräsident persönlich, was für ein toller Hecht er war.

Nachdem sich Kohlhuber kurz mit seinen beiden Ministern beraten hatte, schlug er vor, dass Siebenstädter sein Lager im Bierstüberl des Klosters aufschlagen sollte. Haderlein war einverstanden und stimmte auch der Bitte des Ministerpräsidenten zu, die Gäste bis zur Feststellung von Fakten nicht zu belästigen und den Herrn Innenminister stets auf dem Laufenden zu halten.

Dann drehte sich Kohlhuber ohne Verabschiedung um und begab sich mit seinem ministralen Gefolge zurück in den Prunksaal, um wieder seinen gesellschaftlichen Verpflichtungen als Oberster aller Bayern nachzukommen.

Haderlein atmete auf. Damit sollte er das Schlimmste eigentlich überstanden haben – aber weit gefehlt. Staatsanwalt Edelmann war außer sich.

»Haderlein, Sie verdammter Idiot! Merken Sie jetzt endlich, was Sie da angerichtet haben? Das ist das definitive Ende unserer beruflichen Laufbahn. Von nun an kann ich die Akten im Gerichtskeller sortieren. Als Gehilfe der Registratur! Und alles nur, weil Sie mich mit Ihren halbseidenen Beweisen rumgekriegt haben! So eine verdammte Scheiße!«

Der Hauptkommissar schaute Edelmann entsetzt an. Was war denn in den gefahren? Das hier war die entscheidende Aufklärungsphase in einem schwierigen Mordfall, warum also machte sich der Staatsanwalt so plötzlich in die Hose?

Jetzt schaltete sich auch Fidibus in die Diskussion ein, der sich seit geraumer Zeit im Hintergrund gehalten hatte, was sonst so gar nicht seiner Art entsprach. »Herr Staatsanwalt«, versuchte er ihn zu beruhigen. »Kann es sein, dass Sie bei Ihrer Beurteilung der Lage nicht unterscheiden können zwischen Ihrer beruflichen Aufgabe und Ihrem angestrebten Amt in der Bamberger Kommunalpolitik?« Haderleins Chef schenkte dem Staatsanwalt Edelmann den harmlosen Blick eines Osterhasen, der fröhlich seine Hasenmama fragt, wo denn die nächsten Eier zu verstecken wären.

Binnen Sekunden wurde Felix Edelmanns Kopf so rot, dass man mit ihm den ganzen Innenhof des Klosters hätte beleuchten können. Fidibus hatte mit seiner Vermutung ins Schwarze getroffen.

»Das geht Sie überhaupt nichts an!«, belferte Edelmann Suckfüll an. »Und wenn hier die CSU irgendwelchen Grünen die Füße in Beton gegossen und sie an der tiefsten Stelle des Mains versenkt hätte, selbst dann bräuchte ich ausreichende Beweise. Es zählen nur Beweise!«, schrie er. »Beweise, Beweise und noch mal Beweise!« Dann musste er seine Rede unterbrechen, um Luft zu schnappen. Doch bei Haderlein hatte es geschnackelt. Die Erkenntnis traf ihn wie ein Komet.

Was hatte dieser rückgratlose Jurist da gerade von sich gegeben? Füße in Beton gegossen? Hektisch wühlte er in seiner Aktentasche und holte die Zeitungsartikel heraus, die Edwin Rast ausgeschnitten hatte. Als er endlich den gesuchten gefunden hatte, war ihm alles klar. Mit Lagerfeld ging er ein paar Schritte auf die Seite und erklärte ihm seine Schlussfolgerungen. Dieser nickte aufgeregt und schaute auf die Uhr. Haderlein gab ihm eine Telefonnummer und den Zeitungsausschnitt, dann ging er selbst wieder zu seinem Chef, während Lagerfeld sich in einen Streifenwagen setzte und mit Blaulicht, Sirene und einem Streifenpolizisten Richtung Nordwesten davondüste.

»Dürfte ich erfahren, was Kommissar Schmitt da gerade für einen dringenden Auftrag hat?«, fragte der immer noch leicht glühende Edelmann.

»Nein, dürfen Sie nicht«, entgegnete Haderlein abwesend. Sein Gehirn arbeitete auf Hochtouren. Wenn er recht hatte, dann würde Lagerfeld noch diese Nacht die Beweise sicherstellen, die dieser erbärmliche Staatsanwalt so sehnsüchtig herbeiflennte. Der Kreis begann sich zu schließen.

Siebenstädter war mittlerweile damit beschäftigt, seine Gerätschaften aus dem Laborwagen in das Bierstüberl des Klosters hinüberzutragen. Das Bierstüberl war die offizielle kleine Gastwirtschaft der CSU-nahen Hanns-Seidel-Stiftung. Jede Tagungsgesellschaft, sei sie nun von der CSU oder anderen Veranstaltern, konnte sich hier in intimer Runde zurückziehen. Das alte Kellergewölbe war mit den Fahnen der Landkreise beziehungsweise der Regierungsbezirke Bayerns geschmückt. Vor allem aber zierten die Konterfeis der wichtigsten CSU-Politiker vergangener und aktueller

Tage die Wände der Gaststätte. Erst gestern war in einer feuchtfröhlichen Einweihungszeremonie das Bildnis von Alois Kohlhuber befestigt worden. Direkt unter den Abbildungen und neben der Theke hatte Siebenstädter nun sein umfangreiches Instrumentarium aufgebaut.

»Wie lange werden Sie ungefähr brauchen?«, fragte Haderlein interessiert. Es war inzwischen fast Mitternacht geworden.

»Ich denke, so in zwei Stunden kann ich Ihnen sagen, ob die Probe des Umweltministers mit den Gewebespuren aus dem Museum identisch ist«, antwortete Siebenstädter. »Reicht das?«

Haderlein lächelte erleichtert. Damit lägen sie gut in der Zeit.

»Übrigens habe ich mir gerade eben noch die Leiche dieses Killers zu Gemüte geführt«, sagte Siebenstädter. »Nur damit Sie es wissen, Herr Kommissar, meiner Meinung nach sind das die gleichen Symptome wie bei der Leiche Graetzke.«

»Und das heißt?«, wollte Haderlein wissen.

»Todesursache ist wieder eine Überdosis des Pflanzengifts Nikotin. Also handelt es sich um denselben Mörder wie damals bei Graetzke, wenn Sie mich fragen.« Haderlein nahm die Informationen gewissenhaft zur Kenntnis. Wer weiß, wozu man sie noch brauchen konnte?

*

Der Beamte am Steuer fuhr wie der Teufel, während Lagerfeld auf dem Beifahrersitz verzweifelt versuchte, eine Baufirma aus dem Schlaf zu klingeln.

Als beide Beamte schon fast in Bad Neustadt angekommen waren, bekam Lagerfeld endlich den erlösenden Anruf der dortigen Polizei, dass die es geschafft hatte, einen Bauunternehmer zu organisieren. Der Kommissar beorderte die

Neustädter Kollegen schnurstracks mit den Baugerätschaften hinauf zum Kreuzberg, rief danach im Kloster an und ließ sich mit dem verschlafenen Pater Anselm verbinden. Natürlich löste sein Ansinnen nicht gerade Begeisterung beim Bruder aus, aber als er die besten Grüße von Kommissar Haderlein übermittelte, war der Klosterleiter schon sehr viel milder gestimmt und hatte nichts mehr gegen das Vorgehen einzuwenden. Verhindern hätte er die ganze Aktion sowieso nicht können, aber trotzdem war es Lagerfeld lieber, solch heikle Unternehmungen vorher einvernehmlich zu klären.

Auf halbem Wege, auf Höhe der kleinen Ortschaft Wegfurt, holten sie die örtliche Polizei mit ihren beiden Streifenwagen und den Bautrupp ein. Zusammen legten sie als Kolonne das letzte Stück bis zum Kloster Kreuzberg zurück.

Pater Anselm erwartete sie schon mit einer verstörten und besorgten Miene. Lagerfeld erklärte dem Geistlichen, was genau sie vorhatten, woraufhin Pater Anselm betroffen nickte und ihnen voran die vielen steinernen Treppenstufen nach oben ging. An den drei großen Kreuzen wandte er sich nach links, bis die Gruppe an einem massiven, steinernen Bildstock des Kreuzwegs anhielt.

»Das müsste er sein«, sagte der Geistliche leise. »Ich hoffe bei Gott, dass Sie nicht das finden, was Sie suchen.«

Sicherheitshalber zog Lagerfeld den Zeitungsausschnitt heraus, den Haderlein ihm mitgegeben hatte, und verglich das Foto mit dem Bildstock vor ihm. Die Abbildung zeigte den jungen Kolonat Schleycher, wie er lächelnd mit Maurerkelle neben einem Bildstock kniete. Es handelte sich definitiv um denjenigen, vor dem auch sie gerade standen. Lagerfeld nickte dem Chef des Bautrupps zu, der seinen Männern sofort die Anweisung gab, die Gerätschaften für Lichterzeugung und Pressluft vom Parkplatz aus heraufzuschaffen. Kriminalkommissar Lagerfeld konnte nur noch warten.

*

Siebenstädter hatte seine Untersuchungen fürs Erste abgeschlossen. Haderlein stand nicht ohne eine gewisse Ungeduld neben dem Pathologen. Während der letzten zwei Stunden war er immer wieder den Fall von vorne bis hinten durchgegangen und war stets zum gleichen Ergebnis gekommen.

»So«, sagte Siebenstädter zufrieden, »jetzt lassen wir mal den Computer arbeiten, und in fünfzehn Minuten haben wir das Ergebnis.«

»Wie funktioniert eigentlich so ein Test genau?«, fragte Haderlein beiläufig, um sich in dieser sich hinziehenden Wartezeit wenigstens etwas weiterzubilden. Siebenstädter schaute ihn erst mitleidig an, so als ob er seinem Jagdhund die Einstein'sche Relativitätstheorie nahebringen müsste, dann seufzte er ergeben. Und, oh, größtes aller Wunder, er verkniff sich eine seiner berüchtigt arroganten Redensarten und bemühte sich um eine freundliche und fachliche Auskunft.

»Das ist so«, begann Siebenstädter und setzte sich auf einen Stuhl, »der Ausgangspunkt der ganzen Methode ist der DNA-Strang. Die Erbinformation jedes Lebewesens liegt in der Vielzahl ihrer kleinsten Einheiten vor. Wenn sich nun die mütterliche und die väterliche DNA vermengen, entsteht eine einmalige Mischung der Erbanlagen, ein einzigartiger genetischer Fingerabdruck. Die nichtcodierenden Eigenschaften von DNA-Abschnitten, also die Gene, die im Laufe des Lebens nicht verändert werden können, sind genau diejenigen, die sich die moderne Kriminalistik zunutze macht. Was ich hier zum Beispiel tue, ist Folgendes: Ich habe bereits die DNA isoliert und durch Restriktionsenzyme zerkleinert. Restriktionsenzyme schneiden quasi die DNA auseinander und legen die wichtigen Abschnitte frei. Diese Fragmente, die bei jedem Menschen unterschiedlich lang sind, werden nun geordnet und über sogenannte Gen-Sonden markiert. So entsteht dann ein spezifisches Muster, das für jeden Menschen unverwechselbar und einmalig ist. Haben Sie bis hierher alles verstanden?«

Haderleins Verstand holperte dem Gesagten zwar noch begriffsmäßig etwas hinterher, doch er nickte lieber. Er wollte sich keine Blöße geben.

»Gut«, fuhr Siebenstädter gnadenlos fort, »diese Methode wurde in Deutschland mit großem Aufsehen 1988 das erste Mal offiziell anerkannt. Übrigens auch in einem Mordfall. Und seit 1998 gibt es die bundesweite Gen-Datei. Ein äußerst hilfreiches DNA-Lager. Reicht Ihnen das so, Herr Kommissar, oder soll ich richtig ins Detail gehen? Das kann dann aber dauern.«

Haderlein winkte begütigend ab. Im Prinzip hatte er die Sachlage verstanden. Den tieferen Einstieg in die Materie würde er sich für einen entspannteren Moment seines Lebens aufheben, wenn es den denn irgendwann mal geben sollte. Außerdem hatte an Siebenstädters Computer eine Diode zu blinken begonnen. Die Sequenzierung war offenbar abgeschlossen.

»Okay«, sagte Siebenstädter und rieb sich voller Vorfreude die Hände, »jetzt müssen wir die beiden Muster nur noch übereinanderlegen, und schon haben wir das Ergebnis.«

Inzwischen war es fast zwei Uhr in der Früh, und Haderlein spürte langsam, wie der Stress des vergangenen Tages an ihm zehrte. Es wurde Zeit für einen positiven Abschluss. Er wollte nur noch wissen, wann er wen verhaften konnte, und zwar schnell.

»Herr Kriminalhauptkommissar, wenn Sie dann mal schauen möchten?« Siebenstädter griff sich seine Brille, die er auf die Seite gelegt hatte.

Haderlein rief schnell Driesel, Suckfüll und Edelmann herbei, die sich draußen vor der Tür unterhalten hatten, dann blickte er seinem Lieblingspathologen ungeduldig über die Schulter.

»Und?«, drängelte er.

Aber Siebenstädter musterte konzentriert und schweigend seine Diagramme auf dem Computer. Dann rieb er sich die Augen und wiederholte die Prozedur erneut.

Haderlein platzte fast vor Spannung, aber er wartete ab, bis sich Siebenstädter nachdenklich seine Nasenwurzel knetete, ihn anschaute und dann kryptisch meinte: »Ich habe eine schlechte und eine gute Nachricht für Sie, Herr Kommissar.«

Der Hauptkommissar spürte, dass es vielleicht besser wäre, wenn er sich setzte. Auch die anderen nahmen Platz. Siebenstädter griff nach einem Handtuch, das er immer in seiner Tasche dabeihatte, und wischte sich den Schweiß von der Stirn.

»Es ist so«, begann er, »die DNA von Dassajews Fingernägeln ist nicht identisch mit der Probe von Kolonat Schleycher. Also, um es ganz klar zu sagen, der Umweltminister ist nicht derjenige, dem Nikolai in seinem Todeskampf die Haut abgeschabt hat. Soll heißen, der bayerische Umweltminister ist mit hoher Wahrscheinlichkeit nicht der Mörder von Nikolai Dassajew.«

Haderlein fiel in ein schwarzes, tiefes Loch. Er fiel und fiel, und es kam ihm vor, als würde er niemals auf dem Grund aufschlagen.

»Das war's also«, hörte man Staatsanwalt Edelmann mit kraftloser Stimme sagen. »Ende der Geschichte. Ende unserer Karrieren.«

»Und was ist die gute Nachricht?«, hakte Driesel nach, der mit Robert Suckfüll als Einziger noch die Fassung bewahrte.

»Na ja«, sagte Siebenstädter, »das ist ziemlich mysteriös. Die beiden DNA-Stränge sind nicht komplett unterschiedlich.«

Haderlein blickte auf – doch nicht mehr durch. »Aber Sie haben mir doch vorhin noch erzählt, dass durch Mutter und Vater einzigartige Individuen entstehen, weil die beiden Gen-Stränge sich typisch mischen und …«

»Ja, genau«, sagte Siebenstädter lakonisch, »das genau ist der Punkt. Wenn es nicht so verrückt wäre, würde ich sagen, die beiden Besitzer dieser DNA sind miteinander verwandt.«

»Wie … verwandt?«, fragte Haderlein. Jetzt verstand er nur noch Bahnhof.

»Nun«, versuchte Siebenstädter zu erklären, »es ist eigentlich ganz einfach. Im Grunde habe ich hier ein Ergebnis wie bei einem Vaterschaftstest. Die gesuchte Person ist männlich und steht in einem sehr engen verwandtschaftlichen Verhältnis zum Umweltminister. Fünfzig Prozent der DNA-Stränge sind gleich. Das heißt im Klartext, dass nicht der Umweltminister der Mörder von Nikolai Dassajew ist, sondern dessen Bruder oder Vater. Sie müssen also nach dem Bruder oder dem Vater des Umweltministers suchen.«

*

Auf dem Kreuzberg in der Rhön näherten sich die Arbeiten der entscheidenden Phase. Mehrere Baustrahler waren aufgestellt worden, die den Platz um die Kreuzwegstation hell beleuchteten. Den Stein am Fuß hatten die Männer abgeflext, und nun wurde die Station vorsichtig mit Hebeleisen ins Gras gelegt. Der Chef der Baufirma winkte Lagerfeld herbei: »Das ist ein Riesenfundament, Kommissar, für so eine

Kreuzwegstation völlig überdimensioniert. Da hat es damals jemand aber wirklich gut gemeint.«

Dann winkte er seinen Vorarbeiter mit dem Presslufthammer heran, und dieser begann auf sein Geheiß hin, das Betonfundament unter großem Lärm von der Seite her abzumeißeln. Alles verlief normal bis etwa zum ersten Viertel der Fundamentfläche. Plötzlich hörte man einen hohlen Ton, und der Meißel des Bohrhammers brach mit einem trockenen Knacken durch die Betondecke in einen Hohlraum. Dann verstummte der Lärm des Presslufthammers, und eine unerträgliche Stille machte sich breit.

Lagerfeld betrachtete die frische Öffnung und wies den Arbeiter an, das Loch vorsichtig mit einem Hammer zu vergrößern, ohne etwas zu beschädigen. Der Mann tat, wie ihm geheißen, bis schließlich eine etwa anderthalb mal ein Meter große Öffnung freigelegt war. Alle Anwesenden schwiegen angespannt, nur der Benzingenerator für den Strom ratterte leise in der Nacht.

Lagerfeld kniete sich neben das Loch und befühlte die zwei geschrumpften Plastiksäcke. Mit seinem Taschenmesser schnitt er beide auf, dann winkte er Pater Anselm herbei, damit dieser einen Blick auf das traurige Bild werfen konnte, das sich ihnen bot.

Der Geistliche bekreuzigte sich und musste sich dann erschüttert ins Gras setzen. Lagerfeld stellte sich neben ihn und wählte Haderleins Nummer.

*

Den Hauptkommissar erreichte der Anruf seines jungen Kollegen genau in dem Moment, als draußen vor der Tür Innenminister Erlmayer rebellierte und forderte, dass jetzt endlich alle ins Bett gehen sollten, und im Bierstüberl der Staatsanwalt Felix Edelmann die verschiedenen Todesarten durchdeklinierte, die er Kommissar Haderlein an den Hals wünschte. Was Lagerfeld zu berichten hatte, änderte die Situation jedoch grundlegend.

Am Ende des Telefonats befahl Haderlein ihm, die Fundstelle zu fotografieren und sofort zum Kloster zurückzukommen. In einer Stunde sollte das zu schaffen sein. Nachdem der Hauptkommissar aufgelegt hatte, gab er umgehend die Nachricht vom grausigen Fund Lagerfelds auf dem Kreuzberg bekannt. Das saß.

Völlig erschlagen von der unerwarteten Wendung der Ereignisse hockten alle im Bierstüberl zwischen den Gerätschaften von Siebenstädter und wussten nicht, was sie sagen sollten.

Haderlein blickte von einem zum anderen und fasste dann einen einsamen Entschluss. Innerhalb von wenigen Minuten war ihm klar geworden, was hier tatsächlich abgelaufen war. Er wusste nun, wie er das Puzzle zusammenzufügen hatte. Vaterschaftstest! Warum war er da nicht früher draufgekommen? Hoch lebe die moderne Wissenschaft!

»Mir reicht's!«, sagte er. »Ich werde jetzt da raufgehen und die Bombe platzen lassen. Ich weiß, was hier gespielt wurde. Wer begleitet mich?« Alle schauten ihn verblüfft an, nickten aber, sogar Staatsanwalt Edelmann und der Innenminister stimmten zu. Jegliche Bedenken waren von ihnen gewichen.

Als sie den Prunksaal von Kloster Banz betraten, bot sich ihnen ein denkwürdiges Bild. Manche der Abgeordneten waren auf ihren Stühlen eingeschlafen, andere unterhielten sich noch mehr oder weniger gequält. Wieder andere hatten den zweiten oder dritten Hunger bekommen und machten sich am Buffet zu schaffen. Umweltminister Kolonat Schleycher hielt sich mit Gabi Haier und verschiedenen unbekannten Abgeordneten in der Nähe des Podiums auf, und Ministerpräsident Kohlhuber trank mit Altbischof Griebel und der Justizministerin ein Bier.

Als die Anwesenden der Ankömmlinge gewahr wurden, verstummten die Gespräche. Grund mochte die aufgestaute Spannung sein oder aber der veränderte Ausdruck in Haderleins Gesicht, in dem der Tag seine Spuren hinterlassen hatte.

Der Ministerpräsident stellte sein Bier ab und kam auf Haderlein zu. »Ich will für Sie hoffen, dass Sie Fortschritte gemacht haben, Herr Kommissar. Niemand hier ist in der Lage, noch weitere Sympathie für Ihr übertriebenes Handeln aufzubringen«, meinte er drohend.

Haderlein winkte indes nur müde ab. »Herr Ministerpräsident, könnten Sie vielleicht alle Schlafenden wecken? Ich werde mich darum bemühen, die Sache so schnell wie möglich zu beenden. Dann kann jeder seiner Wege gehen. Fast jeder.«

»Dann haben Sie den Schuldigen also gefunden?«, fragte die Justizministerin erstaunt.

»Nun, sagen wir mal so«, begann Haderlein, »ich habe ein paar Stunden dafür gebraucht, aber die eine oder andere unerwartete Wendung hat mir schließlich die Augen geöffnet. Und um Ihre Frage zu beantworten, ja, ich für meinen Teil betrachte den Fall als gelöst. Und ich werde aus diesem Personenkreis hier im Saal jetzt die Schuldigen benennen und verhaften lassen.«

Im Prunksaal von Banz herrschte eine gespenstische Stille. Noch nie hatte der Raum so viele schweigsame Politiker erlebt. Dabei hatte Haderlein die dramatische Pause gar nicht beabsichtigt, er war einfach nur erschöpft. Er musste noch einmal seine Gedanken ordnen, um dann fortzufahren.

In der Mitte des Raums begann er ohne längere Einleitung, die ganze Geschichte des Falls zu erzählen, angefangen vom Tod des Anglerkönigs Rast über das Ableben Graetzkes bis hin zur darauffolgenden Mordserie in ganz Nordfranken. Als er mit dem Tod Nikolais in der Petrefaktensammlung endete, waren alle Augen im Raum wach und starr auf ihn gerichtet.

»Beginnen wir mit dem Ableben des Anglerfreundes Edwin Rast. War der Tod dieses Menschen für viele ein nicht gerade unwillkommenes Ereignis, so ist nichtsdestotrotz das Umbringen anderer Menschen in unserem Kulturkreis nun mal verboten. Und zwar egal, wie sehr diese Menschen den Tod auch verdient haben mögen.« Er ging auf Schleycher zu. »Sie, Herr Umweltminister, wurden von Edwin Rast erpresst. Erpresst mit der Behauptung, er wäre im Besitz eines Tagebuchs, das im Jahr 1974 von einem Ihrer Schüler am Ottonianum in Bamberg, Clemens Martin, geschrieben wurde und in dem steht, was Sie ihm und vor allem seinem Mitschüler Peter Nickles angetan haben. Etwas von solch großer Abscheulichkeit, dass ich es lieber dem Gericht überlasse, Ihre ekelhaften Neigungen ans Licht der Wahrheit zu zerren.«

In diesem Moment ging die Tür auf, und Lagerfeld kam völlig außer Atem herein. Haderlein drehte sich kurz um, nahm ihn zur Kenntnis und wandte sich wieder dem Minister zu.

»Das können Sie nicht beweisen«, zischte Kolonat Schleycher trotzig, doch aus seiner Stimme sprach Unsicherheit.

»Doch, das kann ich beweisen«, lächelte Haderlein müde. »Und auch Rast hatte herausgefunden, wie er Ihre Taten beweisen konnte.«

Er winkte Lagerfeld zu sich, ließ sich Zeitungsausschnitt und Fotoapparat geben und hielt beides in die Höhe.

»Dieser Artikel vom Kloster Kreuzberg an der bayerischen Nordgrenze brachte Rast auf die richtige Spur und schlussendlich auch mich.« Er ging zu Schleycher und zeigte ihm auf dem Display der Digitalkamera das Bild des geöffneten Fundaments. »Schauen Sie sich das gut an, Herr Umweltminister«, sagte er kalt, »dann wissen Sie, dass ich alles beweisen kann.«

Schleycher war alles Blut aus dem Gesicht gewichen. Doch Haderlein kümmerte sich nicht mehr um ihn. Er war noch lange nicht fertig. »Kolonat Schleycher ist schuldig oder zumindest mitschuldig des Mordes an Clemens Martin und Peter Nickles«, sagte er laut. »Aber Kolonat Schleycher ist nicht schuldig am Tod von Edwin Rast. Dessen Tod war ein raffiniert eingefädeltes Manöver einer Person, die die Umstände und Beteiligten dieser Erpressungsgeschichte sehr gut kannte und selbst nicht in Erscheinung treten wollte. Es war eine Glanzleistung der Intrige und Manipulation, all die Menschen, die Edwin Rast am meisten hassten, dazu zu bringen, ihn an den Pegelpfeiler zu binden. Dennoch hassten diese aufgehetzten Menschen ihn nicht so sehr, dass sie ihn umgebracht hätten. Nein, sie wollten ihm lediglich einen Denkzettel verpassen. Diese eine Person aber hat Hubertus Graetzke dazu benutzt, in genau dem richtigen Moment das Wehr in Hausen zu öffnen. Edwin Rast starb also, ohne dass diese Person, die ihn tot sehen wollte, auch nur einen Finger krümmen musste. Aber wie so oft macht auch der oder die Cleverste irgendwann mal einen Fehler beziehungsweise ein Telefonat zu viel.« Haderlein drückte auf die Wahltaste seines Telefons, und das Handy wählte automatisch die Nummer, die Stefan Wurm im Verhör mit Huppendorfer preisgegeben hatte. Kommissar Haderlein war keineswegs überrascht, ein Klingeln in seiner Nähe zu vernehmen. Schließlich stand Gabi Haier direkt neben dem Umweltminister, also nicht weit von Haderlein entfernt.

»Tja, Frau Staatssekretärin«, meinte der Hauptkommissar bedauernd. »Wo die Liebe hinfällt, nicht wahr? Aber dass Sie sich in puncto Gefühlen gerade für dieses missratene Subjekt entschieden haben, das hätte Ihnen doch irgendwann zu denken geben müssen.« Haderlein blickte Schleycher scharf an, der inzwischen geistesabwesend aus dem Fenster starrte.

»Sie werden Ihrer großen Liebe nun leider in die Einsamkeit einer Vollzugsanstalt folgen müssen, Frau Haier.«

Schweigend und regungslos nahm Gabi Haier die Tatsache zur Kenntnis. Selbst jetzt suchte sie mit ihren Fingern die Hand des Umweltministers, der nicht mehr die Kraft hatte, sich dagegen zu wehren. Ministerpräsident Kohlhuber und der Rest seiner Gäste standen wie betäubt im Raum und konnten nicht glauben, was sie da sahen und hörten.

Doch Haderlein hatte noch mehr zu sagen. Mit nachdenklichem Blick trat er wieder zurück in die Saalmitte. »Und nun bleibt die letzte aller Fragen zu klären: Wer hat einen der gefährlichsten Killer, den die Welt je gesehen hat, gedungen, um einen unschuldigen Teil der Abschlussklasse des Ottonianums von 1974 über dreißig Jahre später umbringen zu lassen? Wer ist dieser Mensch, was hatte er zu verlieren? Wo liegt das Motiv? Wir haben einen DNA-Test durchführen lassen, und bis vor wenigen Stunden hatte ich wirklich Sie im Verdacht, Herr Umweltminister.« Kolonat Schleycher blickte ihn aus hohlen Augen an. »Doch der genetische Fingerabdruck ist eindeutig. Kolonat Schleycher ist nicht identisch mit dem Auftraggeber des Killers Nikolai Dassajew. Der Test liefert ein anderes Ergebnis. Er zeigt uns, dass der Mann, der den Auftrag zu einer beispiellosen Mordserie gegeben hat, direkt mit Ihnen verwandt ist, Herr Umweltminister.«

In Schleychers Augen regte sich jetzt Verständnislosigkeit. »Wie … verwandt?«, fragte er mit leiser Stimme, die die Verzweiflung erahnen ließ, unter der er litt.

»Sie wollen wissen, wer Ihr Verwandter ist?«, hakte Haderlein nach. Doch Schleycher war nicht mehr fähig, einen logischen Gedanken zu fassen. Der Hauptkommissar ließ ihn stehen und ging zum anderen Ende des Saales, wo er vor Altbischof Griebel stehen blieb. »Na, wollen Sie Ihrem Sohn nicht reinen Wein einschenken, Herr Bischof?«, fragte Haderlein und schaute ihm ruhig und tief in die Augen.

»Sie sind ja verrückt!«, empörte sich Griebel in einem Ton, aus dem jede Freundlichkeit gewichen war. Haderlein schaute ihn an, schwieg und wartete.

»Sie sind ja völlig verrückt!«, schrie der alte Bischof plötzlich panisch und wollte einen Schritt zurückweichen. Doch Haderlein hielt ihn auf und schob ruckartig den linken Ärmel seiner Jacke nach hinten. Ein blutverkrusteter Unterarm kam zum Vorschein. Griebel versuchte zwar noch, den Stoff wieder zurückzuschieben, aber Haderlein hielt ihn wie im Schraubstock fest und zog ihn quer durch den Saal zu seinem Sohn. Schleycher war bleich geworden.

»Vater?«, presste er ungläubig hervor, während er Altbischof Griebel mit feuchten Augen ansah.

»Ja, Ihr Vater!«, klärte Haderlein unerbittlich auf. »Ihr Vater, der Sie irgendwann, irgendwo mit Ihrer Mutter gezeugt hat. Aber die katholische Kirche duldet eben keine Kinder bei den Protagonisten des Zölibats. Egal auf welcher Ebene. Deswegen beschloss Ihr Vater, Sie zu verleugnen. Er hat Sie verleugnet, aber immer die ›schützende‹ Hand über Sie gehalten. Er hat Sie nach Bamberg ans Ottonianum geholt und im Kloster Kreuzberg unter ahnungslosen Franziskanern versteckt, als die Sache mit Peter Nickles aus dem Ruder lief. Er hat auch versucht, Sie jetzt zu schützen, als Sie im Begriff waren, alles wegen eines kleinen Buchs zu verlieren, das die Wahrheit über Ihre perverse Vergangenheit im Ottonianum ans Tageslicht bringen konnte. Dass niemand das Buch wirklich besaß, konnte er nicht wissen, weshalb Ihr

Vater beschloss, auf Nummer sicher zu gehen und einfach alle Mitwisser zu beseitigen. Denn er wollte seinen Sohn beschützen. Den Sohn, der nicht wusste, dass er seinen Vater schon immer kannte.«

Umweltminister Schleycher schaute Griebel an, fiel auf die Knie und brach in Tränen aus. Gabi Haier kniete sich neben ihn und versuchte ihn in seiner Fassungslosigkeit zu trösten.

Haderlein streckte die Hand aus. »Das Buch«, forderte er von Altbischof Griebel, doch der machte keine Anstalten, sich zu bewegen. Sein Blick war starr durch den Hauptkommissar hindurch in weite Ferne gerichtet.

»Das Buch!«, wiederholte Haderlein, diesmal energischer.

Bischof Griebel schrak auf wie aus einem tiefen Schlaf. »Was?«, murmelte er geistesabwesend. Doch dann griff er in seine Jacke und holte ein kleines hellbraunes Buch hervor, dessen offene Seite mit einem Messingknopf zusammengehalten wurde. Zitternd legte er es in die Hand von Kommissar Haderlein.

Clemens Martins Vermächtnis hatte zu guter Letzt doch noch seine ihm zugedachte Bestimmung erfahren.

Lebens-Abschnitt

Die Schuldigen waren verhaftet und abgeführt worden, der Ministerpräsident hatte sich bei der Bamberger Polizei ausführlich bedankt und sich, mit seinem Gefolge diskutierend, ins Bett verabschiedet, während die Streifenwagen gerade geräuschvoll den Banzberg verließen.

Fidibus hatte sich angeboten, die Verhafteten bis Bamberg weiterzuversorgen, und hatte zu diesem Zweck Staatsanwalt Edelmann »dienstverpflichtet«, was dieser ohne Murren zur Kenntnis nahm.

Der Prunksaal von Kloster Banz lag nun unaufgeräumt und fast verlassen da. Nur noch Haderlein, Driesel, Lagerfeld und Siebenstädter saßen in trauter Runde an einem Tisch. Jeder spürte, wie die Ereignisse der letzten Tage und vor allem der letzten Stunden an Kraft und Nerven gezehrt hatten. Umso erleichterter waren alle, dass es endlich vorbei war.

»Und das Beste ist, dass ich morgen ...«, Lagerfeld blickte grinsend auf seine Uhr und verbesserte sich, »nein, dass ich heute Abend noch meine Zeugin auf der Sandkerwa vernehmen kann.«

»Was denn für eine Zeugin?«, fragte Driesel verwirrt. »Ist der Fall doch noch nicht abgeschlossen?«

Haderlein brach zur weiteren Verwirrung von Driesel und Siebenstädter lauthals in Lachen aus. »Kriminalkommissar Schmitt muss die Zeugin nicht vernehmen, er ›möchte‹ sie vernehmen«, erklärte er glucksend. »Also, darauf sollten wir doch anstoßen!« Feierlich hob er sein Sektglas.

»Moment!«, rief Lagerfeld. »Ich habe ja gar nichts zu trinken!« Er holte sich den letzten vollen Bierkrug, der am geplünderten Buffet herumstand.

»Eigentlich habe ich ja mehr Hunger als Durst«, gestand er. »Aber das bisschen, was hier an Essen noch rumsteht, kann ich auch trinken.«

Alle lachten, und jeder nahm einen wohlverdienten Schluck. Draußen dämmerte es schon seit einiger Zeit, und niemand hatte eigentlich noch Lust, sich länger im Kloster aufzuhalten. Es wurden noch einige nette Worte hin und her gewechselt, und der hungrige Kommissar Lagerfeld räumte doch noch hastig die letzten Reste vom Buffet, dann stießen sie schließlich ein letztes Mal an und beschlossen, endlich heimzufahren und jeder in sein Bett zu fallen.

Nur Kommissar Lagerfeld war plötzlich merkwürdig fidel. »Komisch«, bemerkte er. »Ich fühle mich hellwach. Ich könnte Bäume ausreißen.«

Siebenstädter betrachtete ihn besorgt. »Ihre Augen, Lagerfeld, Sie haben ja Pupillen, als wollten die Ihnen jeden Moment aus dem Kopf fallen.«

Kommissar Lagerfeld griff sich an die Schläfen. »Um ehrlich zu sein, mir ist auch so komisch. Mein Puls rast, und ich habe das Gefühl, mein Kopf würde zerspringen.«

Haderlein sprang so schnell auf, dass der Tisch, an dem sie gesessen hatten, umfiel. Dann machte er einen großen Satz zu seinem jungen Kollegen hinüber und schlug ihm den Krug aus der Hand, dass der restliche Inhalt quer durch den Raum spritzte.

»Nimm den Löffel«, rief er hektisch, »du musst dich sofort übergeben!«

Doch Bernd Schmitt bekam schon nichts mehr mit. Sein

Herz raste, er spürte noch, wie ihm jemand einen Löffel in den Hals rammte und dass er sich übergeben musste, dann schwanden ihm die Sinne.

*

Als er wieder erwachte, fiel sein Blick auf eine weiß getünchte Decke und eine Ärztin, die sich über ihn beugte. Nicht hässlich, die Frau, dachte er. Doch wahrscheinlich war sie wieder älter als sie aussah.

»Da haben Sie Ihren Kollegen wieder«, sagte sie lächelnd zu Haderlein, den Lagerfeld neben seinem Bett entdeckte. Der Hauptkommissar lächelte zurück und wandte sich dann Lagerfeld zu: »Das nächste Mal passt du mal besser auf, was du da für Zeug trinkst, du Bierexperte.«

»Wieso, was war denn mit dem Bier? Und was mach ich überhaupt im Krankenhaus?«, fragte Lagerfeld ahnungslos.

Die junge Ärztin nahm Haderlein die Antwort ab. »In Ihrem Bier war so viel gelöstes Nikotin, dass man damit gleich zwei Menschen hätte umbringen können.«

Lagerfeld riss die Augen auf. »Ach du Scheiße. Und warum lebe ich dann noch, wenn ich fragen darf?«

»Wie viele Schachteln rauchst du noch mal so am Tag?«, fragte ihn Haderlein.

Lagerfeld überlegte kurz und sagte dann: »So drei vielleicht … manchmal vier … warum?«

Die Ärztin lachte. »Ich hätte nie gedacht, dass ich so etwas mal sagen würde, aber Ihre exzessive Raucherei hat Ihnen das Leben gerettet. Ihr Körper ist schon derart abgestumpft, dass Sie die gewaltige Dosis gerade noch so überlebt haben. Sie haben ein zweites Leben geschenkt bekommen, junger Mann.« Sie drückte ihm die Hand und ging zur Tür hinaus zu ihrem nächsten Patienten. Lagerfeld blickte ihr sprachlos hinterher.

»So, ich mach jetzt auch mal die Fliege«, sagte Haderlein. »Ich hab eine Verabredung auf der Sandkerwa.«

Ruckartig richtete sich Lagerfeld in seinem Bett auf und zerrte wild entschlossen an den Kanülen, die in seinem Arm steckten.

»Was soll das denn jetzt werden?«, fragte Haderlein erstaunt.

»Aber ich kann doch nicht hierbleiben!«, rief Lagerfeld panisch und erhob sich. »Ich muss doch jemand in Coburg abholen!« Trotz seines guten Vorsatzes kam er nicht weit. Kaum dass er stand, wurde ihm so schwindlig, dass er mit verdrehten Augen wieder rückwärts ins Bett kippte.

»Nun, ich würde sagen, das lassen wir mal besser, mein lieber junger Kommissar«, meinte Haderlein lächelnd. »Aber ich bin ja kein Unmensch. Im Zuge des Amtshilfeverfahrens habe ich von den Kollegen aus Coburg eine gewisse Zeugin herbringen lassen.«

Lagerfeld blinzelte ihn noch immer überrascht an, als sich die Tür öffnete und Ute von Heesen hereingeschwebt kam. Der Mund von Lagerfeld öffnete sich und beschloss offensichtlich, in dieser Stellung noch längere Zeit zu verweilen.

»Ich, äh, geh dann mal«, sagte der ältere Kommissar und schlüpfte aus dem Krankenzimmer.

Von draußen konnte er noch hören, wie Ute von Heesen liebevoll schimpfte: »Jedes Mal, wenn wir uns treffen, baust du Mist.«

Lächelnd ging Haderlein zum Lift. Vor dem Krankenhauseingang erwartete ihn bereits Manuela Rast mit der Riemenschneiderin im Arm.

*

Sie saßen inmitten der Sandkerwa am Katzenberg im Kachelofen. Die kleine, urig eingerichtete Bamberger Gastwirtschaft hatte ein ganz spezielles, rundes Gemach, welches Haderlein für sich, Riemenschneider und Manuela reserviert hatte. Sie sprachen so lange über Gott und die Welt, bis der Wirt sie freundlich darauf aufmerksam machen musste, dass sie die letzten Gäste der heutigen Sandkerwa seien und er bei aller Liebe jetzt schließen müsse.

»Hast du noch Lust auf eine kleine Spritztour?«, fragte Franz Haderlein schelmisch.

Manuela Rast lachte. »Mir ist heute alles egal. Nach dieser Woche kannst du, glaube ich, mit mir machen, was du willst.«

Haderlein ließ sich nicht lange bitten, platzierte Manuela Rast auf dem Beifahrersitz, die protestierende Riemenschneiderin auf der Rückbank seines Fiats und gab Gas. Unterwegs erfuhren sie noch von Staatsanwalt Edelmann, der dem Ermittler auf seine Mailbox gesprochen hatte, dass er gegen Sven Rast und die anderen Mitglieder der nächtlichen Kanutour auf eine Bewährungsstrafe plädieren würde, da kein Tötungsvorsatz nachzuweisen war. Das hieß, keiner der vier musste ins Gefängnis. Die Nachricht trieb Manuela Rast Tränen der Erleichterung in die Augen. Als sie sich erholt hatte, waren sie am Ziel.

Ein strahlender Pater Anselm nahm sie in Empfang. »Herr Kommissar, dass ich das noch erleben darf«, rief er mit ausgebreiteten Armen und strahlte sowohl den Kommissar als auch Manuela Rast an. Er nahm beide in die Arme und erdrückte sie fast in seiner Herzlichkeit. »Es ist alles vorbereitet.«

»Vorbereitet? Was denn vorbereitet?«, fragte Manuela in gespieltem Misstrauen.

»Ich muss dann mal gehen«, feixte der Geistliche und drückte dem Hauptkommissar einen Schlüssel in die Hand.

»Komm mit«, sagte Franz Haderlein und zog Manuela

Rast die Stufen hinauf. Riemenschneider folgte mit ihren kurzen Füßen, so schnell sie konnte.

Sie gingen an den drei Kreuzen vorbei, bis sie in der sternenklaren Nacht am höchsten Punkt des Kreuzbergs auf über neunhundert Meter Höhe standen und in die glitzernden Fernen der Rhön blickten.

Nachdem sie eine ganze Weile schweigend das nächtliche Panorama genossen hatten, drehte Haderlein Manuela Rast zu sich und tat das, was er schon längst hätte tun sollen. Er nahm ihren Kopf in seine Hände und küsste sie. Dann zeigte er ihr den Schlüssel, den Pater Anselm ihm gegeben hatte, und sagte leise: »Ich habe ein Zimmer für uns herrichten lassen. Allerdings ist da nur ein einziges, einsames Bett drin. Ist das okay für dich?«

»Das ist sogar sehr okay für mich.« Sie lächelte ihn an, strich ihm über das leicht ergraute Haar.

»Tja«, sagte Haderlein grinsend, während er sich zu seiner Riemenschneiderin umdrehte. »Schwein muss man eben haben.«

Epilog

Staatsanwalt Edelmann klappte das Tagebuch zu und schob es auf dem Schreibtisch von sich. Er atmete tief durch und fuhr mit beiden Händen über sein schweißnasses Gesicht. Dann erhob er sich von dem graueledernen Drehsessel und ging zur Schrankwand seines Büros, welche die gegenüberliegende Seite des Zimmers komplett bedeckte. Er zog eine Attrappe von fünf vorgetäuschten historischen Bänden des StGB heraus und griff sich die dahinterstehende Flasche, einen fränkischen Schlehenbrand, den ihm Kommissar Haderlein damals zu seinem Amtsantritt geschenkt hatte. Die Flasche war noch voll, denn eigentlich war er kein großer Freund des Alkohols. Nicht einmal am Tag seines dritten Scheidungstermins im letzten Jahr hatte er sich nach der Verhandlung einen genehmigt, obwohl ihm danach gewesen war.

Aber heute würde er diese Flasche öffnen. Als Staatsanwalt war er so einiges gewöhnt, aber das soeben Gelesene überstieg sogar sein Vorstellungsvermögen. Er setzte sich hinter seinen Schreibtisch, füllte sich sein erstes Glas und stürzte es hinunter. Der Schnaps brannte in seiner ungeübten Kehle, klärte aber immerhin seinen Verstand. Dann starrte Edelmann wieder fassungslos auf das Buch.

*

Auszug aus dem Untersuchungsbericht im Falle Griebel / JVA Bayreuth

… Waldemar Habermann öffnete die kleine Luke aus Metall und sagte, dass Besuch gekommen wäre. Der Häftling antwortete jedoch nicht. Als der Häftling Griebel auch nach mehrmaliger Aufforderung nichts von sich hören ließ, öffnete der diensthabende Gefängnisbeamte Habermann die Zellentür. Dort sah er, dass der Häftling Griebel verkrümmt am Boden lag. Trotz sofortiger Wiederbelebung konnte im Krankenhaus in Bayreuth nur noch der Tod festgestellt werden.
Nach Bericht der Gerichtsmedizin Erlangen verstarb der Häftling Griebel an einer Mischung verschiedener Pflanzengifte (Glykoside, Alkaloide), die er sich offensichtlich aus dem Garten der JVA (Fingerhut, Pfaffenhütchen) extrahiert hatte. Die Diagnose »Suizid« des Gefängnisarztes könne bestätigt werden.

*

Am Rande der Bischofskonferenz im ehemaligen Prämonstratenserkloster in Oberzell bei Würzburg sprach der Bamberger Erzbischof Fölsner sein Bedauern über die aufgedeckten Vorgänge im ehemaligen erzbischöflichen Knabenseminar aus. Er betonte, dass dies seiner Meinung nach ein absoluter Einzelfall in der Bamberger Erzdiözese sei. Außerdem kündigte er an, den zur Höchststrafe Verurteilten Kolonat Schleycher nach Verbüßung seiner gerechten Strafe in der geschlossenen Psychiatrie und bei entsprechender Expertise des Psychologen wieder im Kirchendienst beschäftigen zu wollen. In welcher Position und Gemeinde, werde erst zum entsprechenden Zeitpunkt entschieden.

»Ohne Kirche – keine Hölle.«
Max Frisch

Meine von Herzen kommende Lobhudelei

Allen nachfolgend genannten Personen möchte ich herzlichst dafür danken, dass Sie mich so engagiert und selbstlos bei diesem Buchprojekt unterstützt haben.

Martin Klement, Dr. Thomas Neundorfer, Dr. Dr. Uwe Greese, Prof. Dr. Dr. Marika Geldmacher von Mallinckrodt, Dr. Georg Habermehl, Kriminalhauptkommissar Thomas Röhring, Martina Hoffmann, HUK-Coburg, Edgar und Roswitha Vorndran, Hans Driesel, Spiller Sportwaffen Hallstadt, Gaststätte Fraunhofer in München, Dorothee, Martina, Dagmar, Erwin und Anja, Martin und Ina, Bettina und Uwe, Norbert, Dr. Anne Schmitt, dem Emons Verlag und meiner Lektorin Susanne Bartel.

Besonderer Dank geht an:

Liebe Elke – ohne deine Hartnäckigkeit und Unterstützung wäre ich nie auf die Idee gekommen, ein Buch zu schreiben.

Jürgen und Nadja – durch eure wilde Entschlossenheit, sich zu verehelichen, habt ihr den Start dieses Projekts erst ermöglicht.

Ganz ausdrücklich danke ich auch meinen Informanten aus der CSU und der katholischen Kirche, die aus verständlichen Gründen hier nicht genannt werden möchten.